自悟方圆

李有才　著

嶺南美術出版社

中国·广州

图书在版编目（CIP）数据

自悟方圆/李有才著. —广州：岭南美术出版社，2021.8
ISBN 978-7-5362-7253-8

Ⅰ.①自… Ⅱ.①李… Ⅲ.①中国文学—当代文学—作品综合集 Ⅳ.①I217.2

中国版本图书馆CIP数据核字(2021)第064876号

责任编辑：傅淑雯
责任技编：谢 芸

自悟方圆
ZI WU FANGYUAN

出版、总发行：岭南美术出版社（网址：www.lnysw.net）
（广州市文德北路170号3楼 邮编：510045）
经　　销：全国新华书店
印　　刷：广州市丽彩印刷有限公司
版　　次：2021年8月第1版
2021年8月第1次印刷
开　　本：787mm×1092mm 1/16
印　　张：23.25
字　　数：413千字
印　　数：1—10000册
ISBN 978-7-5362-7253-8

定　　价：56.00元

春秋几载腕上趣　且取三辑慰风尘

阎义春

吾与有才兄相识多年，既是同乡，又是同龄人，通道方家。且，吾专书画艺术，公好诗词歌赋，皆性情中人。偶逢席聚，酒过三巡，吾喜泼墨，公常赋诗，书生意气，逸如少年，挥斥方遒，每每兴致酣畅，便放肆称其为“同道中人”。谓其“同道中人”，亦因此兄酷爱艺术，深谙收藏，尤喜奇石书画，愚与之兴性相近、趣味相投，故彼此非至亲而致远，非同业而同道。

有才兄谈吐得当，落落大方，处事有体，豪放不失儒雅，大度不失谦逊。昔年，惊闻此公退休后，潜心整理多年笔耕之诗词、文稿，甚是欣喜。喜的是其阅历丰富，二十载军旅磨炼，三十秋财税之历，博观而约取，厚积而薄发，其文必有确值盛赞之处。惊的是此公人近古稀，竟有“闲工夫”爬格子、写文章，其管笔之精神，值得吾等钦佩三分。

近日，有才兄将《自悟方圆》之文稿摆吾桌面，吾更是受宠若惊、喜不自胜。文稿共《散忆》《随笔》《闲赋》三个部分，吾皆细细品读了一遍，文字显活力，笔墨见真情，平心而论，甚得吾意。

知其所来，乃知所往。《散忆》中，作者以大幅笔墨追忆家族祖辈的创业历程，面对战乱、灾荒，年轻的爷爷带领一家老小“挑着箩筐，带着菜团子，徒步讨饭”闯关东；土地改革之后，壮年的爷爷肩挑日月，发家致富成“新富农”，喝着小酒，不忘教育孙子要“知恩图报”“有福同享”；“文革”时期，老年的爷爷警告儿孙“没有肚子哪有脸”。隔代亲，是同睡一铺炕，同品一壶酒，是一个又一个《三国演义》《水浒传》的口口相传，是一串又一串冰糖葫芦的你推我让。父亲的绿色柳条箱，平淡无奇的箱子，承载着一家的梦想和希望，那是父亲一生的荣耀和珍藏——尉官制服，家庭合影，抗美援朝的纪念章、奖章，记录着父亲“李贵庭，一九四三年加入地下共产党”“一九四七年入伍”“一九五八年复员”。就是这个小箱子，将人生的渴望、目标、梦想和追求，深深植入儿子稚幼的心灵。母亲的味道，是生命最初的味道，烧苞米、炖奶皮、大馒头、小带鱼，母亲的爱细腻入微而润物无声，在陪伴儿子学习的煤油灯、温暖儿子成长的泡脚水中。母亲的爱，在千针万线纳成的鞋底，在殚精竭虑缝制的衣裳，儿行千里，只一句“妈，你不会老想我吧?”便赚得读者满眼泪花。

《散忆》的厚重之处，恰在作者“青出于蓝而胜于蓝”。十五岁的少年，为景仰伟大领袖毛主席，单枪匹马闯北京；为让家人过个肥年，铲树、打苇捆、运草捆、积肥、捡粪、沤粪、翻粪，脏活累活都干过，“当喜气洋洋的我将赚来的钱全部交给母亲时，当眉飞色舞的我绘声绘色地讲述打工的经历时，母亲摸着我长满冻疮、裂开血口子的双手，看着我那经风吹日晒早已黝黑瘦削的脸，她一句话也没说就扭过头去，豆大的泪珠从她那饱经风霜的脸上滚下来，砸在了我脚前的地面上。泪水迅速浸湿了眼前的黑土地。我的心猛地一颤，脑子里似乎有什么东西抖了一下，一时竟不知道用什么话语来安慰她。很快，母亲平静下来，她抹了抹眼睛，抽了抽鼻子，转过头来，努力挤出一个笑容，笑着赏了我 10 块钱。那一时刻，我知道了什么是‘含泪的微笑’。我只要了 5 块钱。买书，5 块钱已经足够了”“草钩子报复似的狠狠砸在我的门牙上。一阵剧烈的酸痛传来，半颗门牙已掉进嘴里……所幸，牙根没松动，我也没做治疗和处理，戴上口罩，又坚持了一星期，一直坚持到把活干完……”，这样真实而生动的描写不胜枚举，我仿佛看得见这个少年的努力和倔强。这是一棵正在疾风暴雨中拼了命向上生长的劲草，在那个扭曲的年代，他以自我抗争完成了一个有志少年的叛逆。

淬火军营，百炼成钢。缘结气象，业精于勤。失之交臂于飞行员，两度结缘南京气象学校；执行南海勘探飞行气象保障任务，参加对越自卫反击战，初生牛犊，一身是胆；转场教学，备战自考，转业路上，一波三折，起步厨工，转战员村，绩显天河，落脚海珠，天涯回首，笑谈天真。得意处，不忘形，犹记有福须同享；失意时，不气馁，当念知足得常乐。“上军用卡车前，我弯下腰，在路边抓了一把红土装进挎包，准备着，万一‘光荣’了，也好‘青山处处埋忠骨，何必马革裹尸还’……”“此话过矣，也有飞不高的鸿鹄，但鸿鹄毕竟是鸿鹄，麻雀是肯定不会变成鸿鹄的——我越听心里越酸楚，越发不能自控。只有用‘咔咔咔’快速搅打鸡蛋的声音，勉强压制住怦怦跳动的心脏。当我把煎好的鸡蛋端上餐桌时，有人提议敬我一杯，我拱手躬身后退，迅速躲进了锅碗瓢盆洗刷声中。‘厨工就是厨工，莫忘了自己的本分’……”“那天，局长亲自接待了我。局长抽着双喜牌香烟，就座后，就没再讲话。当抽完第二支香烟时，他玩味的眼神定格在我身上，出其不意地问：‘你能干啥?’我胸有成竹，斩钉截铁，答：‘啥都能干。’……”言长纸短，大道至简，如此真实而深刻的句子，怎叫人不心泛涟漪!

《随笔》能观作者的另一面，笔触轻松，并无故作高深之处，不过是将那些欲言又止的过往、不为人知的秘事，沉淀于心，以身作器，日月为锤，千锤百炼，乃得一悟。

孟子曰：“尽其心者，知其性也；知其性，则知天矣。”我们常说“认识你自己”，须知此事最难为。从艺多年，我深感创作最大的困难，并不完全在于文笔、在于技巧，而在于自我的敞开。剖析真实，解读自我，是一个极具挑战的课题。

《檐雀》里，作者感悟万物有灵，一对雀夫妻共享方寸，共品世间。“倦鸟归巢最是晚，每天傍晚他们絮叨地倾诉，总结一天的成果，抚慰一日的疲倦，再一起进入温馨的巢穴。双宿双飞，难怪人们会将恩爱夫妻比作比翼鸟……”“也许是怕睹物思人、物是人非的惶恐与失落吧。时间能抚平创伤，但人并非雀，不能陪它们同飞，只好掰着指头数日子，期待着重聚、期待着相视而笑的日子……”须臾此生，蜉蝣天地，沧海一粟，万物皆然。

《意念》里作者追忆那些叫不出名字的花儿，追忆她们的芳香、秀雅、清纯，在那个特殊的年代，青春的他们农闲业余吟诗作对，一切宛在昨日，醒来已隔天涯。作者感悟：“抽足再入，已非前水。青春易逝，韶华难久。往者不可追，意念犹可存。故事无穷尽，意念仅此耳。唯，不舍昼夜吧!”

《朋友吉祥》记载了一个普通回民的辛酸奋斗史，作者与其因面结缘，“2019年年底，吉祥的租赁合同到期，如果租赁方不再续约，吉祥的生计将面临新的抉择，有可能再次半途而废，别说小康，脱贫都难了，甚至可能返贫。因此，我豁出老面子，找找老部下，走走老关系，终于帮吉祥成功续约了……”朴实无华的字句，背后是一颗真挚诚忱、怜悯善良之心。

《哥们儿》里，作者用段子诗的形式，记录了“好哥们”的精彩瞬间，他说“人不可能千篇一律，天天都在‘舞台’上表演，其实人生从入世到出世，如同婴儿的诞生到老朽的回归一样，在入世人生舞台上的表演很短暂、很有限。当‘演员’的机会很少，当‘观众’的时候更多。当‘演员’时很风光，但有的成功了，流芳千古，有的昙花一现，有的出师未捷身先死，有的跌下台来遗臭万年。最终，一笔写不出两个‘好’字，一笔也写不出两个‘死’字，只不过有的被形容为轻如鸿毛，有的被形容为重如泰山而已。台上固然绚丽多彩，可时间有限，台下平淡无奇，却时间永恒。万事万物看得见、摸得着的都是短暂的、有限的，那些看不见、摸不着、想不到的，才是无限的、永恒的。这就是所谓的‘道’……”

《渐通和顿通》里，“‘仰佛’依旧，顿通恭揖合十，重复着历年历次的无声祷语：‘阿弥陀佛，好人一生平安，坏人改邪归正，善哉！善哉!”“一切芬芳如初，一切天成如初，一切美好如初……”每个人心里都有一片安静的角落，或清寂，或旷远，都是属于自己的柔软。

再说《闲赋》，这是我最为爱不释手的一辑。学书画的，都知道一句名言“学我者生，似我者死”。诗画是一家，同样是个模仿、突破的过程，我们把这个过程叫作“寻门而入，破门而出”。作者谦虚地称这一部分为“闲赋”，然而，依老朽看来，一丝不苟的态度，出口成章的修为，观察入微的个性，一针见血的敏锐，真知卓识的远见，字斟句酌的讲究和耐性，使其诗词颇有古人之风，浑然天成，自成一家。无论是格律诗，还是其他诗词，每一首都独具个性、别有洞天，有的雄奇飘逸、文采斐然、大气磅礴，有的平白如话、脍炙人口、雅俗共赏，有的嬉笑怒骂、酣畅淋漓，有的言简意赅、一气呵成……读其诗，如春江夜饮、秋月闻香，流连而不知归处。

作者早年诗作硬朗有个性，极具时代性，如《七律·从军》中的“三千将士守名岳，万里乾坤孕大川”；《乌夜啼·气象员之歌》中的“旌旗烈火迎风展，红在我心中”。中年时写现代诗较多，更多的是个人感情的抒发和对时代的反思，如《淑女韵》等。后期创作的诗词走向成熟稳重，纵横捭阖，意境开阔，佳句连连，如《七绝·月夜有感》中的“缥缈人生凭造化，苍茫宇宙看阴阳”；《七律·一叶知秋》中的“沐阳棹桨三江荡，追月倾壶四海还”；《七律·望甲子》中的“撇捺豪情霸一方，平和横竖贯中央”；《江城子·去年今日母隔阳》中的“烧尽纸钱烟筑路，迎显妣，贡肴香”；《元会曲·再访西湖》中的“挽起钱塘浪，闲荡水天间”；《心境》中的“胸怀一轮月，心镜照千年”；《沁园春·迎丽日》中的“楚天迎丽日，朗朗乾坤”等。

作者的许多诗作创作于半百之后，写岁月感悟、家庭生活、朋友情谊、缅怀故人、追逝往事，如《索句浅悟乡愁》中的“闲情逸致，偶尔琢磨起风，起于青萍之末，止于草莽之间。浮想，一枚薄薄的邮票，牵着这头和那头；一方小小的青冢，连着里头和外头。摘一朵蔚蓝的云，随风带给那头；敬一碗醇香的酒，随风洒在坟头”；《院落拾零》中的“科尔沁的风，裹着牧草粗犷的乡情，平流抖动。向海湖的水，载着鱼翔浅底的空灵，波纹平静。那个曾经的少年，用七十载的岁月，孵就了一个遥远的梦”等。胸中有丘壑，下笔如神助，训练愈多，积累愈深，技臻纯熟，佳作不断。

春秋几载腕上趣，且取三辑慰风尘。《自悟方圆》亦如其人，真，诚，至情，至性，字里行间洋溢着有才兄对自身、对社会、对生活的诚实、深情和厚谊。这本书作纪实、随笔、散文、诗词歌赋应有尽有，虽略显庞杂，但真实感人，这就是生活，这就是人生，五味杂陈，让人欲罢不能。台上一分钟，台下十年功，作为一个非职业作者，古稀之年，一己之力，创作内涵如此丰富、言辞如此典雅、篇幅如此厚重的作品，足以令人叹服。

读罢此作，感慨万千，意欲一吐为快。遂信笔胡诌，略表愚见，不惮班门弄斧，意在抛砖引玉，是为序。

目 录

散忆

随笔

闲赋

其他诗词

散忆

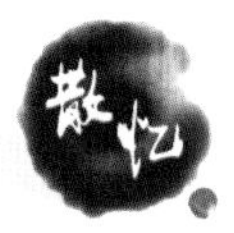

篇首语

“世态人情经历多，闲将往事思量过。”回忆起一些经历和往事，总会想起关汉卿《闲适》里的诗句。退休之后，人闲了，心也静了。因为有了这份闲，所以能在花甲之年心平气和地与年轻时的自己深入交流一下；因为有了这份闲，所以能有条不紊地将那些曾经亲历的风霜雨雪自悟一下；因为有了这份闲，所以能从容不迫地到自己的记忆深处拜访一下。这么一交流、一自悟、一拜访，才霍然发现，岁月匆匆，人生如梦，原来恍恍惚惚中已经经历了这么多、拥有了这么多。

我的祖辈和父辈，生于乱世，安危不定，衣食难济，像野草一样顽强而执着地活着，用血汗、智慧和勤劳，白手起家，生儿育女，福荫子孙。他们虽然是数亿平凡百姓中的一员，却是我心中的英雄，撑起了属于我的那片宁静、安定、自足的蔚蓝天空。

十岁之前的记忆中，我爷是当之无愧的主角。在我眼里，他是个大能人，一辈子走南闯北，饿过肚子，当过乞丐，闯过阎王殿，扒过死人堆，从河南到吉林，从一穷二白的外来户，到当地有名的“发家致富”头号人物，靠的不仅仅是那具未曾停止奋斗的身体，更是胸膛里那颗明辨是非、善良仁爱的“本心”。我爷懂生活，重情义，有气节，更难能可贵的是，他在穷困潦倒的岁月里，依旧保持着仗义疏财的大气大度、大仁大义。他广交际、爱施舍，知恩图报，与人为善，带着全家大小凭本事吃饭，过着清贫但干净体面的日子。我是他宠爱的孙子，同一铺炕上睡觉，同一个碗里吃饭，他言传身教，教会我如何做一个顶天立地的男人。在他的保护和宠爱里，我过得无忧无虑且自信自足。

我的父亲是个军人，“日伪”时期加入地下党组织，在解放战争中流过血，在抗美援朝中受过伤，也曾在部队混了个一官半职，在国际大都市有过一席之地。为着胸中的热血和国富民强的愿望，他响应国家号召，复员归农，将军人的荣耀和个人的前途通通埋进家乡的土地。他像一棵青松，抓紧脚下的土壤，忠于职守，默默承受。我总觉得父亲的沉默寡言、深沉务实里有着浪漫的忠肝义胆、侠骨柔肠，那穷苦出身与生俱来的坚韧隐忍里，也藏着绚丽多彩的梦想追求。与父亲相处的时日并不多，但我心里那颗关于荣誉和担当的种子，是他亲手播种下并受他悉心培育的。

母亲始终是心灵最深处的牵挂。我的母亲只是千千万万平凡家庭主妇中的一员，终其一生，不过是孝敬公婆、疼爱儿女，围着锅炉灶台，奉献一日三餐。可正是这种平凡，成就了上一代的安度晚年和下一代的成家立业。儿行千里，一声“妈妈”，儿时的娇态任性依旧充满年近古稀的躯体，仿佛人生旅途中所有受到的伤害和委屈，都能在那儿以任何形式扑进温柔而坚强的怀抱，得到治愈。

童年是一个人的根，我很幸运，我有个幸福而充实的童年。这幸福，这充实，温暖、保护了我一生。回顾这一生，从咿呀学语到懵懂求学，从戎装卫国到税海泛舟，堂堂正正，一步一个脚印，扬脚踏实地之风，修宽厚仁慈之心，行敬老爱幼之举，务干事创业之实，夙夜忧叹，唯恐有辱家教。如果说我身上有那么点优良品行，那么一大半的功劳要归功于我的祖辈和父辈，是他们扶正了我人生的第一步，上好了我人生的第一课。

少年啊，在本该意气风发的年龄，却在乱云飞渡的年代，过早地体验了五味杂陈。一心向学的初中生，对知识改变命运孜孜以求的寒门学子，偏偏赶上了史无前例的“文化大革命”，别说知识改变命运的梦想，就连踏实读书的愿望都风雨飘摇。那个狂热而偏执的年代，学校课业荒废，家庭伦理错位，社会秩序失衡，许多优秀教师被整，无数家庭支离破碎。我眼睁睁看着身边的同龄人戴上三寸宽的红袖箍，摇身一变，成了英雄好汉“红卫兵”，一个个连基础几何、化学物理知识都还没学会的小姑娘、小伙子兴冲冲地变成了“政治家”“演说家”“批斗家”。

家庭给了我幸福的童年，社会却在我少年时告诉我，是非善恶、明暗美丑要自己分辨取舍。也曾因学校罢课、无书可读、无路可走而迷茫、浑噩、惶恐、徘徊。但我是幸运的，善良正直的老师，勇敢智慧的乡亲，温柔体贴的陌生人……他们言传身教、以身作则，教会我善良友爱、好学上进、自强不息。

失学不失志，流汗不流泪。在生产队，在畜牧场，在林木场，在火车站，我与年长的叔叔阿姨、哥哥姐姐们并肩作战，同甘共苦，同工同酬，明白了“美好生活由双手创造”这个最本质、最朴素的生存哲理。

应征入伍后，一路南下到衡阳。从此，为战士，为军官，为人夫，为人父，也曾手握钢枪戍边关，也曾漂流南海守国土，也曾三尺讲台育英才，有青春的汗水，有感恩的泪水，有开怀的笑颜，有悲痛的伤痕。我想念我的气象台，想念我的老台长，想念那沓招飞的档案，想念法桐茂盛的南京气象学校。部队，这百炼成钢的大熔炉，是我千回百转依旧魂牵梦萦的家。

中年转战地方，恰逢改革开放，一切从零开始，以军人本色打底，以真诚友善作桨，以

业精于勤开路，在羊城广州安家落户。那颗悬着的心，也曾浪迹天涯，其中之酸甜苦辛，也是如人饮水，冷暖自知，未与人道。

创业维艰，守业也难，还有一摊子情感、纠纷、矛盾要面对，要梳理，要解决，加之上有父母，下有儿孙，一个都不能辜负；中间这一层，安身立命的工作、上下左右的同事、台前幕后的群众，一个都不能疏忽，是男人唯有顶天立地。

中年的主题，是承受和担当，是坚持和包容，是坚韧和隐忍，打落了牙齿往肚子里吞，伤透了心肺用微笑来弥补。中年的我，慢慢也活成了父亲的样子，脊背是挺拔的，风骨是傲立的，用沉默代替解释，用前进回击质疑，荣誉和精彩锁进箱子，功名和利禄不再重要，取舍之间知进知退，得失之处有所为有所不为，唯愿此心光明，无愧于人。

“三十功名尘与土，八千里路云和月。”人生如梦，转眼黄昏。人啊，从哪里来，到哪里去。人生如圆，起点套着终点，终点又是起点，兜兜转转，童年和晚年又相对两欢、合二为一。

我一生都希望能把自己人生这个圆画得圆满点，为此，吃苦，耐劳，奋斗，专注，牺牲，获得。从于家沟出发，经青山，过绿水，爬坡过坎，开山造桥，弃笔从戎，保家卫国，脱下军装，穿上税服，与洗脚上田的农民聊税法，与下海经商的企业家谈担当。我曾看着天河日新月异，也曾目睹海珠蒸蒸日上，我曾与共和国共患难，也与新中国同成长，我也曾信马由缰纵横南北、腾云驾雾漂洋过海……

回首这一生，爱人、孩子、亲人、朋友、战友、同志，点靠点，线串线，小圈连大圈，大圈套小圈，一圈又一圈，我总算把人生最美好的风景和印迹都圈进我的方圆里来了。

如今，行进在生命的新起点，依旧是锅炉灶台，依旧是家长里短，不一样的是，回忆里满满当当，风雨里踏踏实实，闲暇时二三知己围炉夜话，琴棋书画诗酒茶，独居处端杯热茶往摇椅上那么舒服一靠——呵呵，东曦既驾，心，总算踏实了。

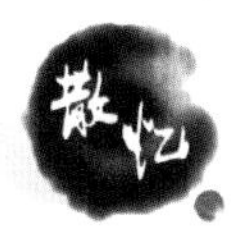

开　　悟

在科尔沁草原的东北边陲，有个静谧的村子叫于家沟。这里地广人稀、草丰水美，是生我养我的地方，是教我育我的故土；这里有我祖上的厚爱、父亲的叮嘱、母亲的呵护；这里记载着我快乐的童年，种下了我难忘的乡愁。

1951年初秋，我就出生在这块美丽而富饶的土地上。那时，父亲正在部队参加抗美援朝战争，我爷当家。我自幼便跟在爷爷屁股后面长大，是他宠爱的“跟屁虫”。童年的大部分回忆都与我爷有关，也许他老人家就是最初让我开悟之人。

我远祖原是山西洪洞县大槐树下居民，后迁到河南省安阳市内黄县西马上乡刘庄，到我爷那辈，已不知是第几代人了。

20世纪30年代，河南发生了大面积旱灾和蝗灾，有些地方颗粒无收，人们从吃糠咽菜到吃草根、树皮，最后竟连草根、树皮都吃不上了，有人就爬到树上摘树叶充饥。我的曾祖母，就是摘榆树叶时从树上掉下来摔死的。曾祖母的离世对曾祖父打击很大，对他来说，故土河南已经成了伤心地，灾祸连连的河南已非久留之地。很快，曾祖父就有了举家外迁的念头。

当时，我爷李振山正当壮年，一身力气，浑身是胆，为了一家人的生计和未来，他单枪匹马一路讨饭先行到东北踩点。返回后，就带着曾祖父李太荣等一大家子，挑着箩筐，带着菜团子，徒步讨饭到了吉林省白城市开通县（现通榆县）。

作为外来逃命家庭，老李家当时在开通县一无田地，二无房屋。为一家人的生计，我爷和我爹爷俩只能拼了命地给地主家打长工，但即便如此，一家人依然吃糠咽菜，过着牛马不如的苦日子。

日本侵略者入侵东北后，我爷又不幸被他们抓去当了劳工。也不知道是在什么地方，就知道成天挖壕沟。日复一日超负荷劳作，他不幸病倒了。日本侵略者没人性，见人倒下了，直接把我爷扔进隔离所不管不问。那年月，劳工累死、病死甚至被活活打死都是常有的事，被扔进隔离所等于一条腿迈进了阎王殿。好在他福大命大，遇上好心的劳工老蒙头，老蒙头背地里偷偷给他送饭送药，他总算死里逃生捞回条性命，逮到个机会逃了出来。

抗战胜利后，开通县率先解放，实行土地改革，广大贫民分到了土地，有了盼头，也有了希望，老李家的苦日子总算熬到头了。土地改革彻底摧毁了两千多年来的封建土地制度，消灭了地主阶级，农民翻了身，得到了最重要的生产资料——土地。广大农民真正实现了数千年来“耕者有其田”的梦想，农民从真正意义上翻身做了主人。土地改革也从根本上调动了广大农民群众投身生产建设的积极性，极大地解放了农村的生产力。

在老辈人的记忆里，当时以家庭为单位，按照对土地、牲畜等生产资料的占有量，划分出地主、富农、中农、下中农、贫农和雇农六个阶级，地主和富农受到严厉打击。土改中，那些平日里作威作福惯了的地主，受到了重创，付出了沉重代价。有些识时务的地主，懂得明哲保身，主动配合，焚毁租田契约、上缴财产，境遇还稍好点。有些心存侥幸的地主，死命抵抗，故意瞒报，投机取巧。所谓人为财死、鸟为食亡，在那个特殊年代，因财丧命的不在少数。

革命的过程是血腥的、残酷的，但革命的果实是丰硕的、甜美的。所谓“人生归有道，衣食固其端”，农耕时代，土地是最主要的生产资料。然而，旧中国的土地制度极不合理，70%—80% 的耕地掌握在占人口总数不到 10% 的地主、富农手里，他们以此残酷剥削农民，十指不沾泥，四季享丰收。而占人口 90% 以上的贫农、雇农和中农，却只有 20%—30% 的耕地，他们不得不租借地主、富农的土地，终年劳作苦辛，却三餐难饱。土地改革后，平民百姓分得了房屋和田地，有了自力更生、自给自足的保障，从此贫苦农民再也不受地主欺压。

在此基础上，东北又先行一步，鼓励勤劳致富，让一部分农民先富起来。我们老李家的日子，就是在那时候才慢慢好起来的。

老李家出身贫农，人丁兴旺，分了很多土地。我爷年富力强、争强好胜，带着全家起早贪黑、肩挑日月，胼手胝足间，很快由贫农变成了“新富农”。他很高兴，逢人就笑：“我也是新富农了。”到处夸共产党好，骂国民党是“刮民党”，对中国共产党感恩戴德，朴素的阶级感情极深，还极力鼓励我的父亲参军，打倒国民党反动派。

有了土地有了钱，我爷带着家人，用干打垒的方法围起了一个大院。院门朝东边的大路，坐北朝南盖起了三间房。东屋是我爷和我奶带姑姑、叔叔住的，西屋住的是我的爹妈和哥哥，中间的房用东北话叫外屋地，其实就是几个灶火台，屋里有几铺炕就设几个灶火台，灶台上有大铁锅，煮饭炒菜的同时也烧炕取暖。正房的西侧坐西朝东有四间厢房，其中两间仓房、一间驴马圈、一间磨道房。磨道自家专用，闲时也无偿提供给别人用。

院子里有个挖得很深的菜窖，常年盖着棚子，冬天储存土豆、白菜、萝卜等蔬菜，棚子上堆满柴火，以及驴马牛羊吃的干草。柴火堆得很高，足够一年之用。

院子外面，沿着围墙种了一圈杨树、柳树和榆树。这些树高大繁茂，形成了一道随季节而变幻色彩的天然屏障。屏障之外，有一道挖得不浅的壕沟，除了猫狗等小动物，一般的大牲畜是进不来的。院子里有一大块空地，空地上种满了蔬菜和扫帚梅、大熟仙等花草，到了暖季，鲜花盛开，蜂舞蝶绕，异常美丽。

话说分得田地后，我爷带着一家人勤劳致富，成为当地响当当的人物，赢得了当地百姓的尊重和爱戴。这对一个没读过书、没受过教育、从贫困潦倒中走出来的农村汉子来说，已是莫大的荣耀。

在当地还流传一个顺口溜："发家致富——李振山，调皮捣蛋——王某宪，投机倒把——孙某正，轧掉脑袋——刘某先。"我爷就是当年家喻户晓的发家致富代表人物。

我爷出身贫寒，却对钱财看得格外开明，他常说："君子爱财，取之有道。有难同当，有福同享。"他爱酒，平日总要喝上几口，也讲究个生活小情调。正是他这种大气大度的性情，潜移默化地影响了我，成年之后我爱喝酒、爱交友，该花钱时从不吝啬，也许都跟儿时很多微妙的记忆有关。

虽然我是老李家的第二个孙子，但我哥身体不好，时常外出看病，因此我陪我爷的时间最多，我也最得他疼爱。东北的冬天很冷，睡的是热炕，自打记事起，我们爷孙就睡一个被窝，直到上小学。因此我受他的影响很深，他对我的管教也最严。好在，我自小也挺争气，从来没让他老人家失望过。

我们老李家是地道的中原人，继承了传统的三纲五常，讲究三从四德。那时，接待客人，女人和孩子是不能上桌的，但小小的我有特权，可以陪爷爷与客人同桌吃饭。四五岁时，我爷就经常一边喝着老白干，一边用筷子蘸点白酒往我嘴里送。我的酒量向来不错，想必就是那时打下的基础，抑或是从我爷那辈传下来的。

记得小时候我经常跟我爷去老市场。那可是新中国成立后到改革开放前，通榆县城最繁华的商业之地，也是文化娱乐的重要场所。

当年，每每走到老市场，远远地就能听到大姑娘、小媳妇们不停地吆喝："茄子、豆角、尖儿辣椒……3分钱一斤啊！"而口大气粗的大老爷们儿拎着各式皮货高声喊着："草狐狸、火狐狸、貉子皮，不熟不暖不要钱哟……"还有耍猴的，斗鸡的，变戏法的……各式嘈杂声不绝于耳。掌鞋的，钉马掌的，阉猪仔的……也不知是锤子声，还是嚎叫声，混杂在一起，发出不和谐的交响曲。

当然，最美妙的还是戏台子上，温和柔顺的二人转唱腔，以及铿锵激昂的京剧念唱。尽管如此，我爷嫌一台戏听下来时间太长，影响他的生意，宁可随意地边听评书边喝茶边卖农货，三全其美，各不耽误。

那个年代，在小地方的艺界，除了说古，没什么更多的新玩意，直到“文革”前后，才开始大谈政治。

那时，隔三岔五，我爷会带我去老市场喝茶听评书，有时没带我去，漏了段落，经我追问：“后事如何?”他就绘声绘色地讲给我听。其实，绝大部分都是他平日里茶余饭后，在父老乡亲面前露一手，海阔天空侃大山“说古”时，我悄悄听来的。别的印象不深，四大名著，我儿时起就略知一二，特别是对《三国演义》中的刘备、曹操、孙权和《水浒传》中的一百单八将，耳熟能详。

我爷没读过几本书，斗大的字识不了几口袋，但说起古来，那是一套一套的，不必打草稿，还懂得许多典故。不知道是隔代遗传，还是耳濡目染，我从小就在他老人家身上学到了一些做人做事的朴实道理。

澡堂糗事

东北的冬天风沙大、降水少，天气干燥，寒风刺骨，要是能舒舒服服洗个热水澡那简直是人间享受了。但二十世纪五六十年代普通家庭没有普及取暖、取热装置，一到冬天，家家户户都柴火紧张，哪有多余的柴火烧水洗澡，更别说长时间泡澡了。因此，一到冬天，大澡堂子就成了东北人休闲解乏享受生活的好去处。东北人性格豪迈，不拘小节，大家伙在大澡堂子里边洗澡边聊天，想吃东西吃东西，想眯眼小憩就眯眼小憩，你要是兴致来了，仰天长啸，高歌几嗓子，那也悉听尊便，反正无拘无束、自由自在就是了，一个字就是“爽”。所以，地道的北方人，尤其是老一辈的东北人，大概骨子里都有个泡澡堂子情结。

我爷也爱泡澡，每次都喜欢带上我，我也喜欢跟他一起去澡堂子玩。不过那年头，经济条件很差，不是想去泡澡堂子就可以去泡澡堂子的，一个月能去澡堂子洗上一次澡就已经很奢侈了。但我爷风光的时候，我借上了他的光，小小年纪就能每星期都洗上一个舒舒服服的热水澡。

二十世纪的公共老澡堂，对于现在的年轻人来说似乎很遥远，但对于年纪大点的老人来讲，那可是再亲切不过了。那时候真正意义上的澡堂子都是很低调的，虽然坐落在热闹的老市场里，但没有豪华的装饰，没有现代洗浴中心那样耀眼的霓虹灯和大招牌。

在我的记忆中，那时的澡堂子里分泡池、搓背修脚处、休息间三个区域。我特别喜欢待在休息间，泡池、搓背修脚处基本不去。休息间很宽很长，地上一排烧得热乎乎的长炕，炕上并无分格挡板，只隔着一张长条形小炕桌，炕桌的两侧摆着两个枕头、两条被子，两个人隔着炕桌或坐或躺地自然形成一个区间。

休息间在澡堂子里还充当着茶室的功能，桌上摆着热茶和点心，平时吃不着的果子，在这里可以样样都尝遍。我特别喜欢吃休息间的果子。我爷又特疼我，我喜欢吃啥，他就点啥，点得最多的是什拌果子和卢果。果子分量都很足，可以吃到饱。

吃饱后，我就躺在炕上看小人书。不看书时就东张西望，偷偷拿眼瞧那些裹着下半身、光着膀子进进出出的男人们。经常是在不知不觉中就睡着了，每每被搓澡的小罗锅子拍醒。

印象中，澡堂子里是不计时的，可以从早晨敲钟开门就进去，晚上满天星斗时再出来，总之想在里面待多久就待多久，绝没有人会催你赶你。所以，我跟我爷有时候会在澡堂子里待上一整天，有时吃饱喝足又没睡着，就在泡池、搓背修脚处、休息间三个地方乱窜，一会看看大人们赤条条地在搓背修脚处躺着，像摊饼子一样被搓背师傅翻来翻去地搓，他们脸上都显现出舒服享受的样子，让人看着就高兴；一会儿又看看泡池里，人们光着的身子被热水泡得红红的，脸上洋溢着半睡半醒神仙般的惬意，让人看着就有趣。

泡澡是北方人一大民俗，后来逐渐演变成了独有的澡堂子文化，上演着北方人的人情世故、百态人生，泡在热池中的人们，脸上写满了惬意与知足。其实，去澡堂子的人大部分不光是为洗澡，更是为了享受那种自由自在、怡然自得的惬意，至于洗没洗净身子倒并不重要。

那时候老百姓也没有更多的娱乐活动，对我爷那辈人来说，泡澡堂子是生活情调的一个重要组成部分。在热气蒸腾的澡堂子里，往池子里一泡，泡得满身大汗、遍体通红、蒸汽绕体、神经松弛、筋骨舒展，有时再叫个搓澡师傅浑身上下那么一搓，既洗净了身体，又舒了筋活了血。完了，再冲一壶茶，往炕上一躺，渴了，喝上两口，那叫滋润！饿了，点上几个点心，睡个小觉，优哉游哉，活如神仙。

不过对于小孩来说，如我，跟我爷去泡澡，那时是体会不到大人们的那种感受的，只是觉得好玩，还有好吃的，很满足。

跟在我爷屁股后面无忧无虑泡澡吃果子的日子一直持续到1960年的冬季。那个冬季的某个星期六，大概早上八九点的样子，吃完早饭，发现我爷不见了，我立马想："今天该是洗澡的日子啊，难道我爷自己一个人先去了？洗澡哪能不带我呢！"

胸有成竹的我问都没问一声，一路小跑来到老市场的澡堂子。到了澡堂子，二话不说，帘子都没掀，一头扎进堂子里。

一个陌生女人急忙侧身出来想拦住我，但没拦住。

我一边冲进去一边大声喊："我找我爷。"

那女人问："什么你爷？今天是女的洗澡！"

我哪里还听得进去，身子分明已经冲了进去！

就在抬头寻找我爷的瞬间，蒸汽腾腾里一群白花花的陌生肉体映入眼帘，我猛然一惊，吓坏了——眼前的人们长相不同，体态不同，连最熟悉的小罗锅子都不见了！

顿时，天地静止，我整个人都懵了，脑子一片空白……

这时，猛然听到有女人大声喊："揪住他，揪住他……"

我急了，手足无措，进退无路。幸好，那个想拦住我的老女人发话了："他是于家沟老李

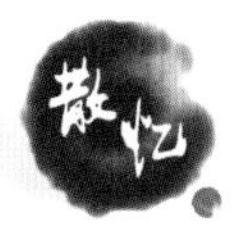

头的孙子，可能把时间搞错了，放他走吧!”

后来才知道，那时洗澡是有“规矩”的，同一个澡堂子，逢“单”男的洗澡，逢“双”女的洗澡，约定俗成，雷打不动。只是那时去澡堂子都是跟我爷一起去，我自己本没有男女分别的概念。

那种天旋地转、进退无路的处境，我记事以来头一回体验，当时那怦怦狂跳的心、头重脚轻的感觉、垂头丧气走回家的样子，至今记忆犹新。

到家后，我久久不能平静。大人们也没说我啥，倒是我爷很是怅然地说了一句：“现在条件差了，洗澡也会少的。”此后，我再也没有进过那个澡堂子。

儿时糗事不少，这件澡堂糗事对我来说，也算是为我的童年回忆增添了色彩和味道，但我爷对于“条件差了，洗澡也会少的”的那种低落情绪，却在我幼小的心灵中产生了巨大的冲击。

老 蒙 头

老蒙头是蒙古人，其实不姓蒙，但蒙古名字很长，我当时都没记住，现在更不知道他叫啥名了，只知道大家都称他为老蒙头。他是我爷的救命恩人。当年，我爷被日本侵略者抓去当劳工，因病被扔进隔离所，是他冒着生命危险偷偷给我爷送药送饭，新中国成立后，老哥儿俩便成了老伙计。

老蒙头不太会说汉语，结结巴巴，但基本能听懂。他一生无妻无子，也没什么亲戚朋友，孤家寡人住在于家沟西边的荒野上。离我们家很远，坐毛驴车也要走上小半天。

第一次跟我爷去看望他，是在冬天，离春节不到半个月的样子。我们坐着毛驴车，车上载着些带给他的吃的用的。

老蒙头的家安在荒郊野外，独门独院，院子不大，四周围着篱笆，篱笆是用粗树枝掺杂玉米秸扎起来的，歪歪斜斜。院子里，一只公鸡带着几只母鸡在啄食，没看到过牛和羊。现在想起来，那场景非常像金庸武侠小说里描写武林高手的独居场所，非常幽静恬淡。

快到门口时，我爷就大声吆喝："老蒙头，我带孙子看你来了……"远远地，一个驼背老人从院墙内一拐一拐迎了出来，兴奋道："呵呵……呵呵……早就听到毛驴声了。"

还没等毛驴车停稳，我爷已下车，张着臂膀和老蒙头抱在一处了。只听老蒙头嚷嚷道："难怪我这些天总乐得睡不着，原来是老弟你来看我了……哟，还带着个毛头大小子，好孩子……"

老蒙头的年纪和我爷差不多，但看起来就要老许多。他面容清瘦，衣襟破旧，一头花白头发蓬松散乱，额头上横排着几条长短沟谷，一副被岁月折磨的沧桑模样。

晚上，老哥俩坐在里屋烧得热乎乎的炕上，手里抓着为数不多的风干牛肉，细细慢慢地嚼着，喝着我爷带来的散装老白干，碰一杯干一个，不时发出"啾啾"的品酒声。一只长杆儿的烟袋锅里装着生烟叶，生烟叶俗称"蛤蟆头"，烟味呛鼻，哥俩你一口、我一口地递来递去，不停地"吧嗒"嘴，很享受的样子。

我在外屋烧柴火，锅里炖着萝卜、土豆和一只在夜里被黄鼠狼咬死的鸡，他们哥俩说着当年被日本侵略者抓去当劳工时的陈年旧话。

"……就咱老哥俩有来往了。你当年被打伤了腿，我被打伤了腰，咱俩命大逃出来了。你比我大几岁，还单身一人，活得不容易啊！"是我爷的声音。

老蒙头就笑："那也得活啊，总比没逃出来、被活埋、被饿死冻死的强。唉！我这腿算是给日本鬼子废了，一个残疾人还能指望哪个娘们看上……"

讲到那些工友们同心齐力与日本侵略者斗智斗勇的陈年往事，两位老人都兴高采烈，时不时发出豪爽的大笑；聊到被欺凌侮辱时，又发出沉重的叹息。

我也听不太明白，就在他们叹息声重时，我捧着香喷喷的炖菜上桌了，坐在两位胡子花白的老人中间，为老哥俩各夹了一只鸡腿，端起酒杯，恭敬地说："你们年纪大了，可我还小，到时候，我伺候你们。"两位爷笑得前仰后合，很是欣慰。

他是我爷的恩人，又是个孤寡老人，许是深切的感激，许是深深的同情，跟着我爷探望过一次后，我就经常一个人独自去看他了。有车时就搭便车，没车时就走路。春节前去，主要是去打理打理院子，顺便帮着劈柴堆柴。春天去，晾晒被子和衣物，顺便搞搞卫生。春夏还好，冬天里，老蒙头长时间地卧在炕上喘粗气，不停地咳嗽。面对风烛残年的孤寡老人，我看在眼里疼在心里，却也无能为力。

我虽帮不上他什么大忙，但老蒙头还是很喜欢我去看望他，也很喜欢我陪他唠唠嗑。每次去看他，他都会和我唠很久，也不知道唠啥，反正他说他的，我说我的，相互之间并没有太多共同语言。加上老蒙头普通话不太流利，经常听不明白他说什么，有时候当语言表达不清时，他就加上手势，边说边比画。每次，我要离开时，他眼睛里总是闪烁着不舍的泪花，那依恋的神情叫人于心不忍。每次临别，他总要塞给我几毛钱，我一次都没有收下过。

有一次，他拿出一个小布袋子，抓了一把类似玻璃珠的五光十色、不太规则的半透明小石子递给我，足有六七粒吧，说："收着吧！一是好玩，二是管用。"这几粒小石子，我一见倾心、爱不释手，便收下了，保存了很久。之后才知道，那是玛瑙石，据说是蒙古族人最喜爱的宝贝之一。

我爱收藏、恋旧情、恋旧物，也许就是从这几粒小石子开始的。无意中，老蒙头成了我收藏道路上的第一位启蒙老师。

后来的某一天，我又准备去看望老蒙头。我爷拦住了我，说："你以后都不用再去了。他已经走了。"

我问："他走了？去哪了？"

我爷说："去天堂享清福了。"

"哦！"我似懂非懂，心里却五味杂陈，说不出个滋味……

空手擒兔

“空手套白狼”时常被当作贬义词，意指某些很聪明、不用成本或用很少的成本就能获得较大收益的人或事，带有坑蒙拐骗的意味。但我却持不同意见，我认为“白狼”是利益最大化的代名词，也是不可多得的“珍稀动物”，能空手套白狼，此人定有过人之智、超群之能，某种程度上，值得褒奖，如武松赤手空拳打老虎等。

诚然，我等并无“空手套白狼”的本事，但在十三四岁的少年时期，确确实实有过“空手擒野兔”的经历，当时还成为于家沟家喻户晓的美谈佳话。

在双岗畜牧场小学读了一个学期后，父母觉得这个学校的教学质量不如城里的好，三年级下学期的时候，又把我转回了县城的南康小学读书。从畜牧场回来时，荣誉军人伍聋子叔叔送了我一只小猎狗，棕灰色，细长腿，刚断奶不久。后来，这只小猎狗成了我的小伙伴。

大约五年级吧，这小猎狗刚满两岁，长得肩宽、腰细、腿长、掌大、牙利、短细尾，目光如炬，神采奕奕，人见人爱，是看家护院的好手。美中不足的，就是还没有在沙场一显身手过，也不知道狩猎功夫到底如何。

那年冬天，连着数日大雪纷飞，大地银装素裹，世界都在一片白茫茫中。那日雪后放晴，风和日丽，我瞧着远处被雪蒙着身躯、如雪白绸缎般的南坨子，心想，这可真是个驯狗的好天气。于是，当机立断，立马牵上我的小猎狗，一人一狗不紧不慢地朝南坨子方向溜达。

经过平行于南山后的低洼谷地，慢慢进入南坨子腹地。当时，几十平方公里的南坨子腹地尚未开发，还是原始状态，高矮不一的灌木丛，大片的野麻、蒿子、杂草，偶尔有几株较高的乔木，也大都是野生的榆树，形单影只地立着，是守猎人、砍柴人、放牧人天然的指南针。

雪，漫山遍野都是白茫茫的大雪，空旷辽远，人烟全无。

成百上千只铁雀在头顶上不耐烦地盘旋，黑压压的一片。除了愤怒而寂寞的铁雀，这地上，能走会跑还大喘着粗气的生物，估计就只有我和小猎狗了。一时之间，这空空荡荡的旷野，铁雀的叫声让人心里瘆得慌。

小猎狗特别兴奋，因为头一回上战场，这原始的荒野，激发了它本能的野性。它激动地低低吠叫着，弓着身子使劲向前冲，几乎就要挣脱我手里的绳索。我当然不能放手，被它带

着一蹿一蹿地跑步前进。

天有不测之风云，人有不备之三急。正当我手脚并用要控制小猎狗时，一阵尿急。当时，见四野无人，就使劲拽住狗，解开厚厚的棉裤，准备撒尿。不想，这狗性子烈，又正在兴头上，哪里舍得等我一时半会儿，只见它猛地又一蹿老远，一下子把我向前拽出了两三步。恰在此时，从雪堆里面，猛然垂直蹿上来一只雪白野兔。其实兔子本身是灰色，因身上沾满了雪，看起来是白色。说时迟，那时快，我本能地伸出右手横空扫过去，许是机缘巧合，一把揪住了兔子的两只长耳朵！野兔被我高高拎在手里，半空悬挂着，像个沉重的钟摆一样左摆右甩，发出刺耳的尖叫，拼命地挣扎。我使出吃奶的劲，死死拽住。

我攥紧绳子的左手慌忙扯住裤腰带，扬在半空的右手死死抓住十来斤的兔子，狗狂吠乱跳就要挣脱束缚，兔子左甩右摆不肯束手就擒，左手一松掉裤子，右手一松跑兔子！真是手忙脚乱，左右为难，很是尴尬。就在此时，我猛然发现，两条腿已经深深陷进雪堆里，拔都拔不出来了。正所谓，空不出手，拔不出腿，为了兔子和裤子，可是急坏了机灵伶俐的小伙子。当时，我就像个雪地里的稻草人，保持着坚守的姿势，一动不敢动。

正犹豫间，猛然想起——此行的本意就是沙场驯狗啊！何不趁机试试猎狗的本领？我果断右手一扬，将肥兔用力甩了出去。兔子在雪地里打了个滚，飞一般溜出去。猎狗急了，没等我松开绳子，已经像离弦的箭拖着我飞向兔子……绳子受不住力，断了，我结结实实地在雪地里摔了个“狗吃屎”。裤子掉了，松软的白雪拱进裤裆里，立马又化了，刺骨的冰冷。我挣扎着站起来，放眼看去，那边，狗追着兔子，已经开始了紧张有序的雪地追逐。我赶紧胡乱地抖出裤裆里的“瑞雪”，迅速“放水”完毕，麻利地勒紧裤腰带，急急投入驯犬之中。

其时，形势复杂，战况激烈。我大气不敢喘，深一脚浅一脚，追着狗兔赛跑。说也奇怪，那兔子并不跑直线，而是经常眼看着就要被狗追上时，突然左拐右闪甩开与狗的距离，而且向右拐闪居多。这样就以我为中心形成了顺时针方向半径五六十米不规则的圆周。

看清了门道，我也不跟着跑了，就站在原地一圈一圈地看着它们追逐。

大约跑了两三圈后，狗和兔子的速度都慢了下来了。雪地又深又软，消耗的体能非常大，它们最后的追逐已不是跑，而是一跃一跃地在雪地上拖行，两者的距离始终保持在一两米之内。

那是追逐中的玩耍，玩耍中的追逐，赛跑中的嬉戏，嬉戏中的赛跑。身临其境的我，贪婪地大饱狗兔赛跑的眼福。

“砰”，突然一声枪响，打破了雪域旷野的沉寂。待我再看时，野兔已经一动不动地趴在雪地上喘着粗气，小猎狗也趴在野兔的身边大口大口地喘气。这一枪，既没有打中兔子，也没有打中狗子，但两位居然都装死，停止了赛跑！神奇。

这时，夜幕已悄然降临。

猎人扛着枪，空着两手走近了。我看清了，是王大爷。

王大爷问：“哦，是秋发呀。天黑了，回家吧。”

我有些不满，略带责怪道：“王大爷，你为什么开枪？”

王大爷说：“什么比赛都有结束的时候，我在一边看了很久了，它俩并列冠军……”

“并列冠军……”我一开始很是茫然，不解其意，后来慢慢理解了这“并列冠军”四个字的含义。

当兵后，我就再也没见过王大爷，也没再见过雪地里绕圈追逐着赛跑的狗子和兔子了。但那情那景，那两位雪地里努力拼搏的“并列冠军”，却一直烙在我的脑海深处，终生难忘。

大 青 山

年少读书时遭遇了各种动荡，我真正接受正规正统教育的时间并不长，特别是“文革”期间，学校不再正常上课，革命派和保守派的争斗日益白热化，并逐步从“文斗”演变成“武斗”，课业受到较大影响。上课——读书——考大学，靠知识改变命运的梦想彻底破灭。迷茫，沮丧，彷徨，沉重的压抑与落寞，像座大山一样压在我稚嫩的肩膀上，一言一行、一举一动都说不出的无助。

前路一团漆黑，看不到半点亮光，我像个没有拐杖的盲人一样，深一脚浅一脚地在混沌世界里摸索着行走，不知何去何从，不知路在何方。

一天下午，我躺在炕上，迷迷糊糊就睡着了。当母亲叫醒我时，我一看时钟都指向六点了，急急忙忙地起身，紧张地自言自语，胡乱地说着：“晚了，晚了，迟到了，迟到了……”不容分说背上书包就往门外跑。母亲一把拉住我，说：“干哈去呀？吃晚饭了，现在不是早上，也没学上了。”顺手，还给了我一巴掌。这一巴掌打醒了我。我偷偷擦去眼泪，悻悻然放回书包。

晚饭后，大哥主动找我唠嗑，说：“人不该死天有救，车到山前必有路，活人岂能被尿憋死？你干活挣钱，有钱了可以买书，有书就可以自学，自学也能成才呀。”

我一想，也是这个理，在哪还不是读书！

正值寒冬，生产队也没啥干的。听学校一个同学说他爷爷在大青山打更，还说夏天时他去玩过，湿地里有芦苇、蒲蚌草、野花和名贵的黄榆树，水里游的是鱼虾、野鸭、天鹅、丹顶鹤，地上跑的是黄羊、野猪、野兔、獐子还有狼，天上飞的就更多了，各种鸟类，特别是五颜六色的野山鸡，一边飞还一边发出“咯咯”的叫声，动听极了……我听着同学的描述，心想，如此仙境，一定很好玩，要想办法一睹为快。

但大青山距离于家沟有五十多里路，这冰天雪地的，我一个十几岁的孩子，该如何去？正好，小学同学中有个叫色和建的，他爸是副食品公司的经理，经常派车到各地送货拉货。我找到他，跟他说明意图，他很爽快地答复说：“第二天就有车路过大青山。”第二天，我和大哥打了个招呼，就独自上路了。

到了大青山，找到同学的爷爷——岳爷爷。老人家很和善，听我说明了来意，也就安排我住下了。当时，除了身上的大衣，我没带任何行李。好在，睡的是烧得热乎乎的炕，屋子里温度起码有二十几度，我和衣挤在岳爷爷身边睡觉，一点也不冷。

次日一早，我便跟着岳爷爷到苇场一边巡场一边溜达着玩。苇场很大，我们爷俩慢行在有一米多宽的土堤上，堤外是挖土垒堤时形成的人工壕沟，里边堆着几十垛十几米高的草垛、苇垛。慢巡一周大约一个小时。岳爷爷肩上扛把铁叉子，我手里拎个木头棒子，主要作自卫壮胆用。

巡场时，我看到远处有些零零星星、三五成群的黄色动物在悠闲地吃草游荡。几只体型较大、毛色较黄的，一直与我们保持一定的距离。十几只毛色浅黄、体型较小的，却不断地靠近，在大约离我们三四十米的地方才停下来。它们抬起头竖起耳朵盯着我俩看，鼻子里呼出的粗气遇冷凝结，形成了一道看得见的白雾。

岳爷爷指着远处的动物说："那五六只是黄羊，近处的这十几只就是'傻狍子'。它们也不是真傻，只是天性好奇，看到啥都想探个明白弄个究竟，所以肉食动物包括人类，对它们危害最大。"我不经意地咳了一声，傻狍子掉头就跑。可跑出十几米后，又停下了，继续回过头好奇地往我们这边张望。岳爷爷说："它们认为安全了，所以又停下了。从这点看，它们确实傻。我今天若是带了猎枪，肯定能打中它们。"

我马上接过话说："你有枪？能教我打猎吗？"

岳爷爷说："等下雪了，我教你。"

当晚后半夜是岳爷爷的班，但他似乎身体很不舒服，睡下后没多久便起了几次身解手。我偷偷爬起来，告诉上一班的许爷爷在交班时，只叫我别叫岳爷爷，好让他多休息一会。

后半夜，许爷爷果然轻轻叫醒了我。我静悄悄起来，没惊扰沉睡的岳爷爷。

只身一人走在土堤上，空旷的场子里空无一人，我顿时有些怕了，对着天空甩了甩大棒子以壮"英雄胆"。突然，一只夜猫子（猫头鹰）"啪啦啪啦"地在我头顶飞了过去，那凄凉的叫声令人毛骨悚然，我的"英雄胆"瞬间全吓没了，心悬到了嗓子眼，怦怦直跳。

走到第二圈时，心跳才慢慢平复下来。这时，又发现远方出现了几道玻璃球大小的青光。我丝毫没在意，沿着白天巡场的路线，不紧不慢地继续走。天空慢慢飘起了雪花，青光便模糊不见了。

天蒙蒙亮时，接班的人来了。我一步一回头，数着自己在土堤上留下的脚印，收工了。猛然发现，不远处风雪里，有个人扛着一根棍子迎面走过来——原来是岳爷爷，他肩上扛的

是猎枪，而不是棍子。

走近了，他双手捂着我的脸，笑着问：“吓坏了吧?”

我故作镇静，答：“听蝲蝲蛄叫还不种地了。”

他“哦哦”了几声后，问：“看到狼了吗?”

“没有，哪里会有狼！即便有狼，我手里有棍子，谁怕谁还不一定呢。”

“那看到青光了吗?”

“看到了，有好几道呢，好像从玻璃球里射出来的。”

“那是从狼眼睛里发出的青光，你真是无知者无畏呀。”他笑了。

我接着说：“那我也不怕，因为你肯定一直跟在我身后边，我只是没发现而已。”他哈哈大笑起来，眼泪都快笑出来了。

这时，雪越下越大，风越刮越急。一种不知是对岳爷爷，还是对自己的成就感、敬畏感、慰藉感，在我心里油然而生。

第二天下午，天放晴了，风也停了。

岳爷爷给我找了双大号高腰乌拉鞋，里面塞满了乌拉草，帮我穿上之后说：“走，上山打猎去。”

路上，他又说：“你这小孩很机灵，还有点眼力见儿。那天晚上我确实不舒服，老许头叫醒你上工后，马上也把我叫醒了。我预感要下雪了，狼都会提前找食儿吃，就特意扛上枪，装上火药和铁砂，一百米开外跟着你巡场。小小年纪心眼这么好，跟谁学的?”

我不知如何回答，就说：“于家沟方圆几十里的人，都说我们老李家人品好。”

他说：“那你是李振山的孙子？你爹叫李贵庭，对不?”

我说：“是。”

他亲切地摁住我双肩，高兴地说：“你爷和我是老交情了……你爹你妈都是好人，孩子们也错不了。”

随后，我们折了几根树枝，在雪地上扫出一片空地。坐下后，岳爷爷便耐心地教我使用猎枪，如何装火药，如何向枪管里装铁砂，如何瞄准，如何打野兔，如何打野鸡等动作要领。

不一会儿，有“咯咯咯咯”的声音从头顶传来，声音越来越大。我一看，一只野鸡越飞越近。

岳爷爷举起枪，却并不动作，只怔怔地看着野鸡飞向头顶。

"快打，快打！"我急了。

但他依旧冷静地等待，当野鸡掠过头顶十几米时，一瞄准，枪响鸡落。我跑过去捡起来一看，是只色彩斑斓的公野鸡。

岳爷爷就近拔起一根野麻秆，穿过野鸡鼻子，再打了个扣，让我拎着。

我们一前一后走着。岳爷爷边走边说："雪后天晴，小动物们都急于找食儿充饥，是打猎的最好时机。野鸡飞过头顶速度快，很难瞄得准、打得中。待它飞过去就对尾，飞过来就对头，才有时间瞄得准打得中……下雪时，野兔会找个坑趴在里面，雪大时，就被埋在里面了。它不停地喘气呼吸，自然形成一个垂直的气洞，当你走近时，它受到惊吓，就会突然蹿上来，你就可以一把揪住它的耳朵。"

虽然没岳爷爷那样懂那么多常识，但"空手擒野兔"的事，还真经历过一次。

几天后，我搭便车回家了，免不了又跟家里家外的人渲染了一番。这次是纯粹玩儿的，虽然没有看到大青山苇场夏季的风光，但冬天的景色也美得令人难以忘怀。

父 子 兵

我的父亲出生于战乱年代，经历过贫穷困苦、动荡岁月、战场厮杀、枪林弹雨，但他向来沉默寡言，极少提及他对社会、对生活、对人生的感受与感慨。

父亲参加革命的时间可以追溯到1943年，当时，开通县处于伪满统治时期。早在1923年，吉林省四平市至黑龙江省齐齐哈尔市的铁路就修好了。开通火车站距四平火车站250公里，北距齐齐哈尔火车站300公里，虽然是县级站，但处于中间地带，地理位置十分重要。父亲在沿铁路线活动的地下党组织的影响和感召下，在家人和左邻右舍都不知晓的情况下加入了中国共产党，走上了革命道路。白天他是打长工的农民，晚上就是沿铁路线抗日救亡的活跃分子。他和战友们虽然没有炸铁路、断桥梁这般铁道游击队的英雄壮举，但他们在铁道上丢石头、堆杂物、拆道钉、松枕木，巧妙地减慢了火车入关的运输速度，“偷卸”、损坏日伪军入关军用物资、装备和武器，为前线中国军队正面抗击日本帝国主义的侵略、早日实现抗日战争的胜利，勇敢地承担了中华儿女应尽的义务和责任。

父亲正式参军是在1947年，还是在四平至齐齐哈尔铁路沿线周边活动，轻车熟路。在解放军攻打四平锦州战役中，他为前线筹集物资表现突出，不但立功受奖还被提升为排长，虽然没有薪水发，但有了代步工具——骑上了高头大马。这是父亲难得的一段意气风发的时期。多年之后，每当他回忆起自己骑着高头大马，威风凛凛地回于家沟探望家人时的场景，他便一改少言寡语的性格，只见他身体略略前倾，口若悬河，摇头摆臂，脸上洋溢着无以言表的自豪，全身笼罩着一圈无尽的荣光，好像又骑在马背上驰骋飞奔。二十世纪六十年代初，在双岗畜牧场工作时，他有时也骑着西洋大马回家，那马高大威猛，我伸直了手才够得着马背。当时和现在，回忆起来，我对父亲都是充满了羡慕和敬仰的。

抗美援朝战争中，父亲随部队转防到了丹东鸭绿江边，为参战部队做后勤保障工作。按父亲的说法是“抗美援朝刚过江，立功受奖都有份，再获一枚纪念章”。

我反问过父亲：“有这种好事?”

父亲沉默良久，才回过神来，淡淡地说：“哪有那么容易！我的战友一批批渡江过去，要不就牺牲永别了，要不就缺胳膊断腿、血肉模糊地被抬回来了。我是看在眼里疼在心里，这种精神和心理上的折磨，有时比壮烈牺牲还难熬。向前线运送物资、装备和弹药是刻不容缓的事，不时还有台湾特务的破坏和天上飞机的轰炸。有位新战士看敌机飞过，新奇好玩，若不是我见机将他扑倒卧下，可能就被炸死了。我的腿也被弹片划开了一道长长的口子，因此记了‘大功’一次。有时，爬冰卧雪一连几天，饿了，啃干粮，渴了，吞冰雪，等待时机，趁轰炸间隙马上把弹药装备送过江去。几次炸弹就在身边不远处爆炸，要不是命大，怕是早就牺牲了。因为那时留下了伤病，我后来被评定为二等残废军人。”

简短平实的口述，惊心动魄的经历，父亲饱含辛酸无奈的语气，让我无言以对，没想到父亲那枚抗美援朝和平鸽纪念章，竟然来得如此不易。

据母亲回忆，抗美援朝结束后，她曾带我去丹东凤凰城探望过父亲。路上舟车劳顿，在火车上，我的鼻血长流不止。这时，走过来两位身背药箱的小战士，其中一位抱着我，用手托住我的下颌，把我的头扬起，另一位用药棉塞进我的鼻孔，折腾了很久，总算把鼻血止住了，可小战士的衣裤已经被鼻血染红了。

当小战士得知我们探望的人叫李贵庭时，他从惊讶到惊喜，抱着我几乎跳了起来。母亲一头雾水，小战士却激动地口若悬河起来，说父亲是他的老排长，还救过他一命，如何如何地说个不停。他还说自己现在是卫生战士，负责护送从朝鲜战场负伤治疗好的志愿军战士返回家乡，丹东至齐齐哈尔的线路就是他专程负责等。

鼻血止住后，我又精神起来，满车厢跑着玩。小战士怕我摔倒又流鼻血，干脆就抱着我走来走去地哄着玩。

不知颠簸了多久，天将黑时，终于到达丹东火车站。父亲领着一个兵在站台上东张西望。小战士抱起我急匆匆就往父亲的方向跑去，另一位小战士提着包裹和母亲远远地跟在后边。

小战士激动极了，抱着我老远就在喊：“排长，排长，我们在这呢——”

父亲也认出了小战士，喜出望外地迎上前去，问道：“小田，这是怎么回事?”原来小战士姓田。

小田还未来得及回答，母亲赶上来了，急忙说道：“一路上多亏两位小战士好心帮忙，要不你可能连儿子都见不到了。这么远的路，我说不来，你偏要叫我们来，差点把孩子的命搭进去。你要好好谢谢人家。”

听了这话，父亲不停地说：“小田是好战士，我们是老战友、好战友，同生死、共患难的好兄弟。”

出站后，小田向我父亲敬过礼，俩人又低头耳语一番，这才匆匆离开。

那时我年纪太小，具体情节没什么记忆了。可喜的是，后经母亲三番五次唠叨，这段情缘早已留在我幼小的心灵中，不，应该说是永远活在我的心中。

如今，父亲走了，我也不知道小田叔叔在哪里。我常想，小田叔叔呵，要是当时你能再陪我玩几天，可能我就不会在食堂搅拌放在地上桶里的热汤，把脚烫伤了！那伤疤至今还在呢。

抗美援朝战争结束后，父亲随部队调往上海，在虹口公园附近的雷达三十一团工作，后来又调到空四军招待所，直到1958年7月响应党的号召复员回乡，参加社会主义“大干快上”的建设。

1972年，我前往空军南京气象学校报到时，路过上海，特意在父亲原来工作过的部队招待所住了一晚，个中滋味，不一而论。后来，回乡探亲时，我把入住招待所的所见所闻给父亲详细描述，他沉浸在回忆中，面带幸福的同时，似乎又有些许遗憾。但他什么也没问，什么也没说，就那样静静地坐着，沉思良久……

通榆县地处东北三省西部边陲，参加红色革命的人起步普遍较晚，像父亲这样既能在地方上入党，后来又参加了中国人民解放军的人并不多。可惜的是，正当大好年华时，他偏偏选择了离开“大上海”，错过了大好的发展机会和成长空间。也许，在当时选择复员时，纵使有千万条理由，也终难抵过“命运”二字的安排。对于复员的决定，他从来没有正面回应过家人的质疑和责难，他自己是否也曾后悔过，我无从得知。

对于他突然从上海空军部队复员回乡归农，作为儿子，在尚未成年时我也曾误解过他，更何况一心指望他带领着家人走向安康富足的母亲？我曾亲眼见到母亲恨铁不成钢地指责沉默不语的父亲，也曾亲耳听到大家责备他不该自愿从空军部队复员归乡。但终其一生，父亲都不争不辩，也未曾解释过什么，始终默默地承受一切，默默地埋头苦干，默默地守护家人，做一个清清白白、顶天立地、铮铮铁骨的硬汉。

很多年后，当再次回过头看父亲的一生时，我不禁感叹父亲是个英雄，也不禁怜悯心疼起自己的父亲来。父亲幼年跟着爷爷流亡、卖苦力，勤劳持家，任劳任怨；年轻力壮时跟着共产党抗日救亡，百折不挠；壮年时识大体、知进退；复员之后又靠双手默默无言地养活一大家子。苦也好，累也好，委屈也好，他像座沉默的大山，默默地承受，宽厚地接纳，背负一生重担，却从来毫无怨言。

父亲只是一位人不知、世不晓的普通百姓。年轻时他为国家、民族、百姓尽了微薄之力，得过军功、获过勋章，他从未向人炫耀过。他把军功勋章锁进箱子里，他放弃军中职务，响应国家号召，回到贫穷农村积极投身生产，他没有一句怨言。尽管时局动荡，尽管生活多艰，他始终踏踏实实生产、工作，不怒不怨，本分做人，老实做事。

父亲没有什么惊天动地、赫赫扬扬的经历，也没有什么可歌可泣、万古流芳的故事。终其一生，他不过安守本分，做一个尽忠负责的好儿子、好军人、好丈夫、好父亲和好爷爷。终其一生，他始终是个光明磊落的好男人，默默无闻却铮铮铁骨，任劳任怨却心安理得，他是一条响当当的英雄好汉。

苦心人天不负，老父亲也赶上了好时代。他见证了国家、民族、人民的艰苦创业，也见证了国家一步步走向富强民主。他享受到了改革开放的红利，得到了党和政府、村社的关爱，吃穿不愁，住院医疗免费，家庭幸福美满，子女个个都孝顺。在人生的暮年，他真正过上了无忧无虑、老有所养、老有所依的幸福生活。

特别是纪念抗日战争胜利七十周年之际，省、市、县的媒体都报道了他被采访的实况镜头。镜头里，老人家激动不已，高兴得语无伦次，沟壑纵横的脸上，朵朵晶莹的泪花在眼眶里不停地打转，他情难自禁，喜极而泣道："共产党伟大，毛主席伟大，习近平总书记伟大，中国伟大，人民伟大!"

说来也巧，1968年空军到通榆县征兵，我也光荣地参加了中国人民解放军空军，接了父亲的班，走上了父亲壮志未酬的道路。

父亲是名老党员，如今我也算是名老党员了。2021年，在庆祝中国共产党成立100周年前夕，党中央首次为党龄达到50周年、一贯表现良好的党员，颁发了"光荣在党50年"纪念章，我也有幸获得了这枚沉甸甸的纪念章。

箱　子

我说有一个箱子影响了我的一生，也许有人会不相信，莫非箱子里装了什么传世秘诀？或者是金银财宝？都不是，它只是父亲从上海空四军复员回乡时带回家的一个绿色箱子，但这个箱子确实对我的人生取向产生了巨大的影响。

小时候的记忆里，那箱子是鲜绿色的，很耀眼，与周遭环境色差极大，视觉冲击力极强。它有圆润柔和的造型，无棱无角，与周围棱角分明、方方正正的物体相比，显得与众不同、超凡脱俗。

虽说只是一个箱子，但因年代久远，加之那时年幼，箱子也早已丢失，到底是用柳条编织的，还是用藤条编织的，已无从考证，也无须考证了。我只清楚地记得，箱子异常醒目，自带了一种难以言表的神秘与高贵。它的神秘感，很大程度来自父母对它的重视，与我们对父母权威的敬畏。在相当长的一段时间里，它都是老李家一个不可触碰的“圣物”，被小心地锁着，钥匙在父母亲手里，作为孩子的我们从未见它打开过，兄弟姊妹几个对它既好奇向往又敬而远之。

这好奇与敬畏一直维持着，直到“文革”开始后的某天，我突然发现这箱子很少上锁了，不过锁头还挂在上面。俗话说“锁君子不锁小人”，或许父母知道做子女的不会摘下锁头打开看，或许父母本身就期待子女无意或有意打开。我心里有无数个想法，只是没敢打开看。

又一天，我发现上面的锁头都不见了，这才小心翼翼地打开了箱子。箱子里都是父亲珍藏的东西：一套上尉军衔的空军制式服装、一顶大盖军帽、一条武装带、一双黑皮鞋、一双红色皮靴、三张照片，摆放得整整齐齐。仔细端详三张照片，能体会到属于父亲的那些光荣和幸福的回忆。一张是父亲全副武装的黑白照；一张是父亲穿着军装的彩色单人照，以北海公园为背景，摄于1955年；还有一张是父亲、母亲、哥哥、大妹和我的五人合影，也是黑白的，二老坐在中间，穿着军装的父亲抱着我，母亲抱着妹妹，另一边站着大哥。最底层是一个很特别的小布袋，我拎起来时，里面发出哗啦啦的响声，禁不住好奇心，小心翼翼地将里面的东西轻轻倒了出来——原来是五六枚勋章和奖章，有的还系着红布条，其中，最显眼也是我唯一能认出来的，就是一枚抗美援朝的纪念章。看得出来，这些都是父亲珍藏的宝贝。

然而，最让我一见倾心、爱不释手的，是箱子底下那套上黄下蓝的军装。我迫不及待地穿上军装，虽然宽大了一些，但还能挺起来。我兴奋极了，扎上武装带，可武装带上连着的一条细皮带不知该如何处理，吊在一侧很是难看。左比画右衡量，琢磨了很久才弄明白，原来那条细皮带是斜挎在肩膀上的。我又迫不及待戴上大盖帽，怎奈我头小，左拉右推戴不稳。尽管如此，我还是兴奋得忘乎所以，在镜子前照了又照，并不威武，却是神气至极。

那身军装是那个年代身份的象征，是像我们这样的年轻人可望而不可即的崇拜之物。当我摘下大盖帽放回箱子时，发现了那个泛黄的信封，里面有两个薄薄的小册子，我急忙拿起来仔细端详。一本复员证书，记录着："一九四七年入伍""一九五八年复员"等内容；另一本是获奖证书，记录着"李贵庭，一九四三年加入地下共产党……"以及立功受奖的时间等。

反复摩挲着这些珍贵之物，我万分不舍地将所有物件一件件原封不动、整整齐齐地放回了箱子，就在关上箱盖、若有所失地转身离开时，终究还是不舍，又再次打开箱子，重新拿起那件黄色的军上衣，小心地穿在身上。顿时，心潮澎湃。

此情此景，年少的我第一次懵懂地感受到父母亲取走锁头的良苦用心。那是个特殊年代，很多话父母不便明说。也许，他们是看子女长大了，希望孩子们自己打开箱子看看，自觉走近父亲，走近父亲的光辉历程和内心世界。然而，父母必定是有过失望的，最初时，他们只挂着锁头不上锁，孩子们并未理会。我想，他们一定等待了不少时间，后来干脆心一横，连锁头都拿走了，就是想看看哪个孩子有心去发现，又是哪个孩子第一个大胆走近。

我就是第一个发现、第一个领会父母良苦用心的孩子。但这也在情理当中，论年龄、论思维，我成为这"第一个"不足为奇。奇的是，父母坚守这么多年的秘密，在这一刻，终于曝光了。

多年之后，时常还会想起这一切，感动还是不期而至，其实，箱子里也不过是寻常的衣物、照片和证书，也没啥贵重物品。然而，就在这些看似寻常的物件里，珍藏着父亲一生的骄傲和血性年华，那是他们那代人走过的激情岁月，是他们那代人最光荣、最珍贵的记忆。

我十分庆幸父母能在那个动荡不安、衣食堪忧的年代，把他们的宝贝，用这种形式保存下来。这不是单纯的物质财富，而是物质变精神，精神转化为物质，希望变现实，现实转化为美好追求的期待！他们身体力行，让后代感知他们的荣誉、正能量和期待。他们以一种特殊的方式，给后人树立了正确的人生观、价值观和世界观，让年幼的儿女，在那种教育并未普及的年代，有了人生的渴望、目标、梦想和追求！这，才是最宝贵的。

绿色箱子被我打开后，父亲所有的秘密似乎都揭开了。我对箱子的感情与日俱深，对父

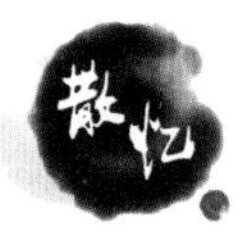

亲的崇拜愈加强烈。

后来，我干脆将绿色箱子“占为己有”，开始往里头安置我自己的宝贝，如1964年获得的通榆县优秀少先队员奖状、优秀作文《给台湾小朋友的一封信》、“文革”期间收藏的毛主席像章、老蒙头送的玛瑙石、零零散散的古典名著手抄本等。当然，最珍贵的，还是父亲有意留给我的那套全副武装的空军制式服装，以及家庭合影。

遗憾的是，应征入伍离开家乡后，我把这绿色箱子托付给侄子保管，其间几经周折，那箱子连同那些宝贝都没了踪迹，至今下落不明。这对我来说实属人生一大憾事。

母亲的味道

相信每个人的记忆里都会有几种刻骨铭心的特殊味道，家乡的味道、儿时的味道、妈妈的味道等。我也一样，出门在外，特别是上了年纪，时常会怀念和牵挂这些铭刻在记忆里的味道。

母亲期颐之年离开我们，乡亲们都说我妈是“百岁老人”。屈指一算，闰年闰月加进去，确实是一百多岁了，活了一个世纪，福荫了几代子孙。

母亲的味道自始至终保存在我味觉的最深层。小时候，母亲对我的学习特别重视，而我打小对学习也特别用心。当时的主课只有语文、算术两门。放学后，我还要在母亲的带领下适当参与家庭劳动，挑水、割草、喂驴、打扫庭院及其他杂活。往往一家人吃完晚饭，收拾好碗筷后都已经八九点钟了，也只有这时，我才有时间写作业、温习功课。

每当我摆好炕桌，点上带玻璃罩子的煤油灯，开始在灯下写作业时，母亲就会在我身边坐下，母子俩就着同一盏煤油灯，一个写作业，一个不是纳鞋底就是缝补衣裳。通常，我们都非常安静，耳朵里只有铅笔划过纸面的沙沙声。多年之后，回忆这个场面，我依旧心为所动、感触良深。

母亲劳累了一天，晚睡早起，陪我做功课时，时常会打哈欠、打盹儿，有时又“唉哟”一声，原来是针扎了手。每当她犯困，我劝她早点去睡觉时，她总是重复一句带着河南味的话：“等会儿，等会儿，我不困。”

年幼的我，当时并不懂母亲是在以自己的方式，鼓励、陪伴儿子好好学习。当我预习好第二天的功课，习惯性地伸懒腰时，母亲便马上下地打好洗脚水给我泡脚。当我泡好脚钻进被窝后，又会听到淅淅沥沥的水声，那是母亲在用我洗过脚的剩水，洗她那双裹了一段时间、有些变形的小脚。

母亲用那双变了形的小脚，奔波了一生，劳作了一生，操持了一生，也温暖了我这一生。每到冬来，我依旧会自问，母亲的小脚，到底是怎么走过这坎坷的一个世纪的？

大哥自小体弱多病，母亲为此甚是操劳。据说，在大哥上头，还有两个哥哥，都因病夭折了。大哥是母亲生育的第三个孩子，却是第一个活下来的孩子，偏又多灾多难。

每到深秋，母亲就忙碌着准备过冬的蔬菜，像白萝卜、胡萝卜、大白菜、土豆等，还要

积上几大缸酸菜。到了正月，就开始准备过年用的主食和肉类。富裕人家会杀猪宰羊，将猪羊肉分成小肉块，放到室外或不生火的仓房里冻起来。过年的主食有饺子、粘豆包、糖三角和大馒头等，同肉食处理的方法大致相同。

我和大哥都爱吃馒头皮，尤其是大哥，他吃馒头时只吃皮不吃剩下的部分，一餐要揭四五个馒头皮吃。我也同样喜欢吃馒头皮，但母亲规定我，只能在吃完两个不带皮的馒头后，才能揭馒头皮吃。可是，当我吃完两个不带皮的大馒头后，哪里还吃得下皮呢！要说当时完全没有半点郁闷也是假的，但看着躺在炕上喘着粗气的大哥，心里觉得怪可怜的，怨气便一丝丝都没有了。

寒冬腊月，家里就会置一个取暖烧水的炉子，炉子上面时常放着一个小铁锅，锅里盛满新鲜牛奶。大哥喜欢喝牛奶，我爱吃奶皮。

炖奶时，母亲用很湿的煤压在炉火上，看不到明火，只保持火的余温，这样，锅里的牛奶不会沸腾，且每隔一段时间，牛奶表层就会生成一层奶皮。我贪玩，也最喜欢炖奶的时候了。这个时候，我在外面玩一阵子，估摸着奶皮快成了，就跑回屋揭一层奶皮吃。

大哥只喝牛奶不吃奶皮，这让我很高兴。

大哥长年病着，躺在炉子旁边的炕上，到冬天更是足不出户。我吃奶皮时，就问大哥："哥，你要喝牛奶吗?"要是他说"要"，就帮他盛一碗，要是他说"不喝"，就又跑出去玩了。

母亲，总是尽力满足大哥的愿望，从来无怨无悔。儿时只觉得大哥是母亲的心头肉，为人父之后，才理解母亲当年的艰辛和痛楚。

这都是二十世纪五十年代中期家境比较好时的事情了，而想起那种炖奶时的味道，就会让我想起母亲。

东北的大冬天，虽然天寒地冻，却有许多有趣的运动，比如滑冰。中学时代，我喜欢滑冰。当时，我们班上有两位朝鲜族同学，一位姓金，一位姓赵，据说是向往中国的"文化大革命"，才从北方转学过来的。我和他们很要好，但不知什么原因，他们很快就离开了学校。也不知是其中哪一位送了我一副冰刀，可以绑在棉鞋上直接滑的那种。那副冰刀镀得亮闪闪的，刀很锋利，但不是菜刀那种锋利法，刀刃是平的。所谓的"利"，是指刀锋的边缘部分既能在滑行时吃进冰里，又不至于用力蹬滑时扎进冰里太深。

滑冰，也不是什么冰面都能滑的，天然冰就很难。为了滑冰，下午放学后，一帮滑冰爱好者就会自觉提水浇冰场，并且要把水浇均匀，不能乱泼，即便是前一天的冰场，滑冰之前有时也要浇冰，这时冰面冻得没那么硬，冰刀才能吃进去。

有这样一副冰刀，我当时那种自豪感、优越感就甭提有多美了。回家后骑上自行车跑到南边离家很远的天然冰场练习滑冰，也不知摔了多少跟头，有时甚至都摔得鼻青脸肿了，也没能站稳滑行，或者好不容易站稳了，冰刀又卡进了冰面的裂缝里，脚又扭伤了，棉鞋又被紧绑在鞋子上的绳子勒破了……

脚伤了可以养好，棉鞋破了冻脚可受不了。又怕母亲责怪，我就自己动手悄悄缝补，但最终还是被母亲发现了，只好坦白事情的来龙去脉，以博得母亲的同情和理解。母亲不但没责怪我，还拿出碘酒、红药水帮我涂抹，又用一贴药膏贴在我的脚踝上，疼痛很快就减轻了。当我睡一觉醒来，看到母亲还在灯下缝补我那双撕裂的又腥又臭的棉鞋时，心里说不出个滋味。

此后，我便不再滑冰了。其一是停课闹革命，没什么人上学，学校也没人浇冰场了。也许即便有冰场，我也不会滑了，那不是咱穷人家孩子能玩的活动。其二是慈母手中线，顽子脚上鞋，针针线线都在煎熬着母亲的心血。所以，那时候我就开始偷偷学艺了，首先在中指套上顶针，明线怎么走，暗线怎么缝，这些基本功掌握后，就学着缝扣子、补袜子、缝衣服，也尝试过纳鞋底儿，尽量减轻母亲的负担，也算懂事早熟的孩子了。

1966年，四中在县体育场举办夏季运动会。县体育场其实除了一个露天主席台兼看台外，空空如也。400米的跑道也就是不长草的白碱地，用石灰画出的跑道线显得有些模糊。周围临时搭建的篷子里，都是小商贩嘈杂的吆喝声。运动员换衣服也只能在临时的厕所里，好在是夏天，也没啥可换的。

据我的同班同学李国安回忆，1500米竞赛将要开跑时，大家猛然发现我们一年级二班居然没人参加比赛，老师同学都很着急。见状，我毛遂自荐、主动请缨。获准后，我脱去外衣，索性把鞋子也甩到一边。发令枪一响，大家飞快跑出。一开始，我还跑在第五的位置，逐渐到了第四、第三的位置上了。

老师和同学们看我跑得有戏，欢呼雀跃，拼命喊着我的名字，为我加油助威。我当时还是能听得见、看得着的，不时扭头瞟上几眼，自豪和喜悦交织在一起，感觉很有些英雄气概。第三圈时，我有意在二班所坐的看台前轻松地超过前面的运动员升为第二名，再次享受到了雷鸣般的掌声和欢呼。最后一圈，我运用“弯道超车”的技巧，后来居上、一举超过了前面的同学，跑到了第一的位置上。当时被我超过的那名同学，还是全校赫赫有名的体育能人。

后来，整个直道也就是主席台和两侧看台前的空间都是我一个人的表演，直至终点夺金。

完赛后，我平静地回到座位，班主任李万成老师第一个拥抱了我，对我表示热烈的祝贺和感谢，李国安理应是第二个拥抱我的人。其他男女同学投来敬佩眼神的同时，看到我光着脚丫子和上下不协调的装束似乎有些惊愕。不过我能读懂，他们打心眼里敬重我，却又觉得我似乎有些不可理解。那是因为他们不了解我的家庭出身，固然也就不理解我的胸怀与志向……

奖品很简单，就是一套背心裤衩。拿到奖品后，我马上换下身上湿漉漉的背心，若不是不方便，恨不得把身上的裤衩也换掉呢。这还是我记事以来，第一次有商品三角裤衩，赛跑时穿的又肥又大的裤衩还是母亲一针一线缝制的，宽松肥大虽似不雅，却很实用，跑起步来不会夹裆。殊不知美国NBA运动员穿的都是又肥又大的短裤，还是机械加工的，哪有母亲亲手缝制的得劲。

光脚的不怕穿鞋的。软软的泥土地，鞋底阻力大，脚板隔着鞋底抓不住地，光脚既省体力又跑得稳当。倘若当时有一双解放牌运动鞋，也许第一名就不属于我了。

我当兵入伍前，村子里专门为我开了一个欢送会。欢送会以贫农协会的名义操办，用的是当时最流行的革命做法——“忆苦思甜”，大伙儿在我家吃了一顿“忆苦饭”。所谓的“忆苦饭”就是在桌子正中摆一盘糠菜团子，大家一边吃着糠菜团子，一边七嘴八舌地回忆旧社会的苦，就算是欢送我当兵入伍了。

老人们碰杯时，几乎都异口同声地喊着当时最流行的口号：“翻身不忘共产党，幸福不忘毛主席。”我穿着崭新的军装，戴着大红花，像个新媳妇一样安静地坐在炕上，边吃东西边看妹妹们跳“忠字舞”。

我一直心存感激，每回探亲也都要去看望他们。一晃五十年过去了，他们的音容笑貌，至今还时常浮现在我眼前。

出发前夕，我们一大家子也吃了顿团圆饭。

大哥亲自下厨掌勺，其实也就是简简单单炒了几个菜。席间气氛，与其说是欢喜，不如说是凝重。

酒过三巡，我爷率先开了腔：“好男儿闯荡天下，成大业者宏志四方。”

大哥心里有怨，马上呛声：“那你还把我爹从上海拽回来！要不是你，我们在上海生活该多好？何苦遭这份儿罪!”

我爹低着头“哦哦”了几声，说：“这都是我自己拿的主意。”

我爷苦着脸，不搭腔。

“这事也怪我没主意。”我妈开了腔，又冲我爹怨道，“你就是听你爹的，吃了亏还给自己扣屎盆子，有啥出息？”

大家你一言我一语，个个说得都在理。火药味越来越浓，团圆饭变成了斗嘴饭。妹妹们鸦雀无声。大嫂刚过门，不明就里，云里雾里的也听不懂，只忙着热菜上菜。

看气氛越来越不对，我接过话头，说：“别争争别呛呛了。我爹参加抗美援朝，又南下到上海，九死一生，也不容易。这些年他和我妈一起把我们拉扯大，没功劳也有苦劳，世上没有后悔药。从明天起，我接着南下湖南，比我爹南下还远，我绝不半途而废，重蹈我爹的覆辙。”我的话铿锵有力、掷地有声，大家都不吭声了。

我语气缓下来，朝我妈轻声问道：“妈，你不会老想我吧？”我妈抬头看着我，满眼泪花，只顾抽泣，哪还答得上话……

此时，一直埋头啜酒、老实巴交的姥爷，操着浓重的河南腔发话了：“秋发呀，揣个大碗走，兵营里吃不饱，用大碗多盛点饭……”话还没说完，我妈就破涕为笑，大家也都哈哈大笑了。

这是我第一次离开家乡，离开母亲。不曾想，这一别便是长达一生的天南海北。

之后再见面，已是1973年年初，我在南京气象学院就读时候的事。与母亲阔别数年，当年瘦弱稚嫩的儿子已在军营成长为独立自强、独当一面的青壮男子，母亲是既心酸又欣慰，既心疼又骄傲。再见面，还是忍不住两眼泪花，但我知道，那叫含泪的笑容，幸福的泪花。

我带她去见世面，游览长江大桥、雨花台、中山陵和玄武湖……她像个孩子一样挽着我的胳膊笑得合不拢嘴。这时我才发觉，我童年时那个天不怕地不怕、无所不能的强壮母亲，内心深处也是个天真烂漫需要依靠的女人。

我带她大街小巷去吃当地美食，她粗糙的手捏着那些精致的小点心乐得皱纹在脸上开出了花朵。我在心里默默呐喊，默默祈祷：时光啊，请你慢点儿走，让妈妈老得再慢一点儿。然而，母亲却依然在不知不觉中，被时光偷偷带走了韶华。

如今，儿子已长成姥爷了，母亲也去了天的那一头，而她老人家留下的味道，我将用一生的时间去品尝……

悌　睦

过去的生活条件差，物质匮乏，在很长一段时期内，东北人的一日三餐多半都与苞米有关。成熟的苞米通常被制成各种食品，是人们不可或缺的主食。

也许是因为吃得多了，也许是逆反心或好奇心驱使，小时候的我很不喜欢吃苞米做成的食品，唯独爱吃烧烤的嫩苞米。至今还记得，八月中旬前后，苞米尚未完全成熟，那时候掰下的嫩苞米，烧熟了吃特别香甜。

有一天，母亲站在灶台前做饭，锅的下半部炖着茄子和豆角，中部贴着大饼子，我帮忙烧柴火。当母亲拾掇好离开灶房后，我便偷偷把事先藏好的嫩苞米叉在一根粗铁条上，探到灶坑里边烧边烤。慢慢地，烧苞米的糊香味从灶坑里飘了出来，闻着那香味，我心里美滋滋的，想着再过几分钟就可尝鲜了，不停地咽口水。

就在这时，大哥说话了："娘，你烧的苞米真香，我也想吃。"喊第一遍时，母亲没听到，我也不吭声。

刚把才烧熟的苞米拿出来，正准备吹去上面的柴灰，大哥又大声重复地喊了一遍："娘，你烧的苞米真香，我也想吃。"

这回母亲听清了，她从外边开门进来，朝我大声命令："快把苞米给你大哥吃。"

我"哼哼"几声，抱着苞米就抽身往门外跑。

母亲一把抓住我，用力夺下，把苞米送到大哥手里。

看着大哥手里刚烤出来的苞米，我委屈极了，眼泪立刻哗哗地从眼眶里涌了出来。

这时，只见大哥当即把苞米掰成两段，顺手把大的一段递给了我。我一惊，一把抢过了大哥另一只手里的小半段苞米，顺势将那段较长的苞米塞回大哥手里。

大哥也愣了。正当不知如何是好时，大哥又把手里的那半截苞米一分为二，递了一半给母亲。看着被分成三小段的烧苞米，母子三人相视而笑了。

如今妈和大哥都离开我们了，那一天的事也整整过去了半个多世纪，我却依然清晰地记得……记得当时母亲额头的汗滴落在灶台上的声音，记得哥哥躺在炕上使劲喊"娘"时的虚弱呼唤，记得那条我顶着日头暴晒从地里偷摘回来的嫩苞米，记得苞米在火苗上炙烤的滋滋声和香甜的焦香味儿……

这里要说个小插曲，就是我们兄弟俩对母亲的称呼。我从小就习惯称呼母亲为“妈”，而大哥习惯称呼母亲为“娘”。有时我问大哥：“妈去哪了？”大哥一般都回答：“不知道娘去哪了。”细琢磨一下还挺有意思。

二十世纪六七十年代，对于平常百姓来说，自行车那可是稀罕的奢侈品。那时，家里有辆自行车，一点都不逊于如今有台汽车，甚至于比如今的汽车更为稀少珍贵。拥有一辆自行车，那是整个家族的面子，别说骑的人自豪喜欢，连路人看了也会向往羡慕。

父亲到双岗畜牧场上班后，买了辆自行车，这让我喜出望外，一有机会我就把父亲的自行车骑出去过把瘾。

那辆白山牌自行车曾在于家沟引起轰动。要知道，整个于家沟，当时有自行车的也不过两户人家，一户是家底殷实的马喜顺家，另一户就是我们老李家了。

这自行车是父亲到双岗畜牧场上班之后买的，也不知道这笔买自行车的“巨款”是从哪里来的，最大的可能是从工资里省出来的，但父亲向来勤劳，是打鱼、钓鱼挣了外快也说不定，还有可能是他的复员费没花完。总之，父亲将他并不轻松赚来的、给他带来许多方便和面子的爱车让给了考上初中的儿子。不知是出于鼓励，还是为了儿子的学业着想，沉默寡言的父亲将他的爱车——白山牌自行车，让给了我。

骑自行车上学节省了很多时间，也让我赢得了同学们的青睐和羡慕。课间休息时，大家都爱用我的自行车来练车，又经常摔倒，对车的损害很大。我虽然很心疼，但也并未过多阻拦，也算是分享吧。不过，很快“文化大革命”就开始了，上课都不太正常了，学可上可不上，来上学的人也少了，练车的人也就更少了，我和我的爱车倒也乐得清闲。

初二那年，父母为大哥张罗婚事，当时，家里的境况已经不如之前了，婚娶总要集中花一笔钱，父母为此颇为头痛。某天放学回家，我无意间在墙根听到母亲忧心的话语：“他爹，咱老家在于家沟也是有头有脸的人家，你好歹是个复员干部，咱儿子年岁也不小了，女方家穷，又自小没了亲生母亲，这个婚事，不说给咱老李家撑场面，也得给女方家把面子撑起来。如今，手头余钱不多，少不得是要挪借的。要不，找咱爹借点？”

“不行。老头子那点钱不能动。我来想办法。”父亲丝毫没有犹豫，但话语里也不无焦虑。这年头，谁的手头都不宽裕，能到哪儿想办法呢？

说者无心，听者有意。知道父母为筹钱犯难后，我悄悄把自行车修整一番，擅作主张把自行车卖了。要说不心疼那是不可能的，这车风里雨里与我形影不离许久了。

当我把卖车的钱递给父亲时，他用责备的口吻说道：“自行车是我借给你上学骑的，你没权卖掉。”但还没等我解释，他拿着钱就笑了，笑得辛酸中又颇为欣慰。

久病成医

大哥有发，属猴，长我7岁，是祖父母的长孙，父母的长子，我的长兄，生下来就是家人的掌上明珠。可惜天不遂人愿，大哥命运多舛，终生都在与疾病抗争。

他自小得了肺病，受限于当时的医疗条件，一直未得到确诊，只能吃些中药调理缓解。四五岁时，总算知道是得了肺结核，但当时的医疗技术落后，得了肺结核基本上就像被判死刑了。然而，他算是九死一生，虽经诸多波折，但总算平平安安地活了过来，也算是福大命大造化大。

大哥虽说是个药罐子，却偏偏生得心灵手巧、天资聪慧。

自我记事起，他就卧炕养病，特别是冬天，完全不能在室外活动。即便是在屋内，由于烧煤炉，炉子上虽然有炉筒子通到室外，但仍免不了煤烟、煤尘在室内飘浮，一旦被烟尘呛到他就咳个不停，有时甚至要咳十几分钟，脸憋得通红，咳出的都是血痰。我时常为大哥倒腥臭的痰缸子。

即便如此，他仍然意志坚强，一旦身体平复下来，他就认真地翻看他的四角号码字典，摆弄他的矿石收音机。他没上过学，字典就是他的老师，矿石收音机既是他的手工课，也是他与外部取得信息联系的唯一渠道。

矿石收音机由三大部分构成：两块能吸铁的磁矿石、一个能收能放的喇叭、一根铜丝做的能伸到室外的天线。记不清这些部件是父亲从上海亲自带回来的，还是托人带回来的，只记得病中的大哥，最开心的就是收听到收音机里的信息了。听到高兴处，他还会跟着收音机里的话自说自话地不断重复，有时还会憋住气暗暗咧嘴笑。他不敢大声笑，因为万一吸进凉气又会不停地咳嗽。

有时，他也会把喇叭递给我听，里面的信号并不好，杂音很大，嗞嗞啦啦的，时断时续。当时我还小，也就五六岁吧，也听不懂里面说的啥，只记得很爱听里面的音乐。次数多了后，他知道我爱听歌，一旦听到里面放音乐，他就会猛叫："秋发，快来啊！秋发，快来啊！里边唱歌了。"

1957年，在父亲的安排下，大哥住进上海空军四五五医院治病，这一住就是七年。七年间，他边治疗边自学，到成年时，文化程度竟也可以达到初中以上水平，药理水平居然已经

可以独立开门诊出中药方子，打针动刀样样都行。如果不是孱弱的身体无法支撑他长时间独立劳作，他早该是个名医了。但即便如此，在通榆县城，也是远近闻名的赤脚医生。

1965年夏，于家沟通了电，父亲做的第一件事，就是买一部很大的电子管收音机。全家人别提多高兴了，除了熄灯睡觉，收音机几乎全天候开着，因为家里家外的人都特别好奇，都想来听，一连数日都如此。可能由于使用过频，没多久电子管就烧坏了，又没地方修理，收音机也就彻底罢了工，我家这才清静下来。

可惜那时候大哥去了上海住院治疗，1964年虽返回住了一段时间，但1965年年初又回上海复查去了。当他康复返回后，电子管收音机已经坏了，因此大哥并未领略和享用过自家信号清晰的电子管收音机。

大哥虽然身体孱弱，却自学成才，通过自己努力，成了当地远近闻名的赤脚医生。也许因为自己一生都泡在药罐子里，他对他人的身体，总比一般医生更加怜悯疼惜。每当有病患前来就医，他便全身投入医治工作，完全忘了自己也是个病人。

有一年，我回家探亲过春节。刚吃完晚饭，碗筷还在桌上，就听到有人急匆匆地敲门。开门后，来者焦急地说："有急诊，请李大哥救命！"大哥二话不说，拎了药箱，径直搭上来人的摩托车出诊去了。

一个多小时后才回来，只见他脸色苍白，面无血色，捂住胸口，痛苦地对母亲说："娘，我好难受。"就再也说不出话来了。

母亲以为他是肺病犯了，帮他拍着胸口叽叽咕咕说了一堆。大哥从上海出院回家时已经割掉一半肺叶，当时创口尚未愈合，医生在他的胸腔里插入了吸积液的小管子，一天要换几次药，看着都心疼。后来再去上海就医时，才缝好了刀口。

母亲以为是刀口复发，家人连夜将他送到县医院检查才知并非如此。医院给打了止痛针，也没做其他处理。日复一日，年复一年，疼痛一直不见好转。后来，再到长春医科大学检查，医生说，由于切除肺叶时摘去了几根肋骨，胸腔支撑力减弱了，遇到碰撞就会把食管挫裂，胃中食物返流到胸腔引起了炎症。

这之后，大哥的身体越来越差，直至突然病逝。其间，我探亲时，他也提起过想去河南某地看病。但那是一个专治食道癌的医院，我心想，又不是食道癌没必要去那里，也就没顺着他的话讲下去。这事，一直压在我心里，有时想起来，依旧隐隐作痛。如果当初顺着他的意思，鼓励他去河南那家医院看看，情况也许会不一样，起码能满足他的心愿吧。

最终，大哥还是死在了胸腔经常性发炎和低烧不断上。更遗憾的是，大哥走的时候，我人在国外，都没能赶回来见他最后一面，也没来得及参加他的葬礼，终生遗憾也!

大哥刚满七十岁就走了，在当地不算高寿，但葬礼上，于家沟的男女老幼，无不自觉前来为他送行，这样一个好人走得太早，大家都很惋惜。很多人提议让他“入土为安”，但老年丧子，父母亲考虑到种种因素没有同意。

大哥永远是我的大哥。大哥走了，我把悲痛埋在心里多年，无从诉说，只有在坟头祈求大哥在天堂安好。

大哥是第一个把矿石收音机里听到的国家大事告诉我的人！是第一个告诉我“父母在也可远游”“好男儿志在四方”的人！也是第一个告诉我“好汉也要挣有数钱”的人！他不是长辈却胜似长辈，他虽然偶尔脾气暴躁，但从未和我红过脸……我们共同度过的时光并不多，却胜过了年年岁岁的相伴!

难忘的小毛驴

我爷曾有一段风光时期，他“发家致富李振山”的名号在当地响当当的。那时，家里有驴有马还有车，但政策说变就变，驴、马、车和田地也都悉数归了人民公社。

闲不住的我爷又用最原始的工具——镐头，偷偷在无人问津的偏僻处开荒种地，但最终还是被“好心人”发现并举报，他因此又得了个“镐头地大王”的头衔。从人人称道的“发家致富李振山”到被点名批评的“镐头地大王”，我爷的士气急转而下，时局也再没给他扭转乾坤的机会。

家里有驴的日子，我觉得很幸福。

那是一个初冬，我吃完早饭，背上书包，正准备开门去上学，突然发现空了这么久的驴圈里多了头灰色小毛驴。那小家伙正瞪着亮晶晶的大眼睛，偷偷隔着木槽子好奇地望向我呢。我喜上眉梢，撒开脚丫子踏着“雪白”地面，三步并作两步跑到小毛驴面前。

小毛驴晃着大耳朵，甩着细尾巴，两只小前蹄交替地刨着地，以示友好。我伸出手摸摸它的头，那额头长着白色眉心，煞是可爱；摸摸它的脖子，那脖子尚未长出鬃毛，细软光滑；又摇了摇它笼头下面吊着的铃铛，清脆悦耳。如此这般一番无语寒暄后，双方正式结交成了“朋友”。

这之后，每日上学前，我俩必相视一笑，互道“早安”；放学后，我也习惯成自然地走到木槽子前，给它添把嫩草作吃食。

春夏季节是我俩最得意的时候，一有空，我就牵着它四处放风。它也特爱放风。只要我打开圈门，它就主动地紧紧跟上，一人一驴、一前一后来到水塘边青草茂盛处，小毛驴一边溜达一边吃着鲜嫩的青草，小男孩一边弯着腰割小毛驴爱吃的水稗子、谷莠子草，一边回味着课堂的知识点，双方十分默契。

通常割完两小捆水稗子、谷莠子草后，我就再打个草腰子把两捆草连起来，放在小毛驴的背上，让它慢悠悠驮回家。俗话说“马无夜草不肥”，驴子也一样，有了我的这把“夜草”吃，小家伙身子骨长得特别快，没多久就膘肥体壮了。这让我很开心。

一年后，小毛驴长大了很多，虽然还拉不了车，干不了重体力活，但可以让人骑着玩了，起码能驮动身材瘦小的我，还能气定神闲地走上一小段路了。这让我喜出望外。不过，我很体谅它，总是还没等它喘粗气，就拍拍它的脖颈，它便心领神会地停下，让我顺着脖子轻轻下来。然后，我扶着它的背，与它肩并肩地溜达，时不时地，它会以“突突”打喷嚏的方式向我撒娇。更多地，我们默默漫步，无声地交流彼此的心事。

春暖花开时，我时常会骑上它去南坨子转悠。那时的南坨子还是块处女地，乔木灌木交织在一起，苞蕾待放的各色野花散发出清纯的香气，草科植物也在争鲜斗艳，蓝鸟花开了，马蔺花开了，寄生的兔子腿草也迫不及待地钻出了地面……一望无际的野域，万紫千红的世界，让人心旷神怡。

一人一驴陶醉于漫山遍野中，看蜂儿采蜜，看蝶儿翻飞，看活蹦乱跳的野兔正嬉戏打闹；看满身尽戴银色盔甲的刺猬缓慢地爬行觅食；看瞎目杵子正在地表层下面打洞，那些勤快的小家伙凭借着强有力的前掌向前推进的同时，地表面渐渐凸起形成了小土堆，真像一座错落有致的碉堡工艺；看鸣唱的各种鸟类在林中飞来跃去，就连躲在枝叶下的蝈蝈也扇动着翅膀，喧嚣着大自然的神奇……百花争艳，群芳斗丽，不亦乐乎的繁忙景象，不但拴住了我的心，让我驻足不去，更惹得小毛驴仰起脖子，张大了嘴巴。只见它一边绕着我兴奋地奔跑，一边“呜哇、呜哇、呜哇”快乐地高歌，很有一番“乾坤之大，舍我其谁，占山为王，大将无敌”的味道。

秋的余味未尽，冬风萧瑟已经降临人间。

在晚饭的炕桌上，我正陪我爷吃着苞米面做的“大饼子”、用芥菜腌制的老咸菜疙瘩，喝着廉价的高度“老白干”。我爷低声对我说：“孙子啊！本指望小毛驴长大了，能拉犁上套，帮帮我的手，多种点地，多打点粮食，日子好过一点，可这斗私批修的风声越来越紧，你爹是共产党员，你又有你的前程，爷怕连累你们，只好把小毛驴物归原主，从哪里来，回哪里去吧……”

我眉头一皱，计上心来，故作神秘地对我爷说：“我有办法保护好小毛驴。”爷问：“什么法子？”我答：“先不告诉你！”

哪知，第二天一早，当我兴冲冲、急火火地跑到驴圈时，只见圈门紧关，小毛驴已无影无踪。心突然凉了，眼泪不听使唤地流下脸庞，我亲爱的毛驴朋友，已经“从哪里来，回哪里去了”。

这之后，老李家宽敞的驴马圈里又变得空空荡荡，一如“大锅饭”以来的沉寂，我年少的心灵跟着空寥起来，一如我爷日益弯下去再难直起来的老腰。

唉，小毛驴啊小毛驴！我不再追问你从哪里来，更不想知道你到哪里去，因为，来与去都是相同的归宿。

糖葫芦串起的故事

每一个人都有属于自己的童年，因为时代、环境、家庭、条件、经历的不同，每一个人的童年都各有各的趣味，各有各的色彩。我的童年也有些特别，不仅带有比较浓的时代烙印，同时也弥漫着孩子们共同的趣味。

糖葫芦是中国传统小吃，又甜、又脆、又冰，有滋有味，口感极美。在我的记忆里，家乡的糖葫芦是将山楂用竹棍穿成串，蘸以糖浆，凉后而成。

二十世纪五六十年代，糖葫芦深受孩子们的喜爱，特别是在东北寒冷的冬季，能吃上一串糖葫芦，那是孩子们十分向往的事情。小时候，我爷赶完集，时常带串糖葫芦逗我开心，可是同村的小伙伴们就不一定有这个口福了。

记得一年寒冷的冬季，北风嗖嗖，我和小伙伴们正在玩弹玻璃球，远处传来一阵阵吆喝声："糖葫芦，糖葫芦，三分钱一串啰……"随着吆喝声由远至近，只见一个老者肩扛一个草靶子，上面插满了枣红色的糖葫芦。

小伙伴们的眼球都被晶红晶红的糖葫芦吸引去了，停止了玩耍，向老者围拢过去，个个都馋得口水直流，可惜想吃又没钱买。其中一个年龄稍大点又比较调皮的小伙伴对老者说："送一串给我们尝尝吧，就一串，我们每人尝一粒，好吗？"老者不给。"老爷爷，求求您了，就一粒吧！"老者还是不给。这个小伙伴顺手捡起一个冻得硬邦邦的驴粪蛋儿砸向糖葫芦靶子。说时迟，那时快，只听"乓"的一声，小伙伴拔腿就向东边跑去。我和其他小伙伴们见势不妙，也紧随其后一溜烟似的跑开了。老者一气之下穷追不舍，眼看跑出了村子，老者还是不依不饶。

这时，我突然想起我爷在东坨子搂柴火，于是就对小伙伴们说："咱们去找我爷吧！我爷能救我们……"

当大伙儿急火火地找到我爷，说明情况后，我爷笑得前仰后合，不停地说："这老头也太小气嘛！砸得好！砸得好！"小伙伴们听了不明就里，哭笑不得，个个都呆愣在原地，一动不动。

老者也赶到了，理都不理这帮小嘎子，径直和我爷打起了招呼："老李头，这么冷的天还搂柴火，也不怕冻着啊？"

“老王头，你卖糖葫芦图个啥？还不都是为了生活。”我爷说。

我一看爷和老者这么熟，马上说：“刚才都是我错了，扔了驴粪蛋儿，惹王爷爷生气了。”

“唉，老李头，扔驴粪蛋儿的好像不是他。”老王头惊讶地说。

我爷马上说：“不是他能有谁？不过老王头，你也太小气了，给小嘎子吃一粒糖葫芦，能亏死你呀！来来来，你们几个每人一串，我孙子两串。”

小伙伴们目瞪口呆，谁也不敢上前。我爷示意，我心领神会，先给王爷爷深深鞠了一躬，然后毫不客气地抽出了三串，先给两位爷爷各一串，然后自己大口大口地吃起来。小伙伴们看样学样，一人抽了一串糖葫芦，细嚼慢咽地舔唆着。两位爷爷都只吃了一粒，剩下的全给了我。我又分给了小伙伴们，刚好剩下两粒，又递给了两位爷爷。可他们谁也不吃，也许他们年纪大了不喜欢吃，也许是为了奖励我，舍不得自己吃。

这时，只听我爷说：“老王头，今天的柴火归你了，明天我用毛驴儿车送你家去。”王爷爷急了：“别！别！别！这可不行，只要孙子们记住今天的日子就好了。”

小小的一场风波就这样过去了。

弹指一挥间，六十多年过去了，这糖葫芦的故事，仿佛时代的烙印，深深地刻在我的记忆里。

我小时候很倔也有点傻，8岁那年进了南康小学，开始了我的学生时代。当时的南康小学，坐落在县城南门，离我家相对较近，不过也有五六里路。

进了学校，我记得第一堂算术课，李老师叫我数数。我立刻一口气从“1”流利地数到“50”。李老师让我停住，可我特别执拗，一口气接着往下数，一直数到“100”，还不肯停。这时，李老师又摆了摆手，让我别数了。

我当场争辩起来，说：“我爷说过，会数多少就数多少。”

她问：“你爷是谁呀？”

我答：“我爷是于家沟的李振山啊！”

李老师马上笑着说：“你就是那个‘镐头地’李振山的孙子啊，难怪这么倔强呢。”

话说大哥因经常去上海医院治疗，我和大妹秀玲、二妹秀英相处的时间相对较多。

那时，兄妹间没什么节目，我们经常玩藏猫猫。有一次藏猫猫时，我躲在院子里靠南墙根下无棚顶的兔子窖里，大妹、二妹左找右找找不到我了，大妹顺手拿起放羊用的“掏狼棒”满地里乱甩一通。歪打正着，棒子正好落在我右侧太阳穴旁，我一阵头晕目眩，受伤的位置

立刻鼓起一个鸡蛋大小的肿块。

我捂着疼痛的脸跑出了兔子窖。她俩并不知道我被击中了头部，抓住我的衣角，不依不饶且欢天喜地地大喊："找到了，抓住了……"可怜我疼得再不愿说话，也不想搭理她们，捂着脸，跑到母亲那里告状。母亲立刻拿出"二百二红药水"给我抹上。

一连数天，我的半边脸都又紫又红。正好那时我是学校的大队长、主升旗手，看我这惨样还参加升旗仪式，大家非但没取笑我，还把我的事例整成了校园美谈、逗趣佳话。

1964 年，我和大妹同在南康小学读书。东北的冬天，夜长昼短，那年雪下得特别大，积雪堆在门口，足有一尺多厚，早上起来都推不开门。

有一天，家里杀了鸡，熬出了很多鸡油。母亲对我说："明天早上，我不给你俩做早饭了，有鸡油和头一天晚上剩下的小米饭，你们做鸡油炒饭吃吧。"

早上起床后，我点着火把锅烧热，把一小碗鸡油全部倒进锅里化开后，放进葱花，倒进小米饭翻炒。油多饭少，简直就是油泡小米饭，越炒越香，我和大妹吃得心花怒放。这也许是有生以来最香的一次炒饭，不过太油腻了，三口五口之后就吃不下了。

饭后，我们俩顶着漫天风雪匆匆上路了。风裹着鹅毛大雪成了白毛风，打在脸上，割肉般的痛，眼睛根本睁不开。雪越积越深，风越刮越大，慢慢地，大妹跟不上了。我就停了下来，拉住她的小手告诉她："你要踩着我的脚印走，这样腿脚就不会陷到雪里。"风大寒冷，我掀开大衣，让她钻进大衣里搂住我的腰，兄妹两个人变一个人，一步一步，在风雪里，艰难前行……

儿时的记忆里，还有两件事印象深刻，一件与号脉看相有关，一件与地主老宋头有关。

于家沟有户人家一直被大伙称作"老修家"，因为男主人姓修并排行老大，又称作"大老修"，是忠厚朴实的地道"坐地户"。修家的女主人身体有残疾，但为人朴素善良，和我妈的关系尤其融洽，经常在一起唠嗑诉衷肠。小时候我也经常和修家大儿子修祥一起玩。

有一年夏天，我和几个小孩在老修家的院子里玩，渴了就跑到他家外屋地的水缸里舀水喝，喝完就走到里屋去看热闹。炕上摆着小饭桌，背对我的位置上，坐着一位男人，对面坐着几位老娘们。老娘们是东北俗语，对结了婚，特别是年纪偏大一些女士的称呼，虽不雅，但并无贬义。男人正为其中较年轻的一位女子号脉看手相。

男子问："你嫁人几年了？"

女子答："快五年了。"

他说："不急不急，你命中有子，给你开个方子吃几服药，想生几个就生几个。"

当我正要转身去玩时，男子转头叫住我，口中念念有词："两手圆又圆，无须种庄田。冬夏长青松柏命，如鱼得水四海游。孝悌两全人尊崇，既能养老又送终。"然后对着我妈说："这就是你家二小子吧？"我妈笑容可掬地点头连连说是。

当时我并不太明白此话的意思。这话也是我慢慢回忆出来的，不一定是原话，但意思没错。后来，年岁渐长，经历得多了，回味起来，却真是应验了我的人生经历和为人处世之原则。

据说那位不孕不育的女子，后来生了两儿一女。至于那个把脉看相的男子，姑且不说是神奇，权当是机缘巧合吧。

我们这一代人，由于当时条件限制，从小就没受过什么艺术熏陶，我也一直缺五音少六律的，但二胡和笛子我都能拉响吹响，最起码《东方红》和《我是一个兵》还是拉吹得不错的。要问跟谁学的？老宋头。老宋头是谁？于家沟仅存的一户地主。

老宋头家住在我家南边坡地上的一个小院落里，琴棋弹唱都很好。也许是因为地主成分吧，只要我们一帮小嘎子进屋，他都很客气，茶没有，水一碗。

最开始，他从最基本的"1234567—7654321，多来米发索拉西，西拉索发米来多"来教我们，然后到二胡指法和笛子的吹法。小孩子皮，他总是耐着性子不厌其烦地教来教去。之前不觉得，后来年岁大了，懂了些事了，才知道这叫修养。然而，小孩子哪有不懂谁对自己好的，后来每次我们离开他家时，就叫他"宋爷爷"了，不再称呼他为"老宋头"。

也许正是宋爷爷的调教，在南康小学演出比赛时，我还在班里领唱过男女声二重唱《唱支山歌给党听》。古今中外，艺术不但没有国界之分，更没有成分之论，它是人类共有的精神财富，留下的都是精华，摒弃的都是糟粕。唯成分论已成为历史，这是人性博爱的胜利。

现在想想，当年的宋爷爷也不过花甲华年。50多年啊，宋爷爷，你可知当年那个你耐着性子一遍遍教"多来米发索拉西"的黄毛小子如今也已年近古稀，你可知即使年近古稀，他仍在怀念着你、感激着你！50多年啊，半个多世纪，世界已沧海桑田，而你，在我心里，依然是和蔼可爱、慈眉善目的样子。

校园记忆

二十世纪六十年代初，我父亲去了双岗畜牧场工作，母亲也跟着到了双岗。当时，我正读小学三年级，为便于照顾，父母将我从南康小学转到了双岗畜牧场小学。

双岗畜牧场小学从一年级到六年级学制配置齐全，地大人少，每个班最多也就20来个学生。学校建在畜牧场蔬菜园子旁，校舍是一排红砖墙、人字顶的大瓦房，教室、操场都很宽敞。

当时的班主任老师叫杨燕，身材苗条，长相清秀，看上去比学生们大不了几岁。她为人和善，总是轻声细语、笑呵呵的样子。

虽说当时是困难时期，但有“勤劳致富李振山”打底，加上父亲在部队干了那么多年，我家到底较普通人家要殷实一些。那时贪玩，我买了一个绒面黄色小球带到学校玩，也不知花了多少钱。后来才知道那玩意叫垒球。同学们都很羡慕，我也大方，邀请同学们一起扔来扔去、拍来拍去地抢着玩。

贪玩、寻找刺激是男孩子的天性。有一次，我太用力扔得太高了，小球一下子飞到了屋顶上，隔了一阵子才滚落下来。受这个飞上屋顶又自动滚下来的小球启发，我立即发明了一种新的玩法——隔着房屋扔球儿，拼的是谁的力气大、眼力准。每到课间休息时，我就组织两伙小朋友，一伙在屋前，一伙在屋后，两边的小伙伴将小球隔着屋顶扔来扔去，看谁扔得高、扔得远，小球滚到对方次数多，那方就算赢了。

因这场游戏，我成了学校有名的孩子王。

可惜，好景不长。游戏才玩了不到一个星期，球被一个同学扔上房顶后，再也没有滚下来。我急啊，当即找来梯子，正准备爬上屋顶去找时，杨老师过来了，她好言好语劝我别上去，说是太危险了。同学们都围着老师七嘴八舌抢话说。我一想，便主动放弃了，还说：“屋顶上有冰碴，到明年开春冰化时，球会自动滚下来的。”

杨老师听后，很欣慰地笑了。她走过来，轻轻搂了搂我的肩膀，当场向同学们宣布，说：“这才是懂事的好同学。”

话虽这么说，在那个物资极度匮乏的年代，能有这么一个心爱的小玩件，谁不珍惜？谁不心疼呢？我虽说已经承诺不再上屋顶找了，但心里还是很久不能平静，心心念念地盼着来年开春，雪化之后球会自己滚下来。

没想到还没到第二年开春，我就转校回南康小学了，再也没听说过那宝贝小球的下落。希望后来它被人捡到，依旧是某个小孩手心里的宝贝。

孩子的心永远活泼。球没了，我又因地制宜开辟了新的课间活动——课桌间荡秋千。利用两排课桌中间的过道，两手撑在课桌上荡秋千，比谁荡得高荡得远。

一次，当我用力荡到最高点时，一个同学突然从背后加力推了我一把。一时收不住力，我仰面飞了出去，重重地摔在地上，痛得无法动弹，久久说不出话来。

恰好杨老师走进教室准备上课，看见瘫在地上的我，她吓坏了，急忙冲过去，小心翼翼、半扶半抱地把我扶起来放在凳子上。安顿好我，她用温柔而严厉的声音责备了那个推倒我的同学。

这时，我也缓过了劲，能发声了，赶紧说："老师，他不是故意的……"

杨老师惊喜地看着我，或是因为着急，或是因为心疼，眼里竟有泪花闪烁。她转身走上讲台，大声地询问大家："同学们，我们班最懂事的同学是谁呀?"

也不知道是什么魔力，同学们异口同声地回答："李有才。"

"最懂事的同学，我们应该选他当班干部，对不对啊?"杨燕老师当即宣布我为副班长，主管文体活动。

同学们再次把热烈的掌声送给了我。

我，一个十多岁的孩子，第一次体会到了人生的光荣，第一次尝到了"懂事"带来的获得感和自豪感，而当时，我到双岗畜牧场小学也才几个月。

杨燕老师人美心更美，与她接触的时间虽然短暂，但她知人善任，给了我人生路上第一次重要的鼓励和支持；她鼓励我宽容、大度、以大局为重，给了一个孩子最渴望的肯定和信任，在我后来的人生道路上，播下了一颗真善美的种子。有了这颗种子，我在待人接物的道路上，有坚持、有底线、有爱心，从未犯过大的过错。

在我年近古稀的回忆里，她可亲可敬的音容笑貌却依旧宛如昨日，希望杨燕老师一生幸福安康。

当时的校长也是女的，姓啥名啥都记不住了。只记得她那时三十岁左右，相貌端庄，气质脱俗，说话办事很有一套，深得全校师生的喜爱。

后来，那校长不知道为什么，突然就跳进菜园子的井里自杀了。有人说是因为失恋想不开，也有说别的什么的，莫衷一是，但人确实是没了。

我还清楚地记得，校长在井台上摆放了一对新鞋子。听大人们说，那双新鞋子有两层意

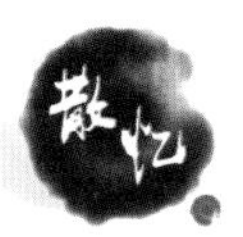

思：一是告诉大家“我在这里离开了世界，不必找我了”；二是据说不穿鞋，可以更快地游到另外一个世界——极乐世界。

本来好端端的两个漂亮女人，一个还在活蹦乱跳地逗我们玩，另一个眨眼工夫就香消玉殒了。年少的我莫名受到许多触动，对生死有了初次感慨。

1962年春节刚过，爷爷说想我了，父母也觉得畜牧场小学教学质量不如县城里的学校，就把我就又转回了南康小学。在南康小学，我遇到了此生最应感激的人之一——班主任张富老师。

有次，作文课上我写了一篇题为《给台湾小朋友的一封信》的文章，张老师看过后，大加赞赏，说：“一个小学生能写出这样的文章，非常了不起。”

在他的推荐下，我的文章头一回在学校的墙报上张贴出来，这在校内引起了极大反响。很快，我被学校任命为大队长（三条杠），算是最有权威的学生了。

给台湾小朋友的一封信

亲爱的台湾岛小朋友：

你们好！六月的塞北平原，大地，已经苏醒，冰雪，已经消融，枯草，已经萌青，花蕊，已经含苞待放，柳絮杨花，蜂鸣蝶舞，展现着一派生机勃勃的北国之春景象。我生在新社会，长在红旗下，吮吸着清纯的空气，拥抱着明媚的阳光，过着无忧无虑的幸福生活。

据说，宝岛台湾，没有冬天，更没有雪，现在已经是鲜花怒放了吧？我虽然看不见此情此景，但是我却隐隐约约听到了金门岛上炸响的轰轰隆隆的炮声，你们挨得更近，听得更清楚，害怕吗？水深火热的生活很难熬吧？

我已加入了中国少年先锋队，戴上了红领巾，每逢星期一都要参加庄严的升国旗仪式，当五星红旗迎风飘扬时，胸中感到无比地自豪和骄傲。

台湾是祖国的宝岛，五星红旗总有一天会插在宝岛上。到那时，我们在鲜艳的五星红旗下共同学习，共同锻炼，共同玩耍，让我们等待着这一天早日到来吧！

这封信在学校的墙报上张贴出来之后，给我带来巨大的激励作用。也许是因为这封信受到老师的表扬，所以我倍加珍惜，一直印记在脑海里。

张富老师，是我一生的恩师，他开启了我热爱写作、热爱读书的历程。在他的鼓励下，我的学习热情高涨，写作水平也突飞猛进。也许我现在喜欢写点东西，就是那时打下的基础。

当上大队长后，每周一的升旗仪式，我都是首席升旗手。当国歌响起时，我拉着牵引绳将五星红旗缓缓升上高空，迎风飘扬。我的左右，还站着一男一女两个三条杠的大队委。听着国歌激扬地奏起，看着五星红旗高高地飘扬，我心里无比地自豪与兴奋。

张富老师很信任我，经常让我帮忙管理同班同学、催收作业、维持纪律等。得到老师的器重，我那孩子的虚荣心获得了极大满足。

有一次课间操时，张富老师塞给我一个纸条，让我到人民照相馆取照片。装照片的纸袋没有封口，回来的路上，有张照片掉了出来，我偷偷瞄了一眼——哦，原来是他的订婚照——羞涩又甜蜜的两个年轻男女，头紧紧地贴在一起，特别甜蜜幸福。

此后，我对张富老师更加尊敬。同时，我更加努力学习，当年还被评为全县优秀少先队员。当时全县城也只评了两个优秀少先队员，另一个出自县实验小学。这是我人生道路上获得的第一个县级荣誉，也算是一次小巅峰吧。遗憾的是，日久年深几经辗转，奖状也没了。

1964年秋季，学校组织学生到校办蔬菜地拔甜菜。我干得正欢时，有人通知我马上回学校，到校团委书记王健老师处报到。

王健老师见到我后，面带笑容地说："你已经具备入团条件，学校准备吸收你加入共产主义青年团。"顺手递给我一张表格。

我按捺住激动的心情，不动声色地填完表格，交给王老师。

老师看后，皱了皱眉头，问："你是1951年生的?"

我说："是。"

老师说："不满十四周岁不能入团哟。"

很快"文化大革命"开始了，学校连教学都不正常，更别提入团了。直至1968年我参军，都再没人提起过入团的事。入团的心愿虽然彻底落空了，但从那时起，我就自觉以团员标准严格要求自己，可以说，13岁时，我就已经在思想上正式入团了。而且，自从与王健老师接触后，她不停地鼓励和教育我，使我在政治思想上日益成熟，也确保了我在"文化大革命"中不犯错误。

虽然未能如愿入团，但并没有影响到我思想政治上的进步。不过这件事也算是人生中的一个小小遗憾。

串　　联

许是受爷爷、父亲和大哥的影响，我从小就对时政新闻特别感兴趣。那时，报纸尚不普及，在农村更是稀缺，但我非常喜爱读书看报，想方设法或找或借来看，实在找不到借不着时，我就听广播新闻。

当时，我家墙上挂着一个广播喇叭，广播有时段性，一到新闻时间，我就倚靠在墙上聚精会神地听。有时端着碗边吃边听，有时拿着纸笔边记边听，听到得意处，还会情不自禁地笑出声来，搞得一家人都莫名其妙。母亲经常催促我："快吃饭，谁最后吃完谁洗碗。"所以，那个时候，刷锅洗碗收拾饭桌的活，我干得最多。有空闲时，我就连走在路上都会学着广播员的腔调，自说自话地把听到的广播新闻重新播上一段，搞得一旁的人经常一头雾水地看着我。我猜他们可能在想，这小孩不会是有呓语症吧。我却乐在其中。我从小就过目难忘，口才也算好，也许和这段经历不无关系。

1966年春夏之交，我所在的四中组织初一学生下乡劳动，到苏公坨公社某村铲地。三五天返校后，学校气氛已经大变——高中一排教学楼的墙壁上贴着用废旧报纸写的大字报。

整个学校有一种山雨欲来风满楼的感觉。

那年放完暑假，开学入校后，各类大字报满天飞，各种辩论演讲层出不穷，五花八门的战斗队司空见惯，给老师起外号绰号、揪斗老师靡然成风。我记得，当时教俄语的老师下巴大就被起了个"大下巴"的外号，教地理的老师是湖南美女，说话有湖南口音，被叫作"胡咧女"……

一时之间，学校乌烟瘴气，全无学校的样子，学生惹是生非，全无学生的样子，斯文扫地，师道全无，学生们已经基本无学可上。

我们老李家的长辈个个都是务实之人，信奉"没有肚子哪有脸"的道理，他们不鼓励我参与这些乱七八糟的运动，就是在家里和妹妹们跳"忠字舞"，都是我爷所不允许的，他说这是"吃饱饭撑的"。

有长辈们的提醒，正值懵懂年少的我，并未过多地为这类或那样的怂恿蛊惑，从1966年"文化大革命"开始到1968年参军入伍，这期间，为这场沸腾全国的运动，我只做了三件事：

第一件事就是"请"毛主席像章。"文革"时期，跳"忠字舞"盛行，形式和内容很简单，就是在一张大白纸上，用贴纸的方式做一个红太阳，贴在墙上，对着红太阳跳忠字舞，表明“我心向党”。当年跳“忠字舞”、早请示晚汇报、背毛主席语录、请毛主席像章等活动都风靡一时。

毛主席像章只能用“请”，不能用“收”和“买”字，否则不忠。我对“请”毛主席像章情有独钟，别的都没兴趣。到我当兵前，起码已经“请”了上百枚毛主席像章，都存进了父亲的柳条箱子里。遗憾的是，随着箱子的丢失，那些颇费心力“请”来的像章也都消失不见了。

第二件事就是加入“逍遥派”。当时，在“革命无罪，造反有理”的舆论引导下，红卫兵们巧立名目，成立了形形色色的战斗队，都自称是保卫毛主席的造反派，冠名越“左”越好，各个战斗队又互相攻击对方是保皇派，以各种方式开始了破除和批判他们所认为的“封资修”。他们对革命无比地狂热，很快就变成了“文化大革命”中破坏的主力，对学校、国家行政体系、社会秩序、文化价值观念以及很多无辜的生命造成无法挽回的损害。

运动早期，有少部分没有加入战斗队、没有任何头衔、游离于运动组织之外的人，较少受到冲击。但随着运动的深入，各个战斗队为了扩大自身阵地，增强自身战斗力和影响力，对这部分人也采取了拉拢、讨好、瓦解等方式，最终这部分人中的大部分也被分流到各自认为的“左派”或保皇派之中。

而我则坚守阵地加入了无人问津的“逍遥派”。所谓的“逍遥派”，也称观望派、中间派，是硕果仅存、为数不多的始终没有参加过任何战斗队的人。这少数人的处境极其艰难，因不愿同流合污，所以左右碰壁、格格不入。因坚守底线，所以即使对现实无能为力，备受压力和煎熬，也要在夹缝里求生存，即使装聋作哑，也要独善其身，就像一株坚韧的野草，即使孤芳自赏，依旧自得其乐。

现在想来，当时的“逍遥派”之所以逍遥，不是他们没有观点、没有“主义”，而恰恰是他们太有主见、太有思想，而且能坚守自身的主见和思想，并且享受其中。“逍遥派”中不乏有见识的过人者，表面上游离于组织之外，实际上却忙里偷闲，借着运动的风波，静静地耕耘自己的一亩三分地，享受着乱中取静、乱中取胜的修行和喜悦……

当时上课已经很不正常了，有的学校干脆直接停课。没有课上，我百无聊赖。幸好学校图书室有很多图书，我就大量地借来阅读。很多文化古籍便是那时候读到的，但大多也是有处借无处还——后来图书室也被战斗组织占领了。学校又有很多乐器没人搭理，我都拿来玩，

吹萨克斯就是那时学的，虽然吹得不好，但起码能吹响。于家沟小伙伴们都很羡慕，都想来看看、摸摸。复课后，我主动将萨克斯还给了学校。至于书，有的被别人借走了，有的因翻阅太多损毁了，剩下为数不多的几本也应了那句“有书不借非君子，借书不还非小人”的俗话。

第三件事就是成立“不听邪战斗队”。风靡全国的“大串联”很快就开始了，上边也不断或明或暗地传出“就地闹革命”的信号。学校的红卫兵组织陆续成立了纠察队，在火车站、汽车站等交通枢纽纠察、阻止“串联”人员。“逍遥派”哪算组织，可我又很想去北京见毛主席。当时成立红卫兵组织无须审批，挥挥手臂喊几句口号，跺跺脚跳一跳，写上几张大字报贴一贴就算成立了。

我眉头一皱，计上心来——找了三五个“同仇敌忾”的同学，成立了“不听邪战斗队”。队员有国安、庆连、明德等四五个人。我是组织者自然是队长，“不听邪战斗队”的大字报也没贴墙外，就挂在教室北侧的窗框上。我既然是队长，也就顺理成章地进入了学校纠察队，戴上了“纠察”字样的红袖章，堂而皇之、大模大样地走进火车站，开始“纠察”工作。

我的目的是通过这些渠道，找机会去北京见毛主席。纠察两三天后，我熟悉了情况，拿着大哥给的5元钱和一张盖着红印章的介绍信，加上自己的5元，一共10元，便开始了去北京见毛主席的行动。

有一天，齐齐哈尔到北京的直快列车如期驶进开通站。为捷足先登，我眼疾手快，抢占了有利地形，死死把住靠火车头的车厢口。因为一头一尾不易引起其他纠察员的注意，上下车客流挡住视线也易于伪装。当火车鸣笛发动时，我一个箭步跨上列车，车门随后被列车员关上，只听下面有人大喊：“李有才坐火车跑了！李有才坐火车跑了……”

就这样，我坐上了去北京的列车，那也是我少年时期第一次坐长途列车。

许是命好，许是人品好，一路走来，处处都遇贵人。当时的列车员是位慈眉善目的中年妇女，她看我年纪不大，又戴着“纠察”红袖章，知道我是去北京“串联”的，对我十分客气。车厢里人满为患，别说坐，连站着都是人挤人、背贴背。她怕我小小年纪受不了，就把我领到列车员休息室坐着休息，还有热水喝。不知不觉，我就东倒西歪地睡着了。醒来后，已经饿得前胸贴后背，我就问：“大婶，请问车上有吃的东西卖吗?”

她拿出用黄油纸包裹着的半只烧鸡递给我，说：“火车刚才路过沟帮子，我在站台上买的，给你留了一半。”

打开纸包，我发现她只吃了一个翅膀和一只鸡腿。我挺不好意思的，要给她钱，她说什么都不收。

虽然很饿，但我也学她的样，只吃了另外一个翅膀和一只鸡腿，外加脖子和头，留下鸡身子，用油纸重新包好放在小桌板上。然后，我戴上红袖章，在车厢内扫地、收拾垃圾、给旅客倒水。

当我回休息室时，烧鸡已经不见了。我坐在小桌板前正纳闷，她回来了，手里端着个盘子，上面放了一双筷子和被切成小块的、香喷喷的鸡胸肉。她把盘子推到我面前，说："你还小，正长身体，多吃点。"原来她把鸡拿到餐车加热了。

我看着她拿起扫帚、拎着水壶消失在人群里，眼圈有些发热——这应该就是人类伟大、无私、忘我、善良的母爱吧!

她老人家若还活在这世上，也已是鲐背之年了。滴水之恩，本当涌泉相报，然而茫茫人海，一别成永远，也只能祝愿她老人家好人一生平安。

到北京后，我们被安排住进红军第十三中学。

接见前，大家极度兴奋，几乎整宿没睡，我还编出了一个红段子顺口溜逗乐大家："红宝书，贴胸前，急待接见睡无眠，胸中装着红太阳，再饥再渴心里甜……"

学校给每个人发了两个面包、一根香肠，也不知是夜宵、早餐还是第二天的午饭。大家头天晚上十一点起床，列队、点名、交代注意事项、宣布纪律……零点准时从驻地出发，天蒙蒙亮才到天安门广场。这时，已经人困马乏、饥肠辘辘，坐下去就不想站起来了。当时没有矿泉水，大家边吃干面包边打瞌睡，耐心等待着幸福时刻的到来。

1966年10月18日12时50分，我永远记得这个激动人心的时刻——伟大领袖毛主席在天安门广场检阅、接见了我们!

当时，毛主席、周总理以及中央其他领导人各自乘坐的六辆敞篷吉普车，沿着天安门前长安大街靠近广场的一侧缓缓驶过。毛主席出现的那一刻，人群沸腾了，"毛主席万岁！万岁！万万岁！"的欢呼声响彻天安门广场。人们极度狂热，欢呼雀跃，在本能的驱使下，向着毛主席所在的方向挪动——若不是前排有解放军列队阻隔，蜂拥亢奋的人群都有可能把检阅车拥抬起来——这对于毛主席等国家领导的人身安全是相当危险的。

第二天，我就急匆匆地返回家乡了。接受检阅后，才知道被接见的辛苦。虽说在北京每天都能在食堂领取免费食物，吃喝不愁，比家里吃得还好，但人山人海、吵吵闹闹，我很不

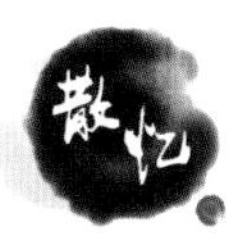

适应。更重要的是，我急于回家向家人、同学、老师们报喜——客观上说，被伟大领袖毛主席接见，那是一个孩子极大的骄傲、自豪和荣誉！我急于向熟悉的人们分享、抒发、炫耀。试想，一个毛头小伙，单枪匹马、千里迢迢来到人生地不熟的大北京，亲眼看到了万众敬仰的伟大领袖毛主席，在那个火红的年代，我怎能不骄傲、不自豪、不急于显摆?

回到家后，于家沟沸腾了！四中沸腾了！四处的人群都向我投来羡慕、友善、钦佩的目光。有人打趣说："毛主席都接见你了，也和我们握握手吧!"于是，有生以来，我第一次正正规规地和别人握了手。

有个人急于和我握手，他一看等不及了，便突然大声喊道："李有才坐火车跑了!"我定睛一看，原来是高年级的某同学，就是我扒火车时发现我跑了的那人。我立刻伸出手去，认真地握了握他的手。因这特殊因缘，我莫名地对他有了不一样的情愫。很遗憾，至今我都不知道他的名字，也不知道他后来是否亲眼见到了毛主席，更不知他后来生活在哪里，过得好不好……如果有生之年，能再见面，我会好好感谢并告诉他，当年他那句"李有才坐火车跑了"时常还在我的耳边回响。

兴奋过后，平静下来，一时之间，心里竟有些空落落的，若有所失，却又说不清是什么。这种体验对一个十五岁的少年来说，似乎来得太早了点。

这时，又有人找到我，说："有才，你有去北京的经验，不如再组织一伙人去见毛主席吧!"我很犹豫，一则，我刚从北京大老远地回来，还没回过神来；二则，被毛主席接见也就那么几分钟，离得远，人又多，看得也不太清楚，然而长途跋涉、等待接见的过程漫长且辛苦；三则，天气越来越冷了，一路颠簸辗转，旅途会更加艰辛。

但没过多久就听到消息：毛主席将第七次接见红卫兵。禁不住伙伴们的殷切期盼与执着央求，最终还是再次踏上了去北京的征途。

1966年11月10日10时，毛主席等中央领导在天安门城楼开始接见红卫兵。被接见的队伍自东向西行进，由于行进太慢，毛主席沿检阅台不断地自东向西行走，还摘下军帽挥舞，示意队伍不要在天安门前停留。直到下午1点左右，我们才通过检阅台，第二次见到了毛主席。下午4点多，接见结束。此时，毛主席在天安门城楼上已经站立足足六个钟头之久。当时没觉得，如今想来，这对一个年过古稀的老人来说，是多大的体能消耗和毅力考验啊!

这次接见活动之后，中共中央、国务院联合发布了《关于革命师生进行革命串联问题的通知》，规定全国红卫兵、师生暂停来京及参与各地串联。但当时红卫兵组织至高无上，几乎已经到了疯狂、失控、无政府状态，即使中央明文规定，各地的红卫兵还是陆陆续续地涌进北京，形势所迫，毛主席又被迫进行了第八次接见。

至此，“大串联”终于告一段落。

“大串联”的中后期，工人不开工，农民不种地，学生不上课，整个社会秩序一片混乱，严重影响了国民经济发展和人民的正常生活。虽然这场声势浩大的“文化大革命”，确实给党和国家以及人民群众带来了严重的挫折和损失，但对于我个人来说，两次进京见毛主席，起码有三方面的收获：

其一是政治觉悟成长。不得不说，对于一个十五岁的边远地区少年来说，能两次进京接受毛主席检阅，不说独一无二，总也难能可贵。从政治角度讲，这是我政治思想从萌芽状态进入自觉或不自觉的理性思考的最初阶段，为我以后的军旅生涯打下了坚实的基础。

其二是人生价值成长。在天子脚下的北京城，我瞻仰清华园，亲眼看见了北京大学的宏伟雅致，领略了颐和园、北海公园的古朴奇特，看过了壮伟的长城、秀丽的香山红叶……我这个来自小县城的小屁孩，叹为观止——井底之“娃”跃出了井口，池中之鱼游进了大海——留下了一生不可磨灭的印象和向往。尤其是，第二次北京行，住在北京医学院，这里的博物馆四处摆放着人体器官的标本和文字解释——赤裸的婴儿标本，就像活人一样，给我极大的震撼。现在想来，当时的我，也不自觉地从好奇到深思再到顿悟，突然察觉——人啊，你悄悄地来了，又赤裸裸地走了。只可惜那些药水里的婴儿，还没看清、更没读过这个世界，却又急匆匆原路返回了。珍爱生命，珍惜时空，也许就是从那个时候起，牢牢地扎进我的脑海里的。

其三是责任担当成长。虽然那时很穷，身上没几个钱，但我还是给家人买了他们吃不到的北京特产茯苓饼和东北买不到的香蕉，还有防风沙用的纱巾、蜂窝眼铁质暖水瓶外壳。当时，家中暖水瓶胆是好的，外壳快坏了。火车车厢温度很高，其他东西好办，唯独香蕉怕热、怕压。我灵机一动，拿出买的暖水瓶外壳，把香蕉小心地放进去。这招管用，香蕉既没压坏也没捂烂。到家后，祖孙三代坐在热乎乎的炕上，兴致勃勃地听我讲一路的见闻、吃我带回来的东西。我第一次真切地感受到自己能给家人带来幸福、喜悦和快乐……

初品人生苦乐

穷人的孩子早当家。我们那代人，受各种因素影响，家庭富有的不多，家里揭不开锅的却大有人在，我家算不得赤贫，但到底也不宽裕。我虽不是长子，却因大哥身有残疾，从小被父母当长子使唤，被弟弟妹妹当长兄依靠，因此较一般的孩子要早熟一些。

我那时才十四五岁，读初中的年龄，“文革”势猛如虎，爱书如命的我又饱受失学之苦，一腔热血一腔悲愤化作打工赚钱的动力。仗着自己嘴甜会来事，我四处打短工卖苦力，尽全力为父母减轻生活压力，为家人过得更好一点。辛苦劳作，填补了无书可读的空虚与抑郁；血汗变成金钱，给家人带来笑容和快乐。人生的苦乐，我在十四五岁的年龄，早早品尝到了。

1967年暑假，写完暑假作业后，再找不到更多事来做了。“文革”热潮一浪高过一浪，大多数的同学和玩伴都变成了热闹喧嚣的小浪花。我不愿做小浪花。小浪花看似热闹、入大流，实则随波逐流、无知无识，尤其是在一群莫测高深的大人们别有用心的推动下，不知什么时候就会触礁粉碎。我虽年纪小，这些认识却很清醒。我热衷时事政治，热衷一切报刊新闻，正是吸收营养茁壮成长的年龄，我像海绵一样如饥似渴地吸收、涵养、消化，我立志要考大学，要成为文化人，要为社会做出贡献。可是，我的营养供给线说断就断了，前无明灯，后无援兵，四顾茫然，像被掐住脖子的鸭子，悬在半空，透不过气来……

母亲的一个巴掌打醒了我，大哥的一句“到哪不是读书”提醒了我。是啊，学校没学可上了，我可以赚钱买书来读呀！听说三棵柳林场铲树能赚钱，我就独自一人步行十多里路，到了三棵柳林场。

到了林场，一人一把锄头一根垄，垄距大约有三四米宽，按垄计工钱。我之前没干过，火速请教了一同前来林场铲树的老乡，跟着他后面有样学样，现学现卖，腰一弯，头一埋，只管顺着树垄向前铲去。原以为树苗齐腰高，到了眼前才知道那树起码得有五六米高，枝丫繁茂，遮光蔽日，空气湿闷，土层厚实，锄头沉重。我铲了一晌午，手掌心都磨出泡了，眼看日上头顶了，垄头的边边儿都还没瞧见呢。四周又静悄悄的，偶尔听到几声鸟鸣、知了叫，更觉瘆得慌。一直到傍晚，出了垄，才算是重见了天日。手脚软了，腰也酸了，心里偷偷打起了退堂鼓。

“不行，这是我第一次背着大人出来‘闯荡江湖’，半途而废可是会被人瞧不起的。这丢人现眼的事儿，咱不能干。”我虽年龄小，骨子里却也是个顶天立地好面子的男子汉。

这样一想，我咬咬牙坚持下来了。

晚饭了，林场的工人三五成群地在屋外纳凉，有抽烟的，有闲聊的。我与他们到底不同，一个人心有挂碍却又装作若无其事地走了出去。要去干吗？闲逛呗。走着走着，猛然发现有一户人家的院子里灯火通明很是热闹，一大群人围着桌子喝酒划拳呢，“哥俩好呵、五葵首啊、六六顺呢、七星照呵、八匹马呀……”看到这场面，我也不由自主地跟着笑了起来。这一笑，心就活了。

转眼发现旁边的菜园里有几架葫芦藤，上面挂着好几只微黄半熟的大葫芦瓜。我径直走了过去，用中指弹了弹，虽然没完全熟，但也硬实了。弹葫芦的同时，计上心来，我便四处张望，大声喊：“这葫芦卖不卖呀，多少钱一个?”喊了几遍没人理，我便顺手摘了三个，大大方方地走出院子。

回到林场，我立即找来刀子、硬铁丝做的钩子等工具，把葫芦里面的瓤挖出来，在头上穿上绳子，做成了葫芦水壶。

第二天，日头还没出来，我便揣上头天晚上多买的三个苞米面大饼子，又到井台上将三个葫芦灌满井水，左右交叉斜肩背上，脖子上还挂了一个，扛上锄头，像志在必得的战士一样，雄赳赳、气昂昂开工去了。

这会儿，渴了有水喝，饿了有饼子吃，干劲饱满，精神头十足。夕阳西下时，我已铲了一个来回两根垄，赶着老乡们的脚步收工了。说不累是假的，但生产效率是头一天的两倍。

干了一个星期，我不干了，挣了五六块钱，心里好不自在。拿到工钱的次日大早，我趁人不备，悄悄溜进那家菜园子，将三毛钱别在架子上，这才心安理得地上路回家了。

回家路上，拐了个弯，特意上街理了个发，花了一毛钱。我头发长得快，一长又卷得厉害，乱蓬蓬的，所以经常理发或干脆剃光头。

经过南门外的乱葬岗子时，准备给太爷烧纸送钱。刚从北坡下到南坡，看到一个人半躺在路旁的草地上歇着，走近一看竟然是我爷。

我喜出望外，立刻从挎兜里掏出三块钱，说：“爷，我挣钱了，这是给你花的。”

我爷很是开心，但他只收了两块钱，给回了一块。我将他扶起来，牵着他一同来到太爷坟头。我爷一边烧纸，一边念叨，只听到“……二重孙有心，看你来啦，保佑吧……”等含糊字眼。

这是我第一次正儿八经靠自己的力气挣到钱，虽然不多，虽然很辛苦，但我很自豪、很开心。这自豪和开心在渴望营养的心灵里，洒上自信的种子，真真切切地弥补了失学的痛苦。

尝到甜头后，我又听说打苇捆、打草捆能挣钱，于是，又想着法儿去了双岗打苇捆。

打苇捆这活不轻松。我们要把芦苇捆成一个个重约35公斤、长1.2米、厚40厘米的长方体。这活工作量大，一般是三到四人一组。铡刀有近1米长、20厘米宽，刀口十分锋利，铡刀两侧一边一人用手掐住芦苇，一人把住铡刀柄，双脚踩在刀口两边的芦苇上，猛力快速压下切断芦苇。将芦苇一分为二后，对头重叠平整铺放进打捆机底部。这个动作要反复四到五次才能装满打捆机。然后利用杠杆原理，用钢丝绳把它勒紧压缩至40厘米左右厚的长方体，再用脚把芦苇踩扁踩软，做成简易的绳子——苇腰子，将箱中的芦苇捆扎紧，放松钢丝绳取出苇捆码放好，一整套动作才算完成了。打苇捆既耗体力，又要韧劲和耐力，是一项技术含量高的综合性体力劳动，苇捆重量不够不行，厚度大于或小于规定尺寸的5厘米都不行。锋利的铡刀还带有一定的危险性，一不小心就会割破棉裤裆。

天寒地冻，穿得又多又厚，干活时一身汗，稍一停又一身凉，除上厕所、吃午饭，中间是不休息的。冬天昼短夜长，大家都是天不亮就出门，天黑了才原路返回驻地，中午吃的是早上准备的自带干粮。芦苇场是不能生火取暖的，那时除了暖水瓶没有别的保温设备，就把馒头、大饼子、粘豆包等干粮以及咸菜疙瘩、大葱大酱等统统放进一个榆树枝条编的圆筐里，再里三层外三层地包裹起来拎到工地。但外面气温太低，到了中午干粮哪里还有热乎气！到饥饿时，吃嘛嘛香。大家就着白开水吃着带冰渣子的干粮，咬着咸菜，闻着、舔着、啃着喷香的大酱，即便酱已冻成冰坨子了，还是觉得很香甜。有时，冷得累得实在受不了了，就举着冻得硬邦邦的“冰葱”，哼着“今日痛饮庆功酒，壮志未酬誓不休……”等样板戏的调子，喝上几口老白干，暖暖身子提提神。几口酒下肚，也大有神仙般“舍我其谁”的逍遥劲儿。

夕阳西下，倦鸟归巢。来时只要十几分钟的路程，回去时要走上大半个钟头，我有时累得连“打靶归来”也哼不出声了。明日复明日，明日何其多，今晚醉梦睡，明日劳苦多……

打一捆苇捆大约需要10分钟，一天打50到60捆，检验后剔出不合格产品，就剩下50余捆。一捆挣一毛钱，总共才5块多钱，三四个人分。我年龄小，不愿占便宜，主动提出分少点。大人们说“同工同酬”，一点也没少分，一天下来能挣1块钱左右。

一个多月后，双岗的活干完了。找活有了经验，干活慢慢也有了口碑和人脉，我又转战到了离家更远、更北、更冷的镇赉县打草捆。草捆是牛马等吃的草，和打苇捆的性质差不多。

干了十多天后，我揣着辛苦赚来的30多块钱，欢欢喜喜地回家过春节了。

当喜气洋洋的我将赚来的钱全部交给母亲时，当眉飞色舞的我绘声绘色地讲述打工的经历时，母亲摸着我长满冻疮、裂开血口子的双手，看着我那经风吹日晒早已黝黑瘦削的脸，她一句话也没说就扭过头去，豆大的泪珠从她那饱经风霜的脸上滚下来，砸在了我脚前的地面上。泪水迅速浸湿了眼前的黑土地。我的心猛地一颤，脑子里似乎有什么东西抖了一下，一时竟不知道用什么话语来安慰她。

很快，母亲平静下来，她抹了抹眼睛，抽了抽鼻子，转过头来，努力挤出一个笑容，笑着赏了我10块钱。那一时刻，我知道了什么是“含泪的微笑”。

我只要了5块钱。买书，5块钱已经足够了。

春节将近，我就在家附近找活干了。

于家沟紧挨着县城，偶尔，生产队也组织精壮劳力到开通火车站扛草（苇）捆装火车挣零用钱。这活属于计件劳动，大头给生产队，每扛一件装上火车，个人可以分得两三分钱。我年纪小力气也不大，按理我是没份参加的。但我嘴甜会来事，大人们喜欢，都会给我一点小小的面子。

这活机动得很，火车几时进站、几时发车，大家便几时上岗，几时收工。工作往往突如其来。有时是一大清早，有时是深更半夜。活来了，挑灯夜战，必须接活，并且要在很短的时间内，保质保量完成任务。回想起当时的场景，还真不亚于一场紧急军事行动里的冲锋陷阵呢。

扛草捆装火车，既是重体力劳动又是危险的高空作业。火车与地面间，只用一条不足1米宽、临时搭建的跳板连接，跳板坡度二三十度且要转两三个直角弯。大家扛上七八十斤重的苇（草）捆，踏上斜跳板，一步一步颤巍巍地走上二三十米的斜坡。干这样的活，成年人有时都胆怯，何况是身子骨都还没长全的我。

苦与累自然无须形容，也不知道是靠什么力量支持着撑下来的。为了赚钱是肯定的，但更重要的，也许还是填补无法上学读书的寂寞、失落与空虚吧。

一日之计在于晨，一年之计在于春。于家沟是蔬菜生产队，大年初五后，农民开始备耕生产。当时，土地归生产队集体所有，劳动计工分，年底分红，都是大糊弄、大锅饭，干不干、干多干少一个样。

开春上工，首先要积肥、捡粪、沤粪、翻粪。坐上大马车，漫山遍野地去捡牛粪、马粪、

驴粪，羊粪粒太小一般不捡，以牛粪最多，马粪次之。把捡来的粪和各家各户的猪粪、鸡粪、鸭粪、人粪等堆在一起，放在阳光下，随着日照时间增长，气温和地温升高，粪便会自然发酵。

为了使粪便发酵更均匀，时不时地还要翻动。谓之翻粪，就是用工具翻动那些发酵中的粪便。这活又脏又累又臭，但我参加过。一两个壮汉拿着铁镐刨下半冻半化的粪便，适当砸碎，后面跟两三个男女社员把粪便翻甩到另一侧，后面又是拿铁镐的壮汉……这样就形成“一”字形的人链，直到把整个粪堆翻到另一侧形成一个新的大粪堆才算结束。这个过程有时要好几天才能完成。腐臭味自不必说，一镐砸下去，粪粒四处飞溅，溅得人一脸一身，时不时地还有些顺势掉进人的脖子、衣领上，臭不可闻。鞋子自然是踩在粪便上的。反刍动物以及马驴的粪便味道还不大，一旦踩上鸡鸭和人的粪便，哎呀，那味道臭不可闻，真叫人恶心。

没有粪便臭，哪来五谷香？谁知盘中餐，粒粒皆辛苦！我是亲身体验过的，也是深入参与其中的，对于粮食，我有着与生俱来的爱惜。

我爷家养了一头棕色小毛驴，有一台驴拉的胶轮车。春暖花开的时候，正好我揽了一单运草捆到开通火车站的计件活。母亲带着我向我爷借车用。他爽快地答应了，并夸奖说：“好样的！也能单干了！赚了钱别忘了给我打酒喝。”

运草捆必须用到一把草钩子。草钩子是自制的，用有中指粗细的钢条，在火上烧红后弯成一个曲度既不能大又不能小的铁钩，把头部砸尖，蘸水定型。草钩子的作用，就是在把草捆搬上车时，高高举起，重重砸下，让其深深扎进草捆里，再顺势拉起草捆放到肩上扛上车。这玩意没使用好可是会伤人的。

有一次，当我猛地砸下草钩子顺势拉起时，滑钩了，草捆没提起，草钩子报复似的狠狠砸在我的门牙上。一阵剧烈的酸痛传来，半颗门牙已掉进嘴里。别说吃硬东西，就连喘气、咽口水都撕裂般的疼痛。所幸，牙根没松动。我也没做治疗和处理，戴上口罩，又坚持了一星期，一直坚持到把活干完。

借用了我爷的车和驴，我不但买了老白干，还买了几包“握手”“蝴蝶”和“迎春”烟给他抽，这在当时可都是有名的好烟。

这次赚钱，付出的代价太大了，我半颗门牙没了。古人夏侯惇有名言：“父精母血，不可弃也。”我虽然未将牙吞进腹中，但也十分爱惜那因劳动而牺牲的半颗门牙，把它包好珍藏了很久。

初品人生苦与乐，最大的收获，就是尝到了“劳动的滋味最美”。我有时想，上天造物妙不可言，从没什么是生而有之的。也许，正是在拼命干活、努力赚钱中尝到了甜头，赚到了让父母长辈为之欣慰的血汗钱，学到了各类手艺，见识了许多奇观，经历了底层劳动百姓的酸甜苦辣，也被他们的勤劳和智慧、善良和真诚所打动。这，也许正是成长中的我，最不可或缺的天然营养。

缘结气象

1968年12月24日，我正式接到了通榆县武装部送达的入伍通知书。应征入伍的消息传来，我们家和于家沟的人都很高兴。四十年代我爹参军，是于家沟的第一个军人，如今我紧随我爹的步伐，成为于家沟的第二个军人。

出发前，我坐上大马车，从于家沟直奔县武装部集合地。晚上七八点钟，集合完毕。几百个新兵胸前都戴着大红花，雄赳赳气昂昂地向开通火车站迈进，步伐虽然稀稀拉拉，气势却不可谓不恢宏。道路两边挤满欢送的群众，其中有一大部分亲属跟在队伍里跑动。火车站里面就更是红旗招展、锣鼓喧天、人山人海，哭的，喊的，挤的，抢的，闹的，笑的……真可谓几家欢喜几家愁。

在火车站上了“闷罐车”，接兵连首长开始点名。我分在一排三班，被任命为副班长。班长是滕文，成员有龙贵友、熊福强、杜衍增等人。“闷罐车”没有座位，在车厢地板上铺上一层厚厚的麦秆就是炕了。车内也没有任何取暖设备。列车驰骋，呼啸的北风从车门的缝隙里钻进来，打在人身上和脸上，刺骨的冷。我是副班长，睡在车门旁，更是冻得手脚发麻。聒噪的风声、车轮碾过两根铁轨间的“哐当哐当”声，无不让我心烦意乱。吃的是面包饼干，因吃不惯肚子就不舒服，睡不着，尿更多。车厢角落仅有的一个铁桶是预备着有人晕车呕吐用的。

待火车在弯道慢下来时，我偷偷小心地从门缝往外尿尿。这是个技术活，一要稳，绝对不能贴到铁，否则零度以下的铁会粘住“小家伙”，这我是有教训的；二要准，对准门缝射向外边，尽量别滴在车厢内，不然会有尿骚味。刚尿完，还没收拾起“家伙”，一回头就看到了排长。我挺不好意思，正想着说点什么。谁知，排长微微一笑，一边解裤带，一边小声说：“你很灵活，是我事前没说明白。”

“闷罐车”一路南下，除临时停车外，只停靠了三个兵站：辽宁大虎山、河北石家庄和湖南衡阳。在这三个地方，大家下车吃饭、洗漱、上厕所。吃饭是以班为单位，各班分一大盆荤菜、汤和米饭，食物都放在地上，大家围个圈子蹲在地上狼吞虎咽，虽顾不上形象，但也无须你争我抢，反正都能吃饱。我想起姥爷那句“揣个大碗”的话，不由暗自发笑。

从衡阳兵站吃完饭上车后，就开始打背包准备下车。耒阳灶市火车站是我们的终点站。

军车将大家带进部队的内场。所谓内场，是指机关办公和生活区。在坡顶停下来，有人招呼大家下车。我刚好站在车尾，车尾门一打开，我第一个纵身跃下，双脚刚挨地，便直溜溜地滑出了四五米远，若不是平衡机能好，非得摔个四脚朝天不可。见状，其他人都不敢再跳了，个个小心翼翼地你扶着我、我拉着你，有序而谨慎地依次下车。

那一年，湖南下了很大的雪。耒阳地处南岭山脉北侧，一二月份冷暖气流活跃，形成南岭静止锋，雪下得更大。又由于地面和近地气温相对较暖、昼夜温差变化等原因，白天的雪落到地面时就成了湿雪，边下边化，到了晚上再冻结，往往就在地面形成一层冰一层雪的现象，非常湿滑，没有经验很容易摔跤。

基地的首长和机关干部们早已站成一排在内场入口处欢迎、检阅队伍了。大家列队依次走过，首长很高兴，连连赞叹："这批东北兵身材高、体格壮、气势足，好兵！好兵！"

从登上"闷罐车"到抵达耒阳空军基地，短短几天时间里，我们从东北跨越黄河、长江，来到了祖国的大江南，从一名普通百姓正式成为一名人民子弟兵，生活方式也发生了巨大变化。

从此，我这个纯正东北汉子，从耒阳到衡阳，从衡阳到广州，开始了长达一生的"他乡即故乡"的生活。从此，我工作、生活、结婚、生子、转业、退休，有了在南方的小家和生活圈，再也说不清自己是南方人，还是北方人……

那个年代有句顺口溜："一有权，二有钱，三是听诊器，四是方向盘。"当时，开汽车是普通百姓可望而不可即的美差事。接到入伍通知书，我的第一个念头就是到部队当汽车兵，暗暗庆幸自己开汽车的美梦可能要提前实现了。那时，我的志向也不过如此。

当时，我爹在镇上临时协助招兵工作。负责通榆县开通镇招兵工作的张参谋是天津人，中等身材，结实微胖，两位空军战友一见面就熟悉上了。张参谋还到我们家家访过，我爹顺便把我想当汽车兵的梦想告诉了他，他也满口答应了。没想到，新兵训练结束后，我竟被分配到了气象台，当了气象兵。

当汽车兵的美梦就此破灭。那时年轻气盛，心有不甘，我找到了张参谋要问个究竟。张参谋一开始和颜悦色，打着哈哈逗趣说："气象兵和汽车兵就一字之差，气象兵手里握的是笔，汽车兵手里握的是方向盘，握啥都是握。"话锋一转，脸色一沉，调门也高了："哪个重要？都重要，都要有人干。职务有高低不同，岗位没有贵贱之分。新兵连咋教育你的？"这就是那个火红年代典型的革命语言和教育方式。

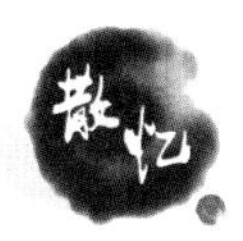

年轻的我，人生的第一个梦想就这样破灭了。我沮丧极了，欲哭无泪，欲诉无门，却又无可奈何。

当时，气象台、气象兵对空军而言到底意味着什么，我完全不了解。那时不比现在，现在科学技术高速发展，人们的生产、生活已经高度一体化，大家日常可坐飞机，偶尔还可试试热气球之类的娱乐项目，对天气的认识越来越多，对天气预报的重视程度也越来越高，天气预报成了如日历、手表一样的普及物。但在五十年前，工人有“铁饭碗”，旱涝保收，农民“靠天吃饭”，听天由命，除了飞行部门、科研部门和乘坐飞机的“达官要员”，咱普通百姓能有几个知道天气预报是什么？气象台设在哪里？是干什么的？当时的我，要是对气象知识“略知一二”也就奇了怪了。

进了气象台，又听说气象预报工作“低、气、难”。“低”是级别低，一个台长才正营级，师部的气象主任也才副团级；“难”是预报结果很难与天气实况吻合；“气”最招人讨厌，当预报失准，特别是预报结果与天气实况大相径庭时，就免不了要被首长“捋一通”。俗话说：“天有不测之风云”，受限于技术水平和设备等各种客观条件，局限于预报员个人的能力素质等因素，预报不准在当时时有发生，气象预报工作可以说是个吃力不讨好的苦差事。所以，当时人还没进气象台，耳边听到的全是些令人垂头丧气的话语，叫人心里憋屈。

再说了，天气预报那可真是个“瓷器活”。俗话说：“没有金刚钻，别揽瓷器活。”气象预报工作可是连那些名校精英都搞不定的工作，我这初出茅庐、没上过几天正经学的新兵蛋子，如何做得来这瓷器活，受得了那窝囊气？加上年轻气盛、情绪低落，什么“干一行爱一行”，什么“行行出状元”，什么“甘当革命螺丝钉”，我通通抛之脑后了，着实委屈了好一阵子。

后来我才知道天气预报、气象工作的重要性。无论是民用还是军用的航空器，要保证其自由、平稳、安全地起飞、航行、降落，任何一步都离不开一个重要的保障部门——气象台。

当时，耒阳基地气象台是正营级建制，内设天气预报组、天气观测组、报务组、探空组和雷达组。其中，预报组由台长、教导员直接管辖，每个预报员都是副连职军官。其他组是正排级，组长也就是正排级军官。

气象台坐落在由内场去外场必经之路的西侧，建在长满野生茶籽树的山岗上。主体建筑是一栋两层高的小楼，坐北朝南，中间高，两侧低，砖质水泥钢筋结构，南侧外立面呈半圆形。

一楼半圆形的房子是综合场所，观测组、会议室、文体活动室等都设在这里。大厅里摆放有乒乓球台，闲暇时打球健身，开会时就是会议桌，办公时便是办公桌。挨着楼梯的一间，是报务员培训室，后来改成了女兵宿舍，紧挨着的一间是储藏室，放着干部、战士的手提包。

战备年代，物资短缺，干部也好，战士也好，都没有太多的“坛坛罐罐”，包里装着的也就是挂好领章、帽徽的一套外衣和几件换洗内衣而已。领章的背面写着血型、家庭住址等信息，万一牺牲了，部队便根据这些信息联系其家属亲人。

紧挨着储藏室的是预报员办公室兼气象资料室。气象资料均属“秘密”等级，不能丢失，也不轻易借与他人。至今，有些资料已有七十多年历史。

二楼是预报员、观测员、报务员办公值班用房。其中，半圆形房间，墙上挂着各类大小不一的天气图等气象资料，是预报员分析天气图、观测员抄报发报的合署办公室，非常重要，是研究、汇总，最终发出天气预报的中枢，也是首长、指挥员、空勤人员现场咨询和探讨天气的重要场所。

二楼东侧出去，有个较小的露台，楼顶的整层都是露天平台，四周用过腰高的钢筋混凝土矮墙封住，矮墙外还有宽1米左右的外沿，矮墙上铺着50厘米见方的米石板，日照的余温在上面久久不散。当兵的难免有个腰酸腿痛的小毛病，温热的米石板就是天然的理疗床。

半圆形外立面中间部分，用鲜红的油漆写着“高举毛泽东思想伟大旗帜奋勇前进”十几个大字。“文革”期间，这种巨幅标语司空见惯。顶层露天平台北侧，竖着一支高高挺立的测风仪。铁打的营盘流水的兵，从我进入气象台到离开部队，那测风仪就日复一日，年复一年，长年累月，不知疲倦、不改风貌地转动着、工作着，令人无限感慨。

这个露天平台四周开阔，站在大平台上瞭望，视野辽远，山风拂面，心旷神怡，正可谓“一览众山足下登，微风细雨耳目中”。工作中，这个平台是观云测天、放球探空、目测视程等现场办公之用。生活中，它是战友们促膝谈心、“一帮一、一对红”、茶余饭后闲侃聊天、神游四方的绝佳场所，特别是夏夜，更是大家乘风纳凉、观星望月的理想之地。这个平台曾留下过我们许多青春印记，曾发生过许多永生难忘的过往，是年轻的士兵追求知识、追求真理、追求美好生活的见证者和亲历者。

一楼还有一间10平方米左右的冲凉房。1971年后，先后有四五名女战士来气象台工作，也就成了男女错开共用的冲凉房。

主楼西侧，还有一层红砖瓦房与主楼连接成一体，有五六间房。西端最大的一间是战士宿舍，里面摆放着上下铺，能住二三十个人。其他几间大小相同。紧挨着战士宿舍的三间是干部宿舍，四张床平摆着。剩下的两间是台长、教导员的独立办公室兼宿舍。标准的篮球场、

排球场和单双杠等体育器材一应俱全。篮球场的西南侧，是探空组的办公用房。雷达接收组成立后，将其拆除改建成了两层高的小楼合署办公。

正南方向有一条小路，通往50米开外的、传统意义上的标准气象观测场。观测场四周都是用高1米、间距20厘米左右的白色木板扎成的木栅栏。场内装有测温、测湿、测雨雪量等各类器材。每隔一小时，就要进行一次人工观测。当然，现在不同了，只要环境允许，人们随时随地可以设立功能齐全、智能化的观测站。但在那个年代，观测场已经是高配了。

往西边走，途经厕所，100米开外的地方是制氢房。探空组的工作人员，会先在这里给探空大气球充满氢气，再到空旷的篮球场挂上仪器后，让它一飞冲天。

1970年之前，气象台有食堂。小楼北边大约100米外的谷地里，有条小河沟，小河沟的南边就是气象台的自留地，足有几亩吧。自留地也是上进分子"练红心"的地方，我还在那里施过肥、浇过水、铲过地。后来战士吃机关大灶了，军官吃机关干部灶了，自留地也就荒芜了。

1979年，我调离前，气象台的大致外观、内部结构、使用功能和部分状况便是如此。前几年，我故地重游，一切的一切，已经面目全非，曾经在梦里反复出现的平台没有了，曾经挥洒过汗水、留下过欢笑的篮球场没有了，曾经的小洋楼、油茶林也没了，昔日的风光没了，记忆里优雅僻静的气象台全没了，一切都消失得无影无踪……

我之所以这样挖空心思地回忆，这样大费周折地叙述，主要有几个目的。其一，为完成任务。现任气象台台长希望我能帮忙收集原气象台的历史资料，我的记忆和我记忆里的气象台，无疑是首批最完整的一手素材。其二，为寻找安慰。如实详尽描述当时的情景，一草一木尽上心头，一事一物皆入梦来，可以慰藉我"小楼昨夜又东风"的失落、孤独、沮丧和怀旧感。其三，为歌颂和赞美。告诉那些毫不知情的人们，在那个神秘却不起眼的小山岗上，曾经有过那样一批团结紧张、严肃活泼的男男女女。他们智慧、淑雅、单纯、可爱，他们朝气蓬勃、忠诚奉献，他们青春靓丽、善良而执着。他们为了保家卫国，在这个偏远的小山岗里，夜以继日，默默地战斗、工作、学习和生活。他们悄悄地来了，又默默地走了，没有轰轰烈烈的欢迎，没有五彩缤纷的送别，甚至于他们的名字，外人也知之甚少，但历史资料库里，有他们刚劲的笔迹，每一次飞行里，有他们辛勤的付出。他们不是英雄，却同样是最可爱的人。其四，为鼓励和鞭策。气象学是冷门、偏门学科，即便看得见、听得见也摸不着，人们即便时常享受天气预报带来的便利，但更多的却是怨气和责备，冷了想暖，热了盼凉，气象预报准了，安然享受、忘了点赞，预报稍不准，有人就大张旗鼓，指手画脚地责怪。我想通过低沉的声音、微薄的力量，为气象学和气象工作者作证发声，更以此呼吁更多的人关注、学习、研究气象学，使其发展得更完善、更准确，更有时效地为人民、为祖国、为人类做出应有的贡献。其五，为埋下伏笔。在气象台的工作和锻炼，为我的人生打下了坚实的基础，是我取之不尽、用之不竭的宝贵财富。在后面的述说里，很多故事都与气象台有关，这里交代清楚了，后面的脉络也会更加清晰。

怒 发 冲 冠

正式成为一名气象兵之后，最初的工作就是学习抄报和填图。我当时“一帮一、一对红”的对子是气象报务员马春山。他1965年从北京永定门入伍，是个性格沉稳、和蔼可亲的老兵，对我很是关心体贴，从思想政治、内务整理、队列出操、军容风纪、生活学习等各个方面全面实行“传、帮、带”。

抄报、填图都要通过短波无线电收报机，接收特定气象电台以短波形式定时发出的无线电信号。抄报，就是把接收到的无线电波信号直接翻译成阿拉伯数字，抄写在固定格式的抄报纸上。填图，就是把接收到的无线电波信号，通过大脑转化再造，快速、准确地翻译成各种天气现象和气象要素，用事先规范好的格式，将天气现象符号和气象要素迅速地填写在中国地图、世界地图上面的各个有代表性的城市或对气候变化有重要影响力的地点、地域、海域的中心点上。

抄报工作难就难在容易混码、错码。气象报务用的是长码，数字“1”是用“滴答答答答”也就是一个短音、四个长音来表示的。而通信报务用的是短码，数字“1”是用“滴答”也就是一个短音、一长音来表示的。在信号辨别上，气象报务的难度远大于通信报务。还有就是，气象报务采集的素材容量极大，发报速度极快，一般都在150个码/分钟左右，最快时每分钟可达180个码。而通信报务，最快也才90个码/分钟左右。更重要的一点是，气象报务听信号没时间数长短划，只能靠听音域的长短加以识别，当信号速度达到90个码/分钟时，很容易出现“混码”，特别是“1”与“2”，“7”与“8”，混码久了，就会把“1”抄成“2”，把“7”抄成“8”，变成错码了。而且，一旦混码就很难纠正，这也是很多初学者逾越不了的坎。再就是，气象报务在抄报、填图时，一旦机器启动，就要一两个钟头死死地坐在那里，精神高度紧张，脑袋、手指、眼睛要高度集中，灵活并用，极容易产生脑力、视力和手力的自然疲劳，造成三者的自然不协调。这也是容易混码、错码的原因之一。

填图难在速度、精准度和劳动强度。每天早上8点，报务员要准时对一张世界大地图进行填图，行内又称“08图”。大图长80厘米、宽50厘米，放在一张长1.5米、宽1米、倾斜度为30°的特制填图桌上。图上有近300个站点，每个站点又有近60个符号和要素随机速选，要求两个小时左右填写完毕。接收的无线电波信号并非完全有规律地发送，一会儿是58区，一会儿是54区，一会儿是上海，一会儿又到了北京，一会儿又到了广州。随着信号区域的不断变化，图纸也不停地摩擦着桌面，不时地上下左右滑动，好似微型旋转舞台上正在表演的芭蕾舞者。而笔在报务员手中快速地移动，不停地点点画画“妙手回春”，又像极了一个技艺高超的钢琴师。无线电波信号随时不规律地发送，必须及时准确地捕捉并记录下来。这就要求报务员在填图时，最低能压下3~5个信号码，即手里填写第一个信号码时，头脑中已经要同时记住后续发出的3~5个信号码，要求每秒必须捕捉三个以上的天气现象符号或要素，否则，将手忙脚乱，差错不断，苦不堪言。

这对报务员的要求非常高，专注力、记忆力、敏捷度、反应度、体能都缺一不可。可以说，这项工作并非常人所能胜任。当时，有一句话是这样形容报务员苦衷的——“一年黑，两年花，三年白花花”。这是气象报务员呕心沥血、殚精竭虑、头发变化的真实写照。那时的无线通信技术有限，加之天气等因素的干扰，信号不好是家常便饭，因此，每个报务员都必须有很强的抗干扰能力。

因此，报务员必须具备强健的体魄、过硬的心理素质和超强的抗干扰能力，否则，经过高强度的培训上岗之后，又因各种不适应而被淘汰，就太可惜了。

我到气象台之前，报务员的培训工作都集中在广州测报连。从我那批开始，台里试点自主培训，先后有四个人参加了培训。上级为了更好地开展试点工作，更快地取得成效，下发了两台自动打号机，这在当时是非常罕见的，可见重视程度之高。

我记得有四个人参加了第一批自主培训，可惜几个月后便淘汰了两人。被淘汰者，也并非智力问题，更多的是适应性、方法技巧、快速反应、心理承受能力等问题。总而言之，气象报务员的培训合格率不到5成。也就是说，两个人里面，就有一个人学不出来。也正因淘汰率如此之高，人才难得，气象台都把报务员战士当宝贝，生怕在体育锻炼中被戳了眼、伤了手，所以并不鼓励报务员参加太剧烈的运动，以避免因非战斗减员给气象台工作带来被动。因此，气象台周边漫山遍野的茶树林，就自然而然成了报务员跑步、散步的最佳场所。

培训通过后，按上岗考核的要求，报务员的差错率不能超过万分之五，否则也要下岗。经过多次考核验证，我的差错率低于万分之二，属于优秀等级，成功地成为一名合格的气象报务员。

成为一名合格的报务员，非常不容易。刚刚说过报务员的头发是“一年黑，二年花，三年白花花”。我天生发质浓密且卷曲，虽没有干到“白花花”，但却有段“怒发冲冠”的故事

值得一表。

年轻时，我顶着一头自然卷、乌黑靓丽的头发，别人看了都很羡慕，可我自己却被那些卷发弄烦了，因为部队不让留长发、蓄胡须。虽然我也按规定定期理了发，但没过多久它又长长了，头发一长就立刻卷得乱七八糟。我也曾想过干脆理个光头，但一个正值青春的小伙子，哪里情愿。你说能不烦吗?

我有个亲密战友叫徐杰，1955年出生，安徽人，是1970年入伍的小兵。徐杰身材修长，一脸娃娃气，聪明伶俐，活泼可爱，擅长各类文体活动，很有艺术细胞，很是讨人喜欢。他一到报务组报道，便和我结成了“一帮一、一对红”的对子，由我负责“传、帮、带”，平日里，我也就把他当成亲弟弟一样。

那个时候，部队文娱活动少，隔一两个星期能看场电影已经算是娱乐大餐了。而且，电影形式内容单一，除了年代已久的老片子，就是那几套红色样板戏。我记性好，几乎都能把演员的台词背下来。偶尔有幸遇到李谷一随花鼓戏团之类的文艺团体到部队慰问演出，那简直就是奢侈的娱乐盛宴了。

为满足战士们的文娱需要，部队各个单位也会时不时自编、自演、自导一些文艺节目来舒缓、调节疲劳紧张的生活节奏，放松、陶冶大家的精神生活。尤其是在春节期间，“每逢佳节倍思亲”的思乡情就笼罩在每个人的心头，那时没有春晚，各单位就时常组织一些自娱自乐的文艺节目。

有一年，大年三十晚上轮到徐杰值班，刚好他当晚又有演出。我虽然也很想去看演出，但还是心甘情愿地主动顶了他的班。

在填图抄报房，为了聚光，只开桌面台灯，其他灯光是不宜开的。一投入填图工作，我便全神贯注、聚精会神，一个码又一个码，快速地捕捉、记录。

当填图工作差不多完成一半时，我突然感觉肩膀上“嗖嗖”了两下。我以为是棉衣裹得紧了，也就没理它。过了几秒钟，“嗖嗖”地又在肩膀上滑动了，并且还重复不停了。我“倏”地转过头，只见一个披头散发的“女鬼”，顿时毛骨悚然，心跳到了嗓子眼。我自然反应地站起了身，顺势将手中的抄报笔结实地刺向背后那个“女鬼”。“女鬼”拔腿就跑，一溜烟儿无影无踪了。我惊魂未定，猛然间体会到了遭遇未知侵袭时的恐惧，千钧一发时的奋不顾身和人类处于险境时无所畏惧的本能……

望着“女鬼”消失的方向，心有余悸间，我想起了军人的天职，深呼一口气，尽力让狂跳的心平复下来，扶起倒在地上的凳子，重新把耳机插入收报机插孔，同时亮起房间里的大灯，以免“女鬼”再次闯入袭扰。

当晚9点左右，我填完图，又从其他渠道补上了漏抄的五个站的资料，同时也核对了赶走“女鬼”重新填图时因心跳不稳可能出现差错的地方，然后才将那张基本满意的天气图送到了预报组办公室。

当我走进预报组办公室交天气图时，看到台长周恩洪和徐杰都在。他们面对面站着，见我走进来，齐齐将视线对准了我。我心里有事，又故作镇定，若无其事地对台长说：“台长，我下班了。”顺势冲徐杰道：“徐杰，走，和我下楼打牌去。”

徐杰瞪大双眼，用惊恐的眼神望着我，语无伦次道：“你怒发冲冠了。你卷卷的头发全都绷直了，头发竖得老高，眼里冒着凶狠的青光……你太可怕了，多亏我跑得快，要不，你的笔非戳瞎我的眼睛……”

我这才恍然大悟——刚才装神弄鬼、披头散发的“女鬼”，竟然是徐杰！心里的余悸瞬间烟消云散，代之而来的，是莫名的欢喜和水落石出的好玩有趣。

原来，台里演出完毕，徐杰戴上了演“白毛女”用的假发，偷偷跑到我身后逗我玩儿，我又全神贯注于工作，这才闹出了这么一场虚惊。虽是玩笑，想想也后怕：一是对我的填图工作有干扰，万一填图出现错误，后果不堪设想；二是对徐杰的人身安全有风险，万一抄报笔刺进他的眼睛，他这一生就毁了；三是对我的人身安全也是个危险，如果心理素质不过硬，被吓死吓懵都有可能。台里培养一个报务员，太不容易了。

大家正嬉皮笑脸说着话，台长略带沉重地开了腔：“小徐呀，这样的玩笑千万不能再开了。好在有才思想、技术过硬，否则，要闹出大乱子的，你负得起这个责吗？你，这是要在台里的大会上挨批评的……”

我见势不对，立马接过话，说：“徐杰年纪小不懂事，而且也是逗我玩的，向我认个错就行了。”

台长也猜出了我心里的小九九，微微叹了口气，伸手拍了拍我俩的肩膀，说了句“去吧，下楼玩去吧”便转身画天气图去了。

下楼时，我就琢磨开了，我和徐杰是帮衬对子，批评他不就相当于批评我嘛！

其实“捉鬼”的事，在我放下填图笔的那一刻，还闪过一个念头——要在和战友们打“5、10、K”时好好吹嘘吹嘘，但考虑到徐杰的面子和进步，我便很少提及了。不过，纸包不

住火，对我俩来说，“扮鬼”“捉鬼”也不是什么丑事，有时，徐杰自己还在人前当作笑话宣扬呢。也因此，多年后，时不时地，还有人拿这事来调侃我俩。

我始终记得徐杰当时对我头发的形容——怒发冲冠！现在想想，那个时候的我，该多专注、多认真、多纯真无邪啊！

怒发冲冠，不枉年少轻狂。

淬　炼

在部队，有苦也有乐，流血也流汗。

我从军后参与的第一场社会实践，就是当年根正苗红的“三支两军”活动。活动中，与民同吃、同住、同劳动，苦乐自不必说，普通百姓的淳朴、勤劳和仁爱友善，体会得比较深刻。

年轻人可能有所不知，“三支两军”是执行支左、支农、支工和军训、军管任务的简称，是中国人民解放军介入“文化大革命”的标志。当时，“三支两军”对稳定局势起了积极作用，是党和政府对中国人民解放军高度信赖的表现，也是人民子弟兵引以为豪的工作。

对当兵的来说，干好本职工作之外，如果有机会到艰苦的环境中锻炼，特别是能有机会参加“三支两军”这样的大活动，那意味着自己的“努力”得到了认可，十有八九是要“进步”了。

我有幸参加了这场活动，还在活动中光荣负伤。

那是在皮塘挖掘防空掩体工作当中，我负责从坑道将洞里的土石方运往洞外。吃住都在山里，工作时间完全在坑道里。两条平行的、长长的小铁路延伸至昏暗的坑道深处，一条进一条出，大家用小斗车推着土石方快速穿梭。每天掘进的距离都有任务指标，进度越快，土方量越大，运输量也就越大，大家的劳动强度也就更大，人也就越累。为了完成任务指标，多插几面红旗，大家谁也不甘落后，撸起袖子，大干快跑，翻斗车也越装越满、越堆越高。

一天，我在后面卖力地推着车，跑着跑着，车顶部的一块大石头突然滚落到车前，只听“砰”的一声，翻斗车急速倒退，我的身体却在巨大的惯性作用下继续向前冲，一头撞在翻斗车上——只觉得天晕地旋，满嘴麻木、血流不止，一屁股坐在两条铁轨中间，久久没能缓过神来。后边的车子紧急停车后，战友小李急忙把我扶起来。我用手紧紧地捂住嘴，鲜血不断地从指缝里渗出来。小李看到吓坏了，大喊起来：“坏了，坏了，有才被撞伤了。快去喊医生！”我这才发现，前几年扛草捆时被打掉一半的门牙，因撞击已经彻底松了。

遗憾的是，那半颗已经彻底松动的门牙，在当时并未得到治疗，我也并未拔下那半颗伤牙。嘴唇裂了可以长好，牙根坏了却很难愈合。

从那以后，那受伤的牙根处总有脓包出现，挤了又长，长了又挤，并不很疼，但一不小心碰破脓包便满嘴腥臭味。直到后来我在南京气象学校读书时，才有机会彻底拔掉那半颗伤

牙，镶了一颗活动假牙。

牙既是门面，又是咀嚼食物的重要工具，对身体的健康有重要作用。但是无论地方还是部队，牙齿治疗的费用都是自理，而牙齿治疗的费用又很高，我觉得这有失公允。因为这次“工伤”，若干年来，我为这颗门牙，起码花了好几万块，钱倒无所谓，但理是不公的。

防空掩体挖掘工作结束后不久，我又被派到遥田公社“支农”。这次，与农民同吃、同住、同劳动。

时值农历六月初，当地的一季稻进入收割尾声，二季稻正紧急插秧，正是一年当中最忙碌的时候，当地俗称“双抢”，即抢收、抢种。

当时的天气异常炎热，气温接近40°C，水牛赖在水里赶都赶不起来，知了在树上也懒得叫唤。田野上有人用脚踏式打谷机打着谷，不远处赶牛的人吆喝着老水牛犁着田，一派收获、播种的繁忙景象，远远看去，充满诗情画意。但身处其中，顶着烈日埋头苦干，一身汗，一身泥，已是苦不堪言，哪还有兴趣诗情画意?

恰好，一帮自长沙过来的男女知青也正在这里下乡锻炼，和我们一起割禾、打谷、插秧。都是年轻人，一边是当兵的，一边是下乡的知青，都是为支持伟大的农民阶级，彼此间有着说不清的好感，大家一个眼神过去，也就了然于心。但那个年代，大家都内敛、严肃，不像现在这样开放，男女之间多说一句话都觉得有些尴尬，不好意思。

南方割禾和北方割麦子差不多，这难不倒我。打谷就不同了，在北方是用棍子打、碾子压，在南方这里是用脚踏式打谷机半机械化脱粒，这是个技术活。脚在踏板上踩，一定要跟上机器的节奏，踩快了或踩慢了都不行，稻穗不是卡在里边就是脱不出粒来。这方面，我做得还不如知青们熟练。

话说，有几个男知青要教我们，却被一群女知青嘻嘻哈哈地推开了。那个年代，当兵的“一颗红星头上戴，革命红旗挂两边”，谁都羡慕，只是男知青没靠前，女知青自己不好意思而已。

我年少不懂事，大汗淋漓时用凉水冲了头，第三天便发高烧住回了部队卫生队。第五天还没好彻底，我就急急忙忙出院回到了“大有作为的广阔农村”，继续和贫下中农、知识青年战斗在劳动第一线。

插秧非常辛苦，干一天下来，人非常劳累。放下插秧本身不说，单是水田里的蚂蟥就叫人心里发麻。蚂蟥，学名水蛭，分为水蚂蟥、山蚂蟥和两栖蚂蟥。水田里的蚂蟥是水蚂蟥，咬起人来丝毫不嘴软，吸起血来更不含糊。

有一次，我刚从水田插了秧上岸，正在田垄上歇息，突然发现沾满泥的小腿上有鲜血流出。以为是不小心划伤了，低头擦拭时，才发现污浊的小腿胫骨、腿肚子的后面和侧面三处的皮肤上各贴着一个软软的黑色肉疙瘩，血不断地从肉疙瘩里缓缓流出。我伸手正准备把肉疙瘩拔出来，坐在身边的老农马上摆手阻止，说："要不得，要不得，不能用手扯拉，一扯嘴就断肉里了，会红肿发炎的。"说着，便用手在我的小腿上挨着蚂蟥的地方轻轻地拍了五六下，吃得肚子圆鼓鼓的蚂蟥便从肉里掉了下来。

当时，周围已聚拢了好几个看热闹的男女知青。我正准备学着老农的样子拍掉另外两只蚂蟥，一个男知青马上伸出手来，略带兴奋，一脸激动地说："我来，我来。"一旁的几个女知青也兴奋起来，吵着闹着要拍："给我们留一个。"于是，男男女女都开始嘻嘻哈哈地在我小腿上进行"拍蚂蟥"试验。简单而纯真的笑声很快掩盖了灼热的阳光，快乐在一瞬间盖住了劳作的辛苦，疲倦迅速淹没在青春无邪的单纯与惬意里……

当地都是水田，耕牛是极其珍贵的生产资料。农民都住在人字形屋顶的瓦房里，一般有上下两层，顶上还有个小阁楼。往往人牛同楼，第一层牛栏，二层及以上住人，层与层之间用结实的木板隔开。牛粪异味极重，即便有木板隔开，也能闻到牛粪味。

为照顾过来"支农"的兵哥哥，生产队便把闲置的办公用房腾出一间来，把兵哥安置在二楼住。人字形的瓦屋顶下面，搭几块木头隔板，便把阁楼和二楼隔开了。木板隔得稀疏且低矮，床就安在隔板下面，抬头即能依稀看到隔板上的东西。

当时我和一起"支农"的战友小胡一起住。晚上，我们就着灯光仰头张望，发现几块隔板上有彩色图案。小胡好奇，让我抱住他的双腿举高了看个究竟。我也禁不住好奇心，便使劲抱着他往上举。突然，小胡"哇"的一声怪叫，猛的缩下身子，我来不及收力，猝不及防，俩人一同倒在床上。

只见他脸色苍白，两眼无神，我便问："你哇什么啊？"

他深吸口气，神经兮兮地对我说："上面，搭的是棺材板。"

两人一夜没合眼，次日便申请换到了生产队队长家里住。

队长夫妻俩都很年轻，带着一女一男两个娃娃，女儿四五岁，儿子才七八个月的样子。干活时，女主人就用背带布兜把儿子绑在背上。她背着孩子为我俩炒菜做饭，烟熏火燎，辣味呛鼻，闷热难挨，娃娃不停地哭闹。我看不过去，经得女主人同意，把娃从她背上放下来，

抱到屋外，娃马上不哭闹了。

闲来无事，我一手抱着孩子，一手点了支烟抽起来。不想，娃突然大哭起来，上身还不停地扭动，我一看，烟头灭了，这才发现，大概是娃娃的小手乱动时，碰到了燃着的烟头，烟头刚好顺着娃的脖子掉进背后的衣服里，烫得娃哇哇大哭。我手忙脚乱地脱下娃的上衣，娃娃细嫩的皮肤上已经有一串长长的红点点。我又心疼又懊悔，难过得不行。吃饭时，我主动向女主人坦白事情经过，诚挚地表示了歉意。女主人毫不在意，还安慰我说："农村的娃没那么娇气，磕到碰破常有的事，快吃饭吧。"

那天的太阳很毒，桌上的辣椒很辣，但女主人的笑容很美，心地很善良。倒是我自己，因为帮倒忙，烫伤了孩子，留下了深深的内疚。从那以后，我再没抱过别人家的小孩。

我"支农"的公社有个小煤窑，在小煤窑里挖煤，极其艰苦，也很危险，我也体验过。

山口挖一条倾斜着深入地下的通道，通道低矮、狭长、昏暗，没有任何支撑和保护措施，仅供两个人并排着爬进爬出。大家头上戴一顶光线微弱的矿灯，背上背个篓子，爬到最里面往篓子里装满煤，四脚并用拖出来。这中间，人几乎是直不起腰的。平均来说，一人一次大概能拖二三十斤煤，根据洞的深浅，用时不等。

"支农"结束的那天傍晚，从公社来的干部特意来慰问，手里还拎着一条猪肉。男女主人许是早知道了，也不怎么客气，边迎上去边笑道："来就来吧，还带肉干什么，我家也准备了。"大家说说笑笑，气氛很好。

夕阳西下，大家开始打牙祭。那一桌子菜好丰盛，有红烧肉、米粉肉和各式时令蔬菜，好几碗辣椒炒的菜，一壶自酿的米酒，最让人垂涎三尺的，是饭桌中间那一盘整条的红烧大鲤鱼。

就座后，公社干部拿着两张纸用地方味极重的普通话念了一通，我竖着耳朵听，全是好听的话。念完，他便将手上的两张纸一人一张地递给我和小胡。我瞧了一眼，除了姓名不一样，其他一字不差，落款是"遥田公社"。

男女主人很热情，不停地给大家夹菜。眼看碗里的佳肴都冒尖了，可就是不给大家夹鱼吃。我咽了咽口水，灵机一动，拿起筷子想先夹一块鱼肉给公社干部。哪知，筷子刚碰到鱼，一试，居然硬邦邦的还有响声。我愣了，手还没来得及缩回来，公社干部、男女主人都笑出了声，搞得我丈二和尚摸不着头脑，很是尴尬。这时，女主人开口了："这是大家招待贵宾的礼仪，是只能看不能吃的鱼。一是表示对客人的重视和尊重；二是象征年年有余，五谷丰登。”

满桌子人都哈哈大笑，我也释怀了，好感和敬意油然而生。

“呷酒、呷酒……”

这是我当兵之后，第一次亲历南方的农耕生活，农民的淳朴、劳作的艰辛、生活的简单与快乐，都给我留下了极其深刻的印象。

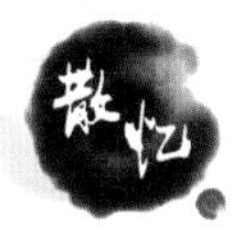

险走麦城

“走麦城”是《三国演义》描述关羽在败走麦城时为吴将截获，被斩于临沮的情节，后来这词慢慢成了失败和教训的代名词。我的经历中有过一件“险走麦城”之事，似乎值得回顾和怀记。

一个春末夏初的周日，碧空如洗。午休后，战友们在预报组的办公室围着一张办公桌打“5、10、K”。我在二楼值预报班，当天只有一架运五飞机在山区执行飞播造林任务。

一切安排就绪后，我下楼上厕所，返回时，听到战友们“呜嗷”“呜嗷”地叫喊，侧头一看，每个人手里都高举着“炸弹”狠狠地砸在桌面上，正玩得不亦乐乎。

当时，我也很想一起去玩玩，体会那种热闹劲，但公务在身，只能尽快归岗。恰在此时，值观测班的阿艳叫我了，要我上楼接调度室卫主任打来的电话。卫主任在电话里说：“执行飞播的运五飞机已基本完成任务准备返航，同时飞行员报告返回航线上有浓积云降水现象。”

我立即认真查看了各个高度的天气图，并着重分析了周边天气实况，咨询了飞机续航滞空时间。最终给出了结论和建议：一是在飞播区附近选择备降场。二是航线上的浓积云降水天气，正在向机场方向移动，逐渐发展演变成较强的雷雨大风天气，属于小尺度天气系统，移动方向稳定，但移动速度减慢，故在机场滞留时间较长，半小时后移出机场，符合降落条件，建议飞机在原地上空盘旋飞行十分钟后返航。

当时飞机返航至机场用时约半个小时。事实证明，此预报与天气实况基本吻合，根据天气预报给出的飞行建议也恰到好处，是一次成功的飞行气象保障案例，更是一次化“险”为夷的案例。

说险，原因有四个方面：一是若任务完成即时返航，航线上都是积雨云，飞机不宜进入，即便在云系外缘飞行，对于轻飘飘的运五飞机也会造成强烈颠簸。二是追着积雨云同向飞行，闪电雷鸣会对飞行员会造成较大心理压力，即便飞机速度快过雷暴积雨云的移动速度，匆忙着陆，也应防备万一。三是“天有不测之风云”，万一积雨云继续发展扩大滞留在机场上空时间过长，飞机返航时恰好遇上，转至备降机场燃油不足，就将产生飞行安全事故。四是在飞播区域附近选择了备降场，随时可以降落，能第一时间确保飞行安全。但没遇特殊状况也不要到备降场降落，以免造成备降机场人力物力的不必要浪费，如果由于气象部门预报不准而造成的迫降，还要自我检查或被通报批评。

人说艺高人胆大，任何时间、地点，“艺高”只是成功的基本条件之一。成功，必须因时制宜，因地制宜，因变制宜，动态地去权衡三维空间的量变与质变，综合得出“胆大”的决定。否则，很可能由于“艺高”而导致“走麦城”的鲁莽决定。

转眼到了盛夏季节，太阳挂在天空如同一个燃烧的火球，饥渴的红土地被晒得皱起了一层皮，油茶树间稀稀拉拉的野草蔫蔫巴巴地强挺着。

强大的太平洋高压脊一直从海上伸向内陆，几乎控制了大半个中国，它的南侧沿海一带时常还可享受台风带来的风雨降温天气，而它的中心区域盛行强烈的下沉稳定气流，形成不了有效的降水云系，淡淡云朵虽然给人们提供了丰富的想象力，但也被扇不去的高温、湿闷、风燥的烦恼抹杀了。

由于副热带高压脊的南北移动或东西伸缩，“副高”边缘地区常会出现对流甚至强对流天气。虽然水平范围不大，但发展迅速，来势汹汹，去时匆匆，经常造成突发性的破坏，对飞行活动影响很大，属于重难点天气预报过程。

气象预报员时常在这个过程中“走麦城”，我也没有例外。

在那个火红的年代，全体干部战士倾巢出动听政治报告是家常便饭。有次，部队上政治课，我当天下午刚好值班，而观测组组长阿庆不愿听那些枯燥乏味的报告，宁可自己替班。

由于听报告，当天下午机场没有任何飞行任务，连转场、过境任务都没有，天气看上去也很稳定。接近十六点时，我和阿庆聊得正欢，打开的窗户突然在风的作用下，不顾锁钩的束缚，“嗞嘎、嗞嘎”响了起来。

俗话说：“屁是屎的头，风是雨的头。”我马上意识到情况不妙，立即走到阿庆办公桌前，仔细查看上游西南方向五十公里处常宁站的天气实况。发现，14时常宁气温35℃，西南风每秒两米，而15时的风速突然增加到每秒二十三米（九级大风）并有降水现象，但气温还是35℃，凭以往的经验，我即时得出风速与气温二者必有一方是错误的记录。

审视的瞬间，我猛然发现35℃的“3”字是由“2”字下拉一小撇形成了不太自然的“3”字。我立即问阿庆：“这个3字咋这么别扭？应该是2字。你是听错了还是改写了？”阿庆说：“上个小时气温是35℃，下个小时怎么可能下降10℃，变成25℃呢？所以我就把2字下拉成3字了。”这就是气象员与观测员的本质区别。

时不我待，我立刻责令阿庆核对此站实况。

事实证明，上游常宁站由于强烈的对流云形成的前进方向云底下沉的冷空气致使地面气温急剧下降至25℃。但阿庆由于受业务知识的局限，自作聪明错误地将“2”字顺手改成了“3”字，同时并未把疑问及时向我报告和求证。

这时，雷声已大作，大雨已倾盆，窗户已挣脱锁钩，噼啪噼啪地拍打着，像四起的热烈掌声。

说时迟，那时快，我立马抓起电话给调度室值班人员小李，询问运五飞机回停机坪后是否用绳索固定。按规定，夏季经常有短时八九级大风出现，小型飞机飞行完毕后，必须用绳索固定。

其实，运五飞机停机坪就在调度室附近的视野之内。小李拿着电话站起身来，边看边说：“遭了！遭了！运五飞机在原地打转。不好！不好！大风又把运五飞机吹得离开地面向轰炸机停机坪方向滑过去了，又开始打转滑行了。坏了！坏了！运五飞机和轰炸机撞到一起了，运五飞机尾翼撞掉了……”说着说着，小李的语言都起了哭腔。

木已成舟，覆水难收。我把有关资料放进值班专用包里，坐在椅子上一动不动地等着挨批，思索着如何向首长汇报本次事故内在和外在原因。批评检讨是免不了的。问题的关键在于，我是主动承担全部责任，还是如实承担部分责任。

刚刚还在谈笑风生的阿庆，一下子像霜打的茄子一样，蔫儿蔫儿地呆坐着。见状，同情之心油然而生。

阿庆和我的师父马春山都是北京1965年入伍的老兵。他提干比我还晚，这个排级干部的确来之不易。一旦稍有“闪失”就很可能被捋掉职务或处理回家。他为人善良，几乎没有脾气，虽不算聪明机灵，但敬岗爱业，勤勤恳恳，忠于职守，助人为乐，任劳任怨，纯朴勤俭，为了家计，一分钱恨不得掰成两半花。

我又想起，他连抽烟都很省，很少递烟给别人，自己也不轻易抽别人的烟。他说：别人的烟好，不好意思抽别人的烟，自己的烟差，又不好意思以次换好来抽，况且递来递去自然抽的就多，一则浪费，二则抽不起。有人还善意地给他起了个绰号叫“最后一根儿”。当时军人服务社卖的火炬牌香烟很便宜。他两边口袋一边各装一包烟，右边一包是装多支烟的，左边一包是只装一支烟的。谁要是向他要烟抽，他就掏左口袋，边递烟边说：“最后一根儿了。”但大家并未因此小瞧他，反而很尊重这个老实巴交的老兵。

现在回忆起来，再仔细琢磨一下，原来，他当时的境界就高于常人。一则，连抽烟这样的小事，他都不占别人的小便宜。二则，递来递去抽烟必多，确实不利身体健康。

我当时心里很复杂。也许，在我想着他“最后一根儿”的绰号时，已经决定了自己来承担全部责任。

一个小时后，听报告的人也回来了。电话的铃声打断了我的沉思，我夹上包，简单地向台长汇报了一下，就急急忙忙跑向正在路边等候我去现场调查的吉普车。

打开车门一头钻了进去，一路鸦雀无声。为了争取主动承担责任，我冷静沉着地对坐在前排的首长说：“报告首长，运五飞机尾翼损毁了，责任全在我。”

刚说到此，首长立刻反问我：“你还没到现场怎么知道的?”

我诡秘地回答：“在电话里听到的。”

他还以为是事后调度室向我通报的。殊不知，我虽没看到两架飞机相撞，但潜意识里，已经听到了飞机相撞一刻的乒乓声。

来到现场一看，我更傻眼了。何止是运五飞机尾巴没了，轰炸机右舷发动机外侧不规则地陷进去一个坑，大约有半平方米。

这架飞机非战斗减员，是严重的人为事故。问题很严重。拍照完毕后，大家一起来到调度室分析事故原因，我首先主动承担了全部的气象责任，表示情愿接受组织处理。但我同时也看似有意无意地说：“天有不测之风云，以后要刻苦钻研业务，特别是重难点短时天气预报知识，杜绝此类事情发生。”

调度部门等也主动承担了没有主动固定飞机的责任。

晚上7点多，我坐首长的车返回内场。一路，我不停地说些与事故无关的话题，以转移他对此事的注意力，好让我在气象台路边下车，了断对此事的纠缠。

谁知首长含而不露。

快到气象台岔路口时，首长突然说：“司机，左转弯去气象台，我要看看今天下午的天气实况，我就不相信你们报不出今天的天气。”

我眉头一皱，计上心来，说：“首长，明天你要指挥拂晓飞行，很早就要起床，您现在还没吃晚饭，我陪您去吃饭，早点休息，明天我去外场陪您值班，顺便把天气实况带给您……”

瞒天过海，终于过关了。

第二天，首长有其他工作没来塔台指挥飞行。此事也就不了了之了。

现在想想都后怕，如果真相暴露，结果就不好说了。教训深刻啊!

545 块 钱

1972年年初，也就是我当兵的第四个年头，台里选送我去空军南京气象学校读书。那时候能被选送去学校深造就意味要提干了，这是每个想当将军的士兵都梦寐以求的愿望。

气象学校前身是空军南京气象学院，改为“学校”是“文化大革命”的产物，持续的时间不长，后来又改成什么名字，就不得而知了。当被台长周恩洪告知上级决定让我去南京气象学校读书时，我兴奋之中又夹杂着忧思——前车之覆，后车之鉴。半年前，我选上飞行员，各种折腾之后，最终却因不可抗力失败。

“不怕一万，就怕万一”“一颗红心，两种准备”，我尽量把喜悦压制到最低，把“万一”高高抬起，反复对自己说：“命里有时终须有，命里无时莫强求。谁又知后事如何呢？不必因得而得意忘形，也不必因失而失魂落魄。”这种态度，后来也伴随了我的一生。

因此，当时的我并没有任何“求之不得”的内在和“喜形于色”的外在表现。我真心感谢组织的教育培养，感谢领导的关心爱护——那些用嘴说出去的“感谢”，既是客观事实也是发自内心；那些用行动传达出的“感谢”，既是我的职责，也是我的快乐。

自从投身气象工作，我从不情愿到情愿，从不知到略知，从略知到成为一名合格的报务员、预报员。在同批兵中，我是第一个由气象台自培式成功的报务员，同时也是第一个入党、第一个被招飞、第一个送校读书的兵！得到的这些，我感恩戴德，无以为报。想到这些，我更加珍惜，加倍努力，干好本职工作的同时，尽量多替班、多值班，在业余时间尽量多做好人好事，尽量为军营多出力，为战友多分忧。

春节刚过，尘埃落定，我终于踏上了去空军南京气象学校的行程。被送到军校读书就意味着提干，提干就意味着改变命运。改变命运，是穷孩子求之不得的梦想。

出发去学校的路上，我百感交集，想想自己从家乡于家沟成长中的一点一滴，到空军耒阳基地训练、学习、工作的一朝一夕，我要感谢的人实在太多，要努力的地方实在太多，军人的天职，男儿的使命，对国、对家、对自身，该承担怎样的责任，该做出怎样的努力，才对得起家人、领导、战友、同事？那一路，我思考了很多，回顾了很多，也成熟了很多。

当坐着空军南京气象学校的军用敞篷卡车进入学校大门的那一刻，我如释重负、激动不已——在命运的转折点上，终于没有了“万一”，脚下的道路终于看到了坦途。

时值农历正月，学校的道路两旁竖立着高大挺拔的梧桐树，落叶飘零，居然有种“留得残荷听雨声”的意境。干枯枝头偶见新芽萌发，又有种清明含蓄、百废待举的喜悦，一如我当时的心境。

下车后，队领导和工作人员一边说着“欢迎”，一边热情地接过大家手中的行李。我看见有些领导脸上明显洋溢着难以言表的激动与喜悦，有些“欢迎”声中还夹带着丝丝哽咽——因为这批学员是“文化大革命”后，南京气象学校迎来的第一批学员。这一批学员中，男女老少都有，以男青年为主，陆海空三军都齐，空军占了绝大多数。

我被分在二区队九班，班长是丁文荣，副班长是赵笃正，我是党小组长，副区队长曾宪成也在九班。同班学员还有杨玉乾、郭仕义、岳晶晶、李祖厚、刘学礼、张成业等共10人。

杨玉乾是我的同桌，我俩也聊得到一块儿，自然就成了彼此最知心的同窗。他和我同龄，文化功底扎实，性格沉稳，温文敦厚，落落大方，虽言语不多，但掷地有声，极有分寸。我俩的互帮互学以杨玉乾为主导，我还是杨玉乾的入党介绍人，从入校到毕业，两人建立了“深厚的无产阶级革命友谊”。我俩的母亲也很有缘分，两位母亲几乎同时来到学校探亲，同吃同住，还一同游览了长江大桥、雨花台、中山陵和玄武湖等地。

气象学是一门综合性学科，必须以高等数学、物理乃至化学知识为基础。我们这个年龄段的学员，都是从“文化大革命”中走过来的，停过课，休过学，即便是高中生，课业落下大半，大多也仅是稀稀拉拉地略学点皮毛而已，极度缺少系统学习，远远达不到学好气象学的基础要求。

底子薄，学制短，教学内容多，在教学授课和学习领悟方面，无论是老师还是学员，都特别吃力。首先是补数学、物理等基础课，都是“填鸭式”教育，老师一股脑儿灌输，大家根本来不及消化，只能死记硬背、囫囵吞枣，大多数情况下是“知其然，不知其所以然”。当时，考试实行“5分制”，3分及格，4分良好，5分优秀。大家的目标就是“3分万岁”。

我记得很清楚，那时的校长姓楚，曾经是学院的副院长。小老头很可爱，个头不高，留着两撇短短的八字胡，经常一个人背着手，神不知鬼不觉地溜进各个教室“偷听课”。不管学员还是教员，都很敬重他，同时，对他又都有些敬畏，也许因为怕一不留神被他逮住短处吧。

第一次接触计算机软件编制程序也是在这里。我记得，当时学二进制，什么逢二进一、借一当二，完全不懂，只能依葫芦画瓢，有样学样，根本没时间也没心力去刨根问底。后来，到上机实习时，我才知道一栋大楼就只装了1台电子计算机。那计算机块头大，开机时“轰隆

轰隆”，如雷贯耳，可比不得现在能摆弄于手掌之中的手机，科技的发展实在是日新月异啊！

在当时的条件下，能配备电子计算机的院校并不多。“学院”虽然改名为“学校”了，级别降了，但文化底蕴、教学设备、师资力量并没有降格，老师不是教授就是讲师，现在想来，的确有大材小用的意味，我也有些替老师们鸣不平。

很快到了毕业考试，考试不仅强调理论基础，更注重实际操作考核。绘制天气图，便是对气象理论与实际操作最有效的检验。

考试时，每个人的桌面上都有一张某年三月份的“14”地面历史图，图上云系集中分布在南岭山脉两侧和黔、赣一带，但降水分布不均匀且雨量不大。只要学过气象学的人，就能分析出这是典型的华南准静止锋系统造成的云系和降水。

交卷时，几乎人人都准确地画出了东西走向华南准静止锋的位置，但分数出来时，大部分人得分是“4^{+}”，得到满分的就只有几个南方省份的学员。

华南准静止锋之所以有个“准”字，就是说它的冷暖空气都不太强，在双方相持不下的状态下，形成了一个坡度很小的锋面，在动与不动之间变化，又很容易在锋区形成尺度较小的涡旋——逆时针方向旋转的气旋，自西向东移动，在它移动的路径上、范围内雨势较大。为数不多的几个南方省区的学员分析并画出了在锋区的气旋位置，因此得到满分5分。

对我来说，这得益于我在湖南耒阳气象台工作的几年。因为耒阳一到冷季就阴雨绵绵，便形成冻雨和湿雪。那时，我就听气象预报员说起什么静止锋影响如何如何，当然也是“知其然，不知其所以然”，后来不但懂“其然”，还从气象学理论上“知其所以然”了。要是四年前就懂的话，刚到耒阳部队时，我也不至于出“跳车摔跟头”的洋相了。

1973年，我顺利读完了全部课程，拿到了空军南京气象学校的毕业证。回到耒阳气象台时，教导员韩宝树第一时间给了我一个信封，里面有个存折，存折里有545块钱。

500多块钱啊！这在当时，是一笔不小的数目。

还没待我问清来龙去脉，教导员就高兴地说：“你早在十个月前就提干了，每月工资54块5毛钱。”倒算一下，也就是1972年8月份，我入校半年之后就已经是副连职干部了。

南京气象学校的系统学习，对我的职业生涯至关重要。有了这些扎实的知识，我干起气象工作来更加如虎添翼。

数理统计图

保障飞行是气象部门的重要职责，飞机能否飞行、何时飞行都必须由气象预报数据来决定。有一次，我值外场班，部队要进行黄昏起落训练和夜航飞行。大家在气象台里讨论天气时，根据预测数据，台长和我坚持只能飞夜航，但其他人都同意夜航、黄昏两个科目一起飞。飞行单位又急于进场飞行，迫于压力，台长妥协了。

我也只好保留意见，违心地进场了。

到了机场，待飞的飞行员已经在塔台旁列队完毕，现场指挥转身向我敬礼报告。回礼后，我走到队伍中间，礼毕后，喊着口令："请稍息。开始讲解天气：半小时后有强阵雨，持续时间40分钟左右，能见度不足50米，但没有雷电，雨过天晴，可以飞夜航。"

我话音未落，队伍里就有人窃窃私语："半小时后有大阵雨，为什么还要我们进场……"

"报告完毕。"我转身上了塔台，也没理会那些窃窃私语的人。

指挥员对我的态度和讲解十分不满，一改常态地、直勾勾地盯着我，冷冷道："有才，你就那么本事，天听你的？你们台长说这是集体讨论的意见，让大家进场的。"

我礼毕，有理有节、掷地有声道："没错，少数服从多数，台长服从多数了，我没服从啊。军人以服从命令为天职，我才进场的。"

恰在此时，一阵狂风袭来，黑云迅速压顶，十几分钟后，大雨倾盆，机场周边吃草的水牛为避强风暴雨，都乱窜到跑道上来了。可就是听不到雷鸣，整个塔台的人都惊呆了。

慌乱中，只听指挥员大声吆喝："撤场！撤场！主科目就是飞黄昏起落，雨这样下下去，还有啥意思？撤场！"

我胸有成竹，马上接过话："首长，30分钟后雨过天晴，可以飞夜航。"

首长说："什么夜航不夜航的，就那么三五个架次，不飞了，撤场！"

我又笑问："首长，那不算我们保障不良吧？"保障不良在气象台业绩考核中算重大失误。

首长说："不怪你，只怪内场报得不准。"内场是指气象台。

坐着首长的吉普车，我闷不吭声地回到了气象台。一进门，台长就神色不安地叫住了我，说："师政委叫你去他办公室汇报情况。你到政委那里，可千万别使性子。"

我"嗯"了一声，看了会儿外面的天道："您看现在晴空万里，可以飞夜航了，气象保障

应是基本良好啊!”

“什么良好不良好的，你只要在首长面前不发火就是优秀了。”台长也是一肚子火气没处发作。真是无奈哟!

10分钟后，我跑步到了政委办公室门口。听见屋里有人在谈话。我也不管了，照样大声喊着口号：“报告!”

只见那人起身走了出去。

我嬉皮笑脸走上前，讨好地对首长说：“首长，我给您倒杯茶吧!”

“杯子在茶几下边，你自己喝吧!”首长很不耐烦，并不看我。

我心想，喝就喝，着急上火的，口干舌燥，不喝白不喝。

10分钟过去了，首长居然还不搭理我。

我忍耐不住了，决定主动出击。于是，我打着哈哈逗趣地说：“首长，明天您还要宣讲中央文件，学习文件要紧，我就不打扰您了。”转身就准备离开。

“白培养你了。气象台好几年没有保障不良了，怎么你一去外场就保障不良了呢?”首长放下文件，看了我一眼，不紧不慢、不愠不火地说。

我推开窗子，给首长看外面的天气，说：“政委，您看，飞夜航一点问题没有。是飞行部门被突来的大雨搞蒙了，不想飞。夜航是完全可以飞的。”

首长端着茶杯走到窗口，望了望，道：“喔……你和台长报得一模一样。师长外出了，我和飞行部门也有责任，回去告诉你们台长，就算基本良好吧。”

当时的我确实像头初生的牛犊子，一身是胆。

我虽文凭不硬，资历又短，经验有限，但青春年少时的我，还真有些过人之处，当时“眼观六路、耳听八方”的能力，着实比一般人高明一些。

作为预报员，在目测云高、视程，特别是中短期天气预报中，我有过人的天赋。而且，我预报精准，从来不用“大概、可能、也许”之类的模糊字眼来预报短时天气。这在现场保障飞行活动中，至关重要。飞行员特别是指挥员，都很欣赏我的预报作风，不拖泥带水，不含含糊糊，不模棱两可，不故弄玄虚，干净利落，不留后路。

也许正因为这些原因，我很快当上了预报组的组长，管理着十来个高学历、高素质的后起之秀和资格老、兵龄长的资深骨干。

当台里宣布我为预报组组长时，我没有一丝畏惧，没有一句托词。现在想来，当时除了自信有实力和“初生牛犊不怕虎”的闯劲外，也许也有“虚荣心”作怪的缘由吧!

如今回忆起来，还真有些后怕。要知道，预报组组长的角色就相当于智勇双全的参谋长，管的是智商、情商超群的俊才，研究的是看不见、摸不着的天气，保障的是人命关天、用金子堆出来的战鹰和精英。

不管是飞行员还是首长，在飞行时，对气象预报的要求标准都一样。但是，首长往往年纪偏大，对颠簸气流的适应性相对较差，所以他们飞行时就要求开“小灶”——不但要求报得准，就连飞行航线上的气流状况也要摸得准。

有一次，有位首长在飞行中遇到了强气流颠簸，把腰弄伤了，原因就是值班预报员没有报出气流状况。其实，也不能过多指责当值预报员，气流状况瞬息万变，没有足够的经验和知识是很难报准的。这之后，每当这位首长飞行时，那位预报员就被责令不许到外场现场值班了，自然，这为首长飞行值班的“美差”就落到了我这个预报组组长的头上。

我报得准，保障得当，未出过状况，久而久之，也就声名在外，得到各个首长的喜爱。部队首长有时去衡阳市出差也会捎上我，名曰“空中飞行保障”。也因此，我有幸间接地认识了一些地方领导，顺便还能时不时地打打牙祭，改善一下伙食。这在当时都是“秘密”。

这些难道是“荣誉”？不是。那能说是“虚荣”吗？虽然这都是些拿不上台面的东西，不适合对外显摆，但我的心里美滋滋的，骄傲和自豪也油然而生，生活的乐趣、精神的享受，不就如此简单吗？之前就说过，我命好，时常遇贵人，总受上天眷顾，但机会总是留给有准备的人的。

年纪轻轻就当上预报组组长，我深知在“老行尊”面前，自己的文化根底浅，气象工作经验还不足，所以，我努力自学理论知识，广泛搜集气象谚语，翻阅了大量的历史气象资料，以此丰富气象预报经验。我想首先得把天气报准，这样工作中是骡子是马拉出来遛时不落套，不会技不如人。

后来，我再次回到南京气象学校深造，专门学习研究了气象统计预报学。第二次入校学习，学员依旧是来自全军各单位的男男女女。不同的是，“四个口袋”的人占了绝大多数。当时的干部军装上衣有四个口袋，战士上衣只有两口袋，所以，大家用“四个口袋”代指部队干部。

从气象学校结业回到台里后，我以气象统计学理论为指导，夜以继日地查阅、归纳、整理了台里保存几十年的历史气象资料，收集了上万个样本，针对严重影响飞行的天气现象，

如大雾、大风、雷雨等进行了重点攻关。

功夫不负有心人。我终于绘制出准确率高达90%以上的“数理统计天气预报图”。这预报图虽然是我独自研究出来的，但我不但没有自私地据为己有，还公开地教授给同事们，告诉他们具体的查算方法和计算步骤。

作为组长，我还大公无私地把这张预报图放在公共办公桌的抽屉里供大家随时使用。但不知道什么原因，大家使用得并不多，也许大家不熟悉这张统计预报图，也许是“文人相轻”吧，但这张统计预报图确实给了我丰厚的回报。

有一次，广空气象室布置24小时难点天气预报考核，我在这场考核中，因超出常规的准确预报，获得了平生第一次“嘉奖”。那时的笔记，我还保存在册，简录如下：

某年某月18时到次日18时的天气预报，当天18时落笔：

静空，静风，能见度大于10公里；

次日6时，能见度5公里；

7时，能见度小于1公里，大雾；

8时半，能见度5公里，多云；

9–14时，少云；

15时，多云，浓积云转积云雨；

16–18时，雷阵雨。

十雾九晴，说明大气垂直，水平气流十分稳定，近地面大气由于地表辐射冷却，易于形成逆温层，阻挡了上升气流，便于水汽杂质在近地空气中聚集，当水汽压大于饱和水汽压时，就形成了雾。照理来说，就算从气象谚语的角度，这个浅显的道理妇孺皆知，更何况专职的预报人员。

而我，反其道而行之，做出了另类的天气预报。偏就那么巧，偏就那么神，还真被我“蒙”准了，不但报出了大雾、能见度小于1公里，而且还报出了当天的雷阵雨等特殊天气现象。服也得服，不服还得服。因为一次高难度的精准预报，我还获得了上级的通报嘉奖。

其实，神来之笔，确实要有天性和悟性，才能通观方圆，但更要有秘密武器，那就是“数理统计天气预报图”。也是在这次难点天气预报中，我获得意外成功后，同事们才重视我的“数理统计天气预报图”，时不时地，还会用它来报难点天气了。

我是看在眼里，喜在心头，不免又暗自“虚荣”了一阵子。

岁月流逝，人事代谢。不久后，我调离气象台，也不知那张图最后落到何处了。

如今，时过境迁，当年的小楼销声匿迹了，昔日的气象台也旧貌换新颜了，更何况一张纸质的绘图。

那是一张值得纪念的“智慧结晶图”，我希望在我之后能有人慧眼识珠，把它收藏起来，像当年的我一样珍惜、爱护、利用它，更希望能有人拂去它上面的尘埃，重新认识它的价值，重新想起那些曾为气象工作付出智慧和汗水的人们……

前线报天

军人免不了要打仗，但和平时期的军人，奔赴战场的机会很少。在我的军旅生涯中，却有过上战场的经历，虽然未开一枪，也未射杀过一个敌人，但不管怎样也算是上过战场，闻到过硝烟味。

1978年12月，中共中央决定发起对越自卫反击战。当时，中苏关系交恶，越南在苏联的鼓动下与中国对着干，侵占了中国的友好邻邦柬埔寨。

开战前夕，在部队内部火药味早已很浓，大家都自觉有了“养兵千日，用兵一时”的战斗准备。当时，我新婚才两个多月，夫妻俩也是聚少离多。我是传统的男人，像所有人一样，渴望夫妻和美，但国家有召唤，军人当以保家卫国为天职。所以，我早早就做好了赶赴前线的思想准备。

某个周日，空军耒阳基地全体官兵正在观看大型电影《解放》，该电影1972年出厂，由苏联拍摄，共5集，时长达8小时。电影场面宏大，全景式展示了苏联卫国战争期间，军民团结，齐心协力打败德国法西斯军队进攻的全貌。当时，第3集《主攻方向》还没看完，就听场内广播说：“一至九班人员马上回单位。”我立刻意识到——可能有特紧急情况！否则不会在全体官兵正观看这么重要的大片时，紧急召回全部战斗序列人员。

回到台里后，在预报组办公室马上召开了紧急战斗动员会，台长王天益布置了战斗任务，中心任务就是派一名预报员前往前线，地点不明。教导员韩宝树神情凝重地扫视着大家，略带沉重地说：“安排谁执行这次任务，请大家先考虑5分钟时间。”

大家你看看我，我瞧瞧你，个个都微低着头，默不出声。时钟嘀嗒嘀嗒地走着，沉寂的5分钟，有度日如年的感觉。

我向来喜欢在笑谈之中解决问题。身为预报组组长，我深知自己的责任和使命，我用余光扫了一下时钟，略带调侃地数数：“五、四、三、二、一！5分钟时间到！”气氛一下子缓和了很多，在场各位紧绷的脸也舒展开来。

“台长，教导员，我说几句吧！”我主动打破僵局。

台长目光闪烁：“好，好，好，请李组长发言。”我当时是气象预报组的组长，正连职干部。

我举重若轻，若无其事地看看大家，不紧不慢道：“同志们，战友们，养兵千日，用兵一时，上战场杀敌立功的时候到了。”稍做停顿，看大家的神色有所改变，我接着说，“今天，我先表个态，反正就一个上前线的名额，我也不想抢头功，谁愿先立功受奖，谁就先举手。”

闻言，台长眼里的光芒瞬间黯淡了许多，对我的发言似乎有些失望。台长扫视着其他人员，气氛再次紧张沉寂。半晌后，他的视线才又回到我身上。我淡定地与之对视，也明显看出了台长的难处和求救信号。

虽然预报组人员不少，但是，真正身体、政治、心理素质过硬，随机应变能力强、业务素养可靠又能单独执行重要任务的人并不多。更何况，战场即杀场，枪林弹雨，刀剑无情，哪个不怕？再加上，气象预报工作的特殊性，在平时飞行训练保障中尚且“低、气、难”，更何况是战时，谁有把握能圆满完成任务？当然，领导虽然有指派人员的权利，但毕竟大家都是战友同事，这赶鸭子上架，推人上生死场的事，谁又好意思拍板举荐？

我微微一笑，紧接着，不紧不慢地“正人君子”道：“我们气象台是空军学习新党章的先进单位，王辉球政委还专门接见过并表扬过大家……今天这个任务落到了我们预报组，我相信我们预报组的战友都不是孬种，平时怎么样咱不说，关键时刻得像个汉子……”

一番战前动员式的话下来，效果出来了，我发现有人开始悄悄地搓手掌。

我看有效果了，出其不意，举起手来，继续笑着说：“台长，就算我捡个漏吧。一会举手的人多了，你也很难平衡。”

正说着，预报员文金春站了起来，急急道：“别呀，李组长，你国庆节刚办喜事，这才两个多月，还是让给我去吧。”一个“让”字了得，阶级情、同志爱全有了。

同事们也活跃起来，交头接耳，议论纷纷，争先恐后地围着台长表白自己技术过硬、家里无牵无挂……

台长满意了，挥着手，笑哈哈地说：“被有才同志说中了。这真难平衡了。不过，组长已先抢头筹，大家不要争，来日方长，以后有的是报效祖国的机会。”就这样，我成了我们气象台头一批参加对越自卫反击战的成员。

1978年12月底，我军在中越边境地区集结了30多万名将士，我便是其中的一员，有幸经历了中国人民解放军历史上的一些重要事件，经历了那段曾被定义为国家机密的历史。

在赴越南战场之前，大家也挖过洞、备过粮，去过罗霄山脉野营拉练。当时，一人一杆枪、一个挎包、一个背包就出发了，没有这么庄严和神圣。

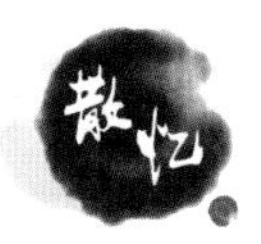

按规定，行军前不允许打电话或者写信给无关人员，当然也包括妻子。我用3分钟时间打好背包，身上斜挎着冲锋枪，腰间别着五六式手枪，真可谓全副武装、威风凛凛。

铁肩担道义，豪情虽万丈，儿女情长到底免不了啊！此时总感到若有所失——妻子此刻在干吗？她知道她的丈夫就要奔赴前线了吗？等不来自己的男人，她一个弱女子该多着急？此去前线，生死未卜，远在东北的父母亲要是盼不来自己的儿子，该多伤心？我才新婚，一儿半女都还没留下……

上军用卡车前，我弯下腰，在路边抓了一把红土装进挎包，准备着万一“光荣”了，也好“青山处处埋忠骨，何必马革裹尸还”。

我的“小动作”被同车的战友们发现了，也感染了大家的情怀，大家不约而同地弯下了腰，捧的捧，抓的抓，将一抔抔红土装进挎包。已经上了车的战友们也想跳下来，但时间不等人，我便大声喊着说：“我帮你们装上，到车上再分给你们吧!”

一辆接一辆军用卡车紧跟着警车向火车站飞奔，有解放牌、东风牌，都被蒙得严严实实，大有大战一触即发的紧张和神秘色彩。

车上，战友们手握钢枪，沉默不语，有人坐在背包上，有人背靠着包沉思，有人在擦枪，有人在翻看相片，有人在写笔记。我趁机把装满红土的挎包打开，一一送到战友们面前，大家你一把、我一把，一包红土很快就分完了。

我低头看着空空如也的挎包，红土染红了牙膏、牙刷、杯子，整个挎包，里里外外都红了。那是大地的红色，是祖国的红色，是军人的红色——我一直有意不去洗它，反击战结束后也没洗。

多年来，我保留着它的本色，想着要留作纪念，纪念那个时代，纪念那些人，纪念那场战争。挎包也确实保留了很久，退出现役后，在某次回忆中，我把它“香飘”了……

在灶市火车站，我们转乘了专列客车。

我想起十年前，自己第一次来到灶市火车站，是入伍新兵。如今，我又要从这里奔赴战场——来不及思考，来不及感伤，我们像沙丁鱼一样，被塞进了专列客车。虽不再是闷罐火车，但因为不是始发站，上车时，座位上、过道里或坐或站的，已经挤满了“兵哥”。货架上也摆满了军用行李。即使大家都很谦让，很客气，但实在太拥挤，只能人挤人地并排站着。

左肩挎着冲锋枪，腰间别着手枪，右肩斜背着水壶和挎包，背后背着行李卷，上趟厕所都不方便。于是，大家只能一憋再憋，过衡阳，经桂林，到柳州才下车。

下车之后，第一要务就是上厕所，否则尿泡都要憋爆了。兵哥们并排站着，你看我，我望你，表情各异，随着此起彼伏“泉水叮咚响”的声音，似乎都在比谁尿得更久、更远。

到达柳州军营驻地时，已经是晚上11点。从下午5点在灶市火车站上车算起，已整整过去了6个小时。这期间，大家滴水未进。到了驻地，也不管馒头包子，胡乱抓了六七个就狼吞虎咽地吃起来。但是，若和前几年在井冈山野营拉练相比，也算好的了，不但有车坐，还不用日晒雨淋、穿山越岭、涉江过河。时间虽然难熬，但并未感觉很累，这就是“平时多流汗，战时少流血”的效果。

接下来，我和当地气象台的战友们同吃、同住、同“报天”——正是他们缺乏“轰五”飞行的保障经验，才有了我到前线为“轰五”参加巡逻战斗任务保驾护航的机会。我要在当地气象台天气预报的基础上，结合母机场、国境线航域的天气实况，做出综合性的天气预报，报给有关部门作为参考。

这项工作弹性大，机动性强，没有上下班的时间概念，天气预报要根据部队的需要随时报出。好在，预报的频次并不是很多很密，休息的时间还是有的。休息的间隙里，我就翻翻书，写段小诗，看看亲人的照片，聊以自慰。

尽管如此，由于处于大战一触即发的临战状态，思想、心理和战斗飞行对预报准确率要求高，压力还是相当大的，毕竟是千里迢迢、单枪匹马执行任务，时年也未及而立之年，新婚突别，更无子嗣，招呼都未打一声，君问归期未有期。虽然凭爱人的家庭背景，也许能知晓或猜到我没有音讯的原因，可对于孤寂一人的我，此刻是备受思念煎熬。此时此刻，收到一封家书，看看字里行间熟悉的字迹，听听家人们近来的生活状况，这些平时无言的温馨和恩爱，已是莫大的奢望。

电话就摆在我的面前，我本来有足够的渠道打通电话联系家人报个平安，享受片刻言语交流的幸福，但是，我几次拿起了电话，又马上放了回去——军人以服从命令为天职，铁的纪律，是不可逾越的鸿沟和戒尺。

以上这些，都是饱汉不知饿汉饥的滋味，都是战斗开始前的烦闷，都是黎明前黑暗中的苦苦守候与等待。

我寻思着，看来春节要在前线过了。就在我准备在前线过个春节时，突然接到了指挥所“返回驻地待命”的通知。很快，我就登上了米首长的返航专机。

一见面，首长就风趣地说：“小伙子，憋闷了吧？想家了吧?”我敬礼的手还没来得及放

下，首长接着说：“快拿着，这是你的电报。已经通知你爱人到部队过春节了。”我被喜出望外的信息惊呆了，已无暇顾及电报的内容，只沉浸在“春种一粒粟，秋收万颗子”的喜悦之中。

春节期间，天公作美，风和日丽，百花争妍，人们欢声笑语、喜庆祥和。当我们还沉浸在夫妻团聚、阖家欢乐的气氛中时，又接到了上级继续赴前线执行任务的命令。

本来，这次我可去可不去，但首长认为，我积累了前线经验，必须去，另外还给我配了一名助手同去。

今时不同往日。这回，同事们个个摩拳擦掌、跃跃欲试，踊跃报名要求参战当我的助手。相反，这回，预报员文金春倒没有出声。我将视线移向文金春，发现他也正看着自己。眼神交会的那一刻，我俩相视一笑，莫逆于心了。我毫不犹豫地选择了他，他正义凛然地跟随了我。

人生的节点很多，酸甜苦辣辛，忧恨悲壮失，在危机时刻，第一个站出来同情、理解、拉兄弟一把的人，才是最可爱的人。文金春是湖南常德人，年龄大过我，个头不高，很有内秀，名如其人。

于是，我便第二次踏上了征程，身边还多了个助手，自信心和优越感都强了许多。

1979年2月17日战争全面打响，3月16日自卫反击战胜利结束，整个过程只持续了一个月。空军出动774架战鹰，担负边境巡逻防空任务，快打快撤，速战速决，战争并未升级。

在庆功评比会上，大家一致推荐我“立功”。原因很明显，我身先士卒，临危受命，勇于担当，战时表现优异，良好地保障了所有飞行任务。

但是，我坚定地拒绝了。道理也很简单，我说：一则，我是预报组组长，本应有高风亮节的气度。二则，冲锋陷阵是军人的职责所在，无须表彰宣扬。第三，在我和金春去前线后，还有一名预报员王永水到了另外一条前线上，并在谅山押过俘虏。于是，我提议王永水“立功”，我和金春获“嘉奖”。

领导们有些惋惜地尊重了我的意见和建议。

过了一阵子后，首长有飞行任务，我去塔台值班。首长见面就恭喜我说：“小李子，立功了吧?”

我一五一十地汇报来龙去脉，首长在我胸口轻轻地推了一把，道：“小李子，有你的，好样的!”

现在回忆起来，立不立功受奖真的无所谓，有此经历足矣!

男 儿 泪

部队多的是热血男儿，流血流汗不流泪。然而在部队时，记忆深处有那么一个人，每回都让我含泪提起，那也是我青春年少时第一次体会到永远失去一个亲人般的悲痛。

1971年春夏之交，部队要从现役军人中招收飞行员，我报名参加了。当时身高一米七六、体重才六十公斤的我，身材不算魁梧也不算高大，虽然各项体能及思想政治素质过硬，却并不被任何人看好。然而，我一路过关斩将，体检合格，政审也顺利过关。

万事俱备，只待启程进航校学习了。这个消息很快就传开了，家人知道了，亲戚朋友知道了，家乡政府知道了，战友、老师、同学们也都知道了，欢送会开过了，糖吃了，客也请了，上上下下，左左右右，老老少少，无不为我即将成为一名光荣的飞行员而欢欣鼓舞。

部队气象部门的报务员是“珍稀动物”，一个萝卜一个坑，有时候甚至是一个萝卜两个坑。确定我即将离开气象台，要去当飞行员之后，部队将我“传、帮、带”的师父马春山从江西“五七干校”临时调回，接替我的报务工作。

马春山是我一生的师父、战友、兄弟。他返回气象台的那天晚上，我俩促膝谈心直到午夜，从家庭到部队，从气象台到气象报务工作，从招飞到军校，从军校到未来……

第二天一早，我便兴冲冲地起床洗漱，认真整理个人物品，准备启程。9点多，台长周恩洪把我叫到办公室，给我端了杯水。过了好几分钟，才有些难以启齿地说：“有才啊，招飞工作暂停了。”什么叫晴天霹雳？我记得当时脑袋里“嗡”的一声之后，就什么都不记得了，只剩一片空白……

1971年9月14日，本应是万里挑一、精兵中的精兵、准飞行员的我到航校报到的日子。然而，天有不测风云，南美的蝴蝶扇了一下翅膀，东亚雄鸡抖了一抖。

至今，我都不记得台长后来说了啥，自己又说了啥，也记不清是怎么离开台长办公室回到宿舍的。只记得过了很久后，我才回过神来，主动找到周台长，当面表了态：“党叫干啥就干啥……”即日便恢复了正常值班。

台长很高兴，还在台里的大会小会上表扬我多次。

过了好一阵子，我才知道，1971年9月13日，林彪外逃乘坐的飞机在蒙古温都尔汗坠毁，俗称“九一三事件”，全国招飞工作因此全面暂停。

我感慨良久，国家政治时局，没有哪一个人能置之度外。

又过了一段时间，在一次值班中，我填完图呈报给台长后，台长叫住了我，让我坐在绘图桌的对面，他自己边画图边漫不经心道：“招飞又启动了，但缩编了百分之五十，我们整个部队就验上了两个人，你是其中之一。但你是干报务工作的，培养难度大，经首长研究，你就不去了……”

闻言，我的心刚从低潮升起来，还没来得及喜悦，立马又跌入了谷底。不委屈没脾气是假的，但我还是坚强地忍住了，稍做冷静，我说：“向雷锋同志学习，甘当革命的螺丝钉……”

“那你去吧，好好干，我相信你。”周台长有气无力，淡淡道。

话虽是这么说，但战友、同学、亲戚朋友不明就里，只知道招飞恢复，准飞行员的我却落榜了，七嘴八舌地猜什么、说什么的都有。我当时才二十岁，政治、思想和作风都还不成熟，遇上这种一波三折的大喜大悲，哪里还经得起各路人马的喧嚣猜测？

当天晚上，我终于倒在了床上，不吃也不喝，由着性子压了两天“床板”。所谓“压床板”，是当时部队的流行用语，意指某人遇到不开心的事，不能自我解脱闹思想情绪。周台长像家长一样由着我，每天亲自给我端来热汤面。我明知不是台长的错，却故意赌着一口气，不理不睬也不吃不喝。

第三天傍晚，台长照样端来了一碗热汤面，上面盖着一个荷包蛋，不同的是手里还提溜着一个磕碰得星星点点的浅绿色木塞盖旧式军用水壶。腋下，还夹着一卷报纸，里面裹着一包东西。

周台长拉过一把椅子，把报纸打开铺平，花生洒在地上也不捡，拧开壶盖，坐在我对面的床上，小声地吆喝着：“开饭了，开饭了……”

我半卧半坐地倚在床背上装聋作哑。酒香扑鼻，我哪能不馋，只不过碍于面子，得给自己找个台阶下，才好收拾“残局”啊。

我侧过身子，赌气地瞟了台长一眼，没说话。

台长见了，也不生气，自言自语道：“我是没口福哟，要不就着花生喝上几口多好。”

我心里发酸了——几天来，台长像家长一样，苦口婆心地与自己聊天，聊他家庭出身不好，虽然读了很多书，但是思想压力大，聊他1949年参加中国人民解放军后，才甩掉了思想包袱，思想政治压力才彻底解放。也唠他是河南人，和自己原是老乡，现在妻子、女儿居住在北京，还两地分居等。

我见过台长的妻女，她们到部队气象台探亲时，在临时宿舍的家里还亲手包饺子给我们吃，我还吃过她们从北京带来的果脯等土特产。台长的妻子身材高挑，淑雅婉婳，善谈谦和，一口纯正的北京腔。台长老来得女，女儿当时也就三四岁吧，长得胖乎乎的，活泼可爱，天真乖巧。

想到这些，我心里已经暖洋洋的了。要说我一点没听进去是假的，可我鬼迷心窍，转不过这个弯，不能自我解脱。其实，当我看到台长胡子拉碴的脸，看着他鼻梁上一圈套一圈的深度近视眼镜，看着他无奈的表情，我打心眼里同情、敬重这个温文尔雅的老知识分子。

我缓缓地坐起来，扭捏地孩子气道："若我明天参加值班，今年还能参加'五好战士'评比吗?"台长先是一愣，旋即，他喊一样大声答应："能，能，能……"连珠炮似地说了一连串的"能"。

看着这位能当自己父亲的领导，为了自己苦口婆心、低三下四，我是又感动又敬重。我坐在床沿上，捧起汤碗，三下五除二大口吃完了荷包蛋和面条。

看我吃饭了，台长的神情终于放松了下来。

我也算是个鬼精灵，见台长放松了，便故作神秘地问："台长，今晚你画20图吧?"

台长满脸疑问，不知我葫芦里卖的什么药，问："什么?"

我接着说："你若画20图，今晚我就填20图。"

这时，台长才彻底放心了，又一连串说了好几个"行"字。

那晚9点多，当我把填得工工整整的天气图送到台长办公室时，看到教导员韩宝树、副台长王天益、师父马春山、观测组组长陈庆玉都坐在一旁的桌子前。桌上依然是那个拧开盖子的军用水壶，平铺的《解放军报》上散落着一些带壳的花生。

我若无其事地走过去，把"酒壶"盖盖上，但并没拧紧，又为大家分发了花生，大方地坐了下来。大家闻着酒香，愉快地吃着、唠着、笑着……

1971年，林彪事件后，军队批判了林彪在军内推行的极"左"路线，"五好战士"评比活动在"文革"中被林彪所利用，浸染了不少"左"的东西，致使这项评比活动出现严重偏差。同年年底，持续了12年之久的"五好战士"评比活动寿终正寝。自然，当年也就没有这项评比了，我也就无从再获得"五好战士"奖状了。

想起因凭空失去当飞行员的机会而跟台长使的小性子，发的小脾气，想起周台长始终如

一的和颜悦色、苦口婆心，多年之后，我依旧感慨万千，感动不已。

人啊，一定要有胸襟，一定要有气度，要相信，风雨过后，会有彩虹。如今，我也年近古稀，当年与飞行员失之交臂的遗憾，多年之后更多地被感动取代，这感动来自台长周恩洪、战友马春山，以及那个年代的纯真可爱……

台长周恩洪，是我永远的恩师。

后来，我因表现突出，被部队送读南京气象学校。许是为弥补我不能当飞行员的损失，在周恩洪等领导的努力下，我在学习期间就被提了干，这在部队极为少见。

从学校回到工作岗位后的某一天夜里，我值夜班和周台长研究天气时，周台长漫不经心道：“由于报务员难培养，你失去了当飞行员的机会。根据你的综合表现，经部队首长研究决定，在你学习期间提前提干了。”说着说着，声音便哑了，他用手捏着脖子不再说话。他一个字没提到自己，但我明白，提前提干中有他不可磨灭的功劳。

“你这是累的，回宿舍休息吧。剩下的我来。”我说，却没想到，那时的台长已经重病缠身。周台长的身体本来就很瘦弱，自我从学校归队，眼看着他一天比一天弱。台长的好，我心里明镜似的，我也丝毫不掩盖自己对他的敬重。

我其实是个胆大心细的男人，台长不想吃饭，我就悄悄地帮他把饭打回来，备着他有食欲时扒几口；台长要吃生葱蒜下饭，我就找来葱蒜洗干净了送过去，可台长还是吃不下饭。我见事不对，就不断提醒他去检查身体，但他老以为是感冒无大碍，照样值班、顶班，还三更半夜起床与值晚班的预报员共同商讨天气。他呕心沥血，积劳成疾，终于病倒在岗位上。后来，在大家的催促下，他才到卫生队检查，一查就是大事，之后便去了广州检查并住院治疗。

部队首长爱惜人才，见周台长体弱病重，还专门设计了一条飞往广州的航线做飞行训练，以方便送他去广州得到更好的治疗。

登机前，周台长强打精神，和颜悦色地和大家一一握手告别，用嘶哑的声音重复着两句话：“听党的话，好好工作。”

我有意躲在后面不动，好等着和他最后一个握手，心想也许还能说点啥。周台长也猜出了我的心思。他故意慢慢地走近我，两个男人的手握在一起时，一股彻骨的凉意传到我的心窝，我的眼眶立马湿润了，马上将左手盖在台长的手背上，双手紧紧握住那只冰凉、颤抖、纤弱的手。我的视线模糊了，我多想用自己的体温捂热那只冰冷的手啊。

千言万语，万语千言，都在相对凝视的目光中化作男人之间无言的惺惺相惜：“珍重！珍重啊!”

没有语言的交流，没有长吁短叹，没有热烈的拥抱，只有紧握的双手，只有灵犀的沟通，只有默默地祈祷。

握着握着，我感到他的手在回暖……

双手缓缓松开那一刹那，两串长长的泪珠，终于从我酸涩的眼眶落下来，“啪哒、啪哒”地滴落在台长纤瘦的手上。我幻想着，能用泪水洗去他的病痛，期待着他能早日康复归来。

汽车发动了，轮子转动了，他走了……无奈地走了……恋恋不舍地走了……

大家在唏嘘叹息中，慢慢地散去。我回过神来，急忙跑向二楼平台，站在最高处，目不转睛地盯着飞机即将起飞的方向，我要再送我亲爱的台长一程。

只见一架运五飞机平稳地升起，缓缓地飞向南方，慢慢地淹没在朵朵白云之中。正是：蓝蓝宇海波同镜，朵朵白云簇驾前。天若有情天亦老，月如无怨月还圆。

谁曾想，这一去便是永别！台长再没有从这条特意为他开辟的航线上回来过。

得到噩耗的那晚，夜深人静，月明星稀，我无法入眠，一个人站在二楼的平台上，对着台长所去的方向泪流满面……

台长啊，您是我一生的恩师。人生路上，您将我扶上马背，成长路上，您又加鞭送了我一程。此情无以为报，唯愿您在天之灵，安息吧!

三尺讲台

1979年3月，空军组建成立衡阳气象训练团，成立初期，师资力量缺乏，到处“招兵买马”。恰好我的太太在湖南省航空运动学校工作，和气象训练团只隔了一条飞机跑道。近水楼台先得月，我便提交了工作调动申请书，主动申请调入气象训练团从事教学工作。

调动手续很快批下来了，我顺理成章成了气象训练团的教员。

报到后的第一件事是试教练讲考核，就是考核该教员是否胜任教学工作，以及适合教什么学科。试教练讲的题目由气象训练团出，给了两天时间备课，第三天开讲。

我记得，当时试教练讲的教室在空军衡阳干休所大楼里，丁克勤团长、陆忠汉副团长、金志兴参谋长等各路人马全部到齐，三堂会审。

我授课的题目是“气旋的形成与降水”。当时，我从空气沿地面的水平运动形成风，在地转偏向力的作用下，逆时针旋转的相对地面的水平气流开始从外圈向内圈中心点流动，空气质量积攒到一定程度时，入地无门，上天有术，开始逆时针方向旋转上升，上升气流经过绝热冷却，水汽压逐渐增大，饱和水汽压逐渐降低……又讲到，在水汽充足的条件下，如何如何……

当我正抑扬顿挫、声情并茂、深入浅出、简明扼要脱稿讲到此处时，陆忠汉副团长提出了一个既和教学有关，又与教学无关的问题：“如果你面前坐的是学员，该如何授好这堂课?”

对副团长的提问，我虽然诧异，但认为并不刁钻。我从容回答说：“各位领导虽是百忙之中来听我试讲，但站上讲台的那一瞬间，我已经把你们等同于学员了。若不是您有意打断我的讲课思路，下面可能会更精彩……”

训练股长发话了：“团长，参谋长，这堂课虽说刚过半，我认为他已具备到气象基础理论教研室任教的水平了。接下来听听下面几位的试讲吧。”

我的试讲在热烈的掌声中结束了。虽说顺利地通过了试讲，但我并不太满意，留下了些许遗憾。那堂课，我原本可以发挥得更精彩。

试讲结束后，我就正式成为训练团的一名教员。不过建团初期，教学环境很差，没有办公室，没有教学楼，没有像样的食堂。教案是趴在床铺上写出来的，授课是在旧车库里进行的，饭是在油毛毡厨房外边蹲着吃的。若和“抗大”相比可能好多了，但若和我原来工作的气象台相比，就差远了。

有条件上，没条件创造条件也要上——这是当时全团上下共同的呼声。气象训练团与空军干休所毗邻，李德琦所长很支持气象训练团的工作，不但把暂时闲置的房屋无偿提供给气象训练团做教学用，还主动拼挤腾挪压缩自用房屋，尽可能地为气象训练团提供更多教学办公场地，深得气象训练团干部战士的好评。

李公，性情不急不躁，心地善良，福田深种，喜酒却不贪杯。他这种以邻为友、无私奉献、雪中送炭的精神，应该在气象训练团的方志上浓墨重彩描上一笔。

李公听说我夫妻两人都在衡阳工作，周末、逢年过节都会邀请我们去他家里聚聚。我也经常陪他喝两盅，唠唠家常。李公的老伴袁阿姨更是实在人，好吃好喝的都拿出来分享，毫不吝啬。他们的一双女儿，都已成家立业，也很孝顺。

李公一家对我夫妻的情谊，至今难忘。

气象基础理论教研室是建团初期八个教研室之一，属于基础学科教学，要给所有专业的学员讲授气象基础理论课程。

我清楚地记得，教研室的第一批教员总共七个人，当时的教学任务相当繁重，不但学员的文化水平参差不齐，专业课程更是分门别类，基础理论教案也必须因地制宜、有所侧重。往往是，刚布置完作业，就要赶紧一边辅导这个班，一边备下一个班的课。经常上课铃声响了，我还以为刚下课。教员们因上厕所而迟到的现象屡见不鲜，但人有三急亦可理解。

1981年后，陆陆续续地从南京空军气象学院分配了一批新教员到气象团，师资力量不足的状况得以缓和。后来又从外单位调进来一批教员，师资队伍不断壮大，李丹雪就是新生力量的代表，因为各种缘分，我至今与他保持着联系。

1984年7月15日，《解放军报》刊登了一则通讯《开拓者的足迹》。当时，陆忠汉是气象训练团的团长，其夫人王婉馨是基础理论教研室主任，而我便是王主任的副手。陆团长对“雾”的研究特别感兴趣，终生都在研究探索这个课题。此前，陆团长把研究“雾”的心思和我沟通过，两人一拍即合，当即成行，后来才有了这篇报道。

陆团长之所以选择让我参与研究，主要有两个原因：一是在当时的气象训练团里，既有天气预报理论基础，又有天气预报实践经验的人，除了我和他自己就没人了。二是我淡泊明志、小安即满、知足常乐，让人放心。

研究雾象天气，我们选择的观测点是气象训练团南侧小山坳。根据我在耒阳气象台和就

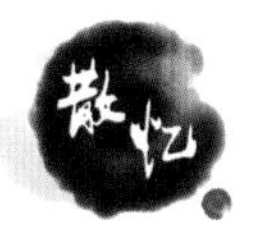

近取得的气象资料，研究预测哪天可能产生雾，便起早贪黑地于当日频繁出入小山坳，这样的踩点有五六次。

有一天，陆团长突发奇想，兴致勃勃地对我说："雾的形成首先要有充足的水汽，晴天夜晚近地面辐射降温冷却，形成逆温层最具备水汽聚积，有时有浓雾，有时只有轻雾，消散的速度有时快有时慢，我看和凝结核多寡有很大关系，就是空气中的烟尘杂质。我们选择一天，用人工烧柴放烟雾试一试。"

我想了一下，提醒道："团长，这样兴师动众是否有点小题大做？人家会说闲话的。"还没等我说完，团长就急了："这辈子，我就这点爱好，过了这个村就没这个店了。下次我安排，你可要报准一点哟。"

没过几天，机会真来了。陆团长安排人员，在小山坳里开始堆柴、点火、扇风、冒烟，增加空气中的杂质，观察比较雾的浓度和扩散度。

陆团长一生最大的优点就是执着，生命不息，执着不止；最大的不足就是太执着，为了填平年轻时心中小小的遗憾，几十年后还不忘初心继续研究探索，明明是凭一己之力很难实现的目标，他却还年复一年、持之以恒地追求，并且乐此不疲。这是什么精神？"所谓致知在格物者，言欲致吾之知，在即物而穷其理也。"这也许就是科学教育工作者的"通病"。要怪，只能怪他傻，但傻得可爱。按现在的流行说法，点赞吧！

气象是既看得见，又看不见，既摸得着，又摸不着的科学，如同老子所谓的"须弥纳介子，介子藏须弥"，若想"看破重重迷雾，欲与天公试比高"谈何容易？现在，党和国家的政策好了，组织的关心也到位了，当年的教员、学员都享受到了军职、师职待遇，但和老团长当年的"精神头"比起来，未必就能胜出。老团长虽然没能赶上好机会，他老人家已于2015年5月在上海不幸离世，但我想，老团长在九泉之下，一定会为后生们的今天拍掌叫好，会为大家的成就骄傲、自豪和祝福的。这正是：老夫聊发少年狂，骥在千里童心锵。掩耳不闻道途事，一路执着品雾香。

陆团长著有《气象词典》一书，编撰过程中，王主任亲自参与，教研室的同事多方收集资料，仔细核对校阅。可以说，王主任和教研室的同事们都为此书尽力了。

王婉馨主任为人谦逊和蔼，很有大姐风范，深得教研室同志们的信赖。在出书过程中，教研室的同事都尽了力，然而，该书发行后，却只字未提到教研室同事的参与，有个别同事颇有微词。我以为，能写上一笔以表谢意最好，不写也不足为过。毕竟，当时参与的，不仅仅是基础理论教研室的同事，气象训练团有关的部门几乎都参与了，若在书上一一列上姓名，挨个鸣谢致意，岂不喧宾夺主了？这也是我当时没有任何怨言，还吃力地就此事在教研室做沟通、解释、安抚工作的原因之一。严格地说，该书是集体智慧的结晶，能在书上被冠名、提名者，自然是结晶中的精华。

哪年当上基础理论教研室副主任、主任的，连我自己也记不清了，但这些并不重要，重要的是，在各位精英战友的鼎力支持和大力配合下，我顺利完成各项教学任务，平稳过渡，圆满结束了我的军旅生涯。

自　　度

佛说："佛不度人人自度"。儒道："小不忍则乱大谋"。忍，是自救，是自施，也是自度。人生有很多无奈，有时候面对无奈，最好的办法就是"自度"。

1985年，我拟调广州部队某单位工作，很快上级就批准了，各方面也都明确了此事，只不过调令还在走发文流程，需要耽搁几日。

我向来谨慎，但各方言之凿凿，大家都以为这是板上钉钉的事了，我也就做好了调往广州的各项准备工作，把本就为数不多的几件家当用铁路货运发往广州。

哪知后来广空的战友打来电话，说："调令被首长取消了。"我丈二和尚摸不着头脑，却又申诉无门。我怎么都想不明白，区区一个小兵的正常调动，怎么就惊动了首长？我搜肠刮肚，硬是想不出一个原因来，到底是何方神圣能有这么大的能耐，抑或是何方妖魔与我有仇？

时值盛夏，潮湿多雨，那几样可怜的家当也无人搭理，就那样散落地堆在老广州的火车南站，日晒雨淋，全烂了。我的心也跟着腐烂了，一度沮丧到极点。

转眼到了1986年春节，我们一家回广州过年。大年初一去首长家拜年。首长很热情，询问我们的工作和生活情况。大家七嘴八舌寒暄一番后，顺势提起了取消调令的事。

首长问清我的姓名后，边回忆边含糊道："好像是有这么回事。几个月前，我从某机场乘飞机外出，很多人在休息室喝茶聊天，机场领导跟我说你'若调到本机场工作不符合有关条件'。我似听未听的也没当回事。临登机时，他又追着问此事咋处理。我好像就随口说了句'那就算了吧'，也没再说别的，你看，怎么这么巧，偏偏就是你呢？"口风马上一转又道："别急，别急，马上把你调过来。"

一句"随口"之言，便让我的命运来了个地转天旋。我有些难过，但我特有礼貌地接过话头，不卑不亢地说道："首长叔叔，不用您费心了，只拜托您批准我转业，其他的事就不劳驾您了。"

首长说："批准你转业好办，但进广州有难度，况且你还年轻，有知识、有文化，又有专业技术，还干过教育工作，部队需要你这样的人才，多干几年对你本人的发展也没坏处。"

我马上接过话，道："到哪都是工作，正好部队大裁员，您就成全我吧。"

过完年，回到衡阳部队，我立即向组织申请转业。姚政委积极向上级申请落实转业指标，给了我很多帮助。

出于种种原因，这时的我已经产生转业到地方后不再干气象工作的念头了。不干气象工作，还能干啥？既然不知道能干啥，那就得想办法啊！我的想法很简单，就是有想法就要找办法，有了办法才能实现想法。

当时，部队正大力提倡学历教育，很多人报名参加湖南湘潭大学高等教育自学考试，一共12个学科，用三年读完毕业。我没报名的时候，首批学员都已经开班一年半了，若中途报名参加，必须在剩余的一年半时间内学完三年课程，要拿到毕业证，必须每门考试都一次性通过，难度实在太大了。但以我的才智和学习经验，考试还是有自信的。问清了门道，我果断中途“入伙”了。

好家伙，看到我中途“入伙”，有些“不知寒窗苦，不晓学海深”的人也都跟风似的报名参加——反正学费团里出。真是不当家不知柴米贵哟。因此事，姚政委在全团的干部大会上还点名批评道：“最近有一种怪现象，盲动主义现象，带坏头的就是李有才，拿团里给的学费不当钱，他若能一年半读完三年课程，拿到毕业证我再奖励他三百元，若拿不到毕业证，学费从工资里扣……”

我倒也不怕，继续按部就班上课学习考试。在此后的一年半里，我还真是教学、读书、业余爱好三不误。上课嘛，轻车熟路，不用备课，不看讲稿，探囊取物尔，课堂纪律好，思想作风硬，考试成绩自然也高。读书嘛，既不贪黑又不起早，晚上九点上床，早上七点起床，白天也没人见我整天啃书本读死书。神人也？否也。人的大脑有记忆、理解和兴奋的生物钟。百家姓不同，生物钟的时段亦不同，我的生物钟最佳时段是凌晨2点到4点，而且不用闹钟，睡前看表，想想几点起床，到时不差3至5分钟自然醒，看上两三个钟的书，该背的背，该做的做，一目了然，入“脑”三分，事半功倍，效果极佳。

我读书、学习、开会都有个“坏毛病”，不擅长做笔记。翻开我的书本，不熟的人可能还头脑发麻——书的天头地脚、字里行间，往往填得密密麻麻——书即笔记，笔记即书。我以为，书要越读越薄才好，读一本书，外加三个笔记本，这书就读厚了。我非常注意发挥眼睛的记忆功能，若说我脑子里存着上百个电话号码，不如说我的眼睛能记住上百个电话号码。

1986年4月，第一次参加“湘大”组织的自学考试，我三门考试全部一次性通过。同年10月六门考试，一天两门，连考三天，又是一次性通过，闯关成功。其中，几乎没有复习的

《逻辑学》得了87分，写作也有69分。若说不累那是假的，一年半12个学科，一次考6门，那可是超负荷机械运动，某种程度上是普通人的极限运动，是小聪明、大智慧的叠加运动。

转眼到1987年10月，剩下三门课程我都一次性通过，其中，《政治经济学》有73分，《大学语文》84分。最得意的还是《大学语文》考试收卷后，监考老师对我说："有一道题全班就你一人答对了。"我问哪道题。监考老师说："汤显祖《牡丹亭》填空题。'良辰美景奈何天'填下句，'赏心乐事谁家院'；'云霞翠轩'填上句，'朝飞暮卷'，你都答对了。"不得不说的是，在12门考试中，有一个60分。也许是机缘巧合，也许是老师有意评高了一两分，我由衷感谢这位阅卷老师，感谢这位老师高抬贵手、成人之美，助我登上了个人学业上文科考试总成绩的巅峰。

至此，我用一年半的时间完成了三年的学业，效率之高，在气象训练团独一无二，在同时代的成人高考史上，恐怕也不多。为此政委还特意在大会上为我"平反"，正式摘掉我"盲动主义带坏头"的帽子，并号召大家向我学习——"工作、学习、业余爱好三不误"。也因此，我不但没被扣学费钱，还额外得到了三百元钱的奖励。

传言还说曾看到某某刊物上刊登过我的事迹，但我本人始终未曾见过。这并不重要，重要的是，在大喜大悲之后，在一波三折的工作调动过程中，我并未就此消沉，而是靠"自度"求发展，充分利用时间，努力实现诺言，为我从部队转业到地方，更平稳地走好人生路，打下了坚实基础。

转　折

转业到地方工作，虽然是我的主观愿望，但真正要离开工作生活了近20年的部队时，思想上、感情上还是有许多不舍。1987年年底，部队正式批准我退出现役。得知这一消息时，我几天几夜都没怎么合眼，甚至后悔要求提前转业。后来才慢慢想通，铁打的营盘流水的兵，转业到地方工作也是迟早的事。

在等待转业安置的日子里，一时的清闲还是有些不习惯，毕竟部队铸就了我团结紧张、严肃活泼的作风和性格。这期间精神上虽然有点煎熬，但时间上倒也自由自在了一阵子，买菜做饭接送女儿读书，养花种菜下厨房，晚餐陪家人喝杯小酒，其乐融融也。

工作安置迟迟没动静，不断催促打听，得到的回答总是“等等！等等！”其实，我的要求并不高，只要能进广州，什么单位、什么岗位都行。军转办司机不断送来消息说：“领导很重视你的安置工作，我三天两头就开车送领导去省转业办谈你进广州之事，菊花茶、王老吉没少送。”

不久，终于收到消息——去韶关工作。我的回答就两个字：“不去！”没多久又接到消息：“韶关确实太远了，到惠州吧。”回答还是两个字：“不去！”

没过多久，又有了新消息——省转业办主任要见见我。我穿着没戴领章帽徽的军装，骑上自行车，直奔德政路省转业办。拎着一箱菊花茶，三步并两步跑到六楼，看见主任办公室门口有五六个人等着，房间里有谈话声。

我盘算着，若老实排队，就是排到晚上也轮不到自己，下午还得接女儿放学。等了十来分钟，眉头一皱，我计上心来——既然是被主任点名“接见”的，肯定有优先权。于是，我径直走向门口，敲门推门，立正敬礼，干净利索，一气呵成。

陈主任刚想说“等等”，我脱口而出：“报告主任，李有才前来报到！”

主任瞪着的眼睛里有了喜悦的笑意，道：“你就是有才呀，到司法局报到去吧。菊花茶拿回去给女儿喝。把你乱蓬蓬的头发剃短点，精精神神去报到。下一位进来吧。”

接下来发生了什么？道谢了吗？敬礼了吗？脑海里一片空白。她怎么知道我的孩子是女孩？至今还是个谜。

在市军转办报到时，一位貌美端庄的中年女士热情接待了我。只见她边整理我沉甸甸

的档案边笑着说：“你的档案就像一本厚厚的书，若不是‘九一三’事件，你都已经是飞行员了。你是全省最难缠的两个转业干部之一，你还是办得最快的一个。去吧，司法局就在隔壁楼。”

上班后，我被安排到政治处工作，正好与后备干部、政治处副主任红兵坐对面。红兵是当过兵的部队子弟，还是东北老乡，我们很快就熟悉了。司法局的框架管理、内设机构、人员组成以及一些事务性工作，都是红兵介绍的。

三个月后，我私下里向主任提出要调到天河区工作的想法。主任并未意外，只是再三说“基层处处长59岁了”，劝我考虑一段时间再回复。我似懂非懂，故作不懂，坚持己见。主任万般无奈，把我派到办公室后勤科工作，科长征求我的意见，问我想干啥，根据事先侦察好的“地形地貌”，我不假思索地回答：“到盘福路招待所工作。”

招待所所长很重视我的到来，叫师傅们手把手教我各类厨艺，菜心怎么剪，鸡蛋如何打，韭黄为什么要泡在水里……什么是炖，什么是煮，什么是滚，什么是蒸……

那段时间，我穿着军便装，扎着白围裙，穿着水鞋，顶着乱蓬蓬的卷发，煞有介事地在厨房忙活了三个月，受益匪浅。

厨艺博大精深，我虽然只是学点皮毛，但毕竟学过，虽然时间短暂，但毕竟干过。那时不兴大吃大喝，接待客人虽然也是七碟八碗，但都是家常菜，一无鱼翅，二无燕窝，不过喝的酒质量比较高。

我对酱香味的酒特别有好感，即便没喝，闻到那香味都会产生快感。所以，有招待时，我会尽量靠近餐桌，一边背对着客人剪菜心，一边自觉或不自觉地深呼吸，尽可能地把散发在空气里的酱香味吸入口中。

有次，遇到一位北京来的客人，很是善解人意，酒过几巡，见我一个大兵在当厨工很是过意不去，便道：“喂，小伙子，会喝酒吗？”我听着这话似乎是冲着我说的，但也不好意思马上应答。

“喂，当兵的，想喝酒吗？”客人又问，这回我听明白了，便起身站立，标准的180°向后转，礼毕，大声道：“报告首长，我会喝酒，也想喝酒，更想喝酱香型的酒。”客人哈哈大笑。我不卑不亢地举起酒杯，先敬了主要客人几杯，经请示，又“打了一圈”。

有人提议让我坐下陪酒，我执意不肯，坐回原位继续干我该干的活。做人不能得寸进尺，贪得无厌。多大的脑袋就戴多大的帽子，多大的屁股就坐多大的凳子。意外喝了几杯酒是搂草打兔子——捎带活。知足者常乐也，几杯烧酒暖胸怀，我便浮想联翩起来——1980年春节，为犒劳自己，还奢侈地花了八块钱买了一瓶茅台，可一直没舍得喝。如今，反成了藏酒柜中的古董。

餐桌上的议论，很快把我从往事的回忆里拉回了现实。

“一个部队转业干部，听说还是准飞行员，又当过老师，怎么能干厨工呢?”一位首长问。

“领导，我还想培养他接所长的班呢，所以要从头干起。”招待所领导答。

“我看此人有鸿鹄之志，没你说的那么简单……”此话过矣，也有飞不高的鸿鹄，但鸿鹄毕竟是鸿鹄，麻雀是肯定不会变成鸿鹄的——我越听心里越酸楚，越发不能自控。只有用“咔咔咔”快速搅打鸡蛋的声音，勉强压制住怦怦跳动的心脏。

当我把煎好的鸡蛋端上餐桌时，有人提议敬我一杯，我拱手躬身后退，迅速躲进了锅碗瓢盆洗刷声中。

“厨工就是厨工，莫忘了自己的本分。”这也是我一路走来的座右铭之一。

新 驿 站

人的一生必然要走过许多“驿站”，每一个“驿站”既意味着一段人生旅程的结束，更是一段新征程的开始。我也是如此，从应征入伍到转业地方，从军旅生涯到司法系统，从司法系统到财税系统，每个“驿站”都给我的人生增添了许多难忘的记忆。

清风有意难留我，明月无心自照人。转业之后，欢欢喜喜去了司法局工作，后来调到招待所干厨工也是我自愿申请的，说句实在话，当时司法局的领导特别是招待所的同事，对我还是挺满意的，但由于各种原因，我还是选择了改行。

1988年5月30日，也就是转业之后的第二个年头，我正式调离了司法局，入职天河区财税局，勉强满足了我转业时的最初愿望。当时的首选是工商局，因种种原因退而求其次。与当初想当汽车兵却机缘巧合当了气象兵一样，有些阴差阳错，但塞翁失马，焉知非福呢!

前头也说过我这人“艺高人胆大”，不过加了个引号。其实，“艺不高”时，我也敢“胆大”。不过，话又说回来，机会总是留给有准备的人。有的时候，这种准备，甚至不是技能，不是关系网，而是运筹帷幄、处变不惊的综合素质。

当时的财税局是财政、税务两块牌子一套人马，入职报到时，有个片段我记忆犹新。那天，局长亲自接待了我。局长抽着双喜牌香烟，就座后，就没再讲话。当抽完第二支香烟时，他玩味的眼神定格在我身上，出其不意地问：“你能干啥?”

我胸有成竹，斩钉截铁，答：“啥都能干。”

他笑了，对站在一旁的人事科科长说：“收下!”

我愣了一会儿，敬畏之心油然而生——这真是语不惊人死不休，语若惊人何以休！其实，那时的财税情况，我知之不多，甚至根本不知。当时就想啊，不会咱就努力学，先学会再做，不懂咱就用心看，看明白了再说，反正叫咱干啥，咱就一心一意干好啥，咱是党的干部，绝对不辱使命。

入职财税局后，我勤学苦练，多看、多做、多问、多悟，在机关干了不到半年，财税知识、业务流程也学了个七七八八。可能那时领导也就看中了我这种工作态度和工作精神，所以，时间不长就委以我重任。

当时天河区下辖沙河镇、东圃镇和若干个街道，两个镇又各设有两个税务所，泛沙河镇设有沙河税务所、石牌税务所，泛东圃镇设员村税务所和东圃税务所。

1988年年底，员村、东圃两个税务所成立了员村东圃党支部，我被任命为党支部书记兼员村税务所副所长。这在天河区局算是史无前例。毋庸赘述，这是局长的意思。这样的安排自然有他深远的用意，一方面是形势所迫所需，另一方面是对我能力和人品的充分肯定。

说是形势所迫所需，主要有三个原因：一是两个税务所的党务工作亟须加强。二是当时的员村税务所所长、副所长都是党外人士。三是税务所里的确存在诸多问题。

说是对我能力和人品的充分肯定，也有三点：一是外来的和尚好念经，我是军人出身，在部队有多年的管理经验，抓组织纪律自有一套。二是半年多的实践锻炼，对税收业务工作有了一些了解。三是做事雷厉风行，敢做敢当，刚正不阿，税务所正需要这样一个敢破敢立的狠角色。

至于说为什么要任命为“书记兼所长”，这就是领导的艺术、正名的过程，名正则言顺，有责还得有权。当时，书记管党务，若不冠以一个“所长”名号，在小小基层税务所有几人识得这“书记”是何用?

支部书记到底是算哪一级？当时我并不知道。在后来福利分房时，才证实是正科级。也就是说，在不到半年的时间里，从科员直接提升为正科级，并对两个税务所负责。很快，我又接任员村税务所所长一职，肩上的担子更重、责任更大了。

说干得不辛苦、不吃力，那是假的。每次被人事、行政、业务等各类烦琐又错综复杂的工作搞得晕头转向、焦头烂额时，局长和我最初见面时简练而精彩的对话，就如雷贯耳，一诺千金——“能干啥?”“啥都能干!”

“啥都能干”还远远不够，还得“干啥就干好啥”才行。

员村税务所坐落在员村新街的东端，据说员村新街还是陶铸同志任广东省委第一书记时主持建设的。员村是块宝地，而员村税所为当地经济发展发挥了重要作用。

税所虽小，五脏俱全，对外是为国收税之所，对内是干部职工之家。既要做好“所长”，也得当好“家长”。既是所长，对外要会服务、能干事、见成效；既是家长，对内要当表率、善调教、敢担当。

俗话说：“攘外必先安内。”当好税务所书记、所长，第一要务是当好家长。

军队虽然有军队的特殊性，但军人与百姓本质上没什么区别，军人同样是有着七情六欲的人。我在部队积累了较深厚的管理经验，拿到地方也一样适用。我寻思着，思想政治工作

是部队的光荣传统，但面对的是军人，要运用到税所，运用到普通百姓身上，就要解决两个问题：第一，部队纪律严明，百姓比较散漫。第二，部队思想统一、人员集中，税所人员分散、思想独立。但有一个相同点，那就是人都有好奇心，都有从众心理，都向往生机勃勃的生活。

带队伍，什么最重要？人心最重要。人心散搬米难，人心齐泰山移。所以，上任之初，我并未急于直接着手抓纪律作风和工作整顿，而是别出心裁另辟蹊径，搞了一台“读新书、做新人、续新篇”诗歌朗诵会。这件事虽小，但我记忆非常深刻。

先进文化是党的思想政治工作落到实处的有效载体，也是攻坚克难的内在动力。它在给人们带来欢乐的同时，也让人们自觉或不自觉地消除负能量，激发正能量。加上文化面前人人平等，没有尊卑贵贱之分，没有男女老幼之别。可别小看了诗歌朗诵会，这活动轻松活泼门槛低，形式多样趣味浓，适于团队作战，容易出奇、出新、出彩，最重要的是，这个低门槛的文化活动给了大家一个积极参与、踊跃表现的平台和一个放下芥蒂、全员参与、倾情合作的理由。

果不其然，活动通知一发下去，在整个税务所就产生了巨大反响，同志们激情高涨。当时的情境真可谓是“八仙过海，各显其能”，写的写，练的练，排的排，每个人都忙得不亦乐乎。

为了活跃气氛，增强团队归属感、凝聚力，我还特意增加了亲子互动环节，欢迎和鼓励员工子女参加观看或同台演出，我女儿带头自编自演。实践证明，这场朗诵会办得非常成功，不仅主题鲜明、内容丰富，而且热情洋溢、贴近生活，税务所多年来的沉寂、单调、乏味的工作氛围为这一“诵”而激活，多年来涣散的人心也因这一“诵”而靠拢了。

诗歌朗诵会取得圆满成功，以党支部为主轴的凝聚力和向心力逐渐深入人心，达到了预期效果。一次活动下来，与其说是税务所的男女老少不约而同地向我投来信任的目光，倒不如说是税务所团队不约而同地向党支部投来了信任、拥戴和崇敬的目光。

当家长，大道理要讲，小道理更要讲，我提倡“男不跟女斗，少不跟老斗，未成家者不跟成家者斗，无孩者不跟有孩者斗，无孕者不跟有孕者斗”。道理虽浅且粗，但做家长不调教，家庭成员往往当局者迷。所里的干部职工生老病痛、小孩入学入托等生活琐事，我能关心帮忙的都尽可能关心到位，所里的工作业绩，我必须尽力让它拿得出手，里子面子都好看。

当好了家长，我便腾出手来，全力以赴当好所长。当所长，我有自己的“一招三式”。

所谓一招，就是一个“诚”字，对税务人员诚心诚意，对纳税人诚心诚意，对税收事业诚心诚意。

那时的员村税务所不比现在家大业大、税源充足，当时年纳税额达1万元以上的纳税人就已经是纳税大户了。再加上种种原因，某些本应由员村税务所征收的税款外流，造成本地区完成税收任务困难重重。为了完成税收任务，我多次到市局机关相关处室说理求情，摆事实讲道理，总算把某笔税款划归到员村税务所，一次性入库了20多万元房产税，圆满地完成了当年的税收任务。因这事，还被初寿局长调侃为“堤内损失堤外补”的干将。这话到现在我都还记得很清楚。

经过一段时间的努力，我已顺利完成了角色转换，从一名党务干部、外行领导，切切实实转变成为一名综合管理、内行领导。也是到了这时，我才长舒了一口气，自认为这个所长当得还不赖。

队伍带好了，我这位小所长又寻思着要改善大家的办公环境了。说起来丢人，偌大一个税务所，几十号人，办公面积不足200平方米，而且还是租用房管局的房子。

整个税所就一间小厕所，还是男女共用。我不足4平方米的办公室就紧挨着厕所，墙壁上长年渗着尿碱，那尿碱还随着温度、湿度以及浓度的多寡强弱勾画出各种变幻莫测的“地图”。

闲暇时，凝视着那“地图”的变化轨迹，我就想啊，这人生也不过如此，从渐变到巨变，从量变到质变，都遵循着大自然生生灭灭、不可抗拒的规律。生而为人，充分享受着大自然各种恩赐，虽说对生活和环境的挑挑拣拣也是种追求，但安分守己、安贫乐道又何尝不是一种姿态、一种觉悟?

税务所的物质条件不尽人意，但有了共同事业、共同愿景，就有了共同目标和共同语言，共同感情也因此而生。此“所”虽陋，却也“一草一木皆入画，一桌一椅尽是情”啊。

我在员村税务所书记所长的位置上一干就是五六年，在一个位置上坐久了，自然坐出了感情。员村税务所是块宝地，也是个摇篮。落后变先进，先进更先进，团队面貌焕然一新，落后的、陈腐的歪风邪气一扫而光，向上的、正气的力量蓬勃发展，优秀税务干部不断从这摇篮中诞生，在成长中走向更高、更重要的岗位，走上更大、更辽阔的舞台。

随　俗

小时候听了很多说书，知道江湖上讲究“义”和“理”，有“义”才人缘广、混得开，有“理”才混得久、混得好。自己步入社会后，才慢慢明白其内在含义。社会有时仿如江湖，入乡就得随俗，有些事需要“义”和“理”，也得有点入乡随俗的“江湖味”。

二十世纪九十年代初期，我在天河员村税务所任职。那个年代，社会治安比较乱，偷盗行为比较猖狂。为了提高工作效率，经请示局领导同意，员村税务所买了几辆摩托车。我是税所第一个骑摩托车的人，也是第一个自掏腰包赔偿公务损失的人。那时生活水平低，单车、摩托车被偷是常有的事。但万万没想到，居然能偷到我的头上。堂堂一所之长，对十里八乡的小蟊贼还是有威慑力的，可偏偏我的摩托车就被偷了。报案后，一直也没找回。

船迟又遇打头风。没过多久，税务所又丢了台本田摩托车，价值1万多元。前车之鉴，这次我们没有报案。我按照当时的“江湖做法”，找到当地一位“名望”之人，软硬兼施、恩威并重，责令其一周内想办法将摩托车送还原处。不出所料，第三天，这摩托车就像长了翅膀一样，毫发无损地飞回了税务所楼下。从此井水不犯河水，相安方能无事。人在江湖，有时身不由己。与群众打交道，确实要懂得变通，懂得在什么山上唱什么歌。我觉得，这在特定的时期和环境里也是一种有效的管理手段。

员村那时虽然户口城镇化了，但风土人情、生活习性、穿着打扮、言谈举止还停留在最淳朴的广州老农民状态。那时全国上下正大力推广普通话，我的粤语水平一般般，属于“识听唔识广”（会听不会说）的那种。当地老百姓普通话也说不好，有些熟人就亲切地称呼我为“书记捞雷（老李）”。

下企业，进村社，帮他们沟通产品，交流买卖信息，筑巢引凤，扩大生产，子女上学入托找工作，虽说是分外之事，但顺手帮一把又何乐而不为呢？我说普通话，他们说粤语，久而久之相互间也都不介意了，互相交流并无太大障碍。不了解的人以为很搞笑，他们却习以为常。摸爬滚打接触几年后，彼此都熟了，他们也不叫我所长，直呼书记，后来书记也不叫了，直呼“捞雷”，我还倍感亲切，越放得开的语言交流，越具亲切感和美感。

二十世纪五六十年代，员村就变成了工业区，新开了二棉厂、绢麻厂、玻璃厂等十来个工厂，一条铁路专用线横贯东西。

有一次，我开车自南向北越过铁路时，道口栏杆是吊起的，汽车前轮刚压在两条铁轨中间，一辆摩托车从我车头对面的右侧开过来，看样子是想绕过我的车头向南行驶，谁知那骑摩托车的人抬头向西一看，猛然急刹车横在了我的车头前面，还着急地用手指了指西边。

我一边急踩刹车一边朝西看，只见一列火车头倒推着货运列车驶了过来，车厢旁有一个信号人员挥舞着小旗子，速度不算太快，但距离我也就只有二三十米的距离。

我麻利地挂倒挡、加油，谁知急中出乱，汽车因急刹熄火了，我马上挂半挡、打火、发动、加大油门，倒出车头，再急踩刹车，以免撞上后面尾随的人和车。说时迟，那时快，刚刹住车，火车已经擦着汽车头“咣当——咣当——”而过，转眼已过去了几十米远。

这时有人用小旗子敲我的车窗。我下了车，“小旗子”没完没了地数落我。还没等我还嘴，周围便有农民群众认出我来了，人群围住了“小旗子”，用地道的粤语开了腔：“你说他找死，你才找死，有栏杆没人放，前几天才撞了我们一辆摩托车，今天又差点撞了捞雷的车……”

围观的人越来越多，有人开始动手动脚推搡“小旗子”。我怕事情闹大，连忙拨开人群，告诉“小旗子”“快滚”。“小旗子”抱头鼠窜自言自语道：“今天算我倒霉。”连句道歉都没有就走了。

群众又对我嘘寒问暖道：“捞雷呀，你车技真好，既不被火车撞，又没撞后面的人和车，好人呢，大难不死必有后福呀……”

这时，那个开摩托车的人推着摩托车挤了进来，车把上挂一大袋苹果，嘴里嚷嚷着：“怪我把摩托车横在捞雷车的前边，差点酿成车毁人亡的大事故，这袋苹果是给捞雷压惊的……”

我接过苹果分给群众，分完后，就一路开车一路回想——虽说是有惊无险，但生死也就在分秒之间。不由感叹，既然到了人世间，就好好活着吧，多体验一下世态炎凉也是一种精神享受。

悟　　道

王维在《与胡居士皆病寄此诗兼示学人》说："洗心讵悬解，悟道正迷津。"我认为"悟"就是思考领悟真理的过程，检验理论的实际可行性。每个行业、每件事都有其"道道"，做个基层的小领导也是如此，必须从中"悟"出"正道"并遵循之，才能不迷津。

1996年，我提任广州市天河区财税局副局长。当时的天河区是广州市社会经济发展最快的区域之一，税收也增长得很快，在全市起着举足轻重的作用。不论组织税收规模，还是干部队伍规模都较大，可以说是全市税务系统的"大局"。在这样的"大局"担任领导，无疑是一种考验。

初到天河区财税局，我分管办公室，当时办公室是行政、后勤、文秘一手抓。时值广大干部福利分房之际，我主管建房、购房和福利分房。

福利分房是"居者有其屋"的大计。我求爷爷告奶奶，争取到了区政府人力、物力、资金上的帮助，就连时任分管此口的副市长都给予了很大的关心和帮助。因此，当时的决定是区政府说房建在哪里就建在哪里，政府说买哪栋就买哪栋。但局内也有人建议在哪里建、哪里买。我毫不客气地反驳："谁出钱谁说了算！税局的自有资金并不富足，税局内部办公环境这么差，桌面电脑还没配齐，政府的关心一定要领情，不能自作主张！"在我的力排众议、统筹协调下，总算很好地解决了福利分房问题。

房子多了，分配不完。局里就制定"将27岁以上未婚人员列为大龄青年，不分男女每人一套住房"的分配方案，真正意义上实现了"居者有其屋"。到最后还剩下一部分住房没分配完，国税、地税、财政分设后，按"三一三十一"的比例各自带走了。

在分管福利分房这摊最易遭人猜忌的工作当中，至今没有任何人对我的人品、职业操守说三道四，也算难能可贵。俗话说，常在河边走，哪能不湿鞋。常在河边走就是不湿鞋，那是不可能的。鞋湿了可以晾干，进了沙子石子，就会硌脚崴脚，我索性就不穿"鞋"。光脚的不怕穿鞋的，就是这个理。

1999年，国税、地税分设，我提任天河区地方税务局局长，在揭牌仪式上，市局领导还特意指名道姓地说："他不是空手来的，是带了嫁妆来的，办公场所和干部住房都不用市局发愁。"

国税、地税分设时，天河区局的办公场所和干部住房确实没让市局发过愁。当然，这也并非我一人之功，而是当时的局党组肯定并尊重我解决办公用房和福利分房的意见而已。巧妇难为无米之炊，如此看来，我的智商和情商都还是远远高于巧妇的。

这里有必要插播一件小趣事，在我人生的关键节点上，时常出现因外界的一句话、一个事件、一个人而改变轨迹的经历。在国税、地税分设过程中，按原本的人事预案，我原是要任职天河区国税局局长的，但一顿饭的工夫，改变了我的命运。那是因为天河区主要领导与省、市地税领导会商后，把我的"位置"由国税局改到了地税局。我当时有点蒙，又不好说什么，只好硬着头皮"听天由命"了。

当时，在一般人眼里，地税的条件要好于国税，但因我和省、市国税局领导曾有私下许诺："若能当上局长，就到国税局工作。"不曾想，临阵变卦，又背上了"食言"的坏名声。这件事，头几年调侃的人还挺多。

天河东路有一处国税、地税共有的房产，分设后，国税还有一个单位在此办公，地税的那部分就闲置了。一天，天河区国税局领导向我透露，说："市国税局领导有意把你们闲置的部分办公楼买过来。"反应如此神速，着实令人佩服。我也巴不得如此处理，经请示市局领导同意后，很快便办理了房产交接手续。这，也许是我为未能如约到国税任职尽了点心意吧。

任职天河区局"一把手"后，我在"领者"岗位逐步"悟"出了一些道理，并有了足够的条件付诸实践。"领者"不同于学者，学者只要把握好政治方向，专注于自身的研究，便可两耳不闻窗外事。而"领者"不但要把握政治方向，还要带领从者向着这个方向前行，更要协调、帮助、关注从者的衣食住行、生老病死、入学入托等最低需求。作为单位的"一把手"，哪怕只是一个小部门的主管者，当甩手掌柜都是不行的。

区局局长，官职不大，但无论大小都是个"一把手"。作为"一把手"的"领者"关键是什么？我认为最重要的不过三点：搭班子、定方向、带队伍。

"搭班子"好说，上头有指示有任命，团结协作，落实好各自分工职责就好。当时班子成员里还有两位副局长。所谓"三足鼎立，两分天下"。我是"一把手"总负责，但并不分管具体部门，另外两位副局长，一个分管职能科室，一个分管业务科所，大家有职、有责、有权处理各自权限内的所有事务，大家各显其能、各展其才，放开手脚，撸起袖子加油干。没几年工夫，便在千头万绪、历史积淀、五花八门的事务中闯出了一条路。天河地税的工作质量之高、办事效率之快、服务态度之好，在全市地税系统也是数一数二的。

“定方向”这个可就不是三言两语能说清的，就拿我记得比较清楚的几件事来说道说道吧。

先说说“两圈半”理论。国税、地税分设后，有个“三转”的说法。所谓“三转”，就是指“转变思想、转变观念、转移位置”。有人问我：“你转几圈了？”我说：“两圈半。”为什么不是“三转”？前两转有务虚的成分，最后一转才是务实的。“转移位置”亦称“转移屁股”，就是说你的腚不能再坐在区政府的那把椅子上了，一切都是垂直领导了。所以，我的“两圈半”回答是不中听的，至少还有“半个屁股”坐在区政府这边，当时被认为是“致命的地方主义思想”。但我不这么看，我认为，作为基层单位，就算是垂直领导的单位，也离不开当地政府的帮助，政府部门永远是婆家，税务部门永远是媳妇。婆媳关系处理不好，不被穿小鞋算好的，勒勒鞋带你都会脚疼。一个基层单位几百号干部职工，还有家属小孩，就业，有岗位吗？上学，有学校吗？入托，有幼儿园吗？稀奇古怪的事多得很，得有包罗万象的锦囊妙计，单纯是德行，德行能当饭吃吗？单纯过了就是幼稚，幼稚过了就成病了。因此，“两圈半”理论是成立的，是实事求是的，后来的工作实践也证明是行之有效的。

再侃侃惠民政策的事。国税、地税分设初期，天河区局首创了“公开办事制度”，公开办事流程，公开优惠政策，很快便奇兵突起，独树一帜。仅是公开优惠政策这一项，就吸引了大量的企业到天河安家落户。天河地税事半功倍，培养税源的同时，正儿八经地为当地的经济社会发展做出了贡献。一时之间，税源滚滚，排山倒海，一浪高过一浪，大有祥云“下钱”不可阻挡之势。这时有人传出天河税局擅自减免税，以吸引外区企业。其实非也，我们只是把历来“放在抽屉里”的减税免税文件“拿出来公开化”了而已。此举只是让减免税政策家喻户晓，让纳税人对号入座，把政府对企业的关心落到了实处。

当时，天河是新区，穷则思变，一张白纸可以画出五颜六色的图画。随着政府扶持力度的加大，各项高科技优惠政策落户天河，各类新兴技术企业在天河区生根发芽、开花结果。可谓“天河之水落九天，满地尽流黄金甲”。

经济环境好，税源就充足。但也还有税法尚未光顾之处，比如农村的房产、土地使用税还处于一盘散沙之中。若抡起税法的刚性大锤一锤砸下去，于法于理无可厚非，但伤人、伤情、伤后续发展。不知者不怪罪，法不责众有情理的因素，不得不考虑。我常说：问题在下面，根子在上面。

农民是纳税义务人，凡纳税义务人都是税务机关的服务对象，他们缴纳的税收可能不多，但他们人口众多，覆盖面广。因此，普及税法教育，提高他们的纳税遵从度是最好、最及时的服务，不但有必要，而且是当务之急。一边普及，一边教育，同时还要施以优惠政策，多管齐下，立竿见影，政府、税企、个人皆大欢喜，何乐而不为呢?

根据实际情况，天河区局倡议起草了税收优惠政策方案，并提交给市局。经市局同意后，当即在东圃镇试点。我领着税局一帮人马马不停蹄大干苦干，历经月余，走访了几十家农村房产、土地税源户、镇领导和个人，一路普及、一路宣传、一路教育，争论激烈，反复磋商，最后达成了政府、税务机关、村镇企业三方的递减、延时开征共识——“三免两减半”优惠政策。试点在天河，理应在天河先行，但这样对其他地区不公平，普及教育面也不够，事倍功半。天河区局再次向市局领导提出“利益均沾、好处共享、责任同担、推向全市”的建议。市局很重视，专门到东圃镇召开座谈会，听取各方意见和建议后，最终审议通过了这一方案。很快，“三免两减半”的税收优惠政策便在全市推广，为全市的农村农民带来了不少便利和实惠。这些“善举”，在当时成了口口相传的佳话。

“应收尽收”不意味着“竭泽而渔”，更不能“杀鸡取卵”。一个区域经济环境的好坏，与税收环境有很大的关系。我说：“吸引企业投资，推动产业发展，必须具备几个条件：一是靠筑巢引凤；二是靠社会人文；三是靠效率服务；四是靠经济杠杆。其中，税收环境与企业效益直接挂钩，起着基础性作用。有些贫困地区，企业刚翻地下种，就雁过拔毛，政府拔，私人拔，小苗焉有不死之理？地上本无路，走的人多了就踏出了路。正所谓路通财通，有了路，财源来了；人不来了，荒草又复生，路也就没了，颗粒无收，穷上加穷，恶性循环，日复一日，年复一年，改革开放的春风不度玉门关也就不足为奇了。税收是把双刃剑，其增长也有规律性，来势太猛，全吃进去难免消化不良，不利于可持续发展，造成后劲不足。这也是财税工作的大忌。”

说起带队伍，我颇多感触。世上什么工作最难做？人的工作最难做。把人带好了，大局自然稳定，工作自然顺畅。一个单位，千好万好，人才辈出最好；一个单位，千差万差，“将熊熊一窝”最差。

天河物华天宝，人杰地灵，商业气息浓郁，“移民”文化门类繁多。税务局的干部职工天南海北，哪里的都有，别说语言迥异，就是一锅吃饭也各有讲究。当然也不可能独善其身、自立门户。如何优化整合，管好这支队伍，对当时的领导班子是一个不小的考验。

政治方针方向，这些大题目，我们只能对其保持高度一致并认真践行，没有发挥创新的

余地。税法、税收政策的制定，基层没有更多发言权和表决权，只有不折不扣地执行，但带好队、收好税、服好务，则必须以一个团结进取、平安稳定的团队为基石。如何才能带好队伍，使其发挥出最大的正能量，这是对领者情商和智商的双重考验。学者智商主上，情商为辅，领者智商、情商齐头并进，以情为主，综合发挥。渐悟、顿悟、彻悟，虽然佛教文化意味深长，但也是中华传统文化，也是领者提高悟性的重要途径。

重视年轻干部的发展进步非常重要。开局伊始，我便按德才兼备的要求，上报两位年轻的干部为后备领导干部，两位干部都很优秀，但在提拔审核时，一个因科级岗位时限差几个月，另一个又因各种原因被放了下来，两人均未能通过。这意味着天河地税将“全军覆没”。我当然要出面据理力争，在我的努力下，市局最终采纳了我的意见，帮助其中一个后备干部成为天河区局第一个被提拔为副处级的干部。

提拔干部有权限限制，但培养干部就无此限制，这是领者的要务之首。领者的关键职责，在敢于培养、善于培养人才，提拔只是瓜熟蒂落、水到渠成。

剔除其他因素，以文化论输赢是领者悟性最好的表现手段。文化无所不包，文化兼容并蓄，文化是根基，人人都离不开。同时，文化活动的表现形式可以多种多样，读书、练字、棋弈是文化，打球、跳舞、练瑜伽是文化，演讲、朗诵、写诗是文化，工作、学习、生活亦是文化……中国传统文化博大精深，取之不尽，用之不竭。

1999年，澳门回归是活跃团队文化的大好时机。天河地税不失时机地开展了一次“颂祖国、迎回归、跨世纪”联欢活动，还请来了几位明星和本地演员与天河地税团队同台联欢演出。我本人也积极参与其中，还专门写了一首诗《颂回归》，并亲自朗诵。

联欢活动主题鲜明，内涵深刻，形式多样，气氛活跃，群情激奋，虽然略有“虚荣”的成分，但一个基层单位能邀请来这么多歌星、笑星搞联欢的确实不多见。本次活动确实达到了预期效果，团队面貌焕然一新，受此带动每个小单位都有了自己特色的文化创新，天河地税的文化建设也由此起步。

十年描一图

2001年，我转任海珠区地税局局长，这是我职场生涯的最后一站，也是税海泛舟里航行最长的一程。

到任海珠区局的时候，我刚满50岁，可以说年富力强，不为过地说一句，这个时间段是我一生当中行事最为谨慎、处事最为老到的时期。从任局长一职，到退居二线，我都在海珠区局办公，前后算起来足有十年之久。

在海珠的这十年，是我事业生涯中最宝贵的时光，同时也是很愉快的时光和难忘的岁月。十年来，我与海珠地税人风雨同舟、苦乐共享，结下了深厚友情。

改革开放初期，海珠与天河、越秀、荔湾几个老区仅一江之隔，但受交通条件的限制，一江两岸的经济发展有很大区别。当时还有个说法："宁要河北一张床，不要河南一间房。"

刚调到海珠区局的时候，海珠地税不论是税收规模，还是软硬件建设，尤其是人的思想观念，都无法与天河区局相提并论。用我自己当时调侃的话来说："人家早已经穿上西装了，海珠人才刚刚洗脚上田。"这话丝毫没有贬低海珠人的意思，而是当时的真实写照。

那时，天河区局已基本实现办公自动化，电脑配备齐全，电话报税、POS机都已上线，已初步迈入无纸化办公阶段。而海珠区局，却还是四个局领导一间办公室，共用一台电脑办公。工作环境就更没法比了，大家笑侃："厕所在哪里，不用看牌子，用鼻子闻闻就知道方位和距离。"其实也没那么严重，尿腥味偏大倒是真的。

不过，那时新办公楼也即将启用，所以，旧办公楼破罐子破摔几天，不投入、不浪费也有道理。同样，新办公楼一旦启用，硬件很快也会上来，不是人为因素，而是客观条件所限。

2001年11月28日，坐落在广州大道一线的新办公楼正式启用。乔迁那天很热闹，来了很多领导，上楼梯时，我没心没肺地问一位领导："为什么不把整栋楼都买下来……"还没等我说完，有人就悄悄拉我的衣角，轻声道："找挨训呢！"我反而更大声地又问了一遍。只听那位领导高声回答："你若早两年来海珠，就全买下来了。"不但没挨训，得到的回答还很有新意，拉衣角的人便不再吱声了。

这里插个小趣事。新办公大楼是在前任局长手里设计装修的，启用前，该局长已调离。我走马上任，捡了个现成。乔迁当天，我特意在前任局长走进办公室时，热情地上前邀请说：

“班台后的交椅，请您先坐上——剪个彩。”这让前任局长很感动，两人还当场合影留念。某些人曾苦口婆心提醒，由前任先坐交椅是否是好意头，但我却说：“都说前人栽树，后人乘凉，难道后人就不能多想想前人的辛苦和恩德？人呢，不必有过多的想法嘛！”

新办公大楼里，局领导的办公室在八楼。有人说七上八下，意头不好。我却持不同见解，当时的四位局长都有不错的前程。“七上八下不准，好人一生平安才对。”说起往事，我深有感触。其实，真正让人平稳、平安的不是楼层，不是意头，而是那颗始终谦卑、感恩、为他人着想的心。

新入一个单位，要做的工作很多，这正好给了我大展拳脚的机会。我们以搬迁新办公楼为契机，从“小步快跑”打基础，到“和谐带队”求发展，再到“创新理念”寻突破，闯出了一条有海珠地税特色的发展新路。

随着办公、学习、生活条件的改善，海珠区局的精神面貌也随之焕然一新，领导团队更是提出了“苦干、实干、巧干，小步快跑，力争半年内使各项工作与市局全面接轨”的阶段性目标。在这个理念的指导下，我们开始了第一阶段的艰苦工作，夯实基础管理，铺开全面建设，完成办公自动化，实现无纸化办公、电话申报、网上报税等。

半年之后，海珠区局便成为继天河区局之后，第二个实现办公自动化的区局，完成了市局党组和领导下达的任务。更可喜的是，我们后来者居上，在后续的办公自动化升级——金穗工程中，不断创新进取，不断上台阶，得到省局的高度重视，成为金穗工程的“试验田”，市局还在海珠区局专门召开推广网上报税工作现场会。因“信息化工作”表现出色，省局领导还多次前往海珠区局召开座谈会听取经验汇报。

说到座谈会，就想起那位认真可爱的老麦。当时的会议上，我特意拟定了五点经验做法作为汇报内容，委托老麦主汇报。谁知在座谈会上，老麦汇报过于认真细致，眼看下班时间都到了，才汇报到第四点。我急了，在台下用腿碰了碰他，示意他快点汇报。然而他确实太认真，居然没有领会。很快到了晚上7点，老麦还在振振有词、兴致勃勃、有条不紊地细细道来，我再次示意他快点，哪知，他却从容不迫地接着说：“我们局长自己也准备了三点建议，就在晚餐的饭桌上汇报吧。”会场一片笑声，省局领导笑侃道：“本来没想在你们单位吃饭，现在也不得不吃了。”这就是执着可爱的老麦。

席间，领导许是被这种“海珠精神”感动了，正值春节前夕，省局决定给海珠地税每位干部职工予以奖励慰问。当第三次给予奖励时，有人提议基层其他单位同时给予奖励，并被采纳了，成为业界的一段佳话。

第一阶段工作圆满完成后，海珠区局趁热打铁，提出了“新班子、新面貌、争朝夕、创一流”的口号，开始了第二阶段的改革创新工作。2002年，被市局评为征收系列先进集体。

2003年年初，海珠区局积极响应市局号召，正式启动“学习型组织”创建活动，提出“建设最具创新力的海珠地税”的共同愿景，以及“永远在新的起跑线上”的新理念，并编印了集学习型组织新理念、新思路于一体的书籍《在新的起跑线上》，彻底打破陈规，走出了一条创新发展之路。因成效显著，海珠区局被评为广东省“创建学习型组织标兵单位”，并荣获广东省“五一劳动奖状”，还代表广东省参加了在北京人民大会堂召开的全国学习型组织经验交流会。

2006年10月16日，时任中共中央政治局常委、国务院总理温家宝在时任政治局委员、广东省委书记张德江和国家税务总局局长谢旭人的陪同下，到海珠税务部门开展视察调研。

这是海珠税务系统史上的大事，我至今记忆犹新。

其间，温家宝总理接见了省、市、区国地税系统三级税务机关主要负责人及相关人员。作为海珠区地税局局长，我带领三位基层干部代表受到温总理的接见。

当天上午8时许，省、市、区国税和地税局局长依次一字排开等待总理接见。我是最后一个和总理握手的局长，我真诚地说：“总理辛苦了。”

也许因为我是最后一个握手者，也许因为我的问候语与众不同，温总理反问道：“国地税制服是统一的吗?”

这出乎我和在场所有人的意料，正当我犹豫着准备回答时，谢旭人局长提醒总理向前走。实际上，当时国地税制服尚未统一，因为地税夏装衬衣是小翻领制式，无法打领带，所以地税同志都借用国税能打领带的制服着装。

考察完办税服务厅后，大家都集中在会议室，准备聆听总理讲话，每人面前摆一只带盖的茶杯，我坐在靠后的位置。

总理穿着西装，开始讲话了，与会者都打开本子快速地记录，我也不例外。但也许是房间的空调太凉，气温偏低，我写字的手有点笨，哪里记得下来？这时有人冻得喉咙发痒，轻声地咳嗽起来。我想，总理讲话记不下来，还不如端坐目视总理，认真听讲效果更好，反正事后都会有整理好的记录稿下发。这么一想，我便索性不记了。

轻声咳嗽的人多了起来，我的喉咙也开始发痒，有口热水润润喉该多好啊！于是，我用

手背轻轻碰了一下杯子，水温刚好，不热不凉，我便轻轻打开盖子，喝了一口，喉咙顿时不痒了。正咳嗽的几位见状，都不试水温就直接喝下去，又低头快速记录起来。后来，中央一台播放这段新闻时，我发现自己虽然座位不佳，但正面镜头还不少，许是因为大家都在认真记录，只有我在认真地听总理讲话。

作为一个基层税务干部，能够受到总理接见，这在我的人生经历中，也算是一桩难得的美谈。

还有件事值得一提。从主持海珠区局全面工作的第一天起，我就有意在局领导范围内形成了一个不成文的规矩，即轮流主持“两会”，两会即党组会和局务会。一开始，四个党组成员，每人轮流主持一个月，大家习惯后，过渡到每人主持一个季度。什么时候开，开什么会，如何开，什么内容，解决什么问题，达到什么目的，全部都由主持者事先筹划和安排，上会前先通报各位党组成员或局领导，大家凑齐意见后再上会。

党组成员都有向主持人建议开“两会”的权力，当然我建议的次数最多，对会议议程和内容修改得也最多。不管是主持者的语言流畅程度、解决问题的切入点、会场的融洽氛围，还是主持者的引导能力、解决问题的效率、会议是否延时等，都能从中发现主持者的智慧、艺术、悟性和综合能力。作为书记、局长，我本人却极少先发言，中间插话也不多，在会议当中，我只是普通的与会人员而已。这种轮流主持的方式，让年轻的局领导快速形成全局思维和主人翁意识。

事实证明，轮流主持是培养青年干部的有效渠道，既有利于发挥班子成员群策群力的作用，又可锻炼班子成员独当一面的能力，还能促使班子成员同吹一把号、共唱一个调。通过一两年磨合锻炼，主持者对主持工作越来越上心，大智慧小技巧，左策划右盘算，把“两会”开得活灵活现，横向为友，纵向为朋，全局一盘棋，将帅士象，马车炮卒，各司其职，各显神通，哪有干不好工作之理?

若干年后，我在市局一次会上谈到开展轮流主持的做法。讲完后，我首先声明，此做法只适合基层，不适合市局，只适合海珠局，不适合其他区局。我边讲，大家边笑，有人还调侃这轮流主持的做法，其实他没领悟到真谛，我只能表示遗憾。响锣才须重锤敲，悟性太低者无须重敲也。

轮流主持与我历来倡导的“团结、进取、平安、稳定”八字理念如出一辙。这八个字是当时我们的治局理念。我曾解释这八个字为“无帮无派无烦恼，有情有义有原则，顺不足取，逆不足忧”。这八个字，好记易懂，平实无华，内涵丰富，可望可即，也是我从部队到地方延续用了几十年的理念。在部队时，理念存在，但尚在模糊之中，还没有提炼出来。到地方后，随着管理团队的不断扩大，理念逐步清晰。这八字理念，在员村税务所小试，管用！在天河地税局实践，实用！在海珠地税局践行，成效显著！

主官有大有小，无论大小不能搞家长制，不能一言堂，但带队的人在责任、使命的驱使下，必须有家长的作风和典范，这样家人才有安全感，才有向心力，才能保一方平安，才能保一方稳定。

我在任期间，海珠地税横向、纵向沟通渠道都是敞开的。干部群众有话说，有事做，民主自由，畅所欲言，群策群力。干部群众没有思想负担，不闹情绪，不摩擦，不内耗，不写匿名信，不上访闹事。这就是平安稳定，高高兴兴来上班，平平安安回家去。好环境也更易出人才，海珠区局涌现的年轻干部不在少数。这就是团结进取的例证。

十年时间说长不长，说短也不短，付出很多，但收获更丰，看到自己曾经战斗过的队伍风正心齐、气氛和谐、蒸蒸日上，我打心眼里开心。

山高人为峰，在巨人的肩膀上，有继承，有发扬，有改革，有创新，有成绩。什么立功表彰嘉奖，什么“五一劳动奖章”，什么学习型组织先进单位，不要看得太重。光环套了一圈又一圈，荣誉一个接一个，顶峰过后就是低谷，平趟低洼坑地的人，才是真正的幸福人生。我不过立足本职岗位，尽了应尽的本分，做了该做的事，行善事、积厚德而已。

有人说我潇洒，有人说我大度，有人说我中庸，有人说我无为，有人说我尊孔，有人说我礼佛，有人说我尚道……是也非也。

我崇尚道法自然、无为而治，但没有那么深的功力，我慈悲为怀、善事多办，但相距功德甚远，我遵循仁、义、礼、智、信，但仅仅是小悟而已……

随笔

篇 首 语

庚子初秋，又逢诞期，众友设宴为老夫过了六十九岁晬日。推杯换盏间，兴之所至，现场胡诌了几句：“一岁之遥眺古稀，庆生整寿泰轩居。韶华逐梦曾喧沸，老叟开犁再奋蹄。炳曜千程追日月，霞辉万顷竞朝夕。今宵把盏清平乐，喜见菁英举火旂。”古稀在望，愚心态尚佳，然话里话外仍绕不开日月，诗里诗外终放不下韶华。

“最是人间留不住，朱颜辞镜花辞树。”兜兜转转几十年，曾经浓郁乌黑的头发早已稀疏花白，曾经矫健的身姿如今也略显老态，所幸愚虽年迈，然耳聪目明，谈笑自如，亦是人生之福。古人有诗：“少年听雨歌楼上，红烛昏罗帐。壮年听雨客舟中，江阔云低，断雁叫西风。而今听雨僧庐下，鬓已星星也。悲欢离合总无情，一任阶前，点滴到天明。”此刻，我抬起的左腿，已然迈进古稀的门槛，无论听雨，还是观云，都自有了一番咸淡两宜、卷舒由他的从容。然而，回首人生几十年，那些感悟和感慨涌上心头，那些亲历的人和事浮现脑海，仍免不了思潮激荡。又或许，这正说明我还健康，还有活跃的情感和思维，至少距离老年痴呆之类的病症还甚远。

“七十而从心所欲，不逾矩。”孔孟之道讲究中庸，不背仁，合乎礼。大意是说，活到七十这个年龄，大抵该看、该做、该享受、该经历的，也看过、做过、享受过、经历过了，没看过、没做过、没享受过、没经历过的，大概也没什么机会去体验了，与世无争，放下欲望，也就放下纠结、抗争和拼搏了，人也就圆融通透了。用王阳明的话讲，就是到了“致良知”的境界了。这境界确实很高，依老夫看来，自己年近古稀，但远未达到随心所欲的境界。不过话又说回来，到了这般年纪，确实无须再要求自己世事洞明、人情练达。吃过的苦，颦眉蹙额里拼不出个“甜”字；平蹚的夷，龇牙咧嘴里也演不出一个“险”象。退休多年，如今看山便是山，看水便是水。

人活一世，草木一秋。夕阳深处，陡然回首，目之所及，无非草木兽禽；足之所履，不出山水路桥；舌之所尝，终在甘苦五味；心之所求，不过平安吉祥；思之所及，终不过“是非功过、爱恨情仇”八个大字。据传，乾隆南巡时，曾指着江上往来船舶问臣子：“上面装的是什么？”臣子答：“船上所载不过两物，一曰名，二曰利。”诚然，天下之大，这熙熙攘攘的人间，起早贪黑的农民，处心积虑的商人，刀光剑影的江湖，谁人不在苦苦趋名逐利？衣食住行，婚丧嫁娶，生老病死，物质社会如何离得开名与利、枯与荣？君不见，古往今来朝野史，多少英雄祭名利！然而，当日薄西山，当夜深人静，当尘埃落定，心在呼唤什么？在回味什么？是名和利吗？不是。是枯与荣吗？不是。是情，是义，是给过的爱、得到的情，是仗过的义、为过的勇。名利之外，才是生活的底色，人生的本色。

小时候听我爷讲古，听得最多的便是“有情有义”，说到哪个“有情有义”的汉子，哪个“有情有义”的女子，往往听者鸦雀无声，说者钦羡不已。须知，“有情有义”四个字的背后，意味着牺牲和苦难。可知，“情义”二字，实不易得。当然，事有远因近果，物有表象内幕，遇有偶然必然，情有真诚虚伪。人生要紧事，在于选择并坦然面对后果。吾辈皆凡人，幼年单纯无知，少年窗隙窥月，青年挺胸昂首，中年甘苦多艰，也不过是践行和见证了“种瓜得瓜、种豆得豆”的朴素哲理。

物有甘苦，尝之者识；道有夷险，履之者知。六十余载匆匆过，多少旧事步履中。科尔沁的风，向海湖的水，母亲难忘的“狗剩之险”，爷爷念叨的“火场奇遇”，磨道圈养的驴，雪原猎兔的犬，启蒙时代的算术课，少年老成的小作文，下落不明的小绒球，温婉柔和的月饼谊，别开生面的鸥豚战，无关风月的群芳萃丽，如水之交的哥们儿，跋山涉水的菩提心，异域风情的“猫太”缘，“一面之缘”的吉祥情，滋养一生的收藏趣……

记忆深处的脉动，无关名利，只留情义。那些鲜活面容，不过是些黎民百姓、普通干部和普通军人，他们有的智慧过人，有的平庸无奇，有的家世显赫，有的出身贫寒；那些平凡旧事，也无非是些孩提时的吃食玩耍、少壮时的作业游历，让人回味无穷的，始终是那些“有情有义”的人，那些“有滋有味”的物，那些浸润着心血、泪水和汗水的过往……被酒莫惊春睡重，赌书消得泼茶香，当时只道是寻常。再回首，才知道那些貌不惊人的寻常，原来如此深刻地滋养了我这一生。

回忆啊回忆，曾经的少年已壮，壮年已老，老年已故，我似乎还未从初生牛犊不怕虎的回忆里醒过来，岁月的晚风已吹拂鬓角的雪丝。

岁月何尝不是一个眼光毒辣的收藏家。他收藏甘苦，也收藏夷险；收藏华容，也收藏衰老；收藏名利，也收藏情义。走过韶华，也许我们离岁月那双收藏的手又近了一步，细细一看，才发觉，原来每个收藏品都标着价码，只不过，这价码不是金钱，不是物质，而是心的厚度、纯度和温度。

我曾遇到一位堪比高人的老船长，他于惊涛骇浪中唤我安然对弈，借着风声浪声，我将

不平的少年意气一吐为快，他举杯致意“一切尽在酒中”。如今，我也到了老船长的年龄，时常也会月下独酌“敬往事一杯酒”，历重山、阅千帆，经风雨、尝五味，对于世事无常，栉雨沐风而闲庭信步；对于路途坎坷，了然于胸而三缄其口。当年的涌，当时的棋，当年的意不平，当年的自难忘，如今却如酒，在时间的角落里遗世独立、芳然吐纳。

我认为，一个人的生卒年中，破折号那部分是最重要的一部分。破折号是个意味深长、一言难尽的符号，表示语气的转变、声音的延续、话题的突变等。人生到了破折号的阶段，是否也可以说是由“正文”走进了“注释”“注脚”？如果把《散忆》当作“正文”，那这《随笔》就是我“正文”中需要用破折号标明的部分。夕阳深处再回首，在破折号所代表的这部分里，我都干了些什么呢？这确实是耐人寻味的好问题啊。人的一生大概有两条线，一条面上的，一条内在的，年轻时我们千方百计把面子上的“正文”写好，无暇他顾，年老了才深深感受到作为里子的，也就是破折号后面那部分内容的重要性，这时，我们也只能“种瓜得瓜，种豆得豆”了。人生，就这么富有戏剧性。

我笔写我心，请允许我这破折号后的内容言散、思散、形散，散得甚至有点杂乱，但笔落心意自成文，文有章，话无忌，言不虚，不求人见人喜，但求表情达意、直抒胸臆。

磕头弟兄

秋娃的爷爷还有两位拜把子的好弟兄，秋娃叫他们大爷和二爷。三位爷都姓李，祖籍都是中原，但并不是亲兄弟，即便可能有血缘关系，那也得推算到“五百年前是一家”了。

三位爷是磕头弟兄，也就是人们常说的“义结金兰”的那种。他们秉性、嗜好虽各有特点，但骨子里都是两肋插刀不嫌疼的热血汉子。

秋娃打记事时，便有了这三位爷，一位是仗义疏财的亲爷，一位是秉性耿直的大爷，一位是少言寡语的二爷。至于三位爷是在何年、何月、何日于何地以何种形式歃血为盟的，秋娃并不知道。三位爷虽然职业不同，性格不同，长相不同，但对秋娃的爱却是相同的。

说来有趣，秋娃记忆里与大爷、二爷回味无穷的接触，竟都与“吃”有关，这倒也符合“民以食为天”的老理儿。

早年，三位爷一路闯关东，最终一起落脚东北通榆，并从此在通榆扎根谋生。大爷、二爷后来都在粮食口谋得一份旱涝保收的差事养家糊口，唯独秋娃爷坚守“好汉不挣有数钱”的信条，过着自给自足的农耕生活，确实也风光过，还当上了“新富农”。可种地是靠天吃饭，别说连着三年自然灾害，就算一年没收成也会赔个“底儿朝天”。所以，三年经济困难时期，秋娃不是跟爷到大爷处改善生活，就是跟母亲到二爷家换换口味。

那时，大爷在县城北三十里开外的双岗粮库工作，秋娃爷时常带着秋娃赶着毛驴车探望大爷。

在一个天寒地冻的傍晚，秋娃爷又套上毛驴车带着秋娃，沿着“平齐”铁路线向北边的双岗粮库进发。半路上飘起了雪花，风越刮越急，雪越下越大，爷孙俩到达双岗粮库时已是晚上十点多钟了。

当削瘦高挑的大爷打开值班仓库的大门，看到冻得瑟瑟发抖的秋娃时，忍不住责怪秋娃爷：“看把孙子冻成啥样了！快进屋，快进屋。”口吻焦急又心疼。进门便顺手把秋娃拖抱到了炕上，马上又捅开了煤炉子，不一会儿屋里就暖和了许多。

“吃点啥好呢?”他一边捅着煤炉子，一边喃喃自语：“明天一早我要换班休息了，带的东西都吃完了。”

秋娃爷接过话说：“哈哈，我带了‘老白干’和煮熟的土豆子，土豆子就酒，越喝越有，

暖和暖和就行了。哦，还在毛驴车上，我去拿进来。”

当大门再次被推开时，只见秋娃爷手里抓着个空包袱皮回来了，两只灰蒙蒙的眼睛无可奈何地盯着秋娃。秋娃委屈地哽咽着说：“爷，都怪我，路上实在太饿了，就打开包袱偷吃了一个土豆子，后来就迷迷糊糊打瞌睡了……”

大爷马上过来搂住秋娃哄着说：“不怪娃，颠丢了就颠丢呗，咱们再想想办法弄点吃的。”

秋娃爷唉声叹气道：“这下可要饥肠辘辘挨到天明了。”

大爷又责怪秋娃爷说：“你我饿肚子行，孙子饿肚子我心里受不了。”说着，他转过头看着秋娃，眼里既无奈又心疼。

秋娃却对他们的谈话内容感到莫名其妙，他心想：“守着满库房的白面口袋，为啥说没东西吃呢?”

大爷看出了秋娃的心思，自言自语道：“今天为了孙子，我也破个例，把这个月的工资搭进去了，拆袋白面给孙子烙饼吃。”

秋娃爷马上接过话说：“不行，不行，搭一个月工资是小事，说难听点儿，擅自拆面粉袋子，那可是监守自盗啊。”

“那你说咋办？咋办吧？饿坏孙子可不行。”大爷左右为难。

秋娃爷说：“你想办法弄点酒来喝，我想办法弄吃的。”

大爷站在原地愣了一会，推门出去了。

屋里突然安静下来，秋娃耳尖，听到几声“叽叽”的叫声，他顺着昏暗的灯光探过去，嘿，几只淘气的老鼠正在面袋子上蹦来跳去呢。他抄起一根木棍就去拍打老鼠玩，老鼠没打着，却拍打出不少面粉屑。看着空中飘游的面粉屑，秋娃爷发现了“新大陆”。他兴奋地走到老鼠跳跃处仔细查看，原来面粉袋子已被老鼠咬开了几个洞，有的洞还在向下溜着面粉，有的撒在下面的面粉袋子上，有的撒在地面上了。秋娃爷脑子转得快，立即拿来包袱，将撒落在面粉袋子上的面粉一点儿一点儿刮捏到包袱皮里，没一会便刮到了一满碗之多。

他收拢包袱，准备拿到灯下挑拣面粉里的渣滓，门“吱嘎”一声打开了，看到大爷拎着一筐空瓶子走了进来。

秋娃爷接过筐，问：“这是啥呀?”

大爷说：“这是拉粮食的货车司机，在天寒地冻发动机打不着火，烤完发动机后扔的空瓶子，有的是酒瓶子，有的是柴油瓶子，我挑拣一下，有些酒瓶子里还剩一点半点酒，控一控，也许还能倒出几两呢。唉，就是没吃的。”

秋娃爷得意一笑，说：“吃的已经有了，这是老鼠糟蹋后漏出来的面粉，我收了收，多放点水，勉强煮锅稀糊糊喝，也能顶到天明了。”

见大爷云里雾里的，秋娃爷便兴致勃勃将他拉到老鼠偷面粉吃的地方，将前因后果一五一十、津津有味地说了一遍，说完，两人都哈哈大笑起来。

大爷半开玩笑地说：“你这既捡了老鼠的‘漏’，又帮我躲过了监守自盗的嫌疑。大哥，你真有两下子。”

“那还是我先发现的，要不是爷夺走我的棍子，说不定还能打到几只老鼠给两位爷下酒呢。”秋娃冷不丁冒出的话，逗得两位老人又哈哈大笑起来。

秋娃爷挑拣面里的渣滓，大爷挑选着瓶子向茶缸子里控酒根儿，秋娃刷锅洗盆，大家忙得不亦乐乎。

不久，一碗不太干净的面粉便挑拣好了，半茶缸子酒根儿也控出来了，秋娃爷刚准备把面粉倒进锅里煮糊糊，大爷急忙拦住了，说：“慢点慢点，还是煮疙瘩汤吧，咱俩喝稀的，孙子吃面疙瘩，扛饿，好睡觉。”

秋娃躺在热炕头上，迷糊着听两位爷爷东拉西扯地唠嗑。

“这娃挺机灵，将来错不了。”大爷说。

“不只是机灵，还挺有悟性，跟我出来转悠多了，方圆地界的人都夸这小子日后有出息。”秋娃爷很是得意。

秋娃半睡半醒中听得美滋滋的。

二爷在粮米店工作，家住在县城开通火车站附近。俗话说“靠山吃山，靠水吃水”，但在灾害面前，二爷家也是捉襟见肘，勉强维持生计。

秋娃娘和二奶关系好，俩人时不时会聚在一块唠嗑。每回秋娃娘去二爷家时，都会带上秋娃，美其名曰帮忙拎东西，其实无非是提一篮子菜窖里储存的蔫巴巴的萝卜和土豆子。这活秋娃乐意干。大人们聚在一块叙旧，他跟着去却是改善口味。

二爷二奶都很喜欢秋娃，每次去都会做些“好嚼咕”给他吃，像馒头、花卷等，再炒几个鸡蛋，这在当时可是丰盛大餐了。要知道，当时的主食是苞米面等粗粮，白面大米等所谓细粮都是定量供应的，并且仅限于城镇居民户口，每月也只有三几斤的供应量。能端上炕桌的白面馒头或花卷已是非常难得的好东西了。

只要秋娃一上桌，二爷就马上把馒头放到秋娃碗里。秋娃虎头虎脑的，一个大馒头三口五口就吃完了。二爷立刻又夹来一个。秋娃边听他娘和二奶唠嗑边闷头吃着，很快就吃饱了，饥饿感也随之消失了。此时，抬头一看，二爷正笑呵呵盯着自己看呢，可他啥也没吃。

秋娃不解，疑惑地问："二爷，您自己为啥不吃，还老看着我吃呢?"

二爷说："我吃得快，你吃得慢，不信咱俩比赛看谁吃得快。"还没等秋娃回答，二爷又把第三个馒头放进了秋娃碗里。

果然，二爷几口就吃完了馒头，说："你输了，我赢了。"

秋娃不服气地说："我吃了两个馒头都撑肚子了，您才跟我比赛，不算，不算，您耍赖。"

二爷和二奶慈祥地看着秋娃笑。

秋娃娘接过话茬说："就这么几个馒头，你吃了三个，那是二爷舍不得吃，想让你多吃一个才跟你比赛的。"

满屋的人，包括秋娃的大姑、大叔都笑得前仰后合。大姑比秋娃大不了几岁，但很有姑姑样；大叔和秋娃同岁，也颇具叔叔风范。

若干年后，秋娃的爷、奶、大爷、大奶、二爷、二奶都相继离开了人世，每每跟亲朋好友特别是在大姑、大叔等姑叔辈面前追忆三位爷时，秋娃都情不自禁地潸然泪下。

牵着祖辈的手，拉起后世的手，磕头弟兄的一世情谊，还在后代中一脉相传。这也许就是中华民族共同的"脉"缘吧。

老 船 长

在我的记忆深处有一个角落，无论刮风下雨，无论惊涛骇浪，那里始终阳光明媚。在那个明媚的角落里，时常会响起老船长厚重悠长的声音："吃饱不浪费，喝好别喝醉。"也经常响起他亲切真诚的话语："来，小兵哥，我们干了，一切尽在酒中。"

那是1976年夏末秋初，我奉命前往南海执行特殊飞行保障任务。当时，我穿着摘下领章帽徽的草绿色军装，带着简单的气象仪器，从中山大学北门的海洋救助打捞局乘坐小舢板顺流直下，出珠江口，过虎门炮台，抵担杆岛，再换乘万吨巨轮，一路南下，在东沙、西沙之间游弋，以东沙海域附近居多，视线好时能看到东沙岛的轮廓，据说最近时离东沙岛只有10海里左右的距离。

那是我第一次执行秘密任务，也是我有生以来第一次走进大海，既有战士职责的光荣，又有大开眼界的新鲜。当时，珠江两岸还保留着原生态，没有高楼大厦和各类厂房，就连农舍也没这么多、这么高、这么密集，视野开阔，尽显冲积平原本色。江水碧绿，清澈而近似透明，趴在船舷上，能看到流水荡漾里，水草摇曳，鱼儿在水草里穿梭嬉戏。两岸稻涛滚滚，香飘溢远。远远望去，还有大片绿油油的阔叶植物，不知是芭蕉还是香蕉树，田间有农夫劳作，木棉树、凤凰树下有闲人纳凉、喝茶，一切都那么美好而惬意。亚热带，田园风光，实在是太迷人了，赏心悦目中，人已不知不觉地来到了咸淡水交汇处的珠江口，水面更阔了，舢板因此而变小了，在水面开始晃动、摇摆……那些从没出过海的同行兵哥们蔫了，都陆续坐回了船舱，我独自屹立船头，昂首挺胸，御风而行，左盼右顾，大饱难得一见的海天一色、波涛汹涌。

到达虎门炮台，眼前放电影一样浮现出民族英雄林则徐销烟的历史镜头，一世英名、流芳千古，我情不自禁地吟诵起林大人的堂联："海纳百川，有容乃大。壁立千仞，无欲则刚。"兴奋处，又顺口"打油"了两句："鸦片战争硝烟起，莫忘黄忠关天培。"幸福啊！过瘾呀！爽哟！唉，当时若有现在的条件，用高清相机拍下那美好瞬间，多年之后的我也就用不着这般搜肠刮肚寻找形容词来描写其情其景了。

担杆岛是中转站，下了舢板，登上万吨巨轮，我们这群兵哥正式进入大海执行任务。

早前就知道一旦登船，在海上漂上三五个月甚至更长时间都是平常事。所以在物资储备

上，不但量大，而且品种齐全，吃的、喝的、用的一样不少，特别是新鲜的猪肉、海产品，塞满了硕大的冷库。红星牌啤酒、各式罐头、米面自不用说，叶菜容易坏，备的多是萝卜、土豆、洋葱等无叶蔬果。当我们气喘吁吁地将所有物资装上船后，老船长领我们在岸上吃了一顿丰盛的晚餐。

说是丰盛，一是数量多，二是菜品好。除了大盘小碟的各种青菜外，一桌子几乎全是海鲜。我印象最深的就是比巴掌还宽的大带鱼，有水煮的，有煎炸的，味道非常鲜美。老船长不停地催促我们多吃青菜，说："上了船，青菜是最金贵的，否则，拉不出屎来别后悔。"

我们一个个大块吃肉，大口喝啤酒，十分酣畅。那场面，细想之下，又有种"送君千里终须一别"的感觉，但一桌人相互对视，彼此之间又不曾相识，纵使心里有千言万语，也无从说起。老船长似乎猜到了大家的心思，率先发了话："吃饱不浪费，喝好不喝醉！我敬大家三碗，这就起锚出发。"

大家应声而起，欢呼着举起碗，气氛顿时活跃起来。一碗过后，有人把碗扣在桌子上表示不能再喝了。老船长马上走过去，把碗翻过来拿走了。第二碗过后，有人又把碗扣在桌子上。老船长依旧不紧不慢地重复着同样的动作。当举起第三碗，老船长高声说："三碗不过景阳冈，武松在山林中打虎，把碗摔了都可以。我们'三碗不起航'是在水上作业，酒可以不喝，碗只能正着放，不知者不怪罪，下不为例哟。"

大家会心地笑了起来，簇拥着老船长，向巨轮走去，如同相识多年的老朋友。

上船后才知道，一间不到6平方米的船舱要住两个人，两张比按摩床还窄的床几乎挨在一起。我当时就想，这床也太小了，稍一翻身就会掉下来，这可咋睡？然而，一路劳累，反倒是倒床就睡，一觉醒来，已是日出东方。

到达指定海域后，我们很快进入紧张的工作状态。天上盘旋着航测飞机，既有军用的，也有民用的。我定期或不定期地实况观测后，制定6小时内有关航测海域的天气预报，再通过隔壁房间的航行调度员报给有关部门。下午6点后就是自由活动时间。若和机场比，最大的不同就是不用值夜班，这让我感觉特别幸福。晚餐喝啤酒成了常态，啤酒多，随便喝，管够喝。有时，我们拎着酒瓶子坐在甲板上或靠在船舷上，时而凝视无垠大海，时而仰望苍茫天空。天空还是那个天空，只是相比在大陆看，星星多出了很多。而大海，则不是想象中的大海。

想象中的大海，是文人墨客笔下浪漫的大海，是男欢女爱的一群年轻人，或躺在细软的沙滩上，远望朵朵白云，浮想联翩，或撩拨着淡蓝的海水嬉戏打闹。然而，海洋真实的情景却是在湛蓝的天空下呈现出一派无边无际的酱褐色，除了海鸥追逐轮船时发出枯燥的叫声，除了太阳从海平面升起时搅动海水的涟漪，除了为躲避远处的孤帆而响起的低哑汽笛声，除了黑压压的后浪推前浪时形成的巨大旋涡发出的低吼声，一切都是静止的，一切都是单调的。没有参照物，我们乘坐的巨轮就像一片飘零的落叶，飘荡啊飘荡，孤独地飘荡，不知将去往何方……人也像在另一个世界一样，天地似乎还未分开，混沌一片，经常要摸摸心口，才感受到心脏在跳动，人还活在这个人间世界……

一个月过去了……

两个月过去了……

不仅新鲜感慢慢没了，风，也越来越急，浪，也越来越高，涡，也越来越旋。人，在几万吨的巨轮里像筛筛子一样被上下左右、前前后后地颠来倒去，腹中的肠子也像搓麻绳一样快速地扭动，很多人只能将手臂抱紧了床沿，趴在床上面呕吐个没完，吐到最后，呕吐物越来越稀、越来越黄……有人调侃说："多亏胆不在胃里，否则黄胆汁都要吐出来了。"

我这才明白，床为什么要设计得这么窄了。

狂风巨浪里依旧东跑西颠、胜似闲庭信步的，也还是有人的，不过寥寥无几。我便是其中一个。这让老船长对我另眼相看。老船长、大副、二副、轮机舱人员和几个老水手习惯了狂风巨浪，他们在甲板上不分分内分外、能干什么就干什么地忙活，我加入其中，能干什么就干什么，一刻也没停止忙碌过。

最好玩的是，调度员趴在床上，晕得连发报机都没办法打开，他拼命地向我求救。我东倒西歪、左摇右摇地挪了过去，帮他打开机器，给他戴上耳机，给他递过手敲发报器。无奈他又不敢翻身，只能趴着发报，发报机高了不行、低了够不着，我只好半蹲着身子，将屈着的大腿当作小桌板，将机器放在大腿上，供他趴着发报。那姿势，难受且不说，恶心倒是真的。他一边勉强地发报，一边不停地呕吐，又稀又黄的呕吐物溅在我的身上腿上，裤子很快被染成了淡黄色，那味道——哎呀，那酸臭味儿简直让人欲哭无泪。虽说发报的过程其实也就几分钟，但真的像度过了一个世纪一样漫长，倒也不是说我的腿脚有多酸多累。

我的体能是过硬的。为了增强大家的体力和抵抗力，缓解焦躁不安的氛围，老船长想方设法改善伙食，罐头吃腻了就用罐头包包子。打开一个罐头，伸手抓出一把肉，就是一团包子馅儿。就这样，开饭了，有时也没人过来吃。因为卧室兼办公室在船头，而厨房却在船尾，两处相距40米，浪大时，船身倾斜达二三十度，加之晕船，很多人都是爬着来去，又习惯了

依赖我们几个平衡机能好的“活雷锋”，个个等着送饭上门，哪愿意四脚着地地爬过来吃餐饭又爬着回到床上趴着去。所以，有些能爬过来的，后来也不爬了。

送饭这活虽然苦，但我还挺会苦中作乐，拎着一桶包子或别的，挨个房门儿敲，嘴里“嘞—嘞—嘞”唤小猪吃食一样地叫唤着。都是同一个战壕的战友，年轻、豁达，谁也不生气，单调的生活里，这样的小闹剧反而能活跃气氛，大家都觉得特别有意思，有的还故意敲着饭盆、摇头晃脑地发出小猪的“哼哼”声。现在想想，那时的年轻人可真可爱啊。

老船长60多岁，当时的月工资已经有270块了，算是超高薪了。他一辈子都在船上，在船上周游列国，在风里浪里闯荡，该吃的吃了，该喝的喝了，该看的看了，该玩的玩了。这次，可能是他的最后一次出海，所以他格外珍惜。他看我不怕浪不晕船，风里雨里、船头船尾地帮忙，又是个知冷知热、头脑灵活、身体倍儿棒的小伙子，便对我有了格外的好感。

他象棋下得好，问我：“象棋，会玩吗?”

我愣头愣脑地，回答：“马走日，象走田，炮是隔山打，车是一杆枪。”

“好，到屋里玩两把。”他发出了邀请。

我说：“不行，船晃得这么厉害，棋子都怕摆不稳。”

他慢条斯理地说：“我自有办法。”

到了他的房间，各自对面坐下，桌上就一副铁青色棋盘，上面已摆好了棋子。纽扣大小的棋子各就各位，楚河汉界一目了然，战事一触即发。

十步八步刚走完，我已是“败鳞残甲满天飞，嫩姜不敌老姜辣”了。推枰重来，他让我“车马炮”三子，几招过后，又卧槽马，“老帅”一哆嗦，我只能又推枰认输了。

我想再下一盘，他挥挥手，说：“陪我喝杯酒、聊聊天吧。”

我问：“风浪这么大，船这么摇晃，棋子岿然不动，您的法力无边呀?”

“什么法力？棋盘磁化过，棋子下面贴了铁片呢。”老船长接过话头，转身便夸赞了我：“你大浪大涌中不晕不吐，平衡机能不错。”

说到平衡机能，我自然想起了考飞行员的陈年旧事。三杯五盏过后，我已经把如何考上飞行员，如何阖家欢庆，如何准备启程，又如何被告知招飞暂停，后来又如何和领导过招的事儿，一五一十、也难免添油加醋地向老船长从实细数了一番，也难免又扎扎实实“虚荣”了一把。

老船长不知是喝兴奋了，还是我的“往事”让他有所触动，对我也不知是怜悯还是同情，抑或只因那晚月色太美，他安静而认真地听我讲完长长的往事，末了，只道了一句：“来，小兵哥，我们干了，一切都在酒中。”

月光斜照在棋盘上，我内心平和而安稳，眼里盛满敬佩，举起杯中酒，躬身对老船长吟诵了自己的灵感之作：举头叹残月，低头将仕象。车马炮兵卒，老帅稳军帐。

小诗虽不近格律，但意境深远，至今不曾修饰改动过。

若干年后，人们说南海第一座石油钻井平台成功建起来了，有石油也有天然气。也不知道和我们那次航测是否有关，有关也罢，无关也罢，一切都成过眼云烟了。

时间如白驹过隙，如今我自己也到了老船长那把年纪了。

前些年，我再次登上了西沙永兴岛，在享受前人栽树、后人乘凉的快感时，主动为那些树浇上一桶水、培上一锹土，还留下一首打油小诗：翘望遥视对长空，三十年近几寸功？南洋撒下捉鳖网，北海猎取水蛟龙。

放眼远眺，海域无疆，海天一色，那是我几十年前曾风里浪里游历过闯荡过的天海，那是我青春年华里献出过汗水、智慧，也收获过欢笑、喜悦与友谊的海天，“虚荣”跃上心头，浩荡烟波里飘来老船长浑厚稳重的声音：“吃饱不浪费，喝好别喝醉，起锚啦——”

驻足海上风情的闲情逸致，立刻化为遥远的回忆。

霜

我很羡慕雪，因为它漫天飞舞、令人遐想，因为它银装素裹、令人陶醉，因为它轻柔绵软、令人惜香。

我很赞赏冰，因为它晶莹剔透、无欲自刚，因为它凝冻激流、坦途宽广，因为它冰清玉洁、含凉气爽。

然而，我更钦佩霜，因为它不攀天高，不怨地厚，稀薄的一层，轻轻的一抹，只要近地面水汽达到饱和含量，微风晴朗，冰点来了就能实现霜的梦想。

霜，从平原到康藏，从南岭至龙江，到处都有霜的影子，素雅、清纯、绵薄、晶莹，一簇簇、一坡坡、一洼洼、一片片，开放时像美丽的水墨画一样。

霜，闻鸡起舞，打扮梳妆，赶在旭日东升前，把姿色悄悄贴在窗户的玻璃上，为朦胧中苏醒的人们献上霜的问候和眼球的欣赏。

霜，似一阵风，把朽枝败叶吹落；霜，似一团火，把繁乱杂色的旷野煨成金黄；霜，似一场梦，在秋收冬藏中潇潇洒洒地荡漾；霜，似一幅漫画，在天南地北，东西两厢，低洼高巅，徘徊游翔。

无垠的森林，广袤的草原，柔软的沙滩，覆盖一层霜，犹如皎洁的月光。色彩虽然单调了一些，更像那白纸一张。正因为白纸一张，它每次出现，都想方设法变换着图案的式样。

淘气的小孩儿，刚才还对着霜花哈气，催促它快些散去，好沐浴温暖的阳光。眨眼工夫，小孩儿却屏住了气说："小草你不能模糊，小树你要刚强，小羊你继续健壮，小花你要更加漂亮，小兔你不许追赶西沉的月亮……"

刚迈出门槛，踩在薄薄的脆冰上。啊！今晨空气很清爽，因为降霜封盖了尘埃；今晨气温微凉，因为降霜的过程中，释放了潜能热量；今晨心情很开朗，因为降霜，预示着今天又是一个风和日丽的好天象。

降霜后，大白菜、红菜薹淡甜软糯，白萝卜、青萝卜爽脆汁蜜……你可知道，这些都是默默无闻的霜的祖传妙方。如同柿子上面落了白霜，很不显眼，没人刻意关注，可是它的降临和附着，就预示着果蔬内部结构开始发生物理演变，在酶和水解的作用下，淀粉变为麦芽糖，进而又转化为易解于水的葡萄糖，甘脆汁纯的果蔬就可以让人们大饱口福了。这种物理转化过程借个名字，姑且谓之“包浆”。

啊！霜真是好东西，为劳作辛苦的人们，免费送上了天然的蔬甜和瓜果的清香。

初霜，把深秋的钟鼓敲响，预告雪花将要纷飞，预告河道冰封不再明淌，预告万物将要脱单穿棉准备换装。

终霜，大地万象更新，花开了，草绿了，虫活了，万物煽动着翅膀，发出各自的圆梦畅想。

学童在老师的指引下，挖坑、插枝、浇水、培土、植树造林；农夫们育种、翻耕、施肥、插秧、灌溉，田间一派繁忙的景象。

小猫捉蝴蝶，小熊嬉山岗，小兔在原野上撒欢，光腚娃娃在水泡子里扎猛子、练狗刨……这些都是终霜过后，万物与大自然和谐欢乐的交响。

有人说，霜不是重要的天气现象，接触虽多，感触却不深，偶尔踏在其上，如履薄冰，吱吱啦啦一阵冰碴子响，声音不和美，体色也不靓，来去匆匆，毫无光芒。是呀，古往今来，文人墨客，吟诗作赋，很少有人把霜作为主体单独描述，歌咏颂唱。可是，红花要有绿叶修饰，更有多少大家名流用霜言景喻物，烘托渲染，营造境界。不经意间，又把霜推到了赋、比、兴高雅的平台之上。

李白的“床前明月光，疑似地上霜。举头望明月，低头思故乡”意境深远，表的是月，颂的是霜，在此，霜可以媲美皎洁的月光。念霜思故，释放胸中的孤寂和悲凉。

白居易的“鸳鸯瓦冷霜华重，翡翠衾寒谁与共”，小小霜花的凝冻，难道就无人与君同床共枕乎？一个霜字暗示了君王一腔愁绪，只身卧榻，五颜六色的翡翠被也温暖不了内心的凄伤。

杜牧的“停车坐爱枫林晚，霜叶红于二月花”，霜打的枫叶胜过二月的鲜花，霜的魔力之大，足以使枫叶流丹，层林尽染，山林之秋色，如烁彩霞，自然让人停车坐爱、驻足观赏。

刘禹锡的“山明水净夜来霜，数树深红出浅黄”，霜悄悄降临，深秋到了，虽然山水和以往一样明净，树木却突然发生了变化，绿叶变成了浅黄，还有几棵树的叶子变成红色，显得格外抢眼，深浅搭配散布在月光之下，聆听着山泉潺潺流淌。噢，诗情画意居然是“夜来霜”的作品欣赏。

苏轼的“酒酣胸胆尚开张，鬓微霜，又何妨！持节云中，何日遣冯唐？”虽然两鬓微霜，只要气势横生，胸胆尚开张，两鬓微霜何所惧，持节云中，冯唐待命战疆场。这个“霜”虽非那个“霜”，但一个“霜”字了得，忘却了年迈，忘却了体弱，忘却了背井离乡，忠贞报

效，自古就是华夏儿女一贯追求的理想。

这就是霜，不显山，不露水，起早贪黑来去匆匆的练达。这就是霜，不争风，不吃醋，任由寒冰白雪表演和轩昂。这就是霜，非冰非雪，骨子里却散发出清纯暗香！

霜也许是一棵草，霜草；霜也许是一束梅，霜梅；霜也许是一支竹，霜竹；霜也许是一个人，与霜打过多年交道的老人。不与雪斗白，不与冰争雄，唯有那铿锵有力的脚步来去匆匆。即便是无影无踪的间歇期，它也是在积蓄“大气”的能量，祈盼霜花再次开放的时刻，构图、着色、掩尘、包浆，告诉人们快来饱眼福，饱口福，贴秋膘，豪情满怀迈入漫漫的寒乡。

春天来了，雪，慢慢化了，冰，慢慢融了，霜，也悄然归隐，含笑待秋。噫！与天地兮同道，与日月兮共享。

“泰山”说

“你是山，就得像山一样巍峨挺拔；你是海，就得像海一样浩瀚无垠。”当年我二十来岁，某次与“泰山”对话时，向来沉默寡言的“泰山”吟诗一般吐出了这句话。时至今日，我依旧记忆犹新。

“泰山”伟岸，一米八几的块头，标准的国字脸，白皙的肤色，气质文雅而刚毅。握了几十年的枪，打了半辈子的仗，由战斗员转为指挥员，“身经百战”是“泰山”的真实写照。战争年代，他冲锋陷阵，关键时刻临危不惧，大智大勇，稳坐中军，为新中国立下功劳苦劳。日常生活中，他为人厚道，坚守原则，大是大非面前毫不含糊，小事小情上极有分寸，待人接物向来从容大度，人缘好、口碑佳、受敬重。高山仰止，景行行止。于我而言，“泰山”，这位把毕生精力都献给国防事业的老军人，就是一座行走的泰山。

初次接触时，我官阶尚低，是个“五十四块五”的小喽啰。“泰山”和颜悦色、言传身教、春风化雨，在他的调教下，我一步一个脚印成长起来。

在“副统帅”危及“统帅”的局部事件中，“泰山”坚决否定高射机枪平射的“纪要”打法。军人以执行命令为天职，因此次“抗命”，他被停止指挥权，直至提前离职休养。但与此同时，受此事牵连，该军事机关几乎全面瘫痪，免职的免职，处分的处分，关押的关押，唯有“泰山”，众人皆醉其独醒。也因此，在离职就意味着“船到码头车到站”的终点时，继续逆境升迁。

人吃五谷杂粮，焉有不病之理。坚强如钢铁的“泰山”，老年住院期间，最想吃的却是“狗不理包子”。狗不理包子的产地是其最初打游击参加革命的地方，其思念的其实不是包子本身，是那些牺牲的、已故的战友！他们是从那个枪林弹雨的血腥岁月里，摸爬滚打中走过来的生死兄弟。那些战斗岁月、那些同生共死的战友，是“泰山”一生的宝藏，“泰山”曾心心念念要为那些峥嵘岁月写本回忆录，遗憾的是直到病重，回忆录也还没有完成。其实，我很清楚，“泰山”不怕死，只是怕再没机会完成那心心念念数十年的回忆录。

然而，天不遂人愿，还没等家人缓过神来，“泰山”已与世长辞。

吃“狗不理包子”既易又难，说易，大街小巷什么包子没有？说难，要找回当年的口感、当年的记忆何其为难！人生，可是从来只有现场直播，没有重播再来的啊。人死不可复生，

回忆只于亲历者才意义重大，回忆录也只能在亲历者口里笔下才孕育得出生命，斯人已去，那心心念念多年的回忆录也彻底失去了萌芽的土壤。

古人云："人固有一死，或重于泰山，或轻于鸿毛。"告别仪式上，花圈挽联林立，就连"泰山"多年不见的老首长也送来了花圈，挽联上的字句推心置腹，令闻者落泪、见者动容。

杜甫有句"感时花溅泪，恨别鸟惊心"。与"泰山"长辞，在"泰山"的小楼里，在"泰山"精心打理的花草边，在"泰山"钟爱的竹子旁，我反复吟咏这两句诗。花鸟如此，人何以堪！工作时，"泰山"严肃认真，不苟玩笑，灵活性与原则性统一，不怒自威。但在八小时以外，"泰山"喜怒哀乐与常人无二。那时广州天河还没有高楼林立，"泰山"的生活起居都在一处闹中取静的小楼里，栽花弄草，打理菜园子。"泰山"最爱竹，竹密而不遮，清幽秀丽，心怀若谷，高风亮节，有君子之风。然而，"泰山"最花心思的，却是小楼里的花草瓜果。赏心悦目谁家院，清香四溢有几家。在"泰山"的精心培育下，满园的杜鹃花、鸡蛋花、玉兰花次第吐芳，硕果累累的水葡萄叫来往客人垂涎三尺。

那时，"泰山"的外孙女彤彤还小，总是喜欢跟在姥爷屁股后面见样学样。"泰山"还特意为小外孙女准备了小号的喷洒壶、军用小铲子。时常，可见一老一小带着小喷壶、小铲子在菜地花圃里一前一后地劳作，那画面叫人莫名地感动。小外孙女也时常闹出笑话，不是把花浇涝了，就是铲了苗而留下了草，"泰山"并不责怪，总是弯下腰，笑嘻嘻地拍去她身上的灰土，不厌其烦地教她识别草与苗的方法。

斯人已去，花草留芳。小楼里的一切似乎都还在记录"泰山"清雅高洁的淡泊人生，他却已与世长辞。正所谓：今时花草"泰山"育，故人未嗅今日香。

"泰山"也抽烟，但烟瘾不大，几十年前就抽"大中华"。酒也能喝几盅，对茅台情有独钟。这和我也算"对撇子"。无奈，当年的我没有能力给"泰山"买"大中华"，更没能力请他喝茅台酒，反倒是我经常占便宜，在他跟前蹭烟抽、蹭酒喝。有时候，在喝完酒去散步的路上，"泰山"趁着"酒兴"回忆起那些逝去的、战斗着的光辉岁月，讲到平津、淮海战役如数家珍，豪情满满，讲到战友大面积地倒下牺牲时，又难免叹息沉沉。现在，我有条件抽"大中华"了，时不时也能喝上几杯茅台酒了，可是"泰山"仙逝了，烟与酒都只能作为供品，祭奠他在天之灵了。

多年来，"泰山"一直潜移默化地引导我践行"说老实话，做老实人，办老实事，吃老实饭"的四大信条。从部队转业到地方，过程比较曲折，他看在眼里，却从不曾出面过问。当时我还有些想法，事情的进展虽然磕磕绊绊，但也井井有条。事后，有知情人对我说："既然老首长不在位了，有些所谓的权威自然就消失了。可是老首长的德威很厚重。"这岂不就是万花筒中的变幻莫测嘛！傻瓜也明白其中的奥妙，强权只能是一时一事，厚德载物又岂在朝朝暮暮。

细细想来，我在"泰山"面前也有过得意之作。"泰山"花甲诞辰之际，我远赴湘南大山，从中择了六十棵桃树，摘了一百个"仙桃"，名曰"百寿桃"，空运回广州为他祝寿，恭祝他百寿无疆。他病重，晚期烟酒不沾，反而对木瓜燕窝和木瓜鱼翅很感兴趣。我千方百计满足他的愿望和需求，想吃啥就做啥，做不好就买，这也许是最后的孝敬吧！

某次，"泰山"又想吃"百寿桃"，我无论如何也想不起百寿桃的模样了，又不好多问，便把市面上几乎所有的鲜桃都买了一个个让他尝。他都说不是原来的味道，我不得不追问到底是什么样的桃子。最后，他盯着我的眼睛说："就是你这样的，办事用心、诚心、有良心，这种桃李之心，花钱是买不到的。"闻言，我自觉惭愧又有所欣慰。

心中住着的那尊“菩萨”

我不是信佛之人，但自幼心里就住了一尊“菩萨”。

大概是1959年冬季，那时全国都流行“吃大锅饭”，虽说家里不需要煮饭了，但即便不煮饭，烧开水、煮玉米糊糊也是要烧柴的。那时没有燃油，更没有液化气、天然气，烧煤又烧不起，只有烧茅草。

一次，生产队组织社员到南坨子上搂柴火，我贪玩，强求我爷带我一起去。我爷开始说不行，因为天气冷，也没有适合我用的筢子。但我执意要去，我爷拧不过，只好为我特意做了一个柄约2米长、有9只铁钩、不到1米宽的筢子，大人用的大筢子一般都是16个钩子、1米多宽。

筢子是搂柴火时的重要工具，人与筢子中间的木柄上挂一个“帘子”，其实就是个长方形的筐，只是没有盖，正对筢子的一面也没帮，这样便于把筢子上搂满的柴火倒进筐里去，那筐能装十来筢子的柴火。筐一旦装满，人就绕回到之前指定的地点，把柴火卸在指定地点并一排排码好。

搂柴火时，把筢子扣在肩上，哪里茅草多，人就走向哪里。干这活，鞋子磨损得很快，一不小心还会被尖利的树杈子或硬实的杂草杈子刺破脚。我搂得虽然不如大人多，但大人们老是逗我玩，给辛苦和机械的劳作带来许多乐趣。

所谓的指定地点，不过是由有经验的人挑出的一片蒿草多也就是茅草多的地方，马车就停在那附近，人们便以那儿为中心点，向四周散开搂柴火。

中午休息时，大家先把树枝和茅草点燃，待烟气散尽，只剩下红彤彤的炭火时，就把玉米面做的大饼子埋在炭火堆里加热。大约十几分钟后，外焦里嫩的大饼子便烤热了，人们就着咸菜疙瘩大口大口吃起来。

我爷讲究，吃饼之余，他还要拿出一个木盖子的小酒壶，边吃边喝上几口，带着冰渣子的八字胡一翘一翘的，三五口酒下肚，八字胡上的冰渣子就化了，也不知是酒气熏的，还是热气化的。

我爷满脸通红地对我说：“孙子，你也喝上一口暖暖身子。”顺手，就把壶嘴对准了我的嘴，我一大口下肚，真烈呀。这一大口酒下肚，加上劳累，我便在火堆子旁睡着了。

当从热乎乎的睡梦中惊醒时，火苗已经四窜，我急中生智，拎起盖在身上的皮大衣，不管三七二十一，猛劲儿扑打起火苗来，边扑打边把大家的皮大衣抓起来扔到逆风方向。很快，就力不从心了，我开始号啕大哭："失火了，救命啊……"眼看火对着拴着马的大车烧去了，几匹高头大马喘着粗气拼命挣扎，两匹雄壮的高头大马已经扯断缰绳跑开了。

呼声惊动了干活的大人，当大人们心急火燎地跑过来时，我半蹲半跪地瘫在那里，已经累得站不起来了。

正在这时，风向转了，刮向了没有柴火的一侧。

我爷年纪大，走得慢，大人们把我抱到安全地方后，他才气喘吁吁地赶过来。用粗糙的大手抹掉我脸上的灰土后，他哈哈大笑道："我孙子生下来就命大，天狗不敢吃，火也不敢烧，都是菩萨保佑啊!"

当发现孙子的头发、眉毛被火燎焦时，他又和大伙开起玩笑来："你们每人在皮大衣上揪几根羊毛，还我孙子的头发和眉毛。"

在嘻嘻哈哈的笑声中，一场灾难就这样有惊无险地过去了。

事后，我问爷爷什么是菩萨。爷爷说："菩萨有很多，救苦救难的菩萨叫观世音，你就是她救的。"

我问："她住在哪里呀?"

我爷说："她住在有良心的人心里。"很长时间以来，对这句话，我都摸不着头脑。

后来有一次，我看到奶奶给两个小铜人上香，就问："这是什么人呢?"

奶奶说："这是菩萨。"

我立刻肃然起敬，跟在她背后，学着她的样子，双手合十拜了几拜。

奶奶转过身来，对我说："就是她救了你和大伙的命。"

从此，这"菩萨"便隐约活在我的心中了。

令我百思不得其解的是，这尊"菩萨"至今还在我身边，也不知道是在何时何地被我"请"来的，我冥思苦想，毫无头绪，至今不解。

二十世纪九十年代中期的某个秋天，我和曾先生开车去南昆山游玩，一来一回路上发生的事，也让我匪夷所思。

南昆山位于惠州市龙门县境内，是国家4A级旅游风景区，也是重点保护的国家森林公园，有"北回归线上的绿洲""南国避暑天堂""珠三角后花园""天然氧吧"等美誉。三十年

前，那里还是原始景观，一条沙石路盘旋而上通向大山深处，晴天车披一身灰，雨天车沾一身泥。这里老乡们自制的米酒远近闻名，酒能尽兴，游能骋怀，人们下山时酒满桶、车满载、人开心，好不舒畅。

那一天，我们利用补休时间，开着三星面包车就上山了。当车开到一个近70度的右转弯、近35度倾斜的上坡路段时，看见护路工人正拿着专用工具将路两边的沙子向中间聚拢，我小心翼翼地把车开了过去。酒足饭饱，散步吸氧完毕，正准备回房休息时，接到了单位的电话，说是第二天一早八点钟有紧急会议。趁着天还未完全黑下来，我们赶紧开车下山。

当走到下午护路工人聚拢沙子的路段时，方向盘突然失灵，汽车不受控制地不断以“S”形快速向山下冲去，曾先生坐在副驾驶位置上，脸色苍白，木然地念叨着“完了！完了！完了……”

眼看车就要溜进路边的深沟里，却因惯性滑向了另一侧，很快就滑到了70度大转弯处！就在眼看车毁人亡、千钧一发之际，我急中生智，轻轻“点”了一下刹车，也不知是什么“神力”，汽车瞬间180度大逆转，居然原地掉头神奇地又“上山”了！

危局已破，我不慌不忙地点上一支万宝路香烟，顺手递了一支给曾先生，他惊魂未定，脸色苍白，人似乎还在梦中，一点反应都没有。我一连抽了两支烟，才把“神”定下来，启动、挂挡一气呵成，汽车稳稳地向南昆山顶峰开去。

我边开车边自言自语：“人不留人天留人，有惊无险自安然。”

曾先生这才大梦初醒，念念有词：“菩萨保佑……菩萨保佑……”

殊不知“菩萨”是住在人心里的，菩萨只保佑诸恶不作、众善奉行之人。

云

“云来山更佳，云去山如画。山因云晦明，云共山高下。”这首元曲很有味道，小令入心。如果把大丈夫比作“山”，那“云”便是小女子了。正所谓“云来山更佳”，我所称的“云”就是对我这座“山”影响至深至远的女子。

这世界上总有那么个人让你欲罢不能。这个让我欲罢不能的人就是“云”。我经常用“智勇双全、屈指一算、洗耳恭听”这样的词来恭维“云”。其实，与其说是恭维，不如说是尊重。

“屈指一算”即指能掐会算，瞬间得出人生事物的发生、发展和运动规律，包括外在的量变和内在的质变。似乎还能和《易经》等奇门遁甲的算法沾上边。但是，这种神算子有吗?没有。若时时刻刻、事事物物都能料知如神，那就不是人了，世界也就不是今天的世界了。不过，因时、因地、因事，经过多方面系统地分析，得出相对准确的结论，有些人还是能做到的。“一算”即指“一瞬间”的时间，在短暂的时间内得出的结论往往带有偏差。但是瞬息万变的现实不允许花费太长时间来优柔寡断，否则良机一过，时不再来。因此，屈指一算绝不可能以年为单位。

“洗耳恭听”是指事先做足准备，心怀敬意认真聆听他人的讲话，隐含知错即改和照办执行的意思。据《巢县志》，安徽古巢城东门有一水池称“洗耳池”，旁边有一条巷子叫牵牛巷。传说四千年前，巢父在池边牵牛饮水时，责怪许由“浮游于世，贪求圣名”，许由自惭不已，立即用池中清水洗耳、拭双目，表示愿听从巢父忠告。后人为颂扬许由知错就改的美德，遂将该池取名为“洗耳池”。成语“洗耳恭听”也由此产生。

“恭听”的近义词是“倾听”，然，前者不是简单全神贯注地听，而是富有感情色彩地恭敬、用心地听。对德高望重者的教诲，对领袖人物的宣讲，对家庭长者的教育用“恭听”更为适合。

屈指一算，洗耳恭听。足见“算者”足智多谋，亦见“听者”诚心可鉴。掐指一算，振臂一挥，祸福便知，江山已点，不但有人听，居然还有人恭听，可见其高明贤能。能掐会算是贤良，能听会从也是能者。于能者而言，关键时刻，有仙人指路、贵人相帮，岂非求之不得的人生幸事。

能让本来有点“自视清高”的我盛赞的人，到底是何方神圣呢？那便是“云”。人要貌

相，水也要斗量。“云”为人聪慧真诚，行事理智干练，虽为女子，其思敏行捷常远胜须眉。我自认为自己也有点上晓天文、下知地理的“小聪明”，但论世情练达、随机定夺、理财精算，在“云”面前，就甘拜下风了。

我们都是军人出身，我从部队转业到地方，就两个大概念岗位，细分一下也多不出什么小概念岗位。而“云”就不同了，大概念岗位虽然也是两个，小概念岗位则多出许多。“云”，人如其名，洒脱利落，在幅员辽阔的祖国大地上，在行行出状元的360个行当里，她从不吝啬挥洒她的飒爽英姿、青春秀美和真知灼见。年少时，她就读于名校执信女中，青年时从广州千里迢迢到大西北服兵役，改革开放初期毕业于中山大学，在泉乡丰顺研究过热带天气，在航空运动学校工作多年，二十世纪八十年代中后期，又先后在广州司法、财政和税务系统工作。一路走来，由东而西，从北至南，从部队到学校，从学校到地方，从司法到财税，真是“祖国有召唤、女儿即担当”。

步入千禧年，新世纪新征程催人奋进，她却毅然决然地响应了政府号召“停薪留职”。这在当时，没有十足的勇气和果敢的智慧，怎敢做出如此抉择？轰动一时也就不足为奇了。权势部门的公务人员提前离职，虽有别于“下海”经商的淘金者，但风险却并无两样。淘金者，淘到金子回头上岸，享受的是鲜花掌声和富足美满的幸福生活；淘不到金子回头无岸苦海无边，“下海”也就变成了“跳海”。“下海”与“跳海”一字之差，结果截然不同，意味着很大的冒险性。

她的决定需要大勇气，但前景也是极其可观的。主要在于三点：一是有稳定的收入做前提，杜绝了“无米下锅”的后顾之忧；二是停薪留职后，在家相夫教子，还有大量的时间空间供自己享用；三是自由了，精力充沛了，也可看准飘浮不定的商机小试牛刀，无须攻城略地，只要成功“几刀”，就可弥补由于离岗而少了的那一块奖金，于商业之所得，甚至还远超出损失的那块“微薄的奖金”。

事实证明，她的抉择是英明的，结果是理想的，成果也是丰硕的。在我的人生道路规划当中，她也堪称“诸葛亮”，处理得相当智慧：第一，足够远见卓识；第二，大胆当机立断；第三，做到适可而止。这三条原则，她几十年来运用自如，恰到好处。

二十世纪七八十年代，地处三湘大地的衡阳沃土肥田、工业较为发达，是个宜居的中等城市。铁打的营盘，流水的兵。军人退出现役，都面临转业安置问题，此时即便不为自己的后半生着想，也要为下一代勾勒人生的起点。但衡阳再宜居，到底是小城市小地方，于后代发展并无大益。她就想，无论如何也要落脚省会城市，天高地阔，大城市毕竟更有发展前景。

当时，东北三省是我国的重工业基地和产粮基地，长春是省会城市，位于东北平原的中部，是一座美丽的现代化城市。我有意在长春扎根，“云”有意无意地考查几次后，认为不妥，该市地理纬度较高，每年七八月份是最温暖的季节，然而，雨后很凉，无雨时沙尘又大，再加上未来发展前景不明朗，以及冬季北国风光虽美，却只能观赏一时，并非久留之地，更不适合喜暖怕寒的南方人居住。虽然为有朝一日落户长春，我付出了九牛二虎之力，但在“云”的条分缕析、横陈利弊下，最终也不得不心服口服地放弃。其时，尽管内心有些沮丧迷茫，却也深知自己的智慧与“云”相比略逊一筹，也只有心悦诚服、俯首听命的份了。多年后的事实也证明，“云”的先见之明，其眼力、魄力，确在我之上。

几经寻觅考察，“云”最终将目光锁定在最初的目的地——广州。广州是她自幼生活成长的地方，是她一直恋恋不舍的城市，从初心到情怀，从家庭到社会，从风土到人文，从饮食到天气……都有着不能割舍的乡情。

决策决定方向，方向决定路线，路线决定行动。说动则动，一家人奔着广州谋划。按原计划我是走部队内部调动的捷径“入驻”广州，然后她“随军”入驻。谁知，人算不如天算，看来万无一失的“内调”却出乎意料地夭折了，我在精神和物质上都受到了沉重打击。然而，她不气不馁，另起炉灶，重新谋篇布局，开始了曲线救国的“回穗行动”，并且用最短的时间、最快的行动，实现了她从衡阳直接调入广州工作的“空降行动”。

这在常人眼里，是不太可能做到的事情，但这“不太可能”，在她手里不仅仅变成了“可能”，还迅速地落地生根了。这是什么精神？是时不我待的奋斗精神，是只争朝夕的拼搏精神，是“惊天地、泣鬼神”的勇为精神。她后来居上，先入为主，我也乐得当了随从。俗话说：猪往前拱，鸡向后刨，各有各的门道。我因此还牵强附会地引用了地道战的妙语：“只要能消灭鬼子，各村有各村的高招啊！”

这些往事，我至今回味无穷，不失为一段可圈可点的佳话，亦不失为一次优雅温婉的人生历练。然而，在那个改革频发的年代，人到中年，站在人生的十字路口，面对部队第二次大整编的巨大压力，面对后半生工作生活的艰难选择，面对需良好教育的黄口之子，“云”下的这步棋，顶着“成王败寇”的巨大风险，担着全家的未来，可谓千钧一发，也不知道她当年是如何日日夜夜挺过来、分分秒秒熬过来的。

“云”的智慧决策，我的默契配合，再次验证了“彩虹总在风雨后”“办法总比困难多”“好人总会得到上天眷顾”这些至理名言，可喜可贺。虽千辛万苦，万般滋味都尝遍，落户广

州的目的终于如愿以偿。然而，又面临着第二个重大难题——我从部队转业到地方的工作安排。是选择经济口，还是行政口，重大难题再次横在面前，再次考验着我们智和勇。

1987 年，改革开放尚处于初期，千军万马为争当“万元户”而努力奋斗，其时，“有本钱没本钱‘下海’经商蹚蹚浑水”正是时尚潮流。知己知彼方能百战不殆。“云”再次果断决定——去行政口不入经济口。这逆潮流而动的决定，让我再次始料未及，虽有狐疑，却也乐得言听计从。

多年的老友邱，听说我要从某行政部门调出去转行，如获至宝，很快主动登门请我夫妇喝茶聊天。醉翁之意不在酒，席间盛情邀请我加入他的团队，并开出了意想不到的优厚条件。话说当时，我确有心动，不过碍于“云”未曾表态，几度犹豫终是把到嘴边的“好说”二字生生咽回肚里。

邱兄也心知肚明——没有“云”的点头是挖不动我的。邱兄一心想挖人，又怕把局面弄僵，席间只好顾左右而言他，不停地亲自换茶沏茶，大家各怀心事地胡乱吃着粤式点心，品着飘香名茗，聊着过往交情，倒也其乐融融。邱兄急啊，可就是不知如何破题。

时间一分一秒过去，眨眼间，一个多钟过去了。邱兄自以为是之前给出的条件待遇得不到“云”的认同，马上又开出更优厚的待遇，满以为她会点头允许，谁知，她用一个看似简单、想来实在的理由，婉言谢绝了他的好意。原以为这一“谢绝”会招致尴尬，不想邱兄讶异过后，欣然微笑。三人谈笑一番后，击掌相庆。

多年来，邱兄与我们的友好往来从未间断。在邱兄古稀之年的寿宴上，当年“云”婉言谢绝其盛情邀请的谜底也终于揭开——三十年前，邱兄之所以希望高薪聘用我，一是想用我这还算聪智的脑瓜子，二是欣赏我和“云”的德善人品，最关键的是对我们一家发自内心的谢意、敬意和爱意。亲兄弟，明算账，天长地久。好朋友朝朝暮暮可能反目成怨。亲兄弟源于血缘，一个锅里吃饭都难免锅碗瓢勺“碰瓷”。好朋友系于真情，怎经得起盘根错节的利益纠结！因此，越是亲朋好友相处，越要有言在先、约法三章，各自独立发展往往好过因爱好、志向和性格的差异而纠扯出许多不愉快的事情。

正所谓大智者超凡，超凡者平淡，平淡者无奇，无奇者难表矣。

如今，“山”还是那座“山”，“云”也还是那片“云”。山因云晦明，云共山高下，相得益彰，相辅相成。

意　念

北国的春末夏初，校园里到处盛开着大熟仙，给我留下了深刻的记忆。

大熟仙，株高花大，叶呈心状，亭亭玉立，花期长，有灵气，通人性，原产四川，故名曰“蜀葵”；花多红色，株高丈许，故又名“一丈红”。

所谓“久入芝兰之室而不闻其香”，吾幼与大熟仙相熟，不懂欣赏，只觉得亲切可爱宛如亲人。若干年后，故地重游，在百花争艳的百花园中，还能一眼就认出她们。只是新鲜品种的花卉太多了，虽不至于眼花缭乱，喜新厌旧，但大熟仙已被“转基因”的花花草草抢去了昔日夺目的大方和艳丽。亭亭玉立的枝干也被摇曳多姿的新品种遮挡，就连心状的叶片也仿佛枯萎了许多。也许她们红极一时的风头已尽，也许她们普通的一生缺乏人为的眷顾，也许故地重游时节错过了花期，也许没有也许。

“九嶷山上白云飞，帝子乘风下翠微。斑竹一枝千滴泪，红霞万朵百重衣。洞庭波涌连天雪，长岛人歌动地诗。我欲因之梦寥廓，芙蓉国里尽朝晖。”这首律诗《答友人》是毛主席二十世纪六十年代的作品，那个年代，“芙蓉国里尽朝晖”确实有过之而无不及。这期间，我的青春年华也正好沐浴着“芙蓉国”里的朝晖。

“别梦依稀咒逝川，故园三十二年前。”如今，我离开“芙蓉国”已三十多年，“故园”的一花一草一木烙在脑海，晃动在眼前。无论是省花、名花，还是田间垄上的野花都值得回味。

二十世纪六十年代末七十年代初，正是“文化大革命”如火如荼之时，学生要接受工农兵再教育，其时上山下乡是第一要务，因为当工人“没门儿”，参军入伍名额有限，接受贫下中农再教育几乎是唯一的出路。

我有幸参加了“三支两军”中的支农。在田间地头又遇到了从“芙蓉国”省会城市长沙来接受贫下中农再教育的一群学生。印象中，学生们的思想是单纯的，劳动技能是初学的，惜花怜草的欣赏雅兴却是一流的。

许是因为他们来自省会城市，有市民、工人、干部儿女，当中也不乏书香门第世家子女，他们视野开阔，爱好多样，情趣广泛，不但知书达礼，温文尔雅，而且男生一表人才，女生眉清目秀。其中一位叫紫云英的女知青，更是这批插队青年里头的佼佼者。

紫云英，丰满不臃，苗条不瘦，给人以孤芳自赏的感觉。每逢田边地头小憩时，男男女

女叽叽喳喳，她却很少开声附和。她喜欢独处，时常拿出一个掌心大小、圆圆的小镜子照照面容，顺手整理一下汗湿的短发，然后用手帕擦去脸颊上的汗尘，掏出皱巴巴的几张纸放在膝盖上默默地看着，手中的笔时而在纸上跳跃着，甜美的思绪不时地映在眉宇之间。只有在大家谈花论草时，她才表现出年轻人应有的兴致，显得异常地活跃。田间地垄上随便一棵草，她都能说出俗名和学名，并能讲出草的生长习性及对禾苗的危害性，至于田间的野花，她更是如数家珍，尤其对蝴蝶花情有独钟，也许因她的名字，蝴蝶花的学名就叫紫云英。她还顺便深层次向大家介绍了蝴蝶花的药用价值、食用价值、基肥价值和观赏价值。

一次小憩时，有位多事的知青，趁其不备夺过她手中的纸片，大声朗诵起她写的诗《紫云英盛开的时候》。奇怪的是她并不在意，反而乐在其中，自信满满。

春天是多么地轩昂
紫云英妆饰的春天
铺天盖地
郁郁苍苍

田野更加秀丽
小溪更加欢淌
鱼儿更加雀跃
青春更加舒畅

花的芬芳融入春辉
花的芬芳滋润禾床
花的芬芳浸入心田
花的芬芳驱散彷徨

同吃、同习、同劳动
广阔天地大课堂
接受贫下中农再教育

解放军是学习的标杆榜样

浓浓的土腥
施肥
翻趟
浇灌
插秧
农乡一派生机繁忙

淡淡的清香
一朵朵
一荒荒
一簇簇
一坡坡
桃花李杏也在东张西望

万紫千红的翘摇啊
一年一次的枯蔫
迷茫
迷茫
……
免不了几阵黯然神伤

万紫千红的翘摇啊
一生一世的挚爱
绵长
绵长
……

躲过惜春怜花的怅惘

在人们欢欣鼓舞、喜笑颜开之时，紫云英早已戴上草编的斗笠，提起插禾的篓子，默默地走进了禾田，插秧——构思——插秧……新的诗作也许又将跃然纸上。

也许是对她的诗有好感，也许是对她本人有好感，经过细细的琢磨与思考，几天后，我和了一首诗，巧妙地塞给了那天抢下纸片大声朗读她的诗的那个知青。男知青喜出望外，在一个雨后彩虹初露，大家准备下田的时刻，他神采奕奕地站在了草丛凸起处的显眼位置，以演讲般的气势高声喊道：肃静！肃静！我有诗要读，是解放军叔叔的一首诗歌《翘摇赞——和紫云英盛开的时候》：

紫气东升，云英蔽野天公派。
蕊似心，朵朵如蝶，芬芳竞赛。
植入田间稻禾翠，
飘洒荒坡红绿彩。
放喉抒情，抑扬顿挫，竞风采。
蜂扇翅，闻香来；
吮汁液，酿蜜糖。
滋润众生，妇孺喜开怀。
仰卧草丛观飞渡，难猜。
俯耳青萍听细浪，直白。
翘摇，翘摇，纵横排。

无名知青煞有介事地朗诵完《翘摇赞》，迎来了大家的一阵欢笑和骚动，七嘴八舌，有的说好诗，有的说太晦涩，吃不透。紫云英对着我腼腆地笑了笑，从容地将朗读者手里的诗稿拿了去。正当我想要回时，她已走向了田间。知趣的无名知青爽快地将《紫云英盛开的时候》的诗稿又塞回我手里。

与紫云英的故事就此没了下文，我也并没有“数州消息断，愁坐正书空”的惆怅。年轻的心永远是活泼泼的，与“花”的际遇，还在潜滋暗长。

我曾先后两次在南京军校读书进修，第一次是战士学员，第二次是干部学员。第一次是争分夺秒补习功课，第二次是学习之余有了闲暇。这一次，陆海空和二炮都有学员参加，大部分是男学员，也有不少女学员，有的提干了，有的尚未提干。女学员韩冰和冷雪梅不但是学习上的佼佼者，更是一对吟诗作赋的高手。虽说是高手，大家都未曾受过系统教育，其实也不过是像我一样，初出茅庐似懂非懂对付几句而已，至于什么是格律并不太懂也不讲究，这也应了“文革”期间破“四旧”的新时尚。我们都爱吟诗作词，相互间虽然谈不上明争暗斗，但是，确有棋逢对手、将遇良才时的较劲心理。

那个年代，人们思想固化，无论是军营还是院校，“男女授受不亲”的封建思想很有生存空间。男女之间不能亲自赠予或接受对方的物件，加之未提干学员不能谈情说爱的纪律约束，相互间嬉笑聊天多了，都有可能被盯梢怀疑，若再遇着一位刻意古板“丢斧头”的领导，年轻人天真烂漫、活泼可爱的天性，恐怕早早就会憋死在萌芽状态。

贾龙就是一位典型的“疑邻盗斧”者，他文化程度不高，属于那种所谓老实巴交，招人可怜又同情的“老好人”。

秋末冬初的一天，冷雪梅和我在图书馆翻阅有关梅花的书籍，拟共同写一首关于梅花的诗歌，难免聊一些花草冰雪、脉脉含情的语句。这时，只听不远处有人故意干咳，冷雪梅头也不回地对我说：“又是那位老古板在盯梢呢。”我有意大声朗读陆游的词句：“驿外断桥边，寂寞开无主。已是黄昏独自愁，更著风和雨。无意苦争春，一任群芳妒。零落成泥碾作尘，只有香如故。”

果不其然，老古板贾龙应声而至，皮笑肉不笑，不懂装懂地说：“什么愁啊香啊，年轻人就要积极向上。这是哪本书上写的，我怎么没看过，真是扯淡。”

“墙角数枝梅，凌寒独自开。遥知不是雪，为有暗香来。”一个格调优雅的女声传过来，沁人心脾，紧接着又是豪爽地哈哈大笑。还没等冷雪梅和我回过神，只听老古板贾龙对着韩冰开口了：“墙角只有帚把哪有‘梅’呀，你是不请自来，嘻嘻哈哈，成何体统，哪像个兵，更不像女兵。”

韩冰含笑开口道：“寒雪令梅娇，虚火燃眉梢。真虬今安在？古板被风飘。红白献纯净，蜡粉慕逍遥。朵朵沁心肺，枝枝美春潮。”

老古板也听不出个眉目，一步一回头悻悻地向门口走去，还不忘甩出一句：“快回去上自习了，那才是正事。”

冷雪梅、韩冰和我几乎同时笑道："今天是星期天哟!"

目送老古板贾龙离开，三人边翻书边构思，还是韩冰来得快，出口道："帘卷寒冰平铺开，推窗白云飘浮来。"

冷雪梅接着开腔："几枝峭岩卧，两谷飞瀑冲。恰逢寒雪应时到，梅曰黎明红。点点轻着色，片片幻彩晶。作古金陵十二钗，闻香梦醒中。不恋春夏，最喜寒冬。"

韩冰接着道："云霭飞雪渡，染白栖霞空。不是寒冰胜似冰，一片玉花情。暗香熏春晓，疏影逗趣浓。梅花三弄姿彩韵，留待忆顽童。君不见，飒爽亦嫣彤。"

我道："一元初始敬冬魂，三英荟萃寄春君。总角直观霜女俏，弱冠初觉暗香纯。引冰入雪吟寒客，依草附木诵冷神。今朝研习罗浮梦，他年再和一枝春。"

吾曰："冰凝雪域故园陈香酿满缸。"

冰曰："雪渡长天枯枝萌芽吐清香。"

梅曰："冰若升华高风云淡瞰晨霜。"

群曰："佳丽含香躺，园丁修枝忙。所聊非所答，枝头雀喳喳。故友囤香香如韵，新交采韵韵更香。鸟归巢穴暮色深，人恋书屋黎霞沉。非诗非词非本质，难圈难点难追思。"

子在川上曰："逝者如斯夫，不舍昼夜。"

自然的时光不可倒流，因为，已被倒流的意念填满了倒流的沟渠和谷壑，时光越是飞驰，意念越是加速，逝者如斯。因为，时光是永恒的，意念总有戛然而止的时候，所以，珍惜意念是对时光的最好回报和敬意。

抽足再入，已非前水。青春易逝，韶华难久。往者不可追，意念犹可存。故事无穷尽，意念仅此耳。唯，不舍昼夜吧!

云霓之望

云霓之望寤寐梦，目断鳞鸿彤彤心。对子女和后代的殷切期望和拳拳之心是天下父母的共性。

独生子女，只有表亲没有血亲，人类繁衍的单一性与社会伦理关系都发生了翻天覆地的变化。被动成为独生子女，这些孩子自出生起便是全家人的掌上明珠，习惯了娇生惯养、亲情疏远，习惯了以自我为中心、个性张扬。好在，中华传统家庭观念根深蒂固，在父母长辈的影响下，在学校教育的正确引导下，这一代人虽然生长环境比较特别，却也不乏人才辈出，扛大旗、当栋梁者比比皆是，中华民族的优秀文化传统，依然在他们手里薪火相传。

“80后”这一代独生子女，无论是“千金”小妹，还是“万金”阿哥，其实骨子里都比较独立，很有思想，拒绝盲从。他们最大的优点可能是“有个性”，最大的不足也可能是“太有个性”。

彤彤就是如此，自幼独立性强，从小就能独自玩耍。幼儿园全托，家长周一送到学校，周五下午才接回家。上中学时要么住校，要么自己骑单车来回。大学开始，便离开父母，单枪匹马独闯天下。大学毕业后，走什么路，如何走，走到何时何地，她都有自己的打算。做父母的，心疼孩子，总希望子女能过得更轻松点，但彤彤忙碌在自己的追求上，苦在其中且享乐其中，个性使然吧。

自信而不张扬，独立思考而不随大流，不愿意沾亲带故地占便宜，更不会攀龙附凤地搭关系，是彤彤的一大优点。人群中，她很安静，但时常会出其不意甚至另辟蹊径地表达自己的独特见解。当看到听到社会或身边一些不同的观点、见解、思想时，即便不赞同，她也不会跟等闲之辈纠缠理论，而是将所思所想以文章形式见诸报端、网络。这些无声的文字里，她以坦诚的态度、真诚的语言，静静诉说着自己的价值和思想……

“……刚上班那会儿，在公司里见到同事，我总是张不开嘴，不敢打招呼。只是因为不管是谁都不能直呼其名，都得在姓氏后面加上董、总、主管、经理。办公室里的阶级兄弟一下子就一目了然地分隔出来了。在美国，职位再高，上上下下都是直呼其名。一开口就少了一分负累，而应该有的尊重，绝不会因为少了‘董、总、主管、经理’就随之减少……”

“……男人三十而立，女人三十而感怀……花的绚烂，起始于暗地萌芽到破土而出，由青涩嫩枝到茁壮成长，艰辛而漫长的成长只为一季盛开。来不及留香的绚烂，转眼凋零化作春泥更护花。我们感怀消逝的青春，是明白年轻给予人最大的优势是一种无所畏惧的勇气，无所谓成功或失败，总有重来的勇气和机会。经历三十，女人懂得感谢生命带给我们的挫败苦辣，生命的历练积累才是面对未来最好的勇气。女人三十，如花绚烂。”

“……这也许就像那个‘富翁与乞丐’的寓言。富翁一生努力打拼，不过是为了年老时可以躺在海滩晒太阳。而乞丐的一生都躺在海滩晒太阳。讽刺的殊途同归。我们当然了解此晒太阳与彼晒太阳之间含义的差距。然而，为了拼搏而牺牲的人生种种，又怎能不让我们感叹唏嘘？日日赏花望月、品酒写诗纵然是太脱离当今的这个社会。而只顾拼搏不闻风月的人生着实是一种遗憾。糅合两者，需要的仅仅是一种暂放一切的力量。买一张奔往扬州的车票或是任何地方，离开这座城市，离开喧嚣。去一个山还绿、水还清的地方，亲身体会一次何谓‘沾衣欲湿杏花雨，吹面不寒杨柳风’。哪怕只有一次。”

这类文章，都是彤彤工作期间见诸各大报刊的摘抄，有小儿女的梦幻，也有大男子的气度。不同的时间点，不同的涉猎内容，不同的情感心路，但文风是相近的，见解是独特的，回味是无穷的。

对于这些发表的文章，她并不以为然。一旦被某人读到并谈论起她的文章时，她淡然一笑，顾左右而言他。然而，她并未停止以这种形式发表她的意见与看法。她活泼灵动，你永远猜不准，她会什么时候、在什么地方、以什么形式，冒出无数奇思妙想、华彩美文。彤彤的表达，有着与众不同的务实、独到、新颖、锐利。她习惯一针见血、一语中的，从不隔靴搔痒，那些常人不愿、不能、不敢提的东西，只要她感受到、想到，就要忠于自己的内心，完整地表达出来。这是自信、是底气，也是骨气。在这个纷繁复杂的世界，她始终坚守本色，恰如一株出淤泥而不染、濯清涟而不妖的莲。

男大当婚、女大当嫁是中华民族的老理儿，可这老理儿到了“80后”的年轻人身上却越来越淡化。究其原因，林林总总难以叙说。这一代人，在婚恋中，讲究“感觉”和“率真”，也可能昨天不想做的事，今天立刻就能做，但这也并非心血来潮，而是一种大率真，一种大智慧，一种大成熟。在婚恋问题上，彤彤也有自己的主见。其独有的生活方式和价值观，以及相对优越的经济条件，可能是最重要的因素。

俗话说“不养儿不知父母恩”，今又话“不升级换代不知隔代亲”。农历甲午马年，彤彤的女儿芊芊诞生了。芊芊长得快，半岁便已经可以逗着玩了，慢慢地能自己翻身了，能扶物试立，蹒跚学步，咿呀学语，上爬下蹦，能一溜儿小跑了……

芊芊与姥姥、姥爷格外亲密，小孩子的一举一动，琐琐碎碎的一点一滴，都在老一辈的眼里被无限放大了，同时也给做姥姥、姥爷的带来了无限的喜悦和乐趣。这大概就是社会学理论所说的隔代亲吧!

有芊芊陪伴的日子里，姥爷养成了记小日记的习惯：

芊芊迄今不足两岁半，一次，吃饭进入尾声时，让妈妈讲故事才肯吃。妈妈说：“讲一页，吃一口，翻一页，吃两口。”芊芊回答说：“那就不翻吧。”妈妈说：“不翻页吃五口。”芊芊立马说：“那就翻一页吧。”

芊芊一天天长大，姥爷一鼓作气给大外孙女写了好多小儿歌，其中有一些小姑娘还能拍着手边跳边唱，如《保健66字歌》：

眨眨眼，溜溜转；揪揪耳，摸摸鼻；噘噘嘴，鼓鼓腮；叩叩齿，转转舌；摇摇头，梳梳发；吸吸气，慢慢吐；搓搓手，甩甩臂；拍拍胸，捶捶背；揉揉肚，放放气；弯弯腰，扭扭臀；踢踢脚，伸伸腿。芊芊灵来芊芊壮，芊芊越长越漂亮。

如《姥姥门口唱大戏》：

扯大锯，拉大锯，姥姥门口唱大戏。接闺女，请女婿，小芊芊也要去，干啥去，贺喜去。花生大枣有栗子，花字生，早立子。有弟弟，有妹子。好好吃来好好睡，不哭不闹胖胖的，翻过身来慢慢爬，站得稳来走得直。叫妈妈喊爸爸，学模仿做动作，聪明灵巧是练的。幼儿园爱老师，听故事，讲故事，看图识字背唐诗，学到本领有出息。姥姥听了抿嘴乐，逗得大伙笑嘻嘻。照镜子，擦胭脂，开柜子，穿新衣。小狗狗，汪汪叫，小花猫，叫咪咪。小公鸡，红冠子，咯咯嗒嗒小母鸡。姥姥挥挥手，咱们一起看大戏。

血脉延续是苍天对凡夫俗子的眷顾，而凡夫俗子回馈苍天最好的礼物，就是对宠儿的呵护、培养和教育。但这一点，其实上了年岁的长者已是心有余而力不足了。年轻父母对孩子的饮食营养观、培养教育观与长辈的理念已经有些格格不入了。老一辈若非要按自己的意思做事，强加于人，不知改良于己，对孩子的成长是没有益处的，建议可以提，决定不能做。

为了启动孙辈儿时的记忆之门，姥爷专门为芊芊编辑了一本《快乐随影》，希望等芊芊长大了，看到这些相片和录像，能体会到姥爷的殷切期望和良苦用心。《快乐随影》按时间顺序，主题词依次为起步、庆生、想象、远眺、荡漾、嬉戏、望望、苗子、玩耍、型女、放飞、梦幻、超女、花市、圆圆、淘淘、小艺术家、婆孙乐等。每组相片对应的主题词，既有直观的视觉效果，又有内在的寄托寓意。随着时间的推移，当外孙女慢慢长大成人后，再回过头来看这些生命最初的镜头，一定会非常开心。

姥爷的辛勤耕耘有了收获。那几天，芊芊在房间玩耍，发现了她小时候的相片，她并不知道那是小时候的她，拿着相片刨根究底地问："姥爷，这三张骑小马的人是谁呀？"

"是你小的时候。"

"我怎么这么小啊？"

"你才一岁多，所以才显得小啊。"

"她骑在小马上为什么哭了？"

"因为小马是假的，她骑不走所以哭了。"

"这是在什么地方照的呀？"

"香格里拉酒店儿童乐园。"

"香格里拉在哪呀？"

"香格里拉在中国广州……"

后来，姥爷第二个外孙女晴晴也出生了。彤彤在医院生产时，姥爷独自一人带着芊芊生活，并严格按交代照顾她。其间，爷孙俩配合得堪称默契，一切按部就班特别顺畅，丝毫没有孤独沉闷感。小姑娘从小就擅长运动，一岁多就能爬上沙发背并从上面跳下，滑板玩得更溜；两岁多就会骑自行车、踢足球、跳芭蕾舞了。在他们单独相处的这50多个小时，爷孙之间的感情发生了质的飞跃，特别是芊芊的算数和唐诗进步尤其明显。

晴晴三个月大时，姥爷因故离开了一段时间，与大外孙女刚建立起来的祖孙情又一次迎来骨肉分离的疼痛。小外孙女晴晴还不到叫人的时候，她亮晶晶的大眼睛里认不清姥爷的样子，她空荡荡的记忆里还不曾留下姥爷的印象。舍不得啊，姥爷摸着她肉乎乎的小手儿，真想听她叫一声“姥爷”，再说一声“再见”啊!

次年，与彤彤一家团聚时，晴晴已经满地爬了。再过了一年，晴晴已经能到处跑动了，她比之前更活泼好动，更乖巧可爱。可惜，她已经不认识她的姥爷了，不仅不让姥爷抱，而且姥爷一抱她就哭。姥爷的心啊，就像老树被利斧砍断了树枝。

不过，晴晴很机灵，她看到爸爸妈妈跟姥爷很亲密，对姥爷很尊重，没过几天，她就主动和姥爷套近乎了。看到姐姐依偎在姥爷身边，她会主动跑过来，挤开姐姐，张着双手让姥爷抱抱，嘴里还不停地叫着“姥姥，姥姥”。她本意是喊“姥爷”，但“爷”字不好发音，就叫成了“姥姥”。姥爷纠正她的发音，教她叫“姥爷”，她又叫成了“老一”。

“老一”就“老一”吧！姥爷既是长辈又是家长，叫“老一”也没错！一种沾沾自喜的感觉，在心底油然而生——只有不懂事的外孙女称外公为“老一”，在“懂事”的人心中，还不知排行老几呢。

有一天，姥爷一大家子和伍先生一家在新疆大厦聚聚。伍家的一对孪生兄弟也来了，八九岁的样子，虎头虎脑，很可爱。为在聚会上露一手，芊芊准备了一首唐诗《悯农》。可惜，入座后，孪生兄弟天左玩手机，天右捧着书看小说，没人理会不满四岁的芊芊。

小小的孩子间就有了代沟，姥爷很难琢磨其中的缘由。也许，两兄弟的冷漠打击了芊芊的兴致，席间无论大人怎样劝导，她都不肯背唐诗了，实属一大遗憾。姥爷只好逗芊芊猜孪生兄弟谁是哥哥谁是弟弟。但芊芊怎么也不会想到弟弟又高又胖，所以又猜错了。可芊芊坚持“我没错，是你们大人说错了”，逗得大家捧腹大笑。

芊芊贪玩是出了名的，美林湖哥弟大家园的摩天轮坐过了，马车坐过了，小马也骑过了，长隆野生动物园的大马戏也看过了。玩得时间最长的一次，是在长隆野生动物园，从上午十点入园到下午五点离园，整整玩了七个钟，也只是中午时在小推车上打了半个钟的盹，醒来又接着玩。

外孙女玩得痛快极了，可姥爷却被太阳晒伤了几处皮肤，还中暑了，以至于坐在驾驶座上发动汽车时，脚一直发抖，踩着油门就是打不着火。为了孙子的愉悦，自己累成了“孙子”。若是天天如此固然不足取，但有时付出本身就是一种快乐和享受。

六一国际儿童节那天，姥爷告诉芊芊“今天是六一儿童节”。

她反问：“什么是六一儿童节呀?”

姥爷说："是保障儿童权益的节日。"

"啥是儿童权益呀？"一连串的问题弄得姥爷无所适从。还是彤彤解了围，说："芊芊领上妹妹，拿上从香港迪斯尼乐园刚买的泡泡枪，咱们到二楼平台放泡泡过儿童节去。"

二楼平台有人造微型高尔夫球场，人工草地、沙坑、果岭一应俱全。孩子们在楼上吹泡泡、追泡泡，玩得不亦乐乎。一会儿工夫泡泡水就放光了，她们又玩沙子、捉迷藏。芊芊蹲在一块滚圆的石头上，嘴里喊着"如来佛，我已压在石头下面五百年了，放我出去，轰轰，我降生了"，随即从石头上跳了下来，"齐天大圣孙悟空来了……"俩人玩得忘乎所以，大人则在一旁忙着拍录美好瞬间。

离开平台时，彤彤再问芊芊："什么是六一儿童节？"她若有所悟且理直气壮地回答："刚刚过完儿童节，你就忘了呀，真笨！"

幼儿的大脑就像一张白纸，浓抹尽管可以阴透，但效果不佳，因其理性太强，难以吸收，轻描虽然只附着于表面，但效果很好，取其感性且易懂易学易吸收。

美林湖既是湖的名字，又有社区的概念，也许是距离羊城不近不远的方圆之内宜居的小镇。山不在高，有仙则名。这里有便捷的交通，优美的环境，舒适的酒店。芊芊特别喜欢这里，每每去住一次都意犹未尽，总是吵着闹着要再去住一次，姥爷不得不又带她多玩了一趟。在姥姥的精心照料下，她尽兴地玩了几天，也特别听话。返程时，她恋恋不舍地，哭哭闹闹竟然喊出了"不回广州，不回广州！"其实她是迷上了这里的小马和摩天轮。

送孙千里，终有一别。快乐的时光总是特别短暂，很快，芊芊、晴晴就要离开姥姥、姥爷回他们的家去了。

在去机场的路上，芊芊和姥姥坐在副驾驶的位子上，俩人扎着同一条安全带。芊芊这次非但没有乱动，还特别安静。姥姥眼尖，第一个发现了她没有乱动的原因——有个矿泉水瓶插在汽车挡柄旁，她正学着开车师傅小李的手势，小手握着水瓶，跟着司机的节奏上下左右地挪动着呢！那架势，很有驾驶汽车的自豪感哦。姥姥夸她、表扬她，她大声说："别吵，别吵，我在学开车呢。"逗得车内的人大笑不止。

到了机场，过了安检，大人们整理包裹，芊芊不停地东张西望，在人群里寻找姥姥和姥爷。她个头矮，不停穿梭的人流又横在她和姥姥、姥爷之间，她看不到姥姥、姥爷很着急，情急之下她准备爬上安检台！被妈妈拦腰抱住高高举起，她也"高"了起来，不停地向姥姥、姥爷挥着小手……姥爷又一次目送彤彤、外孙女越行越远，直到她们的背影消失不见。

“父母在不远游”的古训，也许更适合隔代亲哟。看着外孙女的身影消失在人群，姥爷突然想起了不知是写给自己还是写给孩子们的诗《七八九十歌》：

七十及格身心爽，八十良好酣畅言。
九十优秀笔走峰，百寿无疆颐天年。
吾今花甲虚入五，古稀耄耋有余间。
端抱芊晴观金龙，与孙同堂学孝贤。

幺五元旦兮，志喜自勉兮，诵与后杰兮，珍惜时空兮。唯愿：日月如常，春萌夏长，时光飞逝，秋收冬藏。雏凤巢鹰，对对双双，桃亭依旧，画廊梦赏。自强自立，古稀颐养，红装昭示，芊晴万爽。

一块月饼一生情谊

长龙，是我一生都绕不过的名字。跟他的深厚缘分和情谊，也许还与一块月饼有关。

三年经济困难时期，正好也是我们老李家最困难的时候。长龙家底相对富足殷实，他营养好、身体好、个头高，智商也胜人一筹，学习成绩更是名列前茅，是班主任张老师最为推崇的同学，班长之位也就非他莫属了。长龙对我影响很大。

那个年代，看场电影实属文化大餐。但我小时候就已经看过《英雄儿女》《霓虹灯下的哨兵》等许多电影，都是长龙给的票。课间活动，玩得最多的就是踢毽子、跳绳、荡秋千等，玩得又累又饿时，长龙经常会从裤兜里掏出一些吃的悄悄递给我。某年中秋节前，课间活动时，他神神秘秘地把我拉到一边，递给我一个纸包。我打开一看，嘿，是月饼！可惜只有一块，我当即掰为两半，一人一半地拿着吃了起来。吃着吃着，俩人都觉得口味不太对，既不是青红丝味，也不是五仁味，仔细一瞧，原来是茄子馅的，不甜不淡，还有点苦涩。我俩相视一笑，开心地吃完了这“别样的”月饼。

俗话说，礼轻情意重，重的不是吃了什么拿了什么，而是那颗记挂着对方的纯真的心。时至今日，那不甜不淡的味道还时常在我的心头回味，亦如我与长龙这一世的情谊。

人与人需要缘分。这一生中，既是同学又是战友的不多，既是老同学又是老战友的更少，长龙是我唯一一个既是同学又是战友，既是老同学又是老战友的兄弟。

长龙与我同龄、同班、同时参军且分在同一个部队，俩人从小学一年级相识至今，已逾六十载。如今，虽然天南地北各居一方，但我们的沟通往来一直没有间断过。总角之交，超越时空，要好如初。长龙性格沉稳，思维敏捷，心地善良，温文尔雅，落落大方，是我打心眼里认可的好兄弟，也是潜移默化中影响我为人处世的重要人物。

1965年，通榆县粮食大丰收。到深秋季节，成熟的苞米还没收割完，学校组织高年级的同学到农村掰苞米，我们班分到榆树林村劳动。晚上吃完饭就住在老乡家的一间大厢房里，老乡为我们准备了几堆柴火烧炕。很多同学没烧过炕，新鲜好奇得很，兴冲冲地各自点燃柴火各自烧，火烧得很旺，眼看一堆柴火烧光了，可炕还是不热。

长龙就说：“有才家是农村的，他烧炕有经验。”

我夺过火叉子，准备教大家烧炕，可大伙都觉得好玩，都想往里添柴火，不一会儿火叉子又被别的同学夺走了。我只好大声告诉大家烧炕的方法："柴不能蓄得太多，也不能烧得太快，火不能太旺，否则热量都从烟道流失了。"可大家都在兴头上，你一把、我一把，争先恐后地往灶坑添柴火，根本就听不进我说的。

烧完第二堆柴火时，炕已经微微发热了。我对长龙说不能再烧了，然而，长龙也阻止不住大家的兴奋劲儿，直到第三堆柴火也烧完了，大伙儿这才收了手。

我对长龙说："今天炕会越来越热，非把他们烤成肉饼不可。"

长龙人好，便说："那咱俩睡炕头吧，把炕梢让给其他同学睡。"

我回答："好。"

可事与愿违，炕头早就被没经验的同学们占了，还依次睡满了人。我俩被迫睡到了炕梢。刚刚入梦，就被炕头的人吵醒了。借着月光，我发现，有的蹬开了被子，有的脱光了衣服，有的大呼小叫："受不了，受不了，快烙成肉饼了，明天咋干活呀！"

我俩起身把炕梢的位置让出来，并劝大家向炕梢方向挪动。然后，我俩又找来工具，把灶坑里的灰烬余火掏出来，免得它们发挥余热。

那天晚上，我俩坐在炕沿上，聊了很久，可能是相识以来聊得最久最深入的一次，那也是我们最后的一次彻夜长谈。

看着大家进入梦乡，我俩的思绪在无言中徘徊荡漾——"山雨欲来风满楼"的政治现实，随时会击碎我们稚嫩的梦想。

1968年年底，我和长龙同时从通榆县应征入伍，来到湖南耒阳空军部队服兵役。长龙表现优秀，很快就被部队保送到湖南大学深造。毕业后，在广空宣传部工作，经常在军报上发表文章。只要是他发表的文章，我都会认真拜读，尤其是《南疆千里眼》这篇叙述文章，令人印象深刻。

《南疆千里眼》讲述的是对越自卫反击战中，一名空军战士英勇牺牲的故事。自卫反击战参战的部队很多，但空军战士中壮烈牺牲的人员并不多，某部雷达连的一名战士，在遭到敌人猛烈的炮火轰炸后光荣牺牲了。整篇文章脉络清晰，详细描述了这名战士不顾敌人炮火袭击，从坑道中冲出来操纵雷达侦察敌情的壮举。细节描写格外具体，我想，只有身临其境的战地记者，才能描绘出战士们不顾个人安危、誓死保卫祖国的战斗情怀。文章还描绘了猫耳洞。猫耳洞是前线躲避弹片子弹的掩体，在潮湿闷热的洞里，时间长了，身上都能长出青苔，更甭说蚊虫叮咬、饥肠辘辘了。文章结尾的用笔更为巧妙，写出了天地万物的共生共灭，没

有悲伤和沮丧，更没有彷徨和渺茫，烘托出战士们对蓝天、大地和自由的渴望。

“战士们从猫耳洞中，看着野火烧不尽、春风吹又生的野花和小草，在和煦的春风中徐徐晃动，吮吸着天地之灵气，仿佛就是自己的化身。胜利既属于运筹帷幄之中的将帅，也属于疾风知劲草的战士。”我猜想，此文也许就是《高山下的花环》最早的铺垫和伏笔。

虽然长龙只是一名战地记者，并未直接参加战斗，但他的文章有血有肉有灵性，告慰逝者，激励后人，值得大家学习和品味。

其实，当时长龙是有条件转业后留在广州生活的。他爱人小刘带着漂亮的女儿小莉到部队探亲，也许是水土不服，时常犯些小毛病，为了老婆孩子，他过早地选择离开部队回家乡了。

转业后，他在县里任副检察长兼反贪局局长，既打击腐败分子，又保障一方平安，成绩斐然。然而，正当年华正茂、大有作为时，他却因“五十岁一刀切”的政策，被迫提前退休。土政策猛如虎！真为他和许多受此影响的公务人员惋惜。其时，我恰好在县里开展“招商引资”工作，如果能提前获晓他被迫提前退休的事，出面跟有关部门“挽留”一下，也许能帮他躲过“一刀切”的命运——检察院有“高配半级”的说法。然而，世事难料，时过境迁，这些遗憾就由它去吧。

退休后，长龙也没闲着，他热心肠，似乎理所应当地，通榆县1968年年底参军的那批老兵转业退伍的大小事宜就都落在他身上了。老兵们的家长里短、济困救贫、生老病死都和他沾边。他也是爷爷辈的人了，可为了老兵们风里来、雨里去，忙前忙后，不仅无怨无悔，而且乐此不疲。为战友们解决了看似无所谓却大有所谓的诸多难题，也为政府处理了许多看似无所谓实际大有所谓的烦琐事务。长龙就是这样一位默默无闻的老兵老战士，默默无闻地做着力所能及的大小善事，福田广种，福从善来，优哉！快哉！

我的父母亲长寿，几十年来，春夏之交我都要回乡探望二老，也就每年都有机会和长龙等老战友聚聚。如今我和长龙的感情已升华至“酒逢知己千杯少”的境界。我有个小秘密，只要手腕一麻，就意味着不能再喝酒了，这个天知地知的小秘密，也许也只有长龙一人知晓。

大地能容，小溪潺潺为你婉约流淌；大地能容，老兵战士为你祝福安康；大地能容，草木花卉为你枝繁叶茂；大地能容，我不才为你勾勒华章。金字塔是基石的想象，基石是金字塔的脊梁；行云流水诉说着过去，字里行间渗透着暗香。总角之缘，弱冠华年……弹指逾花甲，悬车走近前……耄耋并非九泉，我们始终依然，依然悠然，迈向百岁无疆，充实着每一天。

千言万语，尽在不言；相视一笑，莫逆于心！我曾感慨地说：“长龙啊，这辈子咱们就这样了，一南一北相互挂念着，好好地做一世兄弟吧!”

杂　谈

在职那会儿，有人经常调侃说："我和哪个口、哪个口比较熟……"别人我不知道，我最熟的就是教育口。为什么要与教育口熟？目的只有一个，解决本单位干部职工子女的入学入托问题。

望子成龙、望女成凤的心理人皆有之，自己没大出息，把希望寄托在子女身上也是人之常情。优质教育资源稀缺，而每个家长都想让孩子上个好学校，入学入托就经常成为干部职工最大的难题，甚至影响到他们的正常工作。为更好地解决本单位干部职工关心、关切、关注的这些问题，作为一局之长，自然会与当地政府特别是教育部门加强沟通、搞好关系。这才有了我和教育口比较熟的说法。

可喜的是，功夫不负有心人，经过多番努力之后，当地政府和教育部门终于同意驻区地税部门的子女上学、入托都享受"区民待遇"。后来，在我们的进一步呼吁下，政府又同意将这一"区民待遇"扩大到域内其他兄弟局直至市局直属机关的子女。

总体看来，大城市教育资源相对丰富，但仍然存在"上学难"问题，更别说那些贫困、偏远地区。

二十世纪九十年代，我参加天河区针对广西百色乐业县的"捐资助学"活动，印象极深。活动那天，天下着雨，气温比较低，学生们在进入县城的路口夹道欢迎。那些看起来不过 10 岁左右的孩子，普遍个头矮小，身体显得单薄瘦弱。他们顶风冒雨，被风掀起的单衣下鼓起的肋骨清晰可见。地上积了水，他们双脚踩在泥泞的冷水中，冻得龇牙咧嘴，有些孩子的脸上还挂着湿冷的雨水和清水样的鼻涕……可他们个个热情洋溢，用尽全力不停大声欢呼："欢迎，欢迎，热烈欢迎……"

交流时，我故意询问当地负责人："这种天气，怎么让小学生出来欢迎？"那人说："不是小学生，都是中学生，都有十三四岁了。"我的心颤抖了，手里的东西也随之跌落在地！心痛啊！经济发达地区都已走在奔小康的路上了，而这里还有一群填不饱肚子、营养不良、发育迟缓的孩子！

活动期间，我当场确认资助 1 名学生，后来又陆续资助了 3 名学生。我跟这些孩子实际见面的机会不多，一般保持书信往来，就算书信字句也不多，万变不离其宗，无非是"学习成绩如何?”“吃胖长高了吗?”刚开始，孩子们每次回信都说要到广州来看我，我都没同意，但却每年额外给他们多寄一次钱。一是打消他们出来探我的念头；二是教育他们把钱花在刀刃上。

“海阔凭鱼跃，天高任鸟飞。宇宙之大，自由翱翔，岁月之长，无时牵挂，子时既是出发点又是归宿……”这是我给孩子们的信里的句子。如今，他们都学业已成、自食其力了。

有人说中国的教育有不少弊端，学校发展不平衡，教育资源不均衡，这个我不否定，但中国式的教育也有其内在的本质，中国之所以突飞猛进、日新月异，发展得这么快，和教育有内在的联系。

也有人说中国的教育呆板，限制思维发展。我认为，那是一种思维定式，有一定的偏见。对于一个孩子来说，很多基础的东西就是要死记硬背，没有更多道理可讲，道理太多孩子也接受不了，只有靠灌输，先把基础打扎实、启智了，之后才能行得稳、走得直、跑得快、跑得远。外国的公校也不是培养高等人才的学府，只是一般公众教育的课堂。要想“读好书、读书好”还是要进私校，基础的东西一样要死记硬背，竞争一样激烈。这和中国没啥两样。西方从偏见到慢慢认可，再到偷师取经学习，正好说明中国的教育方式是实用的、管用的。出国留学深造固然好，但基本功尚未学扎实，一窝蜂地向境外撒银子，是钱财的浪费。

不过，国内教育资源分配不合理问题，确实是一种浪费。很多希望小学校舍建得很好，但生源却严重不足。很多地方城市化了，学校配套又没跟上，学位紧张，也是极不平衡。在这个过程中，各地也只能八仙过海、各显其能了。

对孩子来说，教育应该是一视同仁的，不管是公校还是私校，办学的目的都是为了孩子，受益者也都是孩子。公校是无偿教育，就算收取了部分费用，也上缴财政了，财政收入又返投到教育事业，促进教育发展。私校似乎是有偿教育，办得好，利润多，给人感觉赚了学生的钱，不地道，但不得不承认绝大部分私校还是为教育尽心尽力的，既保障了孩子的权益，又赚了合情、合理、合法的钱，赚到的钱再投资用于教育提升。

我认识一位校董——伟民兄，他不仅生意做得很成功，更是一位在教育事业上孜孜以求、从不言弃的热心人。

二十多年前，我们因偶然的机会相识，可能是秉性原因，两人一见如故，合得来，聊得来。交往中，我们惊喜地发现各自的共同点——对教育事业的热心和诚挚。若干年前，当广大附属实验学校濒临破产关闭时，伟民兄果断接手，保障了在校师生的权益。多年来，他艰

苦办学，从师资力量到教学方式全面提升，学校环境和教学质量突飞猛进，生源也越来越多，学校办得有声有色。更值得一提的是，学校还无偿接收了许多来自贵州、饶平等贫困地区的学生。

他的办学理念、操守和方略，让我深受感动和鼓舞。在他影响下，我和夫人、女儿都行动起来了，除了尽我们所能资助一些贫困学生外，有时候还专门到学校与贫困学生座谈，鼓励他们好好学习、天天向上。

广大附属实验学校曾赠予我一面锦旗，上书“捐资助学、大爱无疆”。虽然我自觉受之有愧，但一方面盛情难却，一方面也觉得自己毕竟多年躬身践行，锦旗既是学校和学生们的认可、心意，也是我前行路上的鼓励、动力，所以也就坦然接受了。于我而言，这面锦旗的价值，不亚于我收藏“珍品”里的珍贵邮票或心爱奇石。

有生之年能为教育事业奉献点绵薄之力，我深感欣慰。也许正如有些人说的，善念是内心深处一种温柔的升华与富足，它像一缕清纯的阳光，既能够照亮自己，也能够照亮别人。

但愿如此。

渐通和顿通

渐通和顿通是友人。渐通经历丰富，做过餐饮，干过种植……有了些许积蓄后，不知是突发奇想，还是佛缘召唤，他一头扎进大山中，在“七山一水二分土”的空间里安营扎寨，建起了寺庙。

据有关资料记载，华夏大地有三座永佛寺，一座在重庆，一座在蚌埠，还有一座在左权。其实，岭南也有一座不知名的“永佛寺”，只因年久失修，香火不旺，故而荒废已久。渐通重建的古寺正是这座荒废多年的“永佛寺”。

重修“永佛寺”谈何容易，仅报建环节就够人折腾，审批严格，手续繁杂，没有“两把刷子”根本搞不定。顿通真为他担心。

经过几年的努力，当渐通把厚厚一沓审批手续齐全的文件摆上台面时，顿通真想用“伟大”两个字来形容，连连称赞：“功德无量！功德无量！”

渐通却谦卑地低头，双手合十，念道：“阿弥陀佛，菩萨保佑！菩萨保佑！”

奠基仪式简朴而庄重。那日，风和日丽，气温适中，20米长的红底金字横幅下，十几个人一字排开。主持人宣布“仪式开始”，掌声、笑声融在一起，头顶上的横幅突然发出“噼啪、噼啪”声，既像鼓掌，又像笑声。这突如其来的“上方”的响应，让人不由地肃然起敬、凝神倾听。一分多钟后，响声戛然而止，大家这才缓过神来，相视而笑，恢复了常态。

历时三年，大雄宝殿落成。

离“开光”的日子越来越近，然天公似乎并不“作美”，春雨绵绵半月有余，丝毫没有停歇的意思。春雨贵如油，可惜下错了地方。但就算天上下刀子，“开光”的日期也是万万改不得的。道理很简单，一是各路人马都已通知到位；二是前期筹备工作陆续办齐；三是天时地利人和，节点神圣。

那天，“开光”在大雨倾盆中如期举行。突然，惊雷贯耳，乌云被耀眼的银光穿破，云层瞬间裂成碎片，天地间明亮通透，可谓日月同辉、蔚为壮观。人们被这突如其来的祥瑞折服，一个个虔诚祷告，默念吉祥。

“开光”过后，贵如油的春雨又连绵了半个多月。人说世上无奇不有，这也许就是天意。

横看成岭侧成峰，远近高低各不同。“永佛寺”有一尊天然“仰佛”仰卧其间，从首至身

不能用“像”“不像”来形容，而只能说不但“形”似更“神”似。不少山是徒有其名而憾无其形，然此山堪称名副其实。

“仰佛”位于2000多米高的主峰，首西南，身东北，颈、胸、腹十分匀称、优雅，栩栩如生，神态安详。因主峰1500米以下的山木郁郁葱葱，形成自然匀称的“V”字形，而“仰佛”不偏不倚正好处于“V”字的中心上方，故远远望去，“仰佛”安然仰卧于半空，似有神力托衬，更有慈航普度、法力无边的境界。

人间四月芳菲尽，山寺桃花始盛开。四月踏青时，山中云遮雾罩，善男信女和游人都难得一见“仰佛”真身。一次，顿通等人来到拜佛台，可惜云雾迷蒙，不见“仰佛”，于是，焚香敬佛、诚心叩拜，以释心怀。顿时，云开雾散，“仰佛”欣然显现，众人目不转睛，喜不自禁，感动不已。叩拜后，立即摄影留念，哪知刚拍好照，云幕雾帘又迅速合拢，“仰佛”所在之处又是“蓬莱仙境隔云山”。顿通等人这才发现，细雨淅沥，早已湿了头发、脸颊、周身，也不知是雨水，还是感动的泪水，顺着脖颈流入了心田。

自古仙境难寻觅，“仰佛”卧于山林之上，若非慧眼佛心，凡人又岂能轻易探得神迹？据说，发现“仰佛”之人正是一位蕙质兰心、心细如发的女士。“永佛寺”五百罗汉堂的正堂中，供奉了一尊观音菩萨，传说此“菩萨”便是发现“仰佛”之人供奉的。真可谓：罗汉堂中供菩萨，帅导圣者劝降魔。普天同歌清平乐，众心佛住人人佛。

话说渐通心诚，不辞数千里，从佛家故土“请”来一株百年菩提。菩提身巨，十人才能合围。他逢山开路，遇水架桥，历经月余，百年菩提进寺扎根。

隔年春季，百年菩提返青、发芽、长叶。大家欢欣鼓舞，游人络绎不绝，参拜围观，成为寺中一道别样的圣景。

哪知，次年春，返青季度，菩提无动于衷，无新芽更无新叶。大家焦虑万分，老园艺师给出了答案：“植物有一共性，移植后第一年正常返青发芽长叶，主要靠自身多年积蓄的能量。经过了一年，内在能量消耗殆尽，外在能量补充不足，隔年返青迟一些也是正常现象。”果不其然，一个月后，百年菩提树返青发芽，虽然不曾枝叶茂盛，但主干明显较前一年青绿了许多。

到了第三个春暖花开时节，菩提树应季发芽、抽枝、长叶，树冠生机勃勃，浓密如云。

第四个年头，百年菩提重新焕发青春，枝叶宽展，心形的叶子形成巨大的树篷，庄严肃穆，自成一方宗教圣地。原先不看好这棵老菩提的人们，也一反常态，欲将运输途中被锯下的枝干据为己有，以供奉之。渐通发话了："请大家不要急于请此木。待我截成小段，再分赠给各位。"众皆大欢喜。

所谓众人拾柴火焰高。渐通心中有佛，慈悲向善，感化了很多方众。喜生财先生等人千里迢迢，"请"来天然樟木大肚弥勒佛，高达3米，数人合围不拢；春涛先生"请"来两尊木雕大象，摆在弥勒佛两侧，象征吉祥如意……

多年之后，顿通再访"永佛寺"，在五百罗汉堂后殿叩拜弥勒佛。门窗紧闭，在光线昏暗的环境里，弥勒佛"佛光普照"，真乃"大肚能容，容天下难容之事；开口便笑，笑天下可笑之人"。

五百罗汉堂气势雄伟，每尊罗汉金光闪闪、神形毕肖，有的降龙伏虎，有的涅槃寂静，有的梵行已立……五百罗汉中，只有五尊是用香樟雕制后镀金而成，顿通不无骄傲地说："其中就有我一尊。"

"仰佛"依旧，顿通恭揖合十，重复着历年历次的无声祷语："阿弥陀佛，好人一生平安，坏人改邪归正，善哉！善哉!"

寒山问拾得，对话你我他。儒释道中解，精深博文华。今刻修炼起，是时即萌芽。好人世缘净，歹人剔邪疤。

风——轻了，心语在人寰中缓缓飘洒，沁脾、沁肺、沁脑……

树——静了，心语在旷野中慢慢挥发，润土、润木、润花……

一切芬芳如初，一切天成如初，一切美好如初……

哈哈！永远的哈哈……哈哈中的底线，哈哈中的容纳，环绕在顿通的身前身后、体左体右，一如来时在心芽。

藏　　趣

我热爱艺术，更喜欢收藏。当然，热爱并不等于一定要从事艺术创作，欣赏的过程就是享受的过程，享受的过程就是陶冶的过程，久而久之也就演变成热爱的过程。我也许是艺术的门外汉，但这种欣赏、享受、热爱的过程，却让我收藏了许多“草根”阶层难得一遇的艺术品。

二十世纪七十年代末，从衡阳市邮政局邂逅《全国山河一片红》邮票开始，我便一发不可收拾地爱上了集邮，此后又由集邮发展到收藏石头、字画、根雕等各类“旧东西”。至今，在“收藏”路上，我也算是“把玩”了近半个世纪。

（一）

二十世纪八十年代中后期，物质资源并不丰富，赏石文化尚未普及，机缘巧合，我与石结缘，赏石、寻石、藏石，并乐此不疲，深陷其中，坚持至今。

赏石文化是发现的艺术，把玩自赏可获得意想不到的审美享受。

曾有石友问我：“石头达到何等标准方算珍品？什么样的石头具有收藏价值？”提问很笼统，也只能泛泛作答：“其一，石头只要具备观赏价值、科研价值、经济价值之一者即具备收藏价值。其二，只要石头本身的质地好、硬度高、颜色美、光泽透、产量少，即可称为‘宝石’，这也是大众眼中视为珍贵的石品。”然而，在赏石家眼中，这两者都不是最重要的，重要的是自我的眼光与欣赏角度，神形兼备者方为上品。一块平淡无奇的鹅卵石，沉卧于河床千万年，经过激流无休止地洗刷，形成天然的纹路，看似像草又像花，即是珍品；如果某些图案与某位名师之画异曲同工，那更是珍品中的珍品。即便是一块普通卵石，在手中焐热了，有了好感，有钱难买心头爱，照样是珍品，亦可藏之。但若只从观赏石的角度讲，则论的是传统的赏石标准，即皱、漏、透、秀、丑、稀。

大自然的鬼斧神工，赋予了每块观赏石不同的艺术效果，而发现这一原生态的自然美则需要一双慧眼。青壮年时，我的闲暇时光，经常在寻石、赏石、藏石中度过。当时，奇石文化还没兴起，现成的资料相当有限，每一块石头都要自己亲身去寻找和发掘。但，也正因此，早期的探寻还算收获颇丰，我自认为珍品的奇石，如蜡石、彩陶、灵璧、墨石、九龙壁、水胆玛瑙、硅化木等，都是在那个时期收藏的。同时，每块石头在发现的路上都有一番颇为曲折的经历，都能道出一段故事，得来不易，反倒显得更加珍惜和珍贵。

二十世纪九十年代初，在广东省赏石协会曾会长的介绍下，我结识了被石友们尊称为“校长”的玩石鼻祖李明先生。李先生为人处世低调、热忱而厚道，因有熟人介绍，又是我同姓本家，见面就有三分亲了。与他接触后，我学到了很多赏石、藏石、养石的知识，积累了很多实践经验。我初期的藏石，很大一部分都与他有关，有些是跟他一起在市场上淘的，有些是他赠予的，有些是他半卖半送的，基本都是上档次的好东西，特别是两块姐妹卷纹石，一块名曰《圣母峰》，一块名曰《风起云涌》。

1999 年，奇石《圣母峰》参加昆明世界园林艺术博览会，一举拿下银奖，获时任国务院副总理李岚清签发证书，并配有银光闪闪、直径达 26 厘米的奖盘。因我本人并未到现场领奖，奖盘由广东省园林部门代领，证书虽然及时送给我了，但奖盘拟由省博物馆收藏。所谓“好马配好鞍，好船配好帆”，经我多方协调，最终通过有效途径说服有关部门，奖盘得以完璧归赵，于《圣母峰》而言，实乃一大幸事。

2000 年，奇石《风起云涌》参加柳州国际奇石展览会，受到各界广泛好评，一时之间声名鹊起，引起当地政府部门的高度重视，他们认为“此石生于柳州，就应藏于柳州”。有关部门未经我本人同意，便将《风起云涌》强行收进了柳州奇石博览馆。经人再三做工作，也未能索回此石，实乃一大遗憾。多年过去，我很想去柳州故地重游，问候一下我的“爱石”，却又怕“老朋友”相见会旧情复燃，难以割舍，更加灼伤我今非昔比的“老情怀”。因此，虽然我对《风起云涌》无法忘怀，但毕竟拥有过，也时常有遗憾中的欣慰。况且，此石“生于斯、藏于斯、展于斯”，不离故乡、故土、故水，又有什么不好呢？既是奇石，吾若独珍，无异乎玉隐于石。虽说是金子总会发光的，但是，老埋在地里总不是个事吧。如此道来，愚之德积，石之幸也。既然如此，我也就打定主意要在有生之年，去柳州会会这“老朋友”，看看这“老哥们”。然而，天不遂人愿，后来又有消息说，此石在入馆之前已被上海某位收藏者视为珍宝，或许早已采取金蝉脱壳之术藏石于沪了。此人与我有过一面之交，一面也是缘分，但愿其好生款待此石。

红璧玉石《金狮雄风》，曾在新加坡的泛太平洋奇石展上喜获金奖。《金狮雄风》重达三十多斤，因怕在托运过程中受到损坏，一路我随身携带，石不离身。撤展当天，就有海外朋友商议购买事宜，议价虽然很高，但我无意出手，买者悻悻离开。此次参展，我收获颇丰，

不仅大开眼界，结识了一大批海内外朋友，还欣赏到了许多闻所未闻、见所未见的异国奇石。

红璧玉玛瑙火山石，属于风砺石中独特的珍稀品种，产于戈壁大漠，顾名思义，它是经风沙亿万年从各个角度反复磨砺、“冲刷”而形成的。看似有棱有角，实则线条流畅；看似凹凸粗糙，实则光滑柔润；看似石质，实则已玉化；看似绛红，实则晶莹鲜活。当然，所谓“实则”，还必须亲手来摸一摸，与它亲密接触，才能充分感受到它不可多得的“内在美”。红璧玉玛瑙火山石硬度超过莫氏七度，不低于硬宝石的硬度，它具有良好的亮度、光滑度，不像其他卵石类奇石那样，需要时不时擦拭以保持表层的湿度。

我收藏的《心》《肝》《肺》三块红璧玉组合石，有形有神，看上一眼都会暗自称奇——《肝》如真肝；《肺》似真肺；《心》更是天下叫绝，形状像、大小像、色彩像，就连“心”外延部分伸缩的动、静脉血管都形真神真，一眼看上去就是一颗活生生的“心脏”。有人还调侃说：“这是上帝安排给生灵的最初心脏标本化石，万年不老，亿年不衰。”

（二）

论时间，我应该是玩奇石起步较早的那一批人。当时爱玩，身边也有一帮玩友，那时虽不算穷光蛋，但腰包并不鼓，靠钱买石头不现实。好东西相当于馅饼，画饼充饥是空想，天上掉馅饼是妄想。没钱买又想要玩石，那就得自力更生，自己去寻石、采石。但那时我们一帮石友都没什么经验，只能漫山遍野地去寻找，经常落得个事倍功半的下场，有时甚至无功而返、徒劳一场。

采石之苦，自不必说。我与朋友先后到过云南、广西、贵州、内蒙古等十几个省采石，特别是新疆。我先后入疆多次，初期是以游玩为主，采石为辅，后来以采石为主，游玩为辅。

石友们以乌市为中心，向北穿越准噶尔盆地西北边缘，经典型的雅丹地貌区“魔鬼城”，过布尔津县城后，继续前行 150 公里就到达神秘的喀纳斯湖。汽车一路颠簸穿行在戈壁滩上，尾部卷起的“沙尘长龙”久久不散。野驴在数十米开外，追在汽车侧后方奔跑，开始可能是好奇，后来便撒欢似地追赶着“沙尘长龙”，那架势，大有“一比高下”之意，也许，它们还在说“是谁如此大胆，竟敢擅自闯入我的领地”呢。野骆驼胆小怕惊，可就连它们也伸长了脖子，追着“沙尘长龙”久久呆望，别有一番风味。

灼热的地面烘烤着近地面空气，形成一个接一个的“小旋风”——尺度极小的陆龙卷，裹挟着尘埃、败叶、枯草等，随着上升气流在近空中扭曲地上飘下沉，有节奏地滚动着——不是鸟雀胜似鸟雀，只是听不到嗡鸣声；不是蜂蝶胜似蜂蝶，只是闻不到花香味儿；不是炊烟胜似炊烟，只是还缺了些烟火味儿……我若是丹青妙手，凭此大漠拾零，泼洒彩墨，定可绘一幅“此处无声胜有声、此处有形却无形”的沙域奇画。

喀纳斯湖百闻不如一见，身临其境，方能领略她的独特魅力。然而身临其境，即便再巧的嘴，也会觉得语言无法勾勒她的美，而再笨拙的心，也会生出作诗的意境——噫！圣湖，娇艳闺秀遣神往；弱水，微澜璧玉抒青苍。诗虽“打油”，但贵在情真意切：

北冰洋系奎屯峰，悄然飘落凡间中。
冬披银装晒冰雪，夏映蓝苍变色龙。
春回日照塬域绿，秋高云卷漫野红。
天泄地渗四纪始，喀纳斯湖史垂青。
高程海拔几百丈，深渊沉楼数十层。
水怪迄今未曾见？思汗自古就英名。
净面清眉精气爽，尝饮洗肠畅腑胸。
溢流匆匆交响曲，缓溪潺潺万物兴。
渗入大漠无形去，恰似人生有始终。

有一次，我们从乌市去哈密，只是为了欣赏一块几吨重的籽料碧玉石头，想着，尽管无力购买，看过摸过，也不枉此行。

途经达坂城时，遇上特大强风，风裹着砂石粒打在“212”吉普车上，“啪啪”作响，挡风玻璃出现了裂纹，车子东摇西晃，好不容易冲出了险境，到达驿站时已是深夜。

次日一早，大家都要认不出自己的座驾了，“212”吉普车崭新的草绿色油漆早已被砂石粒“洗刷一新”，变成了倔强的铁灰色。

人说看景不如听景，是有道理的，穷尽此生，也不能游遍天涯海角。在听景过程中，有人会添枝加叶，景点自然神乎其神。身临其境也有眼神光顾不到的地方，更有文化底蕴理解不了的地方，故有时去了某个景点，总有“不过如此”的感叹。但有机会身临其境、到此一游，感觉还是美妙的。

就火焰山而言，现在的旅游点主要是《西游记》拍摄的景点，远比二十世纪九十年代初

的范围要小很多。火焰山东西长100多公里，南北宽10多公里，到处分布着侏罗纪、白垩纪等红色沙砾岩和泥岩组成的景点，如馒头山、吊桥、云梯、千佛洞、佛山等，历史都有亿万年，非常神奇壮观。可惜，当初交通条件差，连接各景点的路坑洼不平，有些根本无路可行。

我们费尽九牛二虎之力，才到达千佛洞一游，并爬上山巅，领略到寸草不生、飞鸟无踪、砂灼光闪、气流翻滚。人在山巅，吸进的是干涩的"烟雾"，吐出的是烧膛的"烈火"，看见的是干枯的大气叠浪翻卷，感叹得是大气似乎要把红彤彤的土地、神奇莫测的火焰山连根拔起，一并带入太空。

那种神圣，那种体验，很难用寻常的语言来描述。所谓"诗，可以兴，可以观，可以群"，就用几句"打油诗"朦胧一二：

赤石山百里，生就纳嫣彤。
冠赏樱桃笑，睾观玛瑙惊。
倾听朱岭喘，望眼火霞行。
疑似胭脂抹，恰如幻彩虹。
滑沙翻滚地，抱影舞尘空。
焦土烘熟蛋，干蒸曝焉葱。
风拂瞎撞晃，闪翅懒嘘鸣。
生命诚宝贵，堪称大漠雄。
千佛观弱水，百姓悟襟胸。
花落莲成籽，教化醒众生。

一次，在去"一号冰川"的路上，司机感冒鼻塞，当车子行驶到2000多米的盘山路向左急转弯时，在离心力的作用下，感到车子明显向外闪动，我猜想司机是有高原反应了，立即劝司机慢点开。当车子驶入直道后，我干脆替换司机亲自开车，坐在副驾驶位置上的马兄立刻说："你若开车，我就下车步行。"我说："那你就摇下车窗，看看是否下得了车。"他打开车窗一看，车轮已压在了万丈深渊的悬崖边上，他顿时脸色铁青，浑身哆嗦。我调整好方向盘，熟练而"悠闲"地向"一号冰川"开去。到达车行的极限地点后，马兄说："返程还是你开吧，挺稳的。"

我没接他的话茬，径直向“一号冰川”走去。原始冰雪皑皑，洁白胜玉。经崎岖的羊肠小路，进入冰川边缘，我追上正在行进的科考人员队伍，很快又超过了他们。我边走边脱下上衣，光着膀子，等待科考人员的到来。随着相机的“咔嚓、咔嚓”，新疆“一号冰川”留下了我人到中年的“半裸”时刻和科考队员的赞许声。

内蒙古也是采石胜地，其最西端的阿拉善盟盛产戈壁玛瑙，色、泽、形、质皆是上品，被采石人亲切地称作“阿拉善”。

有一年，我与曾会长参加完阿拉善盟的奇石展后，大清早便向戈壁滩深处“老乡”家里进发，拟购买一批洁白如玉、晶莹剔透的玛瑙石。

膀大腰圆的蒙古老乡司机，开着大排量吉普车，在戈壁滩上沿依稀可见的沙石路上飞奔前行。照这个架势，100 多公里的路程，不出两个小时肯定能到达目的地。就在我暗自高兴时，道路却越来越模糊，车越来越颠簸，面前的“坦途”不见了、杂草不见了、胡杨不见了，就连生命力极强的沙柳也不见了，只剩下随风翻滚的“流浪汉”——滚草，一簇簇，一团团，追逐着热浪，飘忽不定地翻滚着。滚草既好玩又瘆人，好玩的是它轻得随风滚动，无拘无束，无愁无畏，像群小精灵活跃在干涸的荒漠上；瘆人的是它形似无头无面、无腿无膀的“小鬼人”，一群群蹦蹦跳跳，神出鬼没，东游西荡，仿佛另一个世界的生灵。

正在感怀滚草之时，眼前赫然出现成坡连片的骆驼草。骆驼草硬如钢针，过还是不过？冲还是不冲？“咱当兵的人就是不一样……”歌声就是号角，蒙古老乡一脚油门车轮碾过硬如钢针的骆驼刺。

高兴之余，撒尿小憩，蒙古老乡挥手阻拦说：“喝水可以，撒尿不行。”我正欲“狡辩”，蒙古老乡已将半瓶矿泉水递给我，用不太流畅的汉语说：“漱漱口咽下去，剩下的三支，留一支给吉普车喝。”

我正纳闷，蒙古老乡掏出腰刀已将手里的另一个空瓶子削掉半截，转身便朝向里头撒尿，也没尿出多少。接着，他又将“尿”瓶子递给我，我也照样学样，完事后又递给会长，总共也只接了小半瓶。老乡又往瓶子里加了水，这才准备打开机头盖。

我们好奇，都伸长了脖子想看个究竟，却被他推开了。他戴上手套，小心地打开水箱盖——热浪喷涌而出。之后，他将水缓缓注入水箱，发动机的噪音明显小了许多。

继续上路，隐约看到几间低矮的棚屋。

司机又停车了。他转头对后排的会长说：“坐到左边去。”

司机一路盯着路面，不再言语，看来情况不容乐观。

谢天谢地，总算到达目的地了。司机说："到处都是厕所，随便尿。"此时此刻，我俩不仅没尿，反而是缺水。

当我们喝完少许咸涩的大漠水，招呼司机当翻译商谈购石事宜时，却见他正在汽车右后轮前后挖着坑——原来车子冲过骆驼草地时，扎了胎，漏气了。

会长反应快，打开尾箱，拿出千斤顶，示意司机"不用挖坑，这东西管用"。司机却只顾挖坑，并不理睬。我顺手夺过千斤顶，正想重复会长的话，一不留神，千斤顶掉落在地上，我顺势踩了一脚压杆，一点反应也没有。

司机摆摆手说："坏了！坏了！"

继续挖坑。终于挖好了，漏气的右后轮可以转动了，这时司机已经累得满脸通红，喘着粗气瘫坐在地上，指挥我俩取出备胎，他在备胎上用力地按了几下，这时，他脸上仅有的一丝笑容也不见了。

他迅速卸下没气的轮子，换上备胎，催促我俩赶快看几眼玛瑙石，要立刻返回。

我眼疾手快，翻找出一方形神逼真的"鸟石"，正欲找"老乡"付款时，他说："这里只是石头堆放点，不但没人住，也没吃的，咸碱水喝多了会齁死人的，趁天没全黑，赶快返城吧，否则饿不死也会渴死。"

天昏暗，路坑洼，原来备胎也只有八分气。

当隐约看到前方公路上有车灯闪烁时，已经是晚上十点多钟了。一路上大气不敢喘、悬着的心这才终于放了下来。

俗话说："金有价，玉无价。"这次之后，我深深感到："金有价，玉有价，石有价，兴趣、猎奇是玩命的价。"

"五李进寨"印象极其深刻，算是轻松自在的一次出行。

二十世纪九十年代初，我与并生等五位本家，利用休假时间飞到成都，改乘汽车向大山深处的九寨沟进发，这就是"五李进寨"的由来。

那时的九寨沟尚未开发，处于半原始状态。进寨的路是沙石铺垫，凹凸不平，宽窄不一，一侧有岷江湍流的怒吼，一侧有风化山体碎石的滚落。会车都是擦肩而过，稍不留神，车轮就可能悬空，险象环生。一旦进入寨区，眼瞪溜圆，目不暇接，似乎踏入"不识庐山真面目，只缘身在此山中"之境地。有打油小诗为证：

九寨沟壑通四海，五李进寨眼迷乱。
倏忽碧水蓝如绿，须臾细流奶似泉。
湖澄绘彩卵娇艳，雾缭云绕谷浮喧。
斧劈孤山独分二，开卷琢磨道生三。
千秋枯叶铺细软，百年老松指苍天。
草木悠悠无憾事，人生嘘嘘叹流年。
乾坤复始春夏涌，四季轮回秋冬眠。

花无名，蕊无姓，蜂蝶闻香追逐行。
藤无形，杈无干，荒林野草燕雀鸣。
景无影，画无色，自然风光绘丹青。
少无静，耄无倦，旭夕圆缺有阴晴。

九寨沟里扎营寨，秋发并生忆昔情。
借酒除垢碗碟净，举杯赞叹双子星。
银帘扇面喷白沫，凇挂枝头赏流莺。
飞流入口洗肠胃，溅水湿身打蚊蝇。
流年酩酊八分醒，当下豪兴半斤停。
自然醒，两餐饭，吧嗒几口薄荷型。
往事记，眼前忘，咂嘬两盅又神清。

（三）

石友们常笑侃我是“捡破烂”的，此言不假，许多奇石都是在陋巷乡野“捡”来的，当然“捡”也要有“捡”的运气和水平。

二十世纪八十年代末，我与家人到三亚游玩，当时还没什么赏石知识，在景区纪念品商店，看到琳琅满目的石质工艺品，有的是在鹅卵石上雕虫刻鸟，有的是将有着姣好花纹的卵石钻空制作成花瓶或笔筒，还有用软质的寿山石、青田石、昌化石、巴林石制作的印章及雕

刻品。前两种卖价都不贵，我就买了几个当摆件玩。

当一头金黄色的“卧牛”工艺品映入眼帘时，我眼前一亮，立刻挪不开视线了。一问价格，竟要好几百元，买是买得起，但到底还是不太舍得买。左右思量，终是悻悻然回到了旅游大巴车上，越是想放下，越是放不下，总觉得那“卧牛”的眼睛一直在背后盯着“取悦”我。恰好人员也没到齐，车也不急着开，我心一横，趁着车等人的工夫，又溜下了车，掏钱，取货，一鼓作气将“卧牛”收入囊中。那店家似乎也是“惜货”之人，将“卧牛”里三层外三层地包好了。我拿着“宝贝”，若无其事地溜上车，顺手将“宝贝”放入手提包中。

回到酒店，小心翼翼地打开包装，正准备仔细欣赏玩物时，猛然发现两只牛角居然不一样长，定神细瞧，原来有只牛角的角尖不知啥时断了。我急啊，立刻搜寻，还真在包装纸里找到了。放在灯光下左瞧右看，噢！是新茬，顿时紧张起来。若是旧茬，说明此物有硬伤，必有裂痕，久而久之断裂是正常的，但东西本身不一定是假的。若是新茬，说明此物质地脆弱，不是原石，假的可能性极大。我还不死心，当即找来火柴，试着烧烧折断的牛角尖，好家伙，一挨火苗，微微的纤维味便扑鼻而来，心想，此物必假无疑。

几百大洋，货真价实的银子，换来这么个玩意儿，我一气之下，抓起“卧牛”就要向地面砸下去。然，断然一想，这牛还不能砸，吃一堑，长一智——“宝贝”没买成，这“智”我得认，花钱买教训，权当交学费了。

花钱买教训，话虽如此说，到底意难平。捧着残缺的“卧牛”，我耷拉着脑袋，目光锁定在“伤心处”——卖家可是标榜以“粗糙田黄石”大甩卖的价格出售的啊。我这心里头，还没从初次玩石就占了大便宜“捡漏”的得意里转过弯来，不曾想倒落个“赔了银子又折牛”的下场，着实出了个“大洋相”。眼前浮现出店家那“奸计得逞”的笑脸，更是气不打一处来。

大意啊，教训哟。反思再三，又用原包装纸原模原样把“卧牛”包好放回原处。前车之鉴，后事之师，这“不便启齿”的教训，我一直压在心底没告诉任何人，但这座“卧牛”至今我还保存着，放在写字台上，以“镜”照容，以史为鉴，不亦乐乎。

这之后，我果然在玩石、赏石路上机警慎重了许多。玩石、赏石的劲头越来越足，兴趣也越来越浓，鉴赏力也随之水涨船高，直至今日，依然“旧习”未改。

有人说我玩石没上档次，没进入“宝石”的高贵殿堂。余以为，玩石在于“赏”，从“赏”的层面看，观赏石可分为天然品和工艺品，奇石属于天然品，而宝石属于工艺品。若说“赌石”，就另当别论了，虽然有“赏”的意味，但那是以生意、商业层面为主。我不是生意人，所以有人说我玩石不上档次，也就无伤大雅了。然而，话又说回来，若是我玩石“上了档次”，可能也就“玩”不到今天了。

我在这“捡破烂”的路上越挫越勇，因这勇劲，史树青老人还亲自介绍我加入中国收藏家协会，并为我亲笔题字。入会后，虽然收藏上并没有什么大长进，但我这种收“破烂”的精神却受到了极大的鼓舞，始终执着地保持、延续着。

收“破烂”的言外之意就是喜好“旧东西”，东西越旧越好，越旧越有价值，越旧越难以见到、收到。这是常识。若能以较小的代价，收到上好的旧东西，按史老的说法叫“捡漏”。

话又说回来，史老能捡到国家一级文物，草根藏家自是望尘莫及，一方面没有这种机遇和运气，另一方面不具备这种慧眼识“珠”的真本事。有幸能捡到几块好石头、几株根雕木雕也算是好彩头。若能在真假难辨的古玩夜市、街头巷尾的地摊上捡个“小漏”实乃万幸。

在我多年的“捡破烂”经历中，还真捡到过几次“小漏”。

菊花石是地质岩石中的天然花卉，形成于两亿多年前的浅海中，主要产地为湖南浏阳古港镇。这种石头稍加打磨后，花瓣立体晶莹，酷似怒放的菊花，石质坚韧细腻，且含对人体有益的锶、硒等微量元素，故为收藏佳品。

二十世纪九十年代初，我和朋友到古港镇寻摸菊花石，同行其他几个人专门到大橱窗观赏菊花石并打探价格。我是醉翁之意不在酒，溜边走，钻小巷，专访那些小门小户小商贩。

在一家小店前，我看到一块不大不小的菊花石，上面只有一朵白色小菊花。我问小贩有无“石多大花多大”的“独花”菊花石。小贩说有。随即领我到后院看，我一边看，一边寻觅其他，果然发现一个落满灰尘的胭脂盒和其他小玩意。买下一方“独花”菊花石后，小贩几乎“强求”我买下胭脂盒，付钱后，小贩又额外送了几个小玩意给我。

那次“淘货”，本意是为收菊花石，却意外收获了一个很精致很喜欢的陶瓷胭脂盒。

事后经鉴定，此陶瓷胭脂盒属清末民初“乾隆年制”款，市值并不高，但一个小小的胭脂盒上却有嫦娥奔月、梁山伯与祝英台、贵妃醉酒、二老庆寿等场景，更有栩栩如生的四只彩绘凤凰，足以满足我藏旧的心理和虚荣了。

同样的年代，有朋友急于用钱，有三箱东西央求我买下，朋友只略说明了箱内是花瓶和雕件等，统价也不算贵。急人之所急，我东拼西凑，总算凑够钱买了下来。若干年后，打开箱子一看，全是好东西，也算是捡了个“漏”吧。与人方便，与己方便，皆大欢喜。

还是那个年代，在云南玉龙雪山下丽江古城的夜市地摊上，我和几个玩家好友一同去“寻宝”，事先说好“共同出资，共担风险，共享收获”，买下了十来件脏兮兮、黑乎乎所谓的“旧东西”。大家最看好的是一块翡翠腰牌。回到住处后，我立马用清水把腰牌洗净，用牙刷除垢，谁曾想，牙刷上居然染上了绿色！腰牌也出现了裂痕！

有人就叽叽咕咕说是我张罗着买的，有责怪之意。我义正词严地说：“‘三共’是大家定的，还有几件东西没清洗，是真是假，是好是坏，很难说，想退出还来得及。”紧接着，我又补充道：“腰牌要共担风险哟！”我满以为这样一说会挽留一两个人，没曾想，这些人都打了退堂鼓，没人与我“同舟共济”。唉，真是哑巴吃黄连，有苦无处说。

把“还数”的方式方法协商好后，我的那几个玩家朋友便各自庆幸地散去了。我关上门，第一时间把腰牌狠狠摔在地上，转念一想，不对，我赶紧小心翼翼地捡起四分五裂的“翡翠”碎片，用毛巾包裹好。随即清理其他小玩意，用水冲掉香炉里的余灰黑泥，再不敢用牙刷继续清理了，否则真相大白是假的，这一晚我都会“睡不瞑目”的。

第二天一早，我收拾好已经干爽的一堆“破烂”，把“翡翠”碎片包抓在手里，就去餐厅吃饭了。大家一看我“完好无损”，都很欣慰。唯独有一人，煞有介事地说：“腰牌虽然有裂纹，但也许能打几个戒面。”其他人“嘘”的一声，把蔑视的眼光投给了那人。

我走过去，抓起那人的手，把“翡翠”碎片包温柔地扣在他的掌心里，说：“打一个戒面是你的，打两个还是你的，打三个我们也不要。估计能打五六个吧，给我们每人分一枚就行了。”此人脑袋也许真的进水了，话里话外都听不出来，大家的嘘声也没能让他清醒，还连连说：“好！好！好！”

若干年后，经鉴定，其中最老的旧东西是明末清初的寄托版“大明宣德炉制”小香炉。我这个“漏”算是捡得物有所值了。

也有一些“臻品”是凭“人品”缘聚来的。

二十世纪九十年代中，正是观赏石在玩家圈风起云涌的年代，也是发家致富的年代，淘石者想精中取精，卖石者急于奔富。有些“不雅”淘石者开始出猫腻，出高价引诱园林观赏石产地的采石人，将大批量奇石整车整车运到广州，然后“打死狗”讲价，或者少许购买几块精品后，一推六二五，不了了之。弄得卖石“老乡”有苦难言、有怨难诉。一个偶然的机会，我和曾会长碰见了左右为难的“老乡”，出于怜悯之心，我们安排他们在酒家吃住，并以“双赢”的价格收购了一批“无人问津”的奇石。此后，我们的“善举”一传十、十传百，在赏石界广为流传。“老乡们”有什么困难都愿意跟我俩倾诉，有什么好东西也都首选送到我们这里。

我的收藏品中，还有新石器时代的捕猎及煮食原始工具等“旧东西”，就是当时“老乡们”慕名“送货上门”的。

那时，在“老乡”和玩友们的帮衬下，全国各地奇石堆满了东郊公园的东北角。恰逢天河区获评“文明城区”，有关内容的现场会挪到这里召开。后来又有各地、各级摄影协会也在此开展活动。可谓“一石成景名天河，多石成山誉羊城”。

（四）

壬辰春月，有感于“赏石藏石痴友一帮，两岸联手回天有方”，我写下一首献给石友的《贺石会十年华诞暨献给石友的歌》：

十载蕴积树化绿，如云盛友汇汤塘。
古传米芾石痴妄，今见玩郎更热狂。
跃谷攀崖穿戈壁，风餐露宿戴骄阳。
子夜静空巡北斗，意欲飞天藏一方。

小诗浅雅，但蕴含的意境深远。诗中表达了石友们的赏石热情与执着精神，温暖和感化了“树化石”从亿万年的沉睡中苏醒，使枯木逢春，萌芽泛绿；石友们带着各自的欢心与喜悦从四面八方云集清远汤塘畅叙以石会友的经验。它表达的也许是石友们赏石、藏石的迷恋神态，也许更是作者诗词风格历来洒脱不拘的释放。

北宋著名书画家、奇石家、收藏家和鉴定家米芾，人称“石痴”。我以为今天的石友堪称“石狂”。当然，这也得益于经济会的高速发展。交通发达，“朝辞江南，夜宿漠北”稀松平常，赏石的空间扩展到全球各地；技术发达，“可上九天揽月，可下五洋捉鳖”，我想，估计“石狂”们都有个“银河”梦吧，梦想着有朝一日，也许是子时吧，飞天揽月，冲向北斗七星，收藏一方“星石”！

“星石”梦的实现建立在科技基础上，但“内容”和“意境”却可自由发挥。一帮热爱书画艺术的石友们，别出心裁地尝试将“石文化”与诗词、绘画艺术结合，创办了《奇石世

界》，由时任全国人大常委会副委员长王光英亲笔题名，以诗咏石，以画彰石，诗、画、石三者相得益彰。

二十世纪九十年代末，我们设计制作挂历《奇石丹青映趣》，挂历上的“奇石丹青映趣”几个字是关山月大师亲笔题名。这套挂历完美地将石文化与绘画艺术融合起来，一石一诗一画巧妙地结合，生于自然，超于自然，享受自然，彰显奇石、丹青相互映趣的同时，更衬托了大自然的绮美瑰丽，当年便成了许多人爱不释手的收藏品。后来，我们又将奇石与邮票结合，以奇石为依托的山水画邮票，三者交相辉映，画里画外，既有实物的触摸观赏，又有画意的开放联想，还有收藏邮票的寄托。

1999 年 3 月，我与曾会长联手策划出版《粤港澳台盆景、奇石、根艺精品集》，艺术鉴赏和理论知识兼备。著名画家黎雄才大师题写书名，盆景、雅石、根艺名家刘清涌和司徒先生担任正副主编。该《精品集》于同年“五一”在昆明园艺世博会上举办首发仪式，受到爱好者的广泛好评。

2011 年退休后，我受邀担任中国美术家协会广东美林创作中心顾问一职，并在广州美林美术馆设立一间创作室，作为字画、藏石爱好者们的交流场所。创作室内悬挂的书画作品中，不乏作品作者本人亲自题名赠送的佳品，如爱新觉罗·溥杰先生的书法作品《清风正气》等。画坛名家和青年画家时常到访交流做客，不少民间收藏艺术家也时常登门交流探讨。广州一位民间收藏大家麦先生，曾携带著名画家刘海粟大师的巨幅作品《海天旭日》前来创作中心与一众专家、名师欣赏。该中心还珍藏了名家创作的齐白石画像，齐驸慕名而来瞻仰，感叹此画难得，畅谈一代大师的恩德。

有人戏称我是“杂家”，吾以为充其量是一位能把控闲情逸致时空的“行家”。“收藏”岁月苦中有乐，乐中积缘，让我觅得无数知音好友，更让我有了将石文化与书画等艺术相融合，以石吟诗、以诗意画、以画会友的美好经历，从中得到并发现更多的收藏乐趣。

因石与书画艺术结缘，有幸与时任全国人大常委会副委员长王光英同志有过一段旧事。

1996 年 12 月 4 日，在中国美术馆，我与锦能、美中一行三人受邀参观美术展，王光英同志接见了我们。开馆后，王老边走边看边听讲解，我们三人与北京的朋友金卫、冷涛陪同王老参观。

事后我们赠予王老一方奇石和一幅美中先生书写的条幅《光照彩云绕群英》。王老摸着那光滑圆润的青绿色奇石赞叹道：“贵在悠久，美在自然。”又看着美中撰写的《光照彩云绕群英》条幅连连夸奖道："好字！好字！正如你的名字，美在其中啊！"

见王老正在兴头上，我们热情邀请他共进晚餐。

王老略加思索后说："晚饭就不吃了。一是年纪大了，不想吃大餐；二是兴师动众也不太方便。你们年轻人自己尽兴吧，若有狗不理包子或饺子，给我留一点。"一席家常话，几句平常嗑，听得大家心里热乎乎、暖洋洋的。

事后，王老额外送了我一份"厚礼"——他亲自书写的书法作品《道法自然》。"道法自然"四个大字刚劲有力、浑厚天成、意随笔行、笔顺意转，落款处还有"有才先生"四字。我既惊又喜，这是我意外获得的墨宝，也是我收藏品中最有价值的墨宝，更是知识含量最高的墨宝。装裱后，我一直珍藏至今。友人听说了都想收藏，但看到墨宝上有我的名字，便都闭口不谈了。

也许正因为与王老的这段因缘，在刘少奇主席诞辰100周年纪念之际，我荣幸地受邀到北京参加了纪念活动。会后，还收到了王光美同志亲笔签名的感谢信，至今珍藏着。

闲情淘得人生乐，逸致换来自然香。

灵笔之石

记得第三次走进广州执信中学，已是二十一世纪初了。校园越变越漂亮，然而每一个地方都保留了原有的建筑风格，高大的参天古树，衬着红墙碧瓦，散发着浓浓的年代感和悠久的文化底蕴。走在古朴典雅的校园中，似乎空气中都弥漫着一股书卷气息。虽然来得不多，但每次走进这校园都有种被洗礼的感觉。

这所历史悠久的中学是1921年孙中山先生为纪念近代民主革命家朱执信先生而亲手创办的纪念性、示范性学校。可以说，从诞生之日起，就已是名校了。更加难得的是，创办至今已经有100年的历史了，执信中学仍然是教育界、家长及学生眼中的名校。

这所学校既有严谨的教风，亦有严格的学风，既有独到的办学特色，也有明确的育人理念，殚精求知，笃志力行，取法乎上，育德立人，培养了一支治学严谨的教师队伍，也孕育了一大批德才兼备的好学生。

我与执信中学结缘，始于女儿入读该校之后。当时我在员村税务所任所长，应邀加入该校家长委员会并担任了家长委员会主任。出于对教育事业的信仰和家长望子成龙的期待，我主动担负起了搭建家校沟通桥梁的责任，因此与该校教师职工有了进一步的接触。

教育是国之大业，大而难，急且重。然而，为大于微，图难于易。顶层设计有权威机构和大人物做，实操层面有教师们传道授业解惑，我等升斗小民既有心于此，也只能一方面尽心尽力做好家庭教育，一方面力所能及支持学校开展教育活动。我虽力不足以为园丁，但春风化雨，这颗为学校、为教育激越昂扬的心，也时刻准备着奉献绵薄之力。

那时我喜欢玩石头，陈炽新校长又是个爱石之人，故我俩又有了兴趣爱好上的交集，因此我也多了一些步入这校园的机会。

古人有句“爱此一拳石，玲珑出自然”。二十多年前，我和广东国际赏石总会一帮奇石爱好者张罗了一批奇石在码头，正准备装船运往台湾，陈校长、朱书记得知后，立刻灵感闪现，谋划着要在校园内竖一尊有象征意义的石头，并且点名要一块灵璧石。

“灵璧”有“灵笔”的谐音和隐喻。陈校长坚持要亲自去码头挑选。到了码头，烈日炎炎似火烧，石头都被烤得滚烫。这位校长可不顾这些，他左瞧瞧右看看，“上蹿下跳”没完没了地选来选去，终于选了一块既饱满又光滑还通透的“宝贝”。卖家见他们喜欢，坐地起价，那价格瞬间成倍上涨。

我们几个避开陈校长私下耳语一番，有人建议“换一块吧”，我不同意，执信中学是名校中的名校，好马配好鞍，一日千里川。要送就送最好的，费用从份子里扣，成交。

陈校长眼光好，选的那灵璧石确实是几百块待运的灵璧石中最上乘的，由我和国际赏石总会会长曾锦能先生共同赠送。落户在“百年执信”校园里，起名“孕育”，这灵石也算是“名石有主”。想必，朱执信老先生在天有灵，也能顺便欣赏一下陈炽新、朱健强弟子选中的校园宝贝——灵璧奇石。

当年，陈炽新先生还专门为这方奇石撰写了一篇文章，刊登在王光英题词的《奇石世界》第32期上：

广州执信中学是孙中山先生为了纪念近代民主革命家朱执信先生而创办的学校。由廖仲恺、汪精卫、孙科、胡汉民、李大钊、林森、戴季陶、许崇清、邹鲁、何香凝、曾醒、金曾澄、陈璧君等人组成校董会。1921年10月1日正式开学。孙中山先生参加了开学典礼并讲话。孙中山先生说：“执信先生为革命实行家，又为文学家。中华民国之有今日，实赖执信先生之毅力感化同党，及感化国民有以致之。”孙中山先生对执信先生的充分肯定和高度赞扬，执信先生是当之无愧的。

在众多的民主革命家的关怀下，执信中学形成了很好的“革命、好学”的校风和传统。建校九十年来培养了不少的国家栋梁之材。新中国成立前是全国37间重点中学之一，后定为广东省重点中学。

执信中学坐落在越秀区执信路上，红墙碧瓦，绿树红花，环境优美。优雅的环境和高质量的办学水平，让执信中学在国内享有很高的声誉。

执信中学图书馆前有定名为“孕育”的灵璧石，灰色，重达十几吨。这么巨大、完整、有形的灵璧石，目前十分稀罕，特别要指出的是：此灵璧石形态生动秀气，粗犷中散发出阳光的睿智，神奇中隐含天赋的灵气。仔细观察，其形如动物“抱仔”，故其定名为“孕育”。

中华大地的炎黄子孙一直把“石”视为神圣崇拜之物。石是有灵的，石是有神的，它代表着中华民族的精神与气质。因此“坚如磐石”作为不可动摇的比喻，“精诚所至，金石为开”作为信念的追求。“金石之交”“金石不渝”等成语典故足以证明炎黄子孙对石的

情怀。“孕育”灵璧石意味着执信中学生在求学的道路上有灵璧石般坚韧不屈的精神，经得起风雨考验，执信中学以石为榜样，努力把自己培养成为国家的优秀公民。

此灵璧石是执信中学第一届（1992—1995）家长委员会主任李有才先生和广东省赏石协会会长曾锦能先生共同捐赠。李有才先生是军人出身的文化人，爱好广泛，兴趣盎然，现为中国收藏家协会会员。

陈炽新校长人如“灵璧”，退休后将多年收藏的奇石，包括玲珑剔透的玛瑙石，都悉数捐给了学校，让后生们共同分享立志。在陈炽新校长“精诚所至，金石为开”信念的感召下，执信中学九十年校庆期间，我有幸参加了现任、前任多名校长、书记参加的茶话会。

追古思今，多年过去了，当我再一次抚摸着“孕育”爱不释手合影留念时，思绪万千——当年的园丁已青丝变白发，当年的弱冠已鹤鸣碧霄，只有“孕育”时刻挺拔、坚毅地守护着红墙碧瓦，只有“孕育”时刻陪伴着后生们茁壮成长……

墨　缘

应该是与玩奇石有关，文玩字画之于我，似乎也有了一种与生俱来的缘分。我自知自己是书画艺术的门外汉，但却结识了不少文人墨客，自然而然也受到了一些艺术熏陶。

二十世纪九十年代，我有幸认识了文化人裕长先生。裕长兄与我是同辈人，为人处世落落大方，能写会画。他画的梅兰竹菊尤其别具一格，自成体系，不落俗套，浑然天成。特别是小酌几杯后的作品，似乎掺有“粮食精”的功效，花更润，露垂欲滴；兰更青，翠黛如眉；竹更拔，君交如水。

与林墉老师相识也得益于裕长兄，在“赠石予画”中，彼此的印象慢慢加深。

二十多年前的某一天戌时，几位大汉将一块重约两百斤的青绿色彩陶石，搬运到林老的客厅。这块彩陶石约一张方凳大小，是我应裕长兄提议赠送给林老的一方奇石。林老上下左右审视一番后，笑容可掬地赞叹道：“好石！好石！”随后，招呼我们入座喝茶。林老和裕长兄分坐罗汉床上的方桌两侧，我与土兄、伟兄等青年画家围坐在茶几旁。我对面画墙上挂着一幅尚未完成的《娇女梅竹图》。林老海阔天空地谈古论今，大家饶有兴趣地喝茶、听古，我一边听，一边却被《娇女梅竹图》所吸引，陷入了莫名的好奇与遐想。

聊了近一个时辰后，林老起身走向画墙，大家也都围拢过去。林老边作画，边不经意地讲解人物画的细微要领。年轻人个个听得出神，不时地提出一些疑问或见解，林老一一作答，大家欢欣鼓舞，妙语连连。作为一个门外汉，我边看边听边憨笑，不知不觉又过了两个时辰。

这时，只见林老提笔落款，在画的上方空白处，横题“微风吹过”，竖写“丁丑村家”。书毕，他转过身来，笑意盈盈地对我说：“此画赠予有才兄。”还没等我反应过来，林老已在左侧的梅花梢头，竖题“有才仁兄玩”五个字。他右手提笔，左手竖起剪刀指，说：“玩够了，咔嚓，咔嚓，就可以出手了。”

这些都是二十多年前的事了。时间都去哪了？这可真是个意味深长的问题啊。想当年青壮豪气，如今已近古稀，正因如此，回忆、整理与林老相处的短暂愉悦瞬间，实属不可错过的幸福回忆。这幅《娇女梅竹图》不可多得——微风吹过，也许是林老画得最上心、用时最长、颜值最高的画作之一。这幅画我至今保管得很好，既没有剪子的“咔嚓、咔嚓”声，更没有让它受到半点惊扰。让微风抚摸少女的脸颊，微笑伴随着你我他；让微风唤醒时令鲜花，

鲜花芳香润饰韶华；让微风助推笋子破土发芽，笋子衍变翠竹，一茬胜似一茬。

后来，我又有幸与德高望重的中国美术家、艺术教育家阳太阳老人相识。当时，阳太阳老人到了广州，我们几个好友前去看望他。在画室休息时，大家边喝茶聊天边欣赏画作《漓江烟云》。在作画之余，阳太阳老人还与我有过“心心相印”的趣味互动，其时情境，我至今记忆犹新。这幅与阳太阳老人互动的画作《心心相印》，我也收而藏之，视为珍宝。

关山月大师的梅花图“铁骨傲冰雪，幽香透国魂”，家喻户晓，俗称天下第一梅——关梅。我曾在中国美协美林创作中心挂出一幅小品《梅花》，此画是关山月大师杖朝之年所作，裕长兄曾手持此画与关老合影。我有意将照片摆在小品《梅花》旁，赏析者莫不称赞：“老骥伏枥，志在千里。”小品《梅花》背后的故事说来也是有趣。当年，阳太阳老人在广州度假，关老、黎老都前来拜访。关老为我画小品《梅花》，并持此画与裕长兄合影。黎老应我之请赐墨宝“清泉石上流”。

阳老 88 岁高龄，号称“八八太阳”。他身体康健，喜爱跳舞，素有“舞池中的旋风”之称。他清瘦但不单薄，步伐迟稳但不拖沓，舞曲奏响，谦谦君子，翩然起舞，一曲，两曲，三曲……跳得挥洒自如，酣畅淋漓而从不言累。舞罢，坐下喝茶聊天，阳老对我太太说：“有个舞伴真好。不过，没有不散的宴席，没有不终曲的舞池……”意味深长的话语，循循善诱地指点着晚辈之人更深层次地感受人生。

很多年来，我对书画造诣深厚者的墨宝很是留意，欣赏、收藏固然有之，但并非主题。耳闻目睹很多书画大家真迹之后，虽然喜欢，但很难“请”到，也不想无厘头地为“收藏”而“收藏”去“请”。

我的收藏珍品中有一幅小品《知春止矣》，梅初放，仙芽嫩，淡扫墨彩，若幻若虚，若隐若实，俏而不争，意远情真，给人一种生机焕发、清澈纯朴的感觉，就如一个新生的婴儿，有着无穷的生命力和想象力。这幅画出自张治安老师之手。书法大家很多，我尤喜张老的墨香，不但喜其字“入木三分颇有神”，更喜其人“厚德载物兼无欲”。

张治安老师年逾古稀，曾任广州美术学院书记、院长近二十年，桃李满天下，可谓“夏闷荫其下，秋爽食其果”。他的字和画都神韵兼修，给人“峰回路转遥望君，柳暗花明沐春风”的享受。

张老故乡河南，与我是老乡，小酌聊天时，很少谈及家乡事，因为我们皆是“他乡即故乡”之人了。张老口语中河南尾语较浓，而我是一口东北苞米渣子味，但这些绝不影响我们的交流，也许正因为如此，彼此的沟通已跨过了年龄的代沟。他稳重不失豪爽，大气不失缜密，大家不失低调，大才不失文雅。与他聊天是一种享受，他的声音中气十足，而风度儒雅不凡。

二十多年来，我们“君子之交淡如水”，他对我“无所求”，而我对他却常“有所求”。早年，张老题写的“秋韵”二字已入我的“法眼”。近期，张老又应我之请，帮我撰写了秦汉隶书“天地路”三字，并额外题写条幅“半生天地路，一笑风雨休”。张老德高望重，是不轻易“出山”的长者，我能获此墨宝，真是三生有幸耳。

所谓“久入芝兰之室而不闻其香”，受艺术大家们的熏陶，我虽不会写、不懂画，却也爱凑个“风雅”热闹，经常写些小词小曲，再请人按诗词的意境用书画表现出来，想想，也确有强人所难之意。不过，无论画师还是画家，至今还没人拒绝过。诗情画意跃于纸上，既有意境，又有动感，更有情感。我和绍成老师、唯贤老师等，都有过这方面的互动。仁贵老师是青年画家，有天赋，有造诣，有艺术前途，可谓我的忘年交，互动也最多。

这些可能是我的墨缘吧!

品头论“竹”

友人习字多年，初得法。吾偶见一幅《清风竹影》，确是出自友人之手。笔墨舒展，一个“竹”字了得！劲道十足，有形、有神、有柔、有刚、有章法，让吾眼前一亮，顿感腋下生风，清爽惬意。闲情逸致之余，顺便品头论“竹”一番。

“清风竹影”四字含义颇深，出自唐太宗李世民的《赋帘》诗句：“珠光摇素月，竹影乱清风。”“珠光摇素月”暂不多论，但愿它摇去珠光宝气，摇出皓月当空。就“竹影乱清风”而言，那大意是说，风吹竹晃动，影随翠竹舞。后人用“竹影清风”来形容气正则风清之世、刚直则不阿之人。

老朽故土无竹，何来竹影。对竹的初期印象，是在南下入湘服兵役之后。湘南多竹，斑竹是湖南特产，毛主席诗中“斑竹一枝千滴泪”即源于“湘妃泪竹”之典故。曰：“舜帝南巡崩于苍梧之野，葬于江南九嶷山，娥皇、女英二妃千里迢迢欲追之殉葬而去，未果。便跪在途中面竹相与恸哭，泪下沽竹，竹悉成斑，并显于竿上，始称‘斑竹’，又称‘湘妃竹’，以纪念舜帝二妃血泪之贞操。”“湘妃泪竹”已成美丽传说，可圈可点。斑竹有灵气，通人性，是隐者，尚未见被人大写特书，确有失平允。斑竹是情感之竹，一年内两次发笋，春笋发在母竹的周围，如孝儿敬母。冬笋发在母竹中间，如慈母护子。母慈子孝，斑竹已从史开始自我表率，可至今，人文社会尚在提倡尊老爱幼，嗟虖！人羞愧于竹矣。

二十世纪七十年代初，吾到井冈山野营拉练时，在湘赣交界处的山区，第一次看到成片成片高大粗壮的竹子，让吾浮想联翩。翠竹漫山遍野，恰似当年红军战士正在冲锋陷阵；翠竹摇曳喧喧，恰似红军战士胜利时的呐喊；翠竹清影婆娑，恰似红军战士休整时梳理须发、擦拭枪支、洗涤褴衫。

吾非风月之人，然，每每与竹邂逅，总不免为之风情、风貌、风格所感动。

在“泰山”闹中取静的院落里，吾也与“庭君”相处过一段时间。近瞧，虚怀若谷；远视，高风亮节；既有君子之风，不茫然；又有雅士之度，不浮躁。犹如“泰山”之品行，故园修竹，活在清风竹影里，胸怀庭君积陈香。

竹形态柔美，枝叶疏落有致、密而不遮、玲珑剔透，既有别于苍松古柏伟岸挺拔，亦有别于白杨绿柳婀娜煽情，更有别于“唯有牡丹真国色，花开时节动京城”那样的骄横，始终

遵循着“无用之用，方是大用”的古训，终其天年，舍竹其谁。

竹一生亲和寡欲，虚心有节，风过而不折，雨过更清明。平和大气，笔直向上，不旁逸斜出，不欺压低花矮木，而是共享甘露，共生、共存、共赢。

竹不论其自然属性还是社会属性，都时刻自省“崇上而不清高、有节更俱坚贞”。方圆之内，淡泊名利；方圆之外，自悟乾坤。

竹之文化，源远流长。苏轼有诗：“宁可食无肉，不可居无竹。无肉使人瘦，无竹令人俗。”庭筠亦有诗：“未出土时先有节，便凌云去也无心。”板桥有联：“虚心竹有低头叶，傲骨梅无仰面花。”

竹之说，浩如烟波；竹之德，不可尽数。提笔曰竹，确有“眼前有景道不得，崔颢题诗在上头”的窘迫。然，既已提笔，总得赘述一二。

竹，一见而忘俗，再见而忘归，三见缄口莫言。噫！吾虽喜竹，又岂敢品头论“竹”矣。

哥们儿

“哥们儿”这个话题很平常也有点儿晦涩，既然晦涩就意味着有点俗，俗就意味着格调不是太高，格调不是太高就意味着登不了大雅之堂，登不了大雅之堂就意味着难以启齿。从文化的角度看，可能指内涵不丰富；从思想的角度看，可能思维单一；从政治的角度看，可能缺乏原则性……

没错，谁见过官样文章里用过“哥们儿”这词汇，这词汇也比较容易让人与“拉帮结派”联系在一起，但是它是客观存在的，人们对哥们儿的褒义远远大于对其的贬义。甚至在久远的历史关键节点上，发挥了至关重要的作用，就一句“打虎要靠亲兄弟”“一个好汉三个帮”，就足以说明“哥们情谊”的伟大不容小视。

人不可能千篇一律，天天都在“舞台”上表演，其实人生从入世到出世，如同婴儿的诞生到老朽的回归一样，在入世人生舞台上的表演很短暂、很有限。当“演员”的机会很少，当“观众”的时候更多。当“演员”时很风光，但有的成功了，流芳千古，有的昙花一现，有的出师未捷身先死，有的跌下台来遗臭万年。最终，一笔写不出两个“好”字，一笔也写不出两个“死”字，只不过有的被形容为轻如鸿毛，有的被形容为重如泰山而已。

台上固然绚丽多彩，可时间有限，台下平淡无奇，却时间永恒。万事万物看得见、摸得着的都是短暂的、有限的，那些看不见、摸不着、想不到的，才是无限的、永恒的。这就是所谓的“道”吧！

道，无形无象，无声无嗅，大而无外，小而无内，但却是产生和主宰天地万物的总能量。世上本无台，也就无台上台下之说，就算有个台在地球上搭着，随着地球的转动，似乎也就没有台面台底之分了。其实，头朝上还是头朝下都是相对的，那为何一定要区分“台上”“台下”呢？若一定要分，宁可生活在“台下”的哥们儿当中，因为大部分人渴望“台上”的存在感和滋味，我们就顺水推舟卖个乖送个人情吧，别在小溪中磕磕碰碰，别在独木桥上争争抢抢。宁可生活在哥们当中，生活在现实当中，生活在“有我即无我”的不亦乐乎之中。

这里，我并不想指名道姓，谁是谁的哥们或者谁不是谁的哥们，而是把“哥们儿”从具体概念转化成抽象概念，从局部概念演绎成整体概念，聊聊天闲谈一下而已。

“拥华”到山区挂职锻炼期间，我几乎每年都会千里迢迢去探望他，因为我们是哥们儿，是一条宽阔道上跑的小车，知轻、知重、知向，即便跑偏了些许，最终还在道内。没有大志向，却有小操守，固然也就出不了大格局，这也是哥们儿遵循的本分。

时光飞逝，比我小好多岁的“拥华”，也从台上走下来了，相互间小酌聊天，无论谁约谁，都不会问对方还有谁。一起打球都是有说有笑有分寸。我的球技不怎么样，他总是谦让我几杆，我推迟不掉只好从命。虽然我的球技平平，但我很会享受打球的过程，就好比人生绷着脸是生活，笑着脸也是生活。人生屈指可数，也就是那么三几万天，嬉皮笑脸是活，古板呆滞可能走得更快。

业余时间，玩玩牌、聊聊天、打打球、酌酌酒，是哥们儿累了一段时间之后，开心放松不可多得的方式。聊天、小酌就甭说了，还是说回打球吧。

兄弟间打球不是锦标赛，所以无须一本正经。当然，打球过程中调侃笑话多了，偶尔难免侃到对手，特别是输球一方的情绪，因此有时也会被人善意地责怪，而我就是“虚心接受，坚决不改”。久而久之，大家也都习惯成自然了，如果时间久了听不到我的玩笑声，似乎少了点热闹，大家反而觉得不自然了。

不过经历了一次球手罢赛小风波之后，我对“欲”有了新的见解：己所不欲不见得人所不欲，己所欲不等于人所欲，人所欲不等于吾所欲。主观上的“欲”之喜好是必需的，但因对象不同，该勿施时即勿施，该收敛时即收敛。

人生过程，相当于打高球的过程，十八个洞的球道，四个小时左右打完一场球，对于业余球手来说，总共击球100杆左右，平均是每4分钟、每100米打一杆，也就是说，用时4分钟，行走100米，才打一杆球。显然，在这个过程中，时间和距离是在唱主角，如果场上鸦雀无声，空气将会凝固，情绪将会郁闷，脚步将会沉重。因此，击球的瞬间，也就是人生发力过后，说笑话、讲段子、侃大山、聊聊天，是球手互动嘴巴、享受高球愉悦的最佳时刻，人生也不过如此而已。

不过，有的球手很喜欢安静，不苟言笑，独自享受大自然的恩赐，有的球手对于他人的玩笑并不在意，球照打，把别人的玩笑当玩笑，可笑的照笑不误，可听的照听不误，可笑可不笑、可听可不听的权当耳旁风，所谓“抗干扰”能力强，人生也需要此种心态，心态好，寿命长，是大家公认的一般道理。

心态也是一种平衡术，心态好，球技稳，成绩好，也是公认的一般道理。有的球手，成绩随着情绪的变化而变化，情绪好时成绩好，否则相反。其实，真正的原因是心态没摆正，

想赢怕输。就人生而言，输的概率远大于赢的层面，这是定律。个个都飞黄腾达，就没有平民百姓之说了。

心术决定心态，若打场球都动心术的人，是不能成为球友的。依理照推，交哥们儿要以“小”见“大”，这个“大”不是大是大非的大，与思想政治范畴更没关系，只是业余生活是否“对撇子”，对撇子的就多来往，不对撇子就少来往。同者谓之为哥们儿的，近者照样是同事，抑或是朋友。

三十年前，我认识了“未闻”，此人一表人才、气宇轩昂。果不出所料，仕途发展也很好。由于我是大兵出身，转业到税务部门工作，一切都得从零开始，而“未闻”不但是科班出身，而且二十世纪九十年代就是美国加州大学的博士生兼“局座”了，可见我们之间的落差有多大，那时我对他简直是高山仰止，敬佩之余，学习之余，追赶之余，哥们儿的氛围逐渐形成，并拓展到双方的家庭。这是我在业内唯一的双料级哥们儿。

哥们儿的哥们不一定是哥们儿，但往往也是未见面的朋友。“未闻”不但重视哥们情谊，对哥们儿的哥们儿——朋友的情谊也是相当的重视，经常是有求即助，如此大度大量的胸怀，不但得到众人的喜爱，更支撑着哥们的友情不断延续。虽然我们都退出了建制的舞台，但相近的理性思维、良好的处世哲学、茶余饭后的欢愉，就像高球一样，将会在蓝天大地之间，随着绿毡上小白球的滚动而久久不衰……这就是哥们儿的情怀。话到此处，忍不住又胡乱扯诗一首：

哥们儿就餐罕见七碟八碗
辣椒、茄子、青瓜……
牙捣蒜瓣、吃一碗粉面

哥们儿小酌罕见燕鲍翅肚
凉拌、花生、皮蛋……
饮杯浊酒、喷一缕云烟

哥们儿聊天罕见窃语低攀
家长、里短、邻宽……
一言蔽之、笑侃畅叙谈

哥们儿处世罕见人情世故
真心、真意、真办……
始终如初、成败不绕弯

哥们儿扶腰拍肩
舍弃拥抱省麻烦

直来直去免寒暄
光明磊落且自谦

紫气东来随缘绕
哥们结识无早晚

湘江一同观天象
卿义领率一兵团

兵炮车马相仕帅
一片丹雪戴校冠

土榨茶油宜身健
志平岁岁报平安

夏候菊香秋更爽
百花坛中迎春颜

葵青向阳多少日
叩首指待香人间

好胜只为涅槃繁
留得口碑好赋闲

沪上丽人真汉子
大事小情卢向前

弓长王可真兄弟
情理之外种蔗田

克生海文怀明月
小舟泛浪三十年

智华尝蝌战长隆
江鹰展翅翔云天

阿麟软硬能通吃
肥仔封神仕途难

滴滴答答学报务
传帮带徒马春山

狂风起处见真情
最后一根庆玉烟

父辈子辈两代友
德才南下自草原

广杰振国聪明岛
预测风雨挽云澜

智勇双全降汗马
老骥伏枥棹长川

深历浅揭运韬略
诗烨卷轴入翰轩

不是哥们近似远
平行线长交无缘
……

二十多年前，我尚在某一基层单位任法人代表，上级领导机关举办系统内歌咏比赛。演唱过程将要结束时，我单位的参赛节目《大碗茶》评分还是最高的，不出意外的话，全系统歌咏比赛第一名非我单位莫属。当最后一名演唱者登场时，只见一位其貌不扬的男士落落大方地走上舞台，站定躬身后，拿起麦克风，深沉、悠扬、洪亮的男中音穿透而来："送战友，踏征程。默默无语两眼泪，耳边响起驼铃声……送战友，踏征程。任重道远多艰险，洒下一路驼铃声……"唱演皆佳，沁人肺腑。要说与我单位《大碗茶》相比，也只能说各有千秋、平分秋色。我若是评委也会为其打"4^{+}"的分数。

虽然我单位头名落选了，有些许遗憾，但我依然为实至名归的《驼铃》独唱者拍手叫好。有了真正的学识和本领，才会取得实绩和名誉。都想当老大，谁做老二老三呢？其实老二老三，以至于老五老六……也是难能可贵的，只要你尽力了，也就问心无愧了。

此后，我很想再见其人，特别是近距离再见一次。天遂人愿，小丰先生与其是同学。在他的引见下，不久我们就在星期六的一个晚上，在一家客家王相聚了。坐在小吃店里，品味着咸香干嫩的客家鸡，不知不觉思绪又沉浸在"驼铃声"中。后来，小丰成了送我履新的非正式"娘家人"，小珂却充当了迎接我的非正式的"婆家人"。当时小丰已是副县级职务，而小珂还是个科员，二者同龄、同学、同工，人生旅程竟会产生如此这般距离。正当我纳闷时，

耳边仿佛响起了驼铃声，由远而近……这也许就是一路驼铃声不同的缘故吧，有解亦无解。

小丰、小珂见我在沉思中发呆，碰杯敬酒，我抓起九江酒瓶子，把剩下的小半瓶酒对嘴喝下，一阵心旷神怡，悠然自得起来，刚要开口拿酒来，店小二已把三支“出口九”摆在三人面前。我慢慢握住瓶颈部送到嘴边，说时迟，那时快，只见另外四只手握住瓶身，拉向反方向，只听“乒”的一声，瓶盖落入我的口中，酒随力出，喷了我一脸一身。

小丰苦笑着说：“我们以为您又要对嘴吹呢，我俩可没您这么好的酒量。”小珂耸耸肩，补充道：“原来您是用牙齿开酒瓶盖呀，把我吓了一大跳。”我镇定自若道：“酒闷瓶中似同水，启盖方知瓶中香哟。小丰已是启盖的瓶，你小珂还是原装的老窖哟！”两人似懂非懂，既摇头又点头，也不知是肯定还是否定我的话。

又过多巡，酒足饭饱后，开始泡茶——客家苦茶，虽然是缸子，不是大碗，但是缸口直径不比碗小，缸深有两个碗厚，缸身是草绿色，也许就是解放军叔叔的刷牙缸改良而成。一壶滚水刚好倒满三杯，可谓不是大碗胜似大碗，喝着——聊着——聊着——喝着——不知是苦荞茶还是瓶中酒的作用，三人面面相觑，音节越拖越长，语速越来越慢，声调越来越低……可驼铃声越来越响，茶香渗透着酒气，激荡在“大碗茶”中……

俗话说，没有不散的宴席。饭局也是如此，我提议以茶代酒，三人端起“大碗茶”，咕噜咕噜一饮而尽，一个字：爽。客家鸡香嫩而不腻，全靠咸中出味。香嫩惹人垂涎三尺，味重而不腻，配上米酒和苦茶引人入胜，另有一番情趣，人生也不过如此而已。香嫩是悬空的一块肉，摸不着，够得到，征服可望而不可即的目标，非得付出锲而不舍的不咸不淡不腻之精神，至于茶酒只是征途中的佐料而已。两位微醺，却很赞许我的观点。

有送就有接，只是谁送谁接的方式和归宿不同。若干年后，接我的人变成送我的人，而且旧貌换新颜。不过，铃声依旧，只是更加“沉稳”和“高昂”了。

归宿生活今分手，异样话别同样情，今生多保重。待到秋风传佳讯，彼此随时可相逢，碗杯伴驼铃。老调新词，听起来更加温馨顺耳。古语云，七十耳顺嘛。

自珍、自爱、自重、自乐，只缘胸大，不羡天高，只愿地阔，天地人和，道法自然也。

那串特殊的符号

中国成语不计其数，何独用“格物致知”一词？只因“修身，齐家，治国平天下”是耳熟能详，且题目很大的字句，常人在言语、稿件中时常引用，很有气魄，很受用，很鼓舞人心。殊不知“格物致知”是其前提条件和兑现基础。

何谓格物致知？至今学术理论界对其定义尚存疑念。仁者见仁，智者见智，如同医药师和采食者同时进入森林，采食者对“树瘤”视而不见，直奔树干上的猴头菇而去；医药师却对菌菇大不在意，直奔树干上的“树瘤”而去。前者是人以食为天，后者是治病救人活，出发点不同，方向感亦不同，目标物自然不同。

若只从“格物致知”概念的角度，按大多数成语词典的释义很简单。格，推究，致，获得，即推究事物的道理，获得不尽的知识。既含实事求是，又不止于实事求是。然而假如真如此这般简单，那也就不存在史上千百年来的争议了。若从删繁就简、从实去玄、推古及今的角度推究，言简意赅的定义也无可挑剔。若从儒家探究大千世界万事万物的运行规律出发，则此理论都已“失佚”，故引来历朝历代方家大儒众说纷纭。但细细思考，恐怕又没这么简单了。

“格物致知”源于《礼记·大学》八目：“格物、致知、诚意、正心、修身、齐家、治国、平天下。”其中，“欲诚其意者，先致其知；致知在格物。物格后而知至，知至而后意诚”。只有此段话提到格物致知，却未在之后做出任何解释，也未曾有任何古典书籍中使用过“格物”和“致知”两个词语，致使“格物致知”儒学思想的真正含义成为千古难解之谜。

史上对“格物致知”一词定义纷争最强的两位圣人级大人物，一位是宋朝大儒、理学集大成者朱熹，一位是明朝儒释道大家、心学集大成者王阳明。前者，倡导“格物致知，存天理灭人欲，实践出真知”；后者，倡导“心即理，致良知，知行合一”，理论结合实际，无须一味格物。

倘若当年阐述“格物致知”理论的论述不曾失佚，也许就没有千百年来无休止的争论了。也许正因这“失佚”，古往今来的猜测、推理和探究，才有了今天人文社会飞速发展的成果。塞翁失马，焉知非福？其实，知此失佚者众多，不知其他失佚者盖寡。一味为“失佚”痛心疾首大可不必，因为，古人若活到今天，绝对不相信今天的现实存在是真实的。眼见为实也

未免有所偏颇，你不见他见了，古人未见今人见了，今人未见后人见了，想不到就很难做到，想到了便有可能实现。

格物，前人栽树，后人纳凉时，要学会静中启慧，立足当下，勾勒未来；前人铺路，后人过桥时，要想到波澜壮阔，桥越铺越宽长，才能越走越平坦；前人作古，后人站在巨人肩上时，要学会弹射起飞，才可能在有限的生命历程里“青出于蓝而胜于蓝”，从格物致知中获取世上真经，修来宇宙正果。

吾虽然说不清、道不明、理还乱，只是重复“格物”之疑问，却无“致知”本事答疑解惑，最终目的只是借题发挥，鞭策鼓励自家后辈而已。人总得有追求，从人性本能角度出发，物质是追求的首选“标的物”，但是，即便物质再富足，精神不饱满，没有了追求，也就意味着空寂。如同坐在防弹车里的人，似乎很自在洒脱，可此时的他追求羡慕的也许正是在人行道上休闲、自由散步的人群。这也许就是“横看成岭侧成峰，远近高低各不同。不识庐山真面目，只缘身在此山中”诗中富含的哲理和奥妙吧。

吾时常借酒消遣吟诵之，又时常不知不觉梦游神虚幻境，恍惚两洋之间，又似云霄之上，原始林海蔽日，曲径不知通向，怪兽吼叫撕咬……隐约天际线处传来老者的声音：“一湖秋月圈圈圆圆，半壁石山棱棱角角，兜兜转转磨光棱角，只有圆能包容万象，只有圆能顺应天律，只有圆能解读人生。”

宇宙是由无数个大大小小的球体不停自转、公转组成的无限大的体系。对地球而言自转一圈一昼夜，公转一周成四季，这转动，带来万物的生死枯荣、盛衰欢兴。转动无止，循环往复……地球也只是一个寄居于宇宙、按轨道旋转不息的球体，于人而言甚大，于天而言其小，于大千世界而言甚微，其不足以沙论。而人，就是寄居在这沙粒上荡秋千、繁衍生息的微生物。

“坐地日行八万里，巡天遥看一千河”是太空景象，也是浩瀚宇宙、渺小地球的写照。儒家的社会责任感，催人发奋图强，总想把人类推向一个接一个新的高潮。几千年来，人们在这思想、欲望与抱负里荡来荡去，高高低低，出出入入，分分合合，世世俗俗，你方唱罢我登场，为人类历史的文明和社会的发展进步补充着燃烧不尽的能量。当走得累了、倦了，一些人坐了下来，退了出来，以无为而治的“道法自然、和光同尘”抚慰那些在前进中透支的人。当秋千越荡越高、越荡越圆，我们看到了“始点即终点，终点即起点”，恍然顿悟——哦，原来，有即无，色即空——宇宙也好，地球也好，人生也好，无不是在周而复始地尽全力完成一个圆周运动……这也许是“儒、道、释”三家相辅相成、长盛不衰之硬道理。至于其他万变不离其宗，无须多论也。华夏文化，诸子百家，这学那学的，走到深处，归根结底，依旧逃不开“儒、道、释”三学。

“1T51T101TT”—— 梦醒人间，终于回归“51号”大道。这算是哪一“道”，我自己也说不清。

“1T51T101TT”是我的人生哲学。“1”是最小的正整数和最小的奇数，但是“1”再小，它足以代表一个完整事物的客观存在，从一开始它就扎根土地，有一种男儿当自强，蒸蒸向上顶天立地的趋势。直至半百之后一段时间内，达到鼎盛时期后，转向事物发展的第二个阶段，扎根土地，平和过渡，少出头，不出头，安度百年。因此，“1”是起点，“51”是人生事业、心理、生理的转折点，“101”就是人生的节点或是新的起点。“1T51T”代表事业人生发展壮大时期，而“101TT”表达的则是完美收官的寓意，更有当年BB机百家姓的代码，“101”数码代表李姓，寓意吾也，故我的手机、座机尾数都是“101”，座驾的车牌号亦为“101TT”就不难理解了。

有人调侃说“T”是封顶不出头，有人调侃说“T”是顶天立地，不一而足……至于“51号”大道，那是一条将吾从梦幻混沌世界载向现实清明世界的康庄大道。留个悬念，无须过多解释了。

噫！横斜似是而非，语无伦次，似有无病呻吟、故意做作。然，余以为此乃尚无确解之文理方程式，又或是人生路上的不等式，管他逻辑混乱、颠三倒四，都留给自家后辈，权当给儿孙们留的一道思考题吧。答与非答、答对或答非所问，都无关紧要，只盼望晚辈们能动动眼球看一看、动动脑筋想一想、动动手脚试一试，有所感悟，有所启迪，有所作为。

须弥藏芥子，芥子纳须弥。羊群里跑出一头骆驼是奢求，但若能赶出一只驼羊，实乃我之幸也。

檐　　雀

退休之后，身边的迎来送往也日渐减少，老夫老妻的二人世界，固然清静沁心，而一个人的天地，有时却更显雅致清闲。一人吃饱，全家不饿，优哉闲哉，自在痛快，人性天然的孤欢寡欲，便在此时展露无遗。

繁华市井，喧嚣车马，即便有这种心境，却也难以找到匹配这种雅兴的所在。“结庐在人境，而无车马喧。问君何能尔？心远地自偏。”有了这心境，自然要在条件允许的情况下，找寻一僻静处来安置这闲情。

还真在人境里找到了这样的僻静处，那是一所两室一厅外带一个凉台的小高层。这小高层与别处相比又有不同，身处半空中，开门即见蓝天，闭门便是清静，大有“躲进小楼成一统，管他春夏与秋冬”之感。

人生暮年，对生死也看得淡了，小门一关，窗帘一拉，被子一盖，双眼一闭，两耳一静，卧室便是梦乡。锅碗一揭，开水一烫，画纸一展，笔墨一扫，五味入鼻，几色在目，屋里即是油盐酱醋、诗酒茶花、信手涂鸦、与世言欢的地方。

最喜欢的还是凉台，视野开阔，空气流通，倚楼远眺，蓝天白云，凭栏俯瞰，自然美景尽收眼底，呆坐啖饮中时而清风徐来，令人心旷神怡、六根清净。

万物有灵，爱这凉台，还与一对雀夫妇有关。那是一对黄嘴金爪雀，也不知道学名是什么，就像它们从不问我的来历一样，我也没想打听它们的出身。在这方寸之间，我和这对雀夫妇共品天地人间。

这对雀夫妇寄居在邻居人字形的软瓦屋檐下，距我的凉台不过五六米远。不知是由于太阳暴晒还是因为年久风化，那软瓦的滴水线处微微翘起，与斜梁间产生了一道不宽的缝隙，刚好够雀夫妇钻进去做巢垒窝。有了遮风挡雨处，雀夫妇也知足，在这小间隙里生儿育女、安居乐业，小日子过得融洽惬意。

说起来，这雀夫妇还是老住户，我才是新邻居。数年前，来到此地，与这对雀夫妇一见如故，相识、相聊、相知，至今已相守数个春夏秋冬。思想无国界，友谊无群类。我与这对雀夫妇的友谊也无须言语对话，一个眼神、一个肢体动作即可传递彼此的信息。它们也许是我有生以来最好的异类朋友。

我还给它们起了名字，雌雀背深褐色，歌声低婉，取名“褐婉”；雄雀背黑金色，歌声嘹亮，取名“金嘹”。

一天之计在于晨。每天清晨，这对夫妇活跃地交谈，计划着一天的工作。倦鸟归巢最是晚，每天傍晚它们絮叨地倾诉，总结一天的成果，抚慰一日的疲倦，再一起进入温馨的巢穴。双宿双飞，难怪人们会将恩爱夫妻比作比翼鸟。

每年四月开始，阳气上升，春暖花开，便到了褐婉和金嘹最忙碌的时节。万虫苏醒，它们饱食美餐无忧愁；对对双双，安居乐业，它们心花怒放甜蜜有加。虽未能亲眼看见褐婉、金嘹选址垒窝做巢的全过程，但猜想，当初它们也一定是飞来转去看好了风水，最终在邻居的屋檐下敲定了窝址。我能想象它们建巢伊始时的分工合作，想必金嘹以搬运为主，褐婉以设计见长，毕竟孵化期得以母亲褐婉为主，舒适程度对于雌雀来说还是至关重要的。

连续几年，每逢四月初，它们便开始叼出窝内的腐枝残叶等杂物，衔来新鲜细软的材料，大约一个星期左右装修一新的蜗居就成了。尔后，褐婉开始低婉鸣吟，金嘹妇吟夫随唱起清脆悦耳的春歌，时而在屋前嫩枝上蹦来跳去，时而在半空翩翩盘旋弄姿，时而在我家的凉台栏杆上并排踱步，似乎在对我说：“春光无限好，为何不赴邀。”

我则举起手中的茶杯左右晃了晃，表示祝贺加羡慕——恭喜你们春风得意，羡慕你们喜添贵子——真是心有灵犀一点通。此时此刻，褐婉与金嘹像玩跷跷板似的点头翘尾，似乎领会了我的祝福，迅速躲进新居。

一连二十多天，只见金嘹进进出出，进去时嘴里衔着小虫之类的食物，出来时嘴里叼着废弃物。可以想见，为了下一代，褐婉正在煎熬心力，金嘹正在付出体力，各自忘我地奋力劳作，任劳任怨。

之后，久未见面的褐婉终于从巢穴中探出头来。也许是久未见阳光，它眯眼冲我点点头，抖抖神，凝视了我好一阵，看那神态，分明在说：“怎么？还是你一个人坐在这里乱写瞎涂啊？”我用大拇指与食指擦出“叭”的一声响，表示它的猜想完全正确。

日子一天天过去，雏鸟的叫声也越来越大，它们进进出出的频率也越来越快。大约一个月后，惊喜地发现有两只黄嘴金爪的小家伙在巢穴口探头探脑，不一会儿又缩回去不见了。也不常见，就三五次吧。

有一天，听见金嘹爸爸在巢穴口周围欢叫着，那声音就像“出来，出来，出来吧！”那两只雏雀好像被褐婉妈妈从后面猛地挤了一下，突然从里面跌了出来，还好，跌落途中勉强飞

上了旁边的树枝。褐婉妈妈紧随其后，迅速从巢穴中飞出，落在了雏雀身旁。而金嘹，则叼着一条长长的虫子飞了过来。只见它落在褐婉身边，褐婉歪过头衔住虫子的另一端，一甩头刚好一边一截，喂给了两只雏雀。

随后，褐婉继续守护着雏雀，金嘹则马不停蹄地觅食去了。如此大约三五次后，两只雏雀便对着父母扇动翅膀，绕场一周后飞向了远方。

这一飞，也许是最后的告别吧！看在眼里，喜上眉梢，却酸在心头。此时此刻，对天高任鸟飞的情趣，我有了一番别样的理解。

此后，褐婉与金嘹便暂时不再回巢穴住了。也许是怕睹物思人、物是人非的惶恐与失落吧。

时间能抚平创伤，但人并非雀，不能陪它们同飞，只好掰着指头数日子，期待着重聚、期待着相视而笑的日子。

一元初始，万象更新。转眼又是一年，树还是一样的绿，花还是一般的艳，风依然柔软……只是再不见褐婉与金嘹像往常那样的忙碌。金嘹的声音低沉又单调，难道它们也沉沦于“春光无限好，只是近黄昏”的情感怪圈？莫非，它们也受到了空巢的打击？

其实，又何必呢？也好，两人吃饱，全家不饿，倒也爽心。寂寞也许有些，但何尝不是幸福的清静；孤独也许有些，但何尝不是自由的洒脱？

守望啊，那是衰落的终点，也是萌发的起点啊——若干年后，人也好，鸟也罢，何尝不是换个形态再现再聚！

生之趣，不亦乐乎！

对撇子的人

我很幸运，人生的不同阶段不仅结识了几个“哥们儿”，同时也遇到了几个“对撇子”的人儿。有个叫“亦仁”的人，就是我在职场后期遇到的一个“撇子”。

2003年春季里的某一天，我正在办公台前修改全局大会的讲话稿，亦仁把他的“入职作业”送了过来，那是一篇自由发挥的文章。我粗略看了一下，不禁喜上心头：文字流畅，内涵深刻，点面概全，意由心生，文采纷呈。文风很符合我的风格，稍加指点，就能基本满足我对讲话稿的“四化”要求。

“四化”是我对讲话稿的“老一套”要求：一是表述要口语化，这样的讲话稿读起来才会朗朗上口；二是理论要实际化，这样才能接地气，满足听者的需求；三是情感要真实化，这样讲话稿才比较生动；四是语言要幽默化，这样才能吸引听众，防止别人打瞌睡。

可别小看这“四化”，按两个小时的会议来看，会议是有声有色，还是一潭死水，是群情激昂，还是枯燥无味，是一语中的，还是不痛不痒，此“四化”至关重要。

就我个人而言，开会讲话，宁可就其短而不能冗其长，同样内容的会议，也要有“性价比”的考量。会场内，台上台下有无共鸣，是带耳朵来听，还是带脑袋来听，只要数数会议期间上厕所的人数，听听翻报纸的声音大小，再看看交头接耳、窃窃私语的，便能略知会议效果与“性价比”了。不过，会场内鸦雀无声固然好，但不可能从头至尾一无人响，因为与会者不是机器人。有些不大不小的会议，私底下悄悄议论议论是正常现象，这时讲话者最好送上一个小段子或笑料，大家哄笑一阵子，既解疲劳又敛精神，效果最好。要是实在没啥好逗的，哪怕说句口误，念个错别字，也能起到事半功倍的效果；喝水润喉时，把杯子盖掉在桌子上或把杯子盖反扣在水杯上发出的响动，不仅能提振与会者精神，还能激活讲话者自身的脑力能量……方法窍门举不胜举，千招万式，总归不过一句“见机行事”，但也都只适用于“小庙上香”，不能在“大寺摆弄”。总之，要达到会议的预期效果，会前文稿正文部分的“四化”要求，会中讲话艺术的“雕虫小技”都要讲究。尤其是前者，文稿是基础，是前提，是纲领，自身吃不透文件精神，就不可能写出或改出好稿子，一旦弄巧成拙，偏离文件精神就会闹出大乱子。特别是传达刚性文件，讲究只字不动，尊重原义，绝不能自我乱解释、添枝加叶。

言归正传，当时海珠区局的办公室主任是宏佳，负责文秘工作的副主任是志雄，志雄就被称为“笔杆子”，清心、内敛、淡泊，小诗也写得不错，当时很多文稿材料都出自他的手笔，经宏佳主任修改把关后才发到各位局领导的案头。作为新调入的“一把手”，初来乍到，他们对我的行事风格、讲话要领、语言技巧等并不熟悉，从被动磨合到自觉适应，确实需要一个过程。特别是在已经适应前任各位领导的情况下，先入为主的烙印还是比较难改变。基于此，我想“换张白纸好作画”，为办公室注入新鲜血液，也许对大家都是好事。

亦仁的到来恰逢其时。我欣喜地阅读着他交上来的文稿，小心思也琢磨开了——在短时间内，考察干部，最快最直接的方法无非就是两点：一是看看表象，能说会道之人总比吭哧瘪肚之人给人印象好；二是看看内秀，能写会描之人总比手笨脚拙之人给人印象强。二者结合，在最短的时间内，考察一个人，若能得出一般的结论评价，最好最快的方式方法，就是不设题目题材和内容，任其写一篇文章，从字里行间去琢磨分析此人的内在秉性和学识。字如其人是表象，文如其人是真谛。

此法对评价亦仁也不例外。当他把文章送到我的台面时，我心中暗自高兴却并不喜形于色。脑子里立刻思考培养此人的路径：内勤科室往往是职能部门，不可避免地也要涉及业务，对于半路出家的部队转业干部来说，是取其长、补其短的最佳岗位。发票科也是锻炼培养人才的好地方，自然也是他的好去处。

事实证明，亦仁果然不负我望，在发票科做得风生水起。不到两个月，我便将他抽调到人事监察科工作。不到一年时间，他便通过竞争上岗提任为人事监察科副科长。两年后他又调入办公室任副主任，主持办公室全面工作，再过半年就正式任职办公室主任。

这期间，他才思敏捷，任劳任怨，精耕细作，上下求索，减轻了我多年来爬格子的负重，让我省出不少的时间和精力，想大事、办大事、成好事。毫不夸张地说，自他进入海珠地税后，这个大团队取得的每一项荣誉都渗透着他的辛劳、勤劳和功劳。

《海风》虽是一本薄薄的画册，顾名思义，扬海珠之风气，塑海珠之风韵，展海珠之风采。画册虽薄，却集海珠点滴税月之高度概括提炼，一改领导是演员、领导是主角、领导是明星的老套路。画册里，两百多名干部职工无一漏镜；丰富多彩的个人愿景、团队愿景一览无余，“团结进取，平安稳定”的主旋律跃然纸上……挂名主编的依然是局领导，但主笔人实际就是亦仁。局领导，特别是我，几乎没有参与。

《海风》薄之又薄，小之又小，不过一本“土家族”的小画册，我在此大书特书似有小题大做之嫌。非也，短小精悍方显功力，画册虽小，人手一册，它真实再现了全系统、全省学习型先进单位的人文品德、素质修炼；它再现了工作学习化、学习生活化、管理扁平化的专业风采。这在海珠地税的文化培植史上是浓墨重彩的一笔。

《海风》能走出老套路、老框框，真实反映出海珠干部职工的精神面貌，人手一册，珍藏历史，皆大欢喜。此功，非亦仁莫属也。

当然，创建学习型组织成功与否，团队成员是枝干，而绿叶能否将阳光通过物理过程，转化为有机的营养素，供枝干吸收成材至关重要。可以说亦仁就是那青枝出墙最绿、最有朝气的那一片叶子。这片绿叶为“青出于蓝而胜于蓝”遮阴纳凉；这片绿叶为“出淤泥而不染，濯清涟而不妖”清热解暑；这片绿叶为“顺不足喜，逆不足忧”的愿景之人转化了太阳的能量。

十几年来，相熟之人尊称我为“才哥”，中听、顺耳、雅致，但写点什么时若只落款“才哥”二字似乎清瘦了些，不够饱满，总缺点什么。“五五”抒怀后，“秋韵”应运而生，开始在我的笔下活色生香，也开始统领本人头脑中的所思所想所忆的整理，开始现身于好友的茶余杯端、跳跃在我以诗会友的各种遐想当中。

俗话说“人借衣，马靠鞍”，闻之似乎有重外轻内之嫌，实则不然，一个高大的人穿衣配装略小一码，总有捉襟见肘的嫌疑，一匹骏马若不配一副好鞍，也总有不尽如人意的遗憾，外在和内在得不到匹配，总是难以体现内涵和品位的。我认为“名字”便是这好衣好鞍。起一个朗朗上口、内涵充实而又品味高雅的笔名，起码是给自己立了个标准，有时甚至能引导你朝这个方向前进，朝这个方向发展，这就是文字潜移默化的神力。

“秋韵”对“亦仁”很合拍，字面也易于理解。《论语》里有载：“知者不惑，仁者不忧。”知与不知而亦知，仁与不仁而亦仁。其取名为“亦仁”，自有其追求。吾网名“秋韵—TT”圆润而低调，“亦仁”则含蓄又谦卑，两者大有一见如故、一拍即合之意。

2011年秋月，正值故乡通榆金秋季节，更值本人即将步入花甲之时，由“忙忙碌碌”转入“清清闲闲”的人生过渡时段。打个不恰当的比喻，也就是说男人到了更年期。既然是更年期，生理上的变化自然是有的，心理上的变化更是难免，思维上的变化与其说是波澜壮阔，不如说是活蹦乱跳。

东北，特别是家乡通榆的金秋，也许是一年中最好的时节，若人生也有四季，这个时段也许正好是人生进入了黄金分割点。

几十年来，特别是高堂年迈之后，我每年最少要回通榆探望一次，时间通常都选在七八月份。在我自然生命、工作生命转折的重合时期，八月底九月初回到家乡过五十九岁生日实属是有计划、有祈盼、有“预谋”的。

按风俗，大寿最好提前而不宜推后，花甲大寿在条件许可下最好在出生地庆生。因此，我选择“悄悄”回出生地庆生，既为顺应风俗，也为避开各式杂音，安安静静享受一次儿时的乡土文化气息和沙尘泥巴味道。多年来，我不但这么想、这么策划，而且最终也是这么去做了。

咱平民百姓过个生日，即便不能轰轰烈烈，岂非“悄悄”进行不成？非也，我确实带了人回乡庆祝。带人多乎？不多也，仅一人而已，那人便是亦仁。

那日，我和亦仁乘车从向海酒店出发，穿过熙熙攘攘的小县城，一路奔向县城的西北方向，一小时后，便到了国家AAAA级旅游景区——丹顶鹤的故乡——向海。会友、观光、垂钓？是也不是，不是也是。采风，此“采风”非彼“采风”，只为一件事，确切地说，只为一张照片，一张神形兼备、貌合神契的照片，一张符合“秋韵”二字贴切内涵的照片。

我俩面对午后的夕阳，自东向西漫步在湖岸边的沙丘斜岗、芦苇、蒲草里，深一脚，浅一脚，悠闲自得地移动着，鞋子时不时还会陷进水浸的细沙中，这都无关紧要，我们也全然不顾。散步似乎漫不经心，全程既无对话，也无对视。我只顾信马由缰往前走，亦仁则举着相机不停在我的身前身后调整着拍摄位置。

秋波细浪，秋风似梳，秋思生智，秋韵如画……靠近一片金黄的苇草时，我猛然抬头张望，夕阳刚好在我脸上打了个照面，我仿佛顿悟了天机，发现了人生的秘密，思到唇动，我不由隐隐吟出“乾坤复始望甲子，秋韵当歌沐西阳”之句。

亦仁耳聪目明、眼疾手快，只听“咔嚓”相机快门摁下的声音，笑容已在脸上浮现。他把相机递给我，我第一眼就喜欢上了镜头里的“秋韵”——秋水一色、天人合一，这正是真实本意的秋，这正是梦寐以求的韵。

秋韵既成，胸有成竹、大喜过望的我俩也不再游荡，在急促的车轮声中回到了住地，当晚我就挥笔写出了即兴版《望甲子》：撇捺豪气霸一方，横竖盘稳居中央。四笔妙用数十载，润泽春夏桃李芳。乾坤复始望甲子，秋韵当歌沐西阳。草书小篆蘸清酒，细品秋冬梅兰香。

此诗，在内容上基本概括了本人的前半生，在意境上基本体现了秋韵的清心淡雅、怡然自得。由于随笔速成，即兴有感而发而作，有其随意性，故称“即兴版”并保留至今而不舍改动。也正因此，此诗在文理上有很多不到位、可商榷之处，更不可用诗词格律去衡量之。“乾坤复始望甲子，秋韵当歌沐西阳”，此中情意，创作背景，也唯有亦仁一人知晓。

细品慢研多年之后，秋韵与亦仁对即兴版《望甲子》进行加工整理和修饰润色，有了修改版的《望甲子》：撇捺豪情霸一方，平和横竖贯中央。况逢盛世门楣峻，更喜英才桃李芳。笔墨当歌望甲子，笑谈依旧话麻桑。草书小篆蘸清酒，再品梅兰秋露香。

两个版本的《望甲子》，虽说都是草民之作，但都各有千秋，各领风骚，我等自娱自乐也无须更多评点，之所以写出来，唯证秋韵与亦仁在情脉、智脉和文脉上的高度契合。虽说都是文化上的一介草民，但这种草根精神可嘉，人在，笔不休，也是活到老、学到老的具体表现，对社会、对家庭、对自身也许稍有益处，但绝无害处吧。

如今，亦仁早已是正处级干部。总的来说，他仕途虽算不上高歌猛进，却也算平仄有序。此人虽已过天命之年，长相老成，但一腔青春热血时刻在胸膛沸腾，一双锐利的眸子时刻在眉间闪烁，一支秀笔在不停地运用着“破折号”的尺度，诗文并茂，佳作不断，其风骨，其成绩，我看在眼里，喜在心头。

这几年可以说，秋韵与亦仁的互动合作堪称炉火纯青、天衣无缝，共同的爱好和品性拉近了我们在年龄、阅历和秉性上的跨度，他也是我在公务员队伍中一位不可多得的忘年之交。

得友若此，幸甚至哉。

木棉新语

广州，又称羊城，每逢仲春，在羊城的街头巷尾、道路两旁都能欣赏到高大粗壮的木棉枝杈上，盛开着一朵朵硕大如杯的木棉花，像一团团熊熊的火焰——竞相绽放，像仕女手中的艳伞——遮阴蔽阳，像新娘头上的簪花——喜气洋洋。她无愧为广州的市花，艳艳丽丽，芳芳香香。

邂逅羊城木棉花，还是二十世纪七十年代的事。初来乍到，适逢仲春，看到没有一片叶子的木棉枝杈上，萌生着嫩粉的包芽，这是什么？苞芽？哦，是木棉花的苞芽！慢慢地欣赏，仔细地观察。和风过处苞芽暖，一夜唤醒万树花。硕大似血的花朵，染红了秃枝光杈，看在眼里，喜在心间。有幸，捡拾了一朵花蕾，恭恭敬敬地献给了她。这也许是花好月圆的见证，从此萌发了白首偕老的念头，至今依然朝夕相处、心心牵挂。

后来，她悄悄地告诉我："木棉树谓英雄树，木棉花称英雄花。"噢！树，伟岸挺拔，花，彤彤无瑕。树，捧着鲜花；花，装饰枝杈。转瞬间，度过了许多美好的春夏。至今，每每目睹或回味，都令我心潮起伏，浮想联翩！不由得吟出"木棉花开几度红，雄枝伟干指苍穹。英风满树叠罗汉，血火交融武圣公"的诗句。

在羊城，人们赞叹木棉花的本色，她既有君临天下之气度，又有母仪众生之情韵。她开得那么鲜活，却始终那样恬淡豁达；她站得那般高远，却始终那样温文尔雅；她单朵花期虽短，却始终那样接棒传承，延续青春芳华。

我喜欢木棉花，因其盛开时如火如荼，异彩纷呈，给人一种热气腾腾、蒸蒸日上之力量，那是生命的昭示，那是奋进的号角，那是凯旋的骄傲。

我喜欢木棉树，因其一年四季形态各异，给人带来不同的视角感观和心绪的自由遐想。春回花红满天，夏至籽落实成，秋深叶茂成伞，冬来干挺枝拔。

我喜欢木棉，因其大爱无疆。叶可余荫，花可入药，絮可茵褥，籽可装枕。余荫下，饮一碗凉茶，清热驱寒；茵褥上，打个盹儿，触枕即时进入遥远的梦乡。

她高产高寿，高风亮节，具有顽强的生命力。若干年前，羊城中山纪念堂公园一株木棉树入选"中国最美古树"。这棵木棉树已有348岁的高龄，她日复一日，季复一季，年复一年，演绎着生灵不老的传奇。纵使老骥伏枥，依旧"丹心一片似火红，只身怒放唤春风"。老树抽新枝，新枝开新花，新花艳羊城。哦，这也许是古老木棉对中山先生英灵的敬仰，哦，这也许是英雄木棉对羊城黎民百姓一往情深的褒奖。

她为而不矜、作而不恃，有着合而不同的君子品性。即便腊月摧枯拉朽之时，依然豪气云天，气宇轩昂。苍劲的枝干上，长满犀角，犹如古战场的勇士，身披盔甲，威风凛凛，守护着家国方圆。

她浪漫纯情，秋风掠过，籽荚裂开，果中的白絮随风飘荡，像雪花一样轻柔，像蜂蝶一样翩翔，更像孩子们吹的泡泡，忽上忽下跳跃，忽左忽右滚动，别有一番吉祥如意的景象。

她体面优雅，即便落英缤纷，也似英勇赴义般雄壮。不褪色、不萎靡、不惊恐、不彷徨！幽魂入沙，也不忘告诉世人“落红不是无情物，化作春泥更护花”。啊！真是风云叱咤。

我不算“拈花惹草”之人，对木棉如此情有独钟，除了木棉特有的风情之外，可能还与我是军人出身有关。木棉花的嫣红，象征着军人素质的高尚；木棉树干的伟岸，象征着军人毅力的刚强；木棉树的枝杈，象征着军人剑拔弩张的方向；木棉花的雅号，更是军人终生追求的宏大理想。

冬去春来，我时常久久地凝视和回眸羊城的木棉树和木棉花，在她生长的这块神奇的沃土上，从秦汉魏晋南北朝，到唐宋元明清，多少文人志士自北南下，中原文化在此交流融汇，扎根散发，漂洋过海，走向世界，孕育出生机勃勃、独树一帜的广府文化。

木棉情深，生活在英雄的城市，仰慕着英雄树，观赏着英雄花，我只是木棉主干上的一只犀角和一条枝杈，但愿能支撑起木棉花常盛常开，但愿能护行英雄木棉踏遍岭南的海角天涯。

朋友吉祥

在我的朋友圈里，有一位开拉面馆的朋友有点特别，是位穆斯林回族兄弟，名字就叫“吉祥”。他名如其人，慈眉善目，心态极好，家居青海省化隆县德恒隆乡纳加村，在家排行老幺，是家中最小的一个男孩。上小学时，居然还没有大号，是老师临时为他起的名，谓之“吉祥”。

吉祥这词读起来悦耳动听，有祥瑞、吉利、好运之意，是中国传统文化中有名的兆词，也是中国人常用的祝福语。古籍《庄子·人间世》有言：“吉者，福善之事；祥者，嘉庆之征。”估计当时老师为他起名“吉祥”，也是这个本意。

吉祥姓马，西北汉子，个头不高，老实巴交。他见人三分笑、送客七分礼的待客之道，人人喜欢。他加面不加价、加料不加钱的营销之道，也是人人点赞。他与兰州拉面结缘，算得上是从穷疙瘩里走出来，靠勤劳而发家致富的典范。

据考，“面条”源自中国，至今已有四千多年的历史，几乎见证了中国文明史的全过程。“面”是做食物的原材料，可以做面条、包饺子、蒸馍馍、炸油饼……样样都离不开它，但这只是狭义的“面”字。广义的“面”字，含义可就多了去啦，单就“面子”而言，它是装扮，是荣誉，是成就感的代名词。

面条里的兰州拉面可以说是“中国第一面”。兰州拉面为何能在数十年内享誉大江南北、境内境外，扯出一面饮食大旗？或许是因时因势，揭竿而起，造就了“英雄”的缘故吧！这个“时”就是保护三江源发源地已到了迫在眉睫之时，这个“势”就是改革开放国家实力逐渐雄厚之势，这个“英雄”就是党的好政策，政府的实效管理落实到位，造就了普通拉面人放下锄头，退耕还林，退牧还草，动起身，走出去，干起来，四海为家，八方创业，发家致富，涌现出一批以兰州拉面为品牌、打拼谋生的英雄好汉。

吉祥就是其中一位比上不足、比下有余的普通代表人物。

吉祥的故乡可以说是穷乡僻壤、兔子不拉屎的地方。村子里十几个孩子一同入学，读完五年级时，只剩吉祥一个人了。其主要原因是“走不起”，从村子到学校，翻山越岭，往返一次要走20公里路。天不亮就出发，夜深人静才赶回家，五六个钟时间铺在路上，对于一位孩童来说，真是难为他们了。能坚持到只剩其一人，对于吉祥来说，也实属难能可贵。

吉祥虽然学习成绩良好，但朦胧初世的他，也耐不住玩耍无伴、求学无邻的寂寞。十六七岁时，经学长的指引，踏上了外出打工之路，但第一次弃学从工就失败了。原因很简单，当时他在父亲开的路边店拿了一百元钱后，就胸有成竹地只身一人步行30公里路来到化隆县城，正准备找学长的爸爸接头时，在路边遇到同村的本家亲人，一打听来龙去脉，就热情接待了他，吉祥心中暗自高兴，没想到第二天本家亲人就把他送回到了父亲的身边。父亲问明原委，就把他推进牛栏，抓起脚下的“土坷垃”就掷向他，边掷边训：“这么小就不读书，爸这辈子就吃了没文化的亏，啥也不懂，只会干农活，看你还跑不跑……”若不是吉祥身材灵巧，那几块“土坷垃”就能把他砸晕。

当吉祥向我诉说这段有惊无险的经历时，更多的是愧疚和感慨，因为现在老父亲过世了，他巴不得让老父亲结结实实再打一顿。当时牛栏并不大，躲来躲去还是在小圈子里，老父亲手中的“土坷垃”一个也没打中。他心里有数，父亲其实那是真训假打呀，为的是让孩子早日明白事理，将来有大出息，不要一辈子摆弄“土坷垃”。老父亲的良苦用心，至今令其感慨不已。

说到愧疚，老父亲假打真训时，还不知道他拿了自己一百元钱当盘缠。明人不做暗事，既是准则，更是美德，但是对于一个急于外出打工、摆脱困境、补贴家用的未成年的孩子来说，是可以同情、理解和原谅的。

诗和远方总是让人向往的，那次弃学从工失败后，吉祥向往远方的心从未停止过。当父亲再次把他送到学校继续读书时，他那躁动的心情并未平静下来，没多久就再次不辞而别，离开了校园，踏上了远方的打工之路。那时是二十世纪九十年代初期，他从化隆出发，经西宁，过兰州，至南京，几经周折，终于到达了目的地——闽南厦门，从此开始了漫长的打工生涯。

到了厦门之后，他从众多的苦力活中选择了一个能学点手艺的活，在一家兰州拉面馆干起了端盘子、洗碗、摘菜、迎客的勤杂活，干中学，学中干，最终学会了关键的手艺活——拉面，成为一位小有名气的拉面师父。

那时不仅交通不方便，通信也极不方便，通一封家信要一个月才能邮寄到家。尽管吉祥时不时将打工赚的钱寄回补贴家用，孝敬父母，但是他毕竟离开家乡多年，又是家中老幺，母亲对他自然是牵肠挂肚，因此三番五次催促吉祥他爸到厦门探望儿子。父子俩一见面有说不完的话，到底说了些什么，他自己都忘了，唯独记忆犹新的就是和父亲刚见面笑嘻嘻的对

话："爸，这是我几年前离开家时，未征得您同意，悄悄拿走的盘缠钱，现在还给您，一分不多，一分不少，刚好一百元。"父亲左手摁住他拿着钱的右手，右手拍着他的左肩膀说："吉祥，你长高了，长胖了，懂事了。"看得出，那时父亲是开心的。

二十世纪八十年代末，广州就已有兰州拉面馆，由于种种原因，面馆很少有办营业执照的，故而也无须纳税。当时这是相关管理部门面临的头痛问题，有时也想借助税收的刚性政策取缔它们。当时，我是基层税所的负责人，面对辖区此种状况，减免税没政策依据，征税又很难做到，面馆又是小本经营，目的是养家糊口，生意举步维艰，思前顾后，感觉这些经营者很值得同情和理解。于是，我们不但没有前去打扰，我反而时不时地去小店吃碗面，不仅可帮衬一下他们，还可以从中体验一下人生的艰辛。从此，就慢慢爱上了吃兰州拉面这一口，烙上了这"吉祥味"。这也是我有缘和吉祥成为忘年交的原因之一。

吉祥三年学徒期满，二十世纪九十年代末娶妻生子的同时，萌发了当老板的念头，于是与朋友合股开办了第一家面馆。三年后，吉祥又感到合开面馆不过瘾，不够刺激，有时经营理念不同，容易产生误会，进而影响和气，便退出了股份。不久，他便在厦门单打独干开起了真正属于自己的面馆，生意很好，拉家带口一干就是六七年。这时父亲提出双腿有残疾的哥哥生计困难，劝吉祥把面馆转让给哥哥经营。吉祥是个孝悌两全的男子汉，他二话没说就把面馆无偿转让给有残疾的哥哥一家经营。

这时已是2000年末。吉祥回老家略做休息调理，回忆起十几年的起步、开拓过程，内心的抱负更加宏大，开始了新的江湖闯荡生活。他先后到了深圳、上海和武汉等地，一边打工一边开阔视野，增加阅历，积累经验，准备再大干一场。不巧得很，这期间母亲又遭遇车祸，负了重伤，家中生活再次跌进低谷，只靠打工难以养活一家老小了。

重打鼓，另开张，吉祥开始了"闯关东"旅程。在沈阳、哈尔滨都有所斩获，又转战吉林市，不知什么原因，生意很难做，坚持很长一段时间后，还是不见起色，加之随行的老父亲染上了重病，不得不收摊关门停业。顶手费四五十万元钱就这样白白打了水漂。"一夜回到解放前"的吉祥，默默回到家乡照顾卧床不起的老父亲。

2015年年初，垂头丧气、一筹莫展的吉祥，终于盼来了好消息。当地政府主动上门慰问贫困户，落实精准扶贫计划。当政府工作人员问他是否想二次创业时，吉祥不知如何回答，一是心有余悸，二是无资金再次创业。不过最终还是吞吞吐吐说出了想二次创业的打算。政府工作人员将情况向领导和有关部门汇报沟通后，为其低息贷款五十万元支持他二次创业。

吉祥倍加珍视政府及时雨般的关怀，这笔钱如何投资？去哪里投资？经再三思考后，他最终还是来到了市场最活跃、包容心最强、人情味最浓的广州，在广州市中心接手一位老乡的面馆，满心期待开始了二次创业。

可惜，好景不长，麻烦接踵而来。首先是接手的店子，签的合同经营范围是面包店，压根就没有营业执照，拉面馆并不在经营许可范围内；其次是未办卫生许可证，但在与上家签合同书时，由于文化水平低，吉祥稀里糊涂就签下了合同书。面对卫生、工商、城管等部门的询问，吉祥犯了难，只能结结巴巴说出事情的大概经过，搞得三个部门一时之间也没有头绪。然而，三个部门有关人员并未歧视吉祥，反而增加了怜悯心和同情，特别是卫生局一位领导格外热心，拿着吉祥仅有的资料，跑街道、去工商等有关部门，经协调，终于把“兰州拉面馆”的证照送到了吉祥手里。

当吉祥向我唠起此事时，他发自内心的感动，眼睛都湿润了，也似乎更结巴了一些。当他提着家乡上好的小礼品去天河区卫生局感谢有关人员时，大家相视一笑，除了为此事奔波的成就感之外，没有任何所求。只希望吉祥好好经营，早日还清贷款，过上富足小康的生活。这体现党和政府对少数民族的关爱，对贫困人群的关心，对三江源人民的关怀。

现在，吉祥没有辜负这位卫生局领导的良苦用心，他说：“家乡政府借钱，当地政府帮忙，再干个三五年后，不但能还清贷款，生活水平可能会超过小康，到那时，我要回到家乡为保护三江源尽义务，使祖国的山更绿、天更蓝、水更清。感谢党和政府对我们山村娃的恩德。”若帮过吉祥的人听了这番话，肯定会感慨和欣慰，反正我是感慨多次、欣慰多时了。

2019年年底，吉祥的租赁合同到期，如果租赁方不再续约，吉祥的生计将面临新的抉择，有可能再次半途而废，别说小康，脱贫都难了，甚至可能返贫。因此，我豁出老面子，找找老部下，走走老关系，终于帮吉祥成功续约了。

吉祥信仰伊斯兰教，我虽然不是穆斯林，但在他的小店吃面时，相互间也曾有过关于信仰的探讨，他对爱国信教深信不疑，对所谓的信教极端分子很痛恨，说他们玷污了真主顺从和平的旨意。

当我说起我信仰共产主义时，他说：“我不懂主义，只知道共产党管的中国平安稳定，民族团结友善，不欺负老百姓，中国是地球上最好的国家。”

这也许就是我和吉祥相互往来交流，并着墨写这篇文章的最大动力和欣慰之处吧。

苔　　意

“塘堤杨柳依依，浅丘桃李萋萋。阡陌花草洋洋乘暖意，沟渠苔藓默默织地衣。塘堤滋润，杨柳依依正当时。浅丘沐暖，桃李萋萋念恩师。阡陌泥泞，花草洋洋笑可掬。沟渠弱暗，苔藓默默自奋击。”这《苔意》，是诗？是词？是文？抑或只是款曲人生？算来似乎啥都是，却又啥也不是。

遥望当年，正是小小年纪得意之时，恍惚间，跌进了失意的谷底，也许是顺之过、逆则袭，也许是山外青山楼外楼，好高骛远的冲击，也许是立业成家萌发了新意，总之，写作此《苔意》时，心里确是莫名其妙的空虚。

气象台的茶林，自留地的田垄，是多年晨练、跑步的好去处。我对自然景观并没有过多的留恋和在意，但当时为了消遣解闷，到林中、田垄上的频率增加了，逗留的时间拖长了，对田野风光产生了猎奇心理，对花草树木的观察也更加仔细。难忘的是花草洋洋，希望的是杨柳依依，追求的是苔藓默默，渴望的是桃李萋萋。故留下了对花草树木三言五语感慨抒发的同时，对苔的认知却是情有独钟的本意，经几度搜索整理，还原了七七八八以表“苔意”。

苔者，低等级的高等植物，创意颇多，需求却无几，无牵无挂，坦荡忠义，一生平静淡然，无高潮，亦无低谷，寂寂无声，生生不息。苔之神秘，顺不足喜以谦卑，逆不足忧以坚毅，强大的内心，焕发着真性情的无限动力……其实，再多直白的语言都很难去界定苔的这种平淡之极却优雅难言的生机。

清人袁枚对苔有入木三分的描述，真正写尽了对苔的褒奖、刻画、敬羡，其言语优雅从容，却又平淡无奇，恰似那角落里默默生长的苔：“白日不到处，青春恰自来。苔花如米小，也学牡丹开。”“各有心情在，随渠爱暖凉。青苔问红叶，何物是斜阳。”当年读罢此诗，感触颇深，还写有一诗：

艳阳少眷顾，适时采翠微。
苔长阴地小，敢叫日月亏。
上下几千载，历来不曾岿。
悄悄谕红叶，默默赏余晖。

袁枚所居大名鼎鼎之随园，在南京市。二十世纪七十年代初，我在南京军校读书时，有幸道听途说了《红楼梦》之“大观园”与“随园”之干系典故。出于好奇，还几费周折地前往南京市广州西路西侧小仓山一带，寻觅所谓大观园的前身——随园故址。虽然，当时随园人去楼空，只剩“袁枚墓地旧址”以及“百步坡”之故名，但总算残留丝丝古迹、点点残痕。时至今日，宏伟气派的五台山体育场已经鸠占鹊巢、坐落于此，为“发展体育运动，增强人民体质”而孜孜不倦地贡献着力量。至此，随园仅剩的丝丝古迹也便荡然无存了，只有“百步坡”这老地名还在史书、志传中存留印迹。

历史概念中，随园是江南三大名园之首，是中国古典四大名著《红楼梦》中大观园的原型。暂且不论随园与大观园之关系，单就随园的历史传说来说，也是中华传统文化中不可多得的一笔。因此，在宏大的体育场内，随便辟一小块地方，树碑也好，立传也行，给旧随园一个名分，给来人一个寄思怀古之所，岂不刚好应了文化、体育运动自然的比翼双飞与相得益彰？如此美事，相关部门又何乐而不为之?

文化的传颂和向往，真是妙不可言。想当年，我也正因这道听途说的文化向往，对《红楼梦》产生的历史背景、政治变故略知一二，又因此而对清代真性情的文化名人袁枚及其作品略知一二。感恩那个年代偶然中给了我必然机遇的人们，否则，年幼无知，学识又浅，繁花尚未看完数尽，何来功夫细品“苔花如米小”的雅致？回忆起这些因缘，我的笔下走来这样一首小诗《红楼缘》：

红楼一梦未曾圆，不是随园是何缘？
千家万户寐下去，人间自有大观园。

诗里的随园，书中的大观园，在与不在，既在意念之中，又在意念之外，纠结太多，有伤身心。更何况随园走进大观园，大观园走进《红楼梦》，《红楼梦》又演变成千古经典，个中缘由错综复杂。十年磨一剑，《红楼梦》是哪位历史无名的落魄文人，是曹雪芹，又或者更多的文人用一生打磨出来的血泪之作。说到这里，也来侃侃大山，拿历史开开涮。传说《红楼梦》的前身是某位无名文人作的《石头记》，曹雪芹对其进行增改删减，又删除了《脂砚斋重评石头记》里有关不利朝廷的评语，几经批改，才有了传世于今的《红楼梦》。因此，据说，《红楼梦》的前身《石头记》的原作者理应还有一位失意之人，有人说是康熙或雍正两代

皇帝嫡生传人——弘皙，也有说其他的。

千古之谜，年代久远，我等凡夫想想都头大，更别说想多了头痛，怕是想死了也想不出个道道来，这些，道听途说也好，真史实话也罢，都由红学专家们去研究吧。《红楼梦》里曹雪芹曾写道：“我也曾金堂玉马，我也曾瓦灶绳床，你笑我名门落拓，一腔惆怅，怎知我看透了天上人间，世态炎凉！褴裳藏傲骨，愤世写群芳，字字皆血泪，十年不寻常！身前身后漫评量，今世看，真真切切，虚虚幻幻，悲悲啼啼的千古文章。”唉，这真是：是非成败转头空，荣华富贵、如花美眷也不过过眼云烟，世事难料，造化弄人，我等凡夫俗子，还是踏踏实实珍惜每一天，充充实实过好每一天吧。

说完袁枚的“苔”，再说唐人刘禹锡《陋室铭》里的“苔”：“苔痕上阶绿，草色入帘青。谈笑有鸿儒，往来无白丁。”

细细琢磨这“铭句”，诗情画意，优雅从容，也许是赋闲之人，特别是有自理能力的老者，茶余饭后消遣、呆想、凝望、侃山的理想境地。读后，有感一首《陋室苔痕》：

陋室今安在？彼此铭心中。
阶绿帘青衬华少，苔痕草色喻老翁。
谈笑逢盛世，往来见性情。
无有上入韵涵涩，鸿儒白丁混成兄。
如此这般胡乱侃，当心刘公死复生。
知之为知诚可贵，不懂装懂诚瞎蒙。

苔有苔的自生自灭之规律，苔有苔的自尊自容之豪气。苔之精神，确值吾等凡夫俗子习之践之。

虽败犹荣

还是一个新兵的时候，我参加过师里组织的运动会，当时报的是一项冷门项目——3000米竞走。说起来，一个小小的运动会过去了那么长时间，我还记忆犹新，不为别的，只因比赛里，社会“规则”给我上了一课。

当时，竞走算是新兴运动项目，又是冷门，没有现成的教练可请教，我苦学自练了两三个月，对掌握动作要领赛出好成绩比较自信。

比赛那天才知道，这个冷门项目竟然也有30多人报名参加，竞争异常激烈。竞走最易犯规。开始时，我走在中间的位置。剩1000米时，已经因为犯规罚下去很多人了，我后来居上，挤进了第一梯队。到最后500米时，我已经走到了第二的位置上。

这时，跑道边的周恩洪台长突然冲我大声喊：“亚军就够了，千万别拿冠军。”听到这话，我丈二和尚摸不着头脑，比赛哪有不争第一的？身子却保持着原来的节奏快速地向前冲。

“加油！加油！”现场一片欢呼声，我憋着劲往前走，离第一名已越来越近了。此时，裁判鸣哨，示意我犯规一次。就在离终点只有五六十米时，裁判又示意我第二次犯规。这时，台长又冲我大声喊：“慢点——慢点——亚军就够了——”这时候我也顾不得那么多了，继续加速往前冲，还剩最后10米时，我终于超过了第一名，一个“不小心”提前撞线了，自以为冠军到手了。

战友们都高兴地围了过来，帮我擦汗，向我祝贺。此时，只见判我两次犯规的那个裁判走了过来，在我面前晃了一下小红旗，说：“三次犯规，取消比赛资格。”

我喘着粗气，愤怒地瞪着裁判，裁判却不急也不恼，讪讪地笑着说：“虽败犹荣，虽败犹荣。”台长也拉住我握紧的拳头，安慰道：“虽败犹荣，虽败犹荣。”

裁判走后，周恩洪台长无精打采地对我说：“你啊，让你不要拿第一，你就是不听，现在连第二都没了吧！”

噢，原来如此。我这才明白过来，原来台长早已知道其中的“玄机”。如此想来，竞技场上五十年前就有了“黑哨”，如今大小赛事有黑哨也就不足为奇了。

人吃五谷杂粮求生存可以理解，人无横财不富就难以理解了，一个非正规的体育赛事，也有猫腻就不应该了。呵，不就是某某领导的外甥吗？凭什么非要得第一？虚荣吧！虚荣并不能当饭吃，虚荣过分了就会人财两空。

人要有刚性，原则面前更要有刚性。刚性是什么？不欺软，不怕硬，不唯上，不越矩。但识时务者为俊杰，第二与第一只是一步之遥、一字之差，你好我好全都好，既得了面子，又享受了里子，何乐而不为？一山不容二虎，好汉不贪虚名，让你三尺又何妨！真性情有时也会误了大事，难道不是吗？这就是哲学——“明白学”的基础，也是儒释道的萌芽。所谓中庸，又何尝不是如此呢?

在中国这样的人情社会里，懂得点中庸之道、人情世故是很重要的。五十多年前这“虽败犹荣”的例子，当今社会是有过之而无不及，有时候不懂得“退让”，结果可能会正好相反，有时候这跟你本人努不努力没太大关系。

这样的例子很多，我经常能听到一些花边新闻，说哪个单位局长和书记闹矛盾了，哪个单位“一把手”和“二把手”吵起来了，诸如此类的人际关系问题，在职场上比比皆是。碰到这类问题，不仅当事人很不舒服很难受，单位的工作也会搞得一团糟。

说实话，年轻时我也领悟不了这其中的奥妙，现在成了过来人，经历过了，吃过亏自然也就明白了。能吃亏的吃不了亏，能容忍的也不一定是懦夫。在一些特别场合，主动将主角的位置让给别人，而自己心甘情愿当配角，这并不算什么失败，甚至可以说是一种策略性的胜出，也许让出的只是一个主角的虚名，而赢得的却是真正的实惠和欢畅的人生。

我相信，步入社会之后，每个人都在学着怎么“做人”，这是人生的必修课，只不过因为各种各样的原因，有的人做得巧一些，有的人做得拙一些。绝大部分人都是自我的、爱表现的，不过聪明人就不同了，他常常懂得收敛自己，把风头让给别人出。中国有句俗话叫“枪打出头鸟”，因为“出风头”吃亏的人太多了。

这方面的道理，智慧的古人已经跟我们讲了很多很多，什么藏而不露啊！什么厚德载物啊！什么和光同尘啊！什么海纳百川哪！什么上善若水啊！什么为人作嫁衣啊！什么甘当绿叶啊！等等，这些古人总结出来的为人处世之道，也许不好理解，也许理解了也很难做到，我觉得很正常，我们都是凡人俗人，如果全做到了，就成圣人了。

人未必要太精明能干，不过想要有点成就，有涵养、明事理还是必需的，至少要懂得一些诸如“虽败犹荣”这样的为人处世之道，不要等尝尽了人间冷暖，才想起去学习人情世故，那就晚了。

这不但是现在的年轻人该学的，恐怕连我们这样活过大半辈子的中老年人都还要好好深思。

玩者适也

古语有云："满招损，谦受益，凡事过犹不及。"《道德经》有载："持而盈之，不如其已；揣而锐之，不可长保。金玉满堂，莫之能守；富贵而骄，自遗其咎。功遂身退，天之道也。"《菜根谭》有说："事事留个有余不尽，便造物不能忌我，鬼神不能损我。"这些深刻表达人生智慧的警句，以前经常在公开课中被一些专家学者所提到，他们更多的是强调"自持"和"克制"。我觉得"自持"和"克制"固然重要，但更重要的应该是把握"适"和"度"，适度就是把握适当尺度。这看起来很简单，可能人人皆知，但在现实生活中，往往是说起来容易做起来难。

二十来岁的时候，有个老水手曾告诉我："仁者善也，善者施也，玩者适也。"这话源于一件事，那时我在部队，奉命前往南海执行一项特殊任务。当时，我们几个军人被安排到一艘万吨巨轮上，到南海西沙群岛附近执行海况测量任务。我负责飞行气象保障，与其他兄弟单位的人一起集中在一条船上，我们各自干着各自的活，但同吃、同住、同娱乐。

我们一行中秋前出发，一直干到春节前，兄弟们在船上摸爬滚打了近四个月。后来受季风的影响，风浪越来越大，瞬间风速已经超过十一级，加上冷藏库里猪肉的中间部分冻不透，已经腐臭，其他物资也需要补充。在老船长的提议下，我们向有关部门发出报告：大风警报，建议返航休整。得到"批准"后，我们鸣笛返航。

返航途中，我们心情都特别好，个个都站在甲板上，看着蔚蓝的天空和围着船飞翔的海鸥。一位老水手若有所思地问我："小兵哥，你看过排山倒海、成群结队的海豚和海鸥争食打斗的场面吗？"

我答："没有。"他就悄悄"如此这般"地给我交代了一番。我按他的交代找到老船长，说："冷库里有的猪肉臭了，早晚要扔掉，还不如叫大家搬出来喂鱼算了。"

老船长猜到了我的意图，就说："那你找几个水手去搬吧。"

水手们穿着雨衣，和我一起把变质的猪肉放在船尾的甲板上，引来了成群结队的海鸥。在让它们尝了几口鲜后，又将它们驱逐开，任由它们在头上乱飞乱撞，就是不许再吃猪肉。

这时，饥肠辘辘的海鸥开始攻击我们，用嘴啄，用爪蹬，扑扑拉拉的鸟粪从空中劈头盖脸地甩下来，将我们淋了个满脸满身。水手们有雨衣护身，我无遮无掩的，身上、脸上、头上全

是鸟粪，又被一大群海鸥追着袭击，狼狈不堪。水手们幸灾乐祸地看着我，只顾哈哈大笑。

我急中生智，把一块块臭猪肉扔进海里，海鸥马上俯冲下去。可是刚躲过海鸥的袭击，还没待我松口气，它们又飞了回来。

这时，老水手拿出早已准备好的长绳子，绳子的一端拴着铁钩，钩子上挂着臭猪肉，垂吊在海面附近。成群结队的海豚便露出头来，追逐着船，争先恐后地一浪紧跟一浪纷纷跃起。而海鸥，也围着猪肉不停地叫唤飞舞……

一时之间，海面上开始了别开生面、激动人心的豚鸥大战……

看的人尚未尽兴，老水手已经提起绳子，招呼大家把小部分臭猪肉留在甲板，大部分推下大海。

他边走边对我说："小兵哥，你为躲避海鸥的袭击，把臭猪肉扔进了大海。你不扔别人也要扔，那是吸引大批海豚到来的诱饵，否则就没有豚鸥之战了。但也不能玩得太久，所谓仁者善也，善者施也，玩者适也。明白不?"

我答非所问："下次我也穿上雨衣看豚鸥大战。"

他也问非所答地说："没有下次啦!"

休整后，再次返航时，确实没再见到老水手了。

这位老水手姓丁，已是船上的二副了，他五十岁上下，人很随和，在船上待久了，见多识广。我在船上工作生活期间，他曾教过我如何海钓，以及很多航海知识。还有一位三副姓张，也差不多年纪。曾记得，我与他们同聚羊城珠水之滨，月光之下，舢板之上，顺流而下，驶向担杆，数箱啤酒，几袋小吃，三人同醉，始铸友情……

后来，得知丁、张两兄将结束海上生涯，返回京津开始新的工作和生活，我专门写了一首小诗答谢丁、张两兄：感慨缘于涛之鸣，谢忱来自涌之浓。丁英犹是海中柳，张雄不亚堤岸松。祝君衣锦归故里，公仆卸袍还乡情。顺向家室致问候，利益惠及耄与婴。

那次一别之后，再没机会见到两位老水手了，但豚鸥之战却让我永世难忘。"仁者善也，善者施也，玩者适也。"这句玩味的话，也让我咀嚼了一辈子。

仁者善，善者施，自不必说，而"玩者适"尤为重要。"过来人"清楚，凡事都有个"适"，适时放手，适时收回，才不会事与愿违。一个"适"字定格了一个人的能力、操守和品位。适可而止，见好便收，是智者的忠告，更是处世的艺术。

对于个人来说，确实要懂得适可而止，力量越大加速度就越大，但推得太大力了，又会翻车。如何把握好尺度，没有什么秘诀，无法用语言形容，这是一种大智慧。这种智慧是个人学问、实践、天赋、悟性等综合素质的体现，也许就是人们常说的高情商吧。这种智慧是在实际生活的挫折中积淀和磨炼出来的，是从失败的教训中反思“悟”出来的，是历经的苦难给予的回报。

反观世间许多事物，哪里有所谓的绝对的“好”与“坏”？忠言利行却逆耳，良药苦口但治病。凡药三分毒，就看你怎么用，用对了是药，用错了是毒。饮茶适量，可心情愉悦，喝酒适量，可疏通经络，反过来就容易出问题。人生处处需要把握分寸，不仅“玩者要适”，其实方方面面都要适度。

所谓“何以解忧，唯有杜康”。酒是个好东西，粮食精华，智慧结晶。但一旦过量，那就是害人的毒药。中国几千年酒文化源远流长，自有其固有的价值，但酒并不是一好百好，酒喝多了影响健康，酒后驾车影响安全，酒后容易控制不住情绪……

我一直认为喝酒要把握好“适”和“度”，只要把握这两点，就没什么坏处，这一点我还是做到了。话说，只要手腕一麻，那就意味着不能再喝酒了，这是我的自知之明，也是个天知地知的小秘密。所以不论什么场合喝什么酒，不论跟谁喝酒，只要手腕一麻，我就会立即封杯不喝了。反观一些朋友，因为喝酒把握不住“适”与“度”，出了一些问题，教训深刻。

观　瞻

二十世纪八九十年代，走出国门看世界的人日益增多，这不仅说明改革开放让一部分国人先富起来了，也说明改革开放的春风打开了中国人的心扉，拓宽了中国人的胸怀。我也曾随大流，观瞻了不少地方。

（一）

当年，参加过一次港澳游，就像“刘姥姥进大观园”一样，有无限遐想，甚至引以为豪。

在香港，我第一次坐游艇环岛游，这也是时至今日唯一的一次。一行十几个人上艇后，傻傻地一窝蜂挤进船舱。这方面，我有些不合群，走在最后边的我，悄悄溜到游艇的尾部甲板，瞄了一眼舱内的人，正“排排坐吃果果”呢，还有人不时地扭着脖子向外张望。直到艇长喊大家到甲板上兜风看风景，他们才小心翼翼、慢慢吞吞地挪到了甲板上。

见大家到了舱外，我又趁机溜进舱内，倒了杯咖啡，拿了袋腰果、两瓶啤酒，坐回艇尾部低矮的原位，把事先准备好的简易钓具甩进平静的海面。我知道在游艇上，十有八九是钓不到鱼的，不过是寻找十几年前在南海万吨巨轮上的感觉而已。

也许是条件反射，当我拿起啤酒瓶时，幸福的回忆如暖流般直冲脑海——我做梦也没想到，自己又看到并喝到了，十几年前在南海万吨巨轮上执行特殊任务时，喝过的五星牌啤酒。打开盖子，正欲将啤酒倒进盛过咖啡的杯子时，我突然心下一动，一仰脖子，对着瓶口将整支啤酒灌进了喉咙。正拍着圆鼓鼓的肚子，打着酒嗝、眯着眼享受快感时，有人从后面拍了拍我的肩膀，我回头一看，原来是艇长。

他说：“阿生，风大了，他们晕船，都进舱里坐了，前面甲板没人，到上面去吧。”

我回答：“不用了，我想安静一下，回味享受一下一人世界的生活。”

不过最终没拧过艇长的再三劝说，拎上啤酒和腰果去甲板前，没忘记收起鱼钩，绳子和钩还在，鱼饵没了，猜想绝不是鱼吃了，应该是被游艇尾部翻滚的雪白浪花拍打掉了。饵当如此，人生也不过如此，大浪淘沙淘去的是污垢、低劣的道德品质，即便是完人、圣人也终将逝去，但他们的伟大品德，就像日月之辉一样永明世间，也像这雪白的浪花一样千古流芳。

醉翁之意岂在酒？放下身段，独自安坐船尾，回顾那些走过的路，回忆那些特别的人，顺便三省吾身，扪心自问，此生、此身、此心——呵呵，就用雪白的浪花，荡涤这久经尘世的心灵——有海、有风、有酒、有歌，人生几何，何乐不为？

到了甲板上，艇长问我的年龄，我答："刚过不惑之年。"艇长又夸我身体平衡机能真好，我大方回答："身体平衡机能再好，也好不过心态平衡机能啊！"

艇长立刻握住我的手、扶着我的肩，与我并肩站在船头凝视远方，眼前是车水马龙、高楼林立的香港岛。世界，既在我们眼前，更在我们胸中。

环岛游结束，晚餐安排在香港岛鲤鱼门。鲤鱼门，地如其名，朴实无华，天花板、墙上挂着偌大的电风扇，水泥地板是湿漉漉的，桌挨着桌，人挤着人，其实就是一个大排档。别看地方其貌不扬，这儿可是香港吃海鲜最负盛名的地方，海产品种类多且质地新鲜，想品尝生猛海鲜必来此地。只要你尝上一口白灼大虾，那真叫嫩甜！再吃上一口老鼠斑鱼，哇！嫩滑爽口，那滋味，就一个字，美！当年的内地是享受不到这个口福的。物美价廉，是鲤鱼门最大的特点。喝的是"豉香纯正，醇滑绵甜，玉洁冰清，余味甘爽"的九江双蒸，香港称"进口九"，几块钱一支。

要说一行人晕船倒不假，但在饭桌上，起坐喧哗，觥筹交错，却不见有哪个人"晕酒"！大家红光满面，你一杯我一杯，三下五除二，店子里的酒很快被我们喝光了，又到左邻右舍的店子买，据事后夸张的说法，我们一行人当晚把鲤鱼门的"进口九"都喝光了。一醉方休后，有人趁着酒兴嚷着"快收杯，回油麻地看电影去"，大家才三五成群地打车回住地。

去油麻地看电影，我没太大兴趣，于是就回酒店欣赏夜景去了。首次出境游印象仅此，收获不大。

（二）

准确地说，我是一个静不下心去旅游的人。不知道是性格原因，还是工作关系，记忆中，我的旅行大多是被动安排，很少有主动计划的。但事实证明，读万卷书，还要行万里路，多出去走走，多看看外面的世界，益处还是有的，至少能感受不一样的风土人情。

西欧之行印象最深的是荷兰。荷兰，位于欧洲西北部，在日耳曼语中称为"尼德兰"，意思是"低地之国"。该国一半以上的面积低于或平于海平面，鹿特丹地势尤其低，最低点低于海平面6米多。鹿特丹港曾是世界上最大的海港，本以为以"水城"冠名之最为合适，其实不然，阿姆斯特丹才是以"水城"冠名的城市，但真正"因水而生，因水而兴"，以"水城"闻

名世界的是意大利威尼斯。

阿姆斯特丹虽以“水城”冠名，但让其名冠天下的当属其“红灯区”，至少在许多慕名前来的游客看来如此。听起来，“红灯区”也许给这座美丽的“水城”抹上了一层低俗、糜烂、狂野不羁的底色，但真正“到此一游”时，反而会有别样的感触。

当时国内相对保守，象征“资本主义自由”的“红灯区”对我们来说，其新奇程度不亚于发现一个新物种。那日，我们一行在专业导游的带领下，在“西洋景”里走马观花了一回。

我自认为见过大世面，早已练就一身“八风吹不动”的好定力，但见到那些在平板玻璃窗里浓妆艳抹、性感招摇的裸露女郎时，还是局促了，因此也没敢“仔细瞧”，只知道穿得少，至于长相如何完全没了概念。所幸，游玩很快结束，就在我们几个大老爷们会心一笑准备长舒一口气时，队伍里突然有人惊恐地尖叫了起来：“快来帮忙，她拽住我的手了。”

只见一位衣着清凉、丰满迷人女郎正拉着一位男士的手，女郎浓眉大眼，面带善意的微笑，平和地说着我们听不懂的外国话，而且很快就松开了手。事后，她若无其事地回到门口，而不是站在玻璃窗后面。原来是该游客错把站在门口的女郎误认成了是站在玻璃窗后面，手指习惯性地摸玻璃，不曾想却撩拨了对方。这就应验了那句古话：“莫伸手，伸手必被捉。”

在一些国家，妓女在固定的地点和时间提供服务受法律保护。自然，这不是高尚职业，但并不代表她们在人格和尊严上就低人一等。这位游客无意且点到为止的举动，也许触动了她敏感的心灵。然而，她事后的语言、表情和动作，都表明了她也有着自觉、自知的善良和大度，也许这便是无碍的“心灵美”。

地域不同，风土人情也千差万别，正因为千差万别、千奇百怪，才有了万种风情，才值得走走看看。

无论你喜欢与否，存在就有存在的道理，客观存在总是物质的第一属性，非人为意志而能转移。欣赏一下异域他乡的“百花争艳”，趋其利而避其害，不正是周游列国增长见识、陶冶情操、散心遣怀的出发点吗？

（三）

北欧，顾名思义是欧洲的北部，西临大西洋，北抵北冰洋，地理位置得天独厚，从风水学上说，是风水宝地。北欧理事会的五个主权国家，瑞典、挪威、芬兰、丹麦、冰岛，较为均衡地分布在这块风水宝地上。北欧五国的人均国民生产总值位居世界前列，高税收、高福利，加上有的是由一些具有“社会主义思想”的人或政党执政，经常给人一种“社会主义国家”现实版的错觉。

我们北欧之行的第一站是芬兰。芬兰四分之一面积位于北极圈内，纬度超过北纬66°34'，常有极昼、极夜现象。从首都赫尔辛基出发，乘船到挪威，需要一个晚上的时间。我们八九点登船，天空还很光亮，大家来到船尾的甲板上用餐，还拿出从国内带来的洋酒和茅台。

隐约听到有人似乎在朝我们这边喊着什么，我转头放眼看过去，原来是三男一女四个外国人边喝着啤酒边冲着我们喊：“猫太，猫太……”他们靠在哈雷摩托车上，端着高帽子式的大啤酒杯。见我们注意到他们了，便很是自觉地走了过来，向我们示好，意图分享我们的茅台酒。

我习惯晚餐喝点小酒，茅台更是“心头好”。出门在外，所带不多，自己喝还不够，他们四个啤酒杯灌下去，一支茅台还能剩几滴？我急忙找来几个小纸杯，依次倒上少许“猫太”，哪知第四杯还没来得及倒上，前面三杯已被一饮而尽了。外国朋友，果然够胆识，不见外！

眨眼的工夫，两瓶“猫太”滴酒不剩。见外国朋友意犹未尽，为了友好的氛围，我只得换上洋酒准备再“打一圈”。哪知，刚拿起洋酒瓶子，他们就异口同声喊道：“NO，猫太！猫太！”

还真识货。我耸耸肩，两手一摊，学着他们惯用的动作，表示“猫太”喝完了。一位好事又不怎么好酒的团友说：“我去船舱叫醒会英语的领队来解围吧。”我说：“好，赶快去。”

没一会，“搬救兵”的和“救兵”都到场了，我定睛一看，顿时喜恨交加，一时竟无话凝噎——不怕神一样的战友，就怕猪一样的队友。喜的是懂英语的领队来了，有人帮忙解围了；恨的是我“善解老外朋友意”的“二百五”团友，居然把我大老远带来的飞天老茅台也提溜出来献殷勤了！我是哑巴吃黄连，有苦说不出。已经输了“新飞天”，岂能再弱了气势！我一把夺过“老茅台”，潇洒掀开瓶盖，浓郁的酱香扑鼻而来，我微微一笑，礼貌而不失果断地边给他们倒酒，边忍着“肉疼”告诉领队：“帮我翻译，这是从中国带来的老茅台，存了十年了，不可多得，悠着点喝，喝出中国文化的韵味来！喝完酒通报一下，他们骑哈雷摩托车干啥去了，别傻乎乎就会说‘猫太’，发音不准，是‘茅台’不是‘猫太’……”我说了一箩筐，他三言两语就给翻译完了，估计偷工减料了不少。

转眼，“老茅台”又被喝干饮尽。我抓起洋酒准备收摊。四人中的女士竟大言不惭地从我手里抢过了酒瓶子，还叽里呱啦地对领队说了一箩筐。领队告诉我，他们要单独敬我一杯。

我一听，眼泪都快掉下来了——不是激动得落泪，是寒心得落泪啊——已经牺牲三瓶茅台，你们竟连这最后的洋酒都要“赶尽杀绝”！真是不脱鞋就上炕——不把自己当外人。不仅不把自己当外人，还反客为主了。“老外朋友”的这种直线思维，也许是种豪爽直率、单纯可爱吧。

眼看洋酒又快喝完了，双方也没了距离感，女士召集大家“再坐近一点”，将我围在中间，大家举起酒杯，竖着V字的胜利手势，合影留念。耳边，“OK！猫太！OK！猫太”之声赞不绝口。嬉笑中，豪爽的女士还给了我一个颊吻。

天渐渐黑了下来。好酒下肚好睡觉，大家心满意足地回舱“会周公”，领队也想走，被热情洋溢的老外朋友强留了下来。他们拿来上等咖啡，给我们每人冲了一杯。我也乐得边喝咖啡边听他们讲北极一路的见闻。

原来四人来自意大利亚平宁半岛，因兴趣和爱好相同，协商一致，一拍即合，组成“北极游”团队。女士大学学的是地理专业，毕业后又从事勘探测绘工作，所以被推举为领队。她一米八的个头，金发碧眼，年约四十，丰满匀称，健美结实，皮肤白里透红很有光泽，肩膀宽手臂长，确实有“女将军”的架势。我不由暗叹：“这样的人物当领队果然名副其实。不！对这样的四人团队来说，这样的领袖实乃有过之而无不及。”

这是他们第二次北极之旅，主要是欣赏夏季的北极风光，从挪威进入北极圈，绕道芬兰返回，历时半个多月。前一次是初冬从挪威出发，几乎原路返回观赏北极光。北极光五颜六色，以绿、白、黄、蓝为主，紫、粉、红色为辅，形状以带幕状为多。

他们很幸运，看到了期待中的美景，高远的天、美丽的海和洁净的冰，还有许多有趣的动物，但也很痛心地看到了北极熊的不幸。

“它们孤立无援地趴在浮冰上，融化的冰块从冰山上剥落，跌进海里，溅起朵朵浪花，每一块冰块的剥落，似乎都伴着北极熊们流离失所的哀鸣……真叫人痛心啊！如果气候回暖的问题在全球范围得不到解决，若干年后，恐怕北极风光将不复存在……”领队忧心忡忡地说。

略微停顿一下，也许是想尽快翻过这悲喜交加的一页吧，她话锋一转，笑着说：“今天恰好在船上碰上中国朋友，度过了一个美好而浪漫的夜晚。中国人善良、大方、好客，在我们国家很难喝到中国酒，更不可能喝到这么好、这么烈的茅台……中国是睡醒的东方雄狮，我们期待有一天能自驾游到中国观光，并以酒会友……”

夜深了，“地球村”的睦邻们互祝晚安，各自归舱。我看了看手表，已是凌晨两点，所以我故意调侃说："早上好！晚安！"虽然没有听到嘻哈笑声，但我相信，各自梦中的呓语也许会是最好的"继叙"。

（四）

冰岛近北极圈，位于大西洋和北冰洋的分界线处，总面积10.3万平方千米，人口仅34万，没有自己的军队，是欧洲人口密度最小的国家，也是全球最发达的国家之一。冰岛活火山多达30座，又有冰川，火山、冰川大范围共存，因此被称为"冰与火之国"。地图上的冰岛，被海岸山脉环绕，中部是占全面积四分之三的高原，沿海有狭小平原，远远看去，就像一个放在大碗里的圆面包，难怪富得流油。

冰岛北部属寒带苔原气候，南部属温带海洋性气候，秋冬季常有极光出现，地热和水力资源丰富。首都雷克雅未克多温泉，因温泉升腾的水蒸气远眺如烟，早期探险者误以为是烟，即命名为雷克雅未克——冒烟的湾岸。其实，冰岛大量使用地热，雷克雅未克又称"无烟城市"。

虽然是世界上最北、纬度最高的首都，但雷克雅未克气候宜人，1月平均气温0.3℃，7月为10.6℃，全年温差并不大。由于人口稀少，公共汽车上经常没有乘客，司机往往是一个人吹着口哨过"车瘾"。时常能坐上只有司机的公共"专车"，任你无所阻碍地"流连忘返"，欣赏旭日东升或夕阳西下娇艳的峰峦，倒映在碧海中的丽影，举目一片北国风光，闭目一串西式遐想，爽哉，优哉，快哉……

我们特意去体验了一回冰岛的酷派高尔夫球场。

国内打球白天居多，夜场需要灯光照明，但在雷克雅未克，7月的午夜打球最刺激，且无须灯光照明——这里几乎是永昼，太阳神恩赐的光芒，不享用有不领情之嫌。

刚接近酷派球场，似乎就能感受到一种神秘感，天空飘浮着带状、朵状不同层次的白云，以我熟悉的气象学分析观察，应该是刚下过阵雨。果然，低矮的天边出现彩虹，由高而低穿过云层连接在海平线上。未到球馆更衣室，已对球场窥豹一斑——没有高大茂盛的树木，没有浓密的花草，空气却极其新鲜，视野也极其开阔，心情自然极其舒畅。

换装完毕，我们拖着球包，拎上满满一袋子"二手球"便上场了。两个风格迥异的九杆洞组成的球场上，前九洞与大西洋海岸线平行，其他洞散落在本是养牛场的低洼草地上。十二号、十五号洞很具挑战性，球道两侧不仅有河网阻拦，更有虎牙交错的火山岩隔开。前九

洞是吹着海风、听着涛鸣、赏着海景，逍遥似神仙般愉悦地打完。至于打了多少杆、丢了多少球姑且不论，心情是非常之惬意。到了下九洞，也许是体力下降，也许是睡意上来，球打不远，也打不准，落进水里还能捞起来，弹在石头上就真不知道飞向何方了。如果幸运的话，弹上球道就远出几十码，也许还能收获意外惊喜。那次难得地打了个唯一的“鸟”，球就是落在果岭前的熔岩石上，前跳几十米落进“射程”内，再推进洞的。

打完十八洞，一袋球仅剩一个“幸运儿”。

越是“差点多”的人，越是好奇心强。一代球王当不成，一“袋”球王也是“王”嘛。一组四个人，我是准“球王”，获得冠军者才加了十杆，却没有“球王”称号，另外的两人并列获得“二袋”球王美誉。

打完球已是凌晨，红彤彤的太阳趴在地平线上，毫无倦意，兴意盎然地游荡着，却并无感谢我们的陪伴之意。倒是成群结队的海鸥“哦哦哦”地呼唤着“早餐时间到了”。

早餐很丰盛，冰岛著名的羊羔肉和熏鱼一应俱全。我们无心“恋食”，一心想着疲劳之后的温泉浴。冰岛的温泉都是碱性温泉水，宜心、宜肺、宜肤，酣畅淋漓，舒爽痛快。

所谓“金窝银窝不如自家的草窝”，观瞻路上，再好的地方也难免想着早日告别。这就是乡情，留恋的是美景，难忘的是乡情。

（五）

南非共和国位于非洲大陆最南端，其东、南、西三面被印度洋和大西洋环抱，有“彩虹之国”的美誉。

南非有三个首都，行政首都茨瓦内，司法首都布隆方丹，立法首都开普敦。立法首都开普敦是南非第二大城市，以美丽的自然景观和码头闻名世界。

特布尔山在开普敦城西，海拔1082米，因山顶平整如桌又名“桌山”。山峰绵延平展，气象巍然，山顶被近乎直角的峭壁包围，形成了可能是地球上最大的长方形桌面，没有盘山道，没有天梯，再想登山也只能望而却步。坐缆车登顶，如直上云霄，若引用李白的诗“飞流直下三千尺，疑似银河落九天”，反其意而用之，即是“吊篮直上三百尺，疑是魂魄登九天”。

上了山顶，则是一马平川的大平台，上面覆盖着低矮茂盛的灌木和热闹有趣的野花野草。远看如同一张天然的锦绣桌布铺展在桌面上，游人行走其中，如游画中，再想远一点，又像走进神话故事里，被端上了“八仙台”。端坐其中，开上一支葡萄酒，饮上几杯，我不由诗兴大发：

啊！南非。啊！开普敦。啊！造物主。是什么天时地利人和造就了你？桌子再大，见过，就是没见过如此大的“八仙台”，害得我们后人居然做不出“太师椅”与你相配。只能受宠若惊地站在你的肩膀上，随着你的视线，一同眺望好望角的波涛；只能诚惶诚恐地牵着你的巨手，随着你的脚步，在灌木丛林漫步，看那树木的多姿与坚毅，嗅那花草的幽雅与香气。殊不知，圆满的是天然。而你，却留下了“刀锋战士”的遗憾。

都说不到开普敦等于没到过南非，不去好望角等于没来过开普敦。既如此，从桌山下来，我们立即乘车向美丽的好望角进发。

风和日丽只是开端，越靠近好望角，天空越阴沉。很快便雨落连珠了，雨越下越大，风越来越急，受自西而东的横风影响，车速超过20公里就开始跑偏。所以，汽车只能减速慢行，50公里的路程，走了一个多小时。

那是广义的好望角，举目四顾，天海一色，天高水远。若能背靠陆地，迎面南极，两腿一跨，一脚踩在印度洋的暖流中——泡泡脚，一脚踩在大西洋的寒流中——镇镇脚，再弯腰捧上一捧两洋混合的纯净水，洗洗脸，净净尘，真乃“人生豪迈”，此生无憾矣！

我们两家一行五人，一家姓孙，一家姓李，趁着拨开云雾见晴天的瞬间，也没忘记互相调侃逗趣一番。

李家振臂高呼：“我们是上天托塔李天王之后，下界到此一游！”

孙家招手回应：“若不是我兢兢业业严守职业道德，护送玄奘法师取得真经返回东土大唐交差，老孙我一千年前就到此一游了！”

“佩服，佩服！大圣上下五千年铲恶除妖，庇佑黎民，李家后人恭祝大圣长生不老……”

“哪里哪里！同祝同祝！你看那天海间黑洞洞一片，大圣我前去捉妖也！”

此大圣非彼大圣，此大圣存在于活生生的现实中，彼大圣藏在虚无缥缈的史记中。不过两者有共同点：皆姓孙，皆为正义的象征，皆为成功人物。彼大圣被吴承恩在《西游记》中描写得淋漓尽致，无须在此占用笔墨。

地平线处隐才翁

我见过最美的日出，是在我的故乡科尔沁草原，是在我幸福的童年。那时，我是我爷的跟屁虫。我爷勤劳，不待日出便开始劳作，我跟着他领略了无数个美好梦幻的日出，追逐过无数道划破晨昏、割分阴阳的地平线。

草原的地平线，宏远、清晰，无边无际而绚丽多彩。我总觉得，那无边无际的地平线，原本也是有它所通向的目的地，那目的地是否就是这世界的尽头？对地平线的尽头，我常怀向往之情，也常怀敬畏之心。朝向这地平线通往的远方，我一直努力而不知疲倦地奔跑着，跑着跑着，回头一看，已到了花甲年华。人生甲子，于个人而言，已入“西阳”，而地平线，还是当年的那个美好梦幻、绚丽多彩、朱颜未改的地平线。

2009年年初，我从局长的位子退居二线，改为非领导职务。当年属兔的领导干部中有三个区局局长被改为非领导职务，我是第三个。理由很简单，若干年前市局人事处出台了一个不成文的规定，年满57岁的领导干部可改为非领导职务。这“待遇”对于我来说求之不得，我几乎有点喜出望外。半生天地路，一笑风雨休。几十年的征程，提前歇歇脚，何乐而不为？少操心，少费力，保养一下身体有何不好？直面人生，在台下看看他人表演，为他人鼓鼓掌，难道不应该吗？江山代有人才出，为后生置办几套“嫁妆”也是应该应分的。

按有关规定，市局尚有一名副巡视员的名额来解决到龄干部的职务问题，但当时同龄符合条件的干部有三人。在省局、市局领导和有关部门的共同努力下，争取到了两个名额。两个名额来解决我们三只“兔子”副巡视员职务，还是僧多粥少。我还算幸运，最终还是解决了副巡视员职务。

退居二线后，我的办公室从8楼升级到了10楼，面积小了一多半不说，关键是通风采光不好。当时的办公室主任征求我意见，说是要重新装修后再让我搬进去，我不仅谢绝了主任的好意，还特意提前三天搬入了新办公室。“斯是陋室，唯吾德馨”，新办公室的通风不畅、采光不佳，恰让我想起了唐时大儒的嘉言懿行，不由心下一乐。

由大屋搬到小屋，我收拾整理多年积累下来的“破烂”，干干停停，花了几天时间。这期间，不时有男男女女敲门进来，个个都流露出真挚的留恋，个个都想帮手整理以示不舍。对于来访者，没有亲疏远近，我都以好茶、好烟热情招待，但我从不许他们动手帮忙整理。来者都是客，大家在这个时候来看望我，我心里只有感激，只有感动。我享受安静、细致整理物品的过程，我感激各位“战友”接踵而至、纷沓而来的拜访。

多年的案牍劳形，多年的公务奔波，积累下太多太多，朝朝夕夕的相处情，点点滴滴的同事谊，有坎坷，有遗憾，但更多的是收获和感动，思绪就像三月的雨丝，剪不断，理还乱。

让自己慢下来，让时间慢下来，我不紧不慢地收拾，热情温和地接待，歇脚聊天，叙友情，谈曾经，享受这个慢下来、静下来的过程。

一次，“老海珠”的几位女士过来聊天。她们年龄不小了，身材微微发福，想起她们兢兢业业、任劳任怨，想起她们还像大姐一样“老带新”帮助年轻干部职工成长，想起她们在“海纳百川有容乃大，珠江潮起水涨船高”活动中自编、自导、自演的身姿，我百感交集——她们勤勤恳恳，是为了钱、为了利、为了名吗？不是，她们只为了对得起公务员的称谓，只为对得起这份有限的工资，只为对得起“海珠地税”这块牌子！她们十年甚至几十年如一日，默默无闻，本本分分，没有非分之想，没有过多索求，没有一句怨言。这是什么精神？这是“海珠精神”，是海珠地税最扎实的群众基础，是海珠地税持续向前的原动力！然而，我又给了她们什么？升职没份，加薪没能，奖励没权。我又能给她们什么？她们中有些人就快退休了，可弄个副主任科员当当都是奢望。然而，这难道是要求吗？不！这是我难以弥补的遗憾，更是体制的不足呀！茶，是热的，脸，是微笑的，可我的心却是凉的，意念是淡的。我自责、检讨，我感恩、祝福。我目送她们不再纤细的背影远去，心里默念：“你们才是海珠地税最可爱的人，不，你们是最可爱的‘弱势群体’。”祝福也许是最好的惦念和心灵的沟通，兄长最能领会姐妹的理解和宽容。

坐在“斯是陋室”的小屋里，除了同事们喝茶聊天“打扰”，宁静、轻闲、淡雅的生活开始了，我并没有任何不适，反而很适应。那年新春，我写下一首直到今天仍然喜爱的小诗《新春悟》：

云若雾时雾若云，物事变幻自然成。
诚亦信时信亦诚，人事圆满心态衡。
迄今笃守信中义，偶尔也喜云中行。
大千纷繁修禅日，追寻正道渡凡生。

退居二线后，市局明确我的工作是协助区局党组开展思想教育和协税护税工作，没有任何具体要求和硬性指标。此后，我几乎没下过科室，来聊天的人，都是思想教育对象，要知道“走街串巷”下科室，只会干扰他人正常工作。喝茶聊天本身就是思想教育工作的方式之一，屋子虽然小了点，但和群众接触的空间却变大了，久而久之，我这足不出户的领导还获得了异口同声的好评。

这年年中，市局领导征求我的意见，问我是否愿意到市局上班，我表示“不愿”。这是我的真实想法，自我认识很实在，论资历不算浅，论年龄又很大；论水平不算低，论性格又有点直；论职务是非职，若做事要缩手缩脚，对于他人而言又难免有些碍手碍脚。故，不去为上策也。

我曾写过一首小诗，讲述我那个时候的心境：俱往矣，再现山河淌平地。一路来，五关六将成追忆，古今中外皆如此。慢慢行，挂在墙上尚需时。好好活，闲言碎语当饭吃。古今中外皆如此。

退居二线时，市局与海珠区局利用业余时间专门为我召开了一个别具特色的茶话会。

茶话会上，大家畅所欲言，有诗，有词，有大篇的感慨，有无言的感激。有的道出了我的12字箴言——出点子，化风险，担责任，和稀泥；有的称我有“三爽”——做人豪爽，做事直爽，做官清爽；有的说我不但有严肃的一面，更有诙谐的一面，既有军人的作风，也有文人的气质。亦仁还当场赋五言律诗一首：

沧海一声笑，禅心六十载。
金戈扬美名，税月展风采。
把酒戏风尘，当歌沐江海。
雁过秋韵来，位卸情犹在。

流年无恙，岁月安然，但告别终归是告别，它代表人生某个阶段的终结，也代表某个新生活的开始。明天，又是新的一天，那无边无际的地平线，依旧托着崭新的红日冉冉升起。

退而休之

有人说："再恋戏台的演员都有脱下演出服的一天。为官，千万不能一穿上'演出服'就彻头彻尾地忘记了自己是谁。官场只是人生的一部分，有时间去练那些不同的面孔，不如守护好自己的一颗平常心，等离开官场，走下戏台之后，也好有一处安放灵魂的地方。"这话说得好，我非常认同，虽然自己官不大，但大小也曾任过一官半职，有这样的认知非常重要。

若干年前，在即将退休或已退休的干部职工之间流传着一句时髦话儿："退而不休，发挥余热。"那时，稍有一官半职的领导，若是在退休之后没弄到个"虚职"挂挂，那似乎是件很没面子的事。其实，细细想来，挂个虚职，也不过是寻求个自我慰藉，满足下小小的虚荣心。"退而不休"面子也好，虚荣也好，只要不出格，对身心对社会也无坏处，又能让那些个不甘寂寞、将老未老的男男女女乐呵乐呵，又何乐不为呢?

不过，仁者见仁，智者见智，我虽对此事的好坏不置评论，但我本人却是不认同如此行事的。我认为，忙碌了一辈子，劳心劳力了几十年，总算熬到退休了，那就该认认真真地休息休息、乐呵乐呵。那些个名利只是过眼云烟，求啥呢？图啥呢？于我而言，既然退休了，那就得正儿八经地"退而休之"。

良田千顷不过一日三餐，广厦万间只睡卧榻三尺。不求大富大贵，但求平安健康，钱够花就行，房能住就好。说到底，一切不过身外之物，生不带来，死不带去。一杯小酒，一碗清茶，几个知己，此生足矣!

话虽如此，我却也未能免俗。退休后，在盛情难却之下，我也勉为其难地挂了一个虚职。不过，我既没要办公场所，更没要薪酬，只轻轻松松当个所谓的顾问，三年届满不续。

有人谈"退"色变，惶惶不可终日，大有末日来临的惊恐之状。那种如临大敌、自己吓自己的做法，实在不可取。也有人在退休前，把退休后的生活设想得过于美好，日程安排都得用分钟来计算，看上去很圆满，其实未免太累了，细细想来，不过是欲盖弥彰，掩饰退休之后的寂寥。

其实早在退休前，就有曾经的同事、朋友苦口婆心地忠告于我："你要有心理准备，上班与退休有本质差别，退休之后，你会有许多不适应……"忠言逆耳，对这些善意的提醒，我回以会心一笑，却也不敢苟同。

我是个适应力很强的人，在退居二线的过程中，已初尝退休之后的冷清，正式退休后，倒也真没有同事、朋友说的那些“不适应”，更没有有些人形容的难以忍受的“阵痛紊乱”。

诚然，平稳过渡不足为奇，但要在退休后依然活得舒坦、自在、充实，那还是需要点好心态的。心态是一个人的精神支柱。心态好，就有可能做什么事都感到信心满满、活力满满。反之，若是心态不好，就难免情绪低落，而且还会横挑鼻子竖挑眼。

据我观察与体验，退休后的心态与在位时的心态绝对是不一样的，尤其是领导干部，特别是位高权重的领导干部，往往在位时说一不二，力挽狂澜，所言皆要事，谈笑皆鸿儒；而退休之后，闲下来了，门庭冷落无人问，一时半会难免滋生出“人走茶凉”的感慨。

其实，哪有什么人走茶凉，不过是人随事变，你都不管事了，自然找你的、捧你的人就少了。这些往往都是个人思想上、心理上的不适应，需要良好的心态来坦然处之，那些不必要的烦恼自然也就慢慢消除了。但也有例外的，我也见过不少多年之后仍对退位之后的冷清耿耿于怀的。其实，何必呢？细细想来，能一生平安到退休，何尝不是幸事？

俗话说：常在丛中走，难免被刺伤。像我这样出生于二十世纪五六十年代的人，经历了各种动荡变革，也看惯了人心险恶，能顺利到达终点并保住一官半职，还取得了一点成绩，实属不易。该虚荣能虚荣的也都虚荣过了，该享受能享受的也享受了。人事代谢，进退取舍，该放下时就放下，该知足时就知足。而这种“足矣”的心态，正是“退而休之”之后，长久舒坦、自在和充实的法宝。

有感于此，我还仿照《红楼梦》的“好了歌”编了一首新时代的“好了歌”，所谓：“心态好就心情好，心情好就身体好，身体好就好，好，好！心太好就小人笑，小人笑就长不了，长不了就了，了，了！”

除了心态好，还得培养点兴趣，退休之后也得有点事干。兴趣不仅有陶冶情操的作用，更可充实自己的精神生活。在位时，我很少喝茶，不是不喜欢喝茶，而是没太多时间喝茶。

退居二线后，我做的第一件事就是学习品茶。话说退休前的几天，我还专门叫上司机到芳村茶叶市场买茶具，特意挑上等的买了一套，也摆摆阔气“虚荣”一把，顺便还花几千块钱买了一块外红内黄的籽料紫砂石，那老板一看我这人有眼力，又送了我两套小茶壶。

我这人，爱好也不算少，但收藏这爱好，于我收获最多。退了休把玩一下自己的藏品，乐在其中。当然，除此之外，还得有个相对舒适、松散的生活安排。

这方面，退休之后，我只做了三件事，便让自己的生活充满幸福感。首先是多用时间回乡下探望年迈的父母；其次是“爬格子”；最后就是兑现了天天睡到“自然醒”的大幸福。

所谓“自然醒”，理论上说，自然醒是猿类的睡眠，从闲适的沉睡到懒散的苏醒过程。现代的人们若能再睡个“回笼觉”就属于“自然醒”的概念了。

对我而言，自从当兵后，值夜班是家常便饭，即便不值夜班，军人的职责和使命感也要求你不能胡吃闷睡、高枕无忧。转业到地方后，八小时工作制规定必须按时起床上班，即便是节假日，年轻时接送孩子上下学和补习功课，也由不得我睡到“自然醒”。只有退休了，才能真正体会到睡觉睡到自然醒来的幸福感。当然，这睡到“自然醒”还必须建立在“放下”的基础上，否则心里“乱哄哄”的，给你时间睡到自然醒，你也未必睡得着。

退休之后，我依照自己的生活方式不受干扰地去做自己喜欢的事，真正实现了“我的地盘我做主”。没有了工作指标和考核的压力，没有了上下班奔波、工作日的轮回，时间自由了，才有了睡到自然醒的机会，也算对得起这具跟随自己几十年的“臭皮囊”了。

别的不提，就说起床姿势吧，就有了大提升。如今起床时，学会了两手撑住床垫，侧身用小腿卡住床架，然后缓缓坐起坐稳，深呼吸三到五分钟。缓缓地吸气，入丹田至头顶，再将气体慢慢吐净，吸气时肚皮向外鼓胀，吐气时肚皮向内收缩，吐故纳新，循环往复多次后，便能从昏沉的睡眼蒙眬中清醒过来，享受眼一睁又精神抖擞、快乐每一天的幸福生活。

同时，沏茶喝水补充夜间身体流失的水分必不可少。若前一天晚餐喝了酒，更应补充水分，通过补充水分来告诉身体新的一天开始了，轻松唤醒各器官自然协调地工作。水入胃肠，熨帖五脏，滋养六腑，肠胃蠕动加快，排泄的感觉慢慢产生，切记不要“占着茅房不拉屎”，要顺其自然，让无用的垃圾倾巢而出。否则，蹲出痔疮不说，用力过猛还可能导致血液冲顶闹出大乱子。当然，饥肠辘辘时吃啥喝啥，众口难调，各有所好；吃饱喝足后，玩啥干啥，八仙过海，各显其能，那都是各有各的感受，但这新陈代谢，万万马虎不得。

弹指一挥间，过去的都过去了，但我还是当年的我。虽然器官日益衰老，可我自我感觉尚好，自己与自己比，年近古稀时的精神头儿并不比花甲年差。真可谓是：天命之年已显老，花甲过后又一春。古稀再将阴阳算，百岁无疆世纪人。

悟　修

气傲皆因经历少，心平只为折磨多。情绪，于每个人而言，都与生俱来，而控制情绪，则是我们每个人从幼儿园、小学、中学便开始培养、训练的能力和本事。所谓冲动是魔鬼，“冲冠一怒”之下葬送多少英雄好汉，毁败多少家国团圆？控制情绪，好比饮食的开胃菜、人生的先修课。何谓控制情绪？简而言之，就是让原本一触即发、一泻千里的情绪，有节制、有气度、恰到好处地稀释、蒸发、消失，于人无害，于己则是磨砺后的提升，俗称“修行”。

散忆里，我讲过一则关于年少时梦想破灭而闹情绪的事。那是二十世纪七十年代初期的事，本应是通过层层考核的我前往航校报到的日子，然而，因为“九一三事件”，全国招飞工作全面暂停，我的飞行员梦也因此破灭。招飞工作恢复后，又因台里干报务工作的人少，优秀的报务员更是青黄不接，我的蓝天之梦再次折戟沉沙。战友、同学、亲戚朋友不明就里，只知道招飞恢复，本是准飞行员的我却落榜了，七嘴八舌地猜什么、说什么的都有。

我当时才二十岁，政治、思想和作风都还不成熟，遇上这种一波三折的大喜大悲，哪里还经得起各路人马的喧嚣猜测，情绪立马跌到了谷底，倒在了床上，不吃也不喝，愣是压了两天“床板”。还好我的台长像家长一样由着我，一连几天，天天给我端茶送饭，时而一碗热汤面，时而煎几个荷包蛋，最终开解了我的思想疙瘩。

这种情绪有可能带来两种结果，其一是领导不理解，认为此人不成熟，容易情绪失控，没有培养的价值，同事朋友也会认为你偏激，不好相处，慢慢远离；其二是领导同事认为事出有因，深表同情，可以理解。还好我遇到了好领导，负面情绪后来转化成了正面激励。

实际上人的情绪是与生俱来的，我们每个人小时候都因为受了什么委屈或想得到什么没得到而哭过闹过，这就是人们最原始的情绪。小时候闹闹情绪情有可原，因为大人们会认为你小不懂事，但长大成人了，必须学会控制自己的情绪，只有控制好了自己的情绪，才能走得更远更长。

当然，控制自己的情绪是一门学问，遇到问题影响情绪是正常的，宣泄情绪也是在所难免的，关键在于怎么把握情绪宣泄的“度”。

二十世纪九十年代末，我们一行十来个人，利用假期前往长白山天池游玩，为了省钱，坐了一班在上海某机场中转的飞机。

广州到上海的航线上，晴空万里，气流稳定。快到上海机场时，飞机下降到一定高度后，机体突然猛烈颤动。“由于天气原因产生了颠簸，请大家系好安全带……”空姐的声音传来时，飞机已经不再是上下地颠簸，而是以10~20度的大幅度左右摇摆。

有人开始呕吐、叫喊。凭我多年的气象工作经验和乘坐多种机型的体验，认定这种现象与天气无关，应该是飞机发生了机械故障。

只听得行李舱中的物体猛烈地撞击，四处叮当乱响，空姐坐在固定的椅子上大气不敢出，过道对面的小棒球运动员一下子被惯力摔倒在我脚边，我告诉他不要起来，就趴在地上好了。同时，我紧护住妻女，以免发生意外，我本人因为平衡机能好，并无大碍。

谢天谢地，当飞机放下起落架对准跑道准备着陆时，摆动幅度小了些，一波三折，飞机终于在“小摇小摆”中安全着陆了。

直到机舱门开启，空姐招呼乘客下机时，很多人才缓过神来，心有余悸地拖着昏沉的脚步走下飞机。

我看了一下表，正是下午2点30分。

中转机一般等待时间不超过一个小时。下午4点，广播说因空中管制，此航班不能按时起飞。我对大家说：“飞机故障无法再飞了，哪里是什么空中管制。”有人抱着急速赶到目的地的迫切心情，怪我胡说八道不吉利。我对自己的判定十分自信，大声说：“不吉利已经过去了，我们是逢凶化吉、遇难成祥的一群贵人。”

一阵沉默和等待后，第二遍广播开始了：“某某航班旅客，很抱歉地通知您，由于飞机故障原因，起飞时间暂时无法确定……”

此时，我又看了看表，正是下午五点半。

一直挨到晚上七点半，还没有任何音讯。大家急了，我急了，参加明天一早比赛的小运动员们更急了……吃没吃，喝没喝，更没人理。那时广州已有市长热线电话，可上海还没有。正当大家群情激愤之时，几个保安过来没鼻子没脸地数落我们闹事。以我为首的人群当即和保安理论起来。其中一名保安拿着黑棍子怒气冲冲地向我走来，说也奇怪，本以为大家会向我聚拢，助助威风，结果却非但不是，很多人反而立即向后撤，并有随时拔腿离开的苗头。

正当我义正词严、据理力争时，该保安略低头低声对我说：“您摔个东西吧，动静大了就会有人重视了。”我半信半疑，顺手抓起烟灰缸扔到地上，发出一串轰隆隆的响声，响声还没停，该保安向上级汇报的电话已经结束了。

不到十分钟，几名机场工作人员和一名警察来了。简单询问情况后，带着我们去吃晚餐了。一桌四个菜、一盆米饭、一盘雪白的小馒头，菜未盖满碟子底，馒头小到没有鸡蛋大，饭盆比碗大不了多少。在大家再三要求无果的情况下，只好草草收场了之。机场给我们分配的住房是一个大通间，洗澡是男女分开的公共洗漱间。还没上床，蚊子就开始“狂轰乱炸”。我又开始投诉，马上就有人来领我们住到了别处。我看看表，正好是晚上十点半。第二天早上八点钟，有人领我们去吃早餐，我一行人都坐进了包间。这回，馒头虽小但个数多，碟子虽小但样数多，吃得很好很饱也很茫然。后来飞机也顺利飞到了目的地。

第三天开始登天池，或许是我的情绪宣泄感动了苍天吧，当我们急匆匆爬上长白山天池的那一刻，团雾已经移去，清澈碧绿的湖水倒映着朵朵白云，似乎一切都过去了。

有人说：智者以理智控制情绪，愚者以情绪控制理智。我不知道我属于智者，还是愚者，也不知道自己一路走来是以理智控制情绪，还是以情绪控制理智。我就觉得，我们都是凡人俗人，遇事做到宠辱不惊很难，但冷静克制地去处理一些事，让情绪半泄半藏，还是可以做到的。当智则智，当愚则愚。必要时，甚至装一装“低能儿”，做一做“糊涂人”，也许是明智之举。

当然，也不能随便装“哑巴”，有时候不要轻易示弱，示弱只会让自己更难过。伤你的人不会疼你，疼你的人帮不了你。该出手时就出手，该发声时就发声。《晋书·傅咸传》有载：“刚简有大节，风格峻整，识性明悟，疾恶如仇。”那意思就是说人要有节气、有风格，识大体、明大理，既要心地善良，也要有正义感，敢于面对是非对错，行侠仗义。这也许是另一种修行。

动 中 悦

我从小酷爱体育运动，“好动”是我的天性。从小到大，就身材而言，我只能算一般，既不高大也不威猛，也就是中等身材。可我生来好动，各类体育活动都喜欢玩一下，乐在其中，动中释怀，这也是我至今耳不聋、腿不笨、眼明脑聪的原因之一吧!

小时候在南康小学读书时，各方面条件都很差，体育设施和器材也就无从谈起。放学后，我们把长条课桌排在一起，中间用砖隔开，就是简易乒乓球台。乒乓球拍子是用三合板自己做的，谁要是有一幅贴胶的拍子，即便不是海绵胶也要被刮目相看。乒乓球自备，若不小心被踩扁，也是绝对舍不得丢弃的，拿回家用温水敷一敷重新鼓起来，一直要到打裂打爆了才肯扔掉。

简易球台、球拍，用温水敷球，这些，我都是无师自通，打球也是自学成才，乱打一通，但打得多了，也就长进了。光板运用好了，往往不吃对方发球，我的正面胶、反面光板技术，就是那时摸索着练出来的。从部队到现在，我也能拨拉出几个好球。

现在正规比赛，谁要是打了个擦边球，还要举手向对方表示不好意思。我们当时用课桌当乒乓球台打球，巴不得把球打在对方球台的夹缝中再跳出去。反正谁输谁下台，后边还有很多人排队等着，你若是输了还不知几时才轮到你上场呢。

我和专业乒乓球运动员也打过球。66岁那年，有位年轻的省队女队员按11分制，让我6球。乱棍打死老师父。第一盘我居然赢了；第二盘尚可坚持，但还是输了；第三、第四盘便连招架之力都没有了。除去体力跟不上，归根结底还是“土八路打不过正规军”，技不如人。

高尔夫球是近二十年才在国内兴起的高档运动项目，格调高，成本高，要求多，技术难度也大。

我在体育运动方面经常无师自通，打高尔夫球也是这样，无非就是在电视中多看看别人怎么打，打中学，打中练，悟出几分道理和技巧罢了。

第一次下场，是在一个很偏远的球场，连球童都没有。远是远了点，但场地价格便宜。我们三个人，两个人打球，另一个坐车观虎斗，两个洞还没打完，一袋子球已所剩无几了。照这种状况，若要打完十八洞，还不知要打丢多少球呢。圈内把技术差劲、丢球多的人戏称为“一袋球王”，若按我们俩的丢球法那就是“十袋球王”了。于是，还没打完，我们就草草

鸣金收兵了。

后来，我也对高尔夫球失去了信心。球包尘封十多年后，眼看要退休了，琢磨起毛主席的话来："读书是学习，使用也是学习，而且是更重要的学习。"这一琢磨，思路就出来了——"读书"就是先掌握基本要领，"使用"就是先在练习场实践。我活学活用，场外悟，场内练，果然管用，这之后，球打得既稳又远了。

某次，一位球友赌我过水落点240码，哈哈，自不用说，球友输了。下次再赌，我又赢了。从此后就没下次了。现在年纪大了，能打过200码已有些吃力了。俗话说："好汉不提当年勇"，就是这个道理。

高尔夫是项心平气和的运动，有时甚至只是个人与时空的抗衡，水乳交融。场地大，环境好，一时蓝天白云，一时日晒雨淋，一时春风和缓，一时冰雨透心……在享受的同时，也要学会承受，学会接纳。如同"彩虹总在风雨后"一样，人生在享受着美好生活的同时，又不可避免地承受着各种坎坷和苦痛。

我常想，如果打球人的心态是绵软的球道，那么就让生机盎然的花草占满你的心绪；如果打球人把发球台视作人生的起跑线，那么事业就会前途无量；如果把果岭视作加油站，那么就会延长人生的寿命。球洞很小，一杆进洞很难，可遇不可求。但一杆推进洞并不难，难的是始终平和的心态。

由于起点低，时至今日我的球技并不高，但在高手如林的球场上，无论对手多强，我总保持着平心静气的状态。每次在球场上，我的欢声笑声最多，打好一杆是欢声，打差一杆亦是大笑。有时兴奋过头，偶然也有所谓方言粗口的时候，被罚是少不了的。但别人击球的瞬间，我始终一言不发，万一讲笑话余音未收住影响到别人发球，我还会主动请其重发，这是球场规矩，也是宽以待人起码的素质。球友打得好，我会努力打好一点减少差距，别人打得差，我会随意一些多打几杆。总之一场球下来，皆大欢喜才是真好，不乘人之危就是与人为善。

克生和我既是同事又是球友，退休后，我们也时不时聚在一起切磋球艺。一天下午，风和日丽，走在九龙湖标准的亚运球场上，看着蓝天上飘浮的朵朵白云，听着树丛中各色小鸟的鸣唱，我们俩边打球边呼吸着清新的空气，悠闲自得，这种舍我其谁的感受，无以言表。

不知不觉已打到了第十八洞，发球台在山上，前面全是茂密的林地，几乎看不到球道。克生的球打得又直又远，一杆搞定。我多打一球做备份，到球道一看，三个球都在。第二杆打完后，我的球在球道左侧，克生的球在球道右侧，相距有50码左右。第三杆力攻果岭，到果岭红旗洞口的位置有100码左右，两球与红旗连接线形成了随意的三角形，既不等腰亦不等边，是否同时击球暂且不论，当各自的球同时飞向果岭红旗时，奇迹出现了，两只球画出完美的曲线，优雅地在空中撞击到了一起，发出了清晰响脆的碰撞声。

鸣叫的小鸟停止了歌唱，白云驻足欣赏着奇幻，球童们讶异地捂着耳朵，我俩入神地听着在空中回荡的两球撞击的余音，不敢相信自己的耳朵。看着洁白的小球落在翠绿的草地上，各自朝着前方滚动，更不敢相信自己的眼睛。这也许就是导弹防御系统——导弹打导弹的现实版吧。

一杆进洞可遇不可求，空中开花可能绝无仅有，但它就是发生了。然而天下事奇就奇在偶然性！这种机会，让你再打亿万次球，也许都不可能再现。但是，奇迹竟然发生了，这说明这世界确实无奇不有，只有想不到，没有做不到，人类的认知与自然界的变幻莫测差距太大了。

梦想都是从幻想开始的，说地球村“已人满为患”，其实是妄言。毛主席说：“世界是你们的，也是我们的，归根结底是你们的……”人类，特别是后生们的智慧终将解决人口与大自然的容积这一难题。谁知道哪天人类的一杆球会不会打到月球上甚至火星上呢，也难说！

我以为，只要敢于幻想，善于布局，坚持学习实践，梦想就是设想，设想就是现实，什么奇迹都有可能发生。

新轨迹与旧峥嵘

2011年，我年满退休，在与领导同事们道别时，即兴作了一首小诗，取名《新轨迹与旧峥嵘》：

武夫煮酒论枭雄，雅仕烹茶叹柏松。
行处恰逢轱辘慢，别时巧遇表停工。
人寰苍宇词华丽，翠袖须眉趣话浓。
汗血嘶鸣新轨迹，天涯淡笑旧峥嵘。

“武夫煮酒论枭雄，雅仕烹茶叹柏松。”首句指明身份。大千世界，古往今来，侠客悍将与雅仕文人的立足点不同，背负的使命不同，言谈举止自然也不同。

“行处恰逢轱辘慢，别时巧遇表停工。”当天恰逢环保日，私家车禁止上路，乘坐的公交车走走停停，短短10公里路足足走了近一个小时，迟到了挺不好意思的，故有“轱辘慢”之喻。巧合的是一向勤劳工作的手表，突然停摆了。偶然失灵，抑或是天意？不得而知。意头无须多论，“轱辘慢”“表停工”代表着人生的重大转折，相对于之前所谓的“正常”而言，告个段落也顺理成章。

“人寰苍宇词华丽。”俗话说：“天上一日，人间万年。”科学上，时间是相对的，相对于人的自然生命而言，宇宙无穷无尽，不知其所来，亦不知其所止，再华丽的语言也无法赋之一个判定，唯有感叹“坐地日行八万里，巡天遥看一千河！”唯有歌颂，唯有赞美！然而，佛法上，时间是唯心的，有了人，才有了“世界”；有了人，才有了家庭、社会和历史，否则将只剩荒草怪兽，谁来书写？男男女女，相亲相爱，自然结合，繁衍生息，百年好合，虽仅此而已，却也是这地球上最值得庆幸之事。

“翠袖须眉趣话浓。”这句化用稼轩之名句“倩何人唤取，红巾翠袖，揾英雄泪”。明月几时有？再现十五六。挥手告别日，趣言妙语幽。老话新解有几分亲近，与其时倒也贴切。

“汗血嘶鸣新轨迹。”出汗似血是指汗血马，引申为自己的座驾汉兰达是也。出汗流血都有过，没功劳有苦劳，没苦劳有辛劳，也是我职业生涯的真实写照。“新”字自不用说，字面意思便是从今尔后独辟蹊径是也。虽说有些拗口，诗嘛，总难免有隐涩旷达、牵强附会之处。“轨迹”却不能完全理解为路，从数学概念讲，轨迹是指符合一定条件的动点所形成的图形，具有纯粹性和完备性。从汉字词语解释，轨迹是指可变点按一些特定条件移动出的曲线或路径。倘若把人的一生，从出发到归宿，画出一个几何图形，那绝对不会是轨迹概念表述的那么明了，那么简单，那么有规律性。但它却很有诗意，满足了人们对时间和空间的无限遐想。

“天涯淡笑旧峥嵘。”一位英俊潇洒、壮志未酬的年轻人，正在眺望那遥远的地方，一位老人蓦然回首与他打了个照面，老人没有辛酸、没有抱怨、没有发声，只是淡淡一笑，目视着自己。年轻人忽然醒悟，啊！他不是飞过去的，是一步一个脚印走到了天涯——那个秋花盛开的地方。我就是他的故去，他就是我的将来。

也许有人会说，天涯在哪里？我不但去过天涯，还到过海角，还在那里留下了美好的镜头呢。那你十有八九指的是海南三亚的“天涯海角”吧。名曰“天涯”，实则几块大石头而已。而我所说的“天涯”，是那看得到摸不着的视野里、天地晨昏的交接线——地平线。这地平线，你进它则进，你退它也退，你追赶它疾驶，你慢行它缓走，是那永远和你保持等距离水平视野的前方。

细细想来，那儿确有一种“蓦然回首，那人却在灯火阑珊处”的幽幻神秘之美。看得见是相对的，摸不着是绝对的。但它的存在是客观现实的。想到、看到，心就到了，天涯就在你的心到达的地方。

“新轨迹”与“旧峥嵘”也是相对的，当你蓦然回首、顿时悟透之际，那些不平凡的峥嵘岁月，虽然值得留恋，但它已经不属于你了，它已变成了你人生旅程上、历史节点上的一个印迹。

回首过往，携手天涯，无须沮丧和怜惜，唯有淡淡一笑，泰然处之。也许，这便是最好、最圆满的结局。想到就可能做到，想不到就肯定做不到。当然歪打正着的偶然事件也是有的，就像“轱辘慢”，就像“表停工”。命运啊，有时也是这样，猜不准，摸不透，有时似乎还能被“高人”偷窥一斑。然而，它到底还是如地平线一样，永远带着神秘感。

人生就像一次游历，周而复始地追着地平线孜孜不倦地向前，再向前，人生呀，说来道去，终归也不过两个字——取和舍。取舍，决定了这游历的长度、宽度和厚度。

取舍是提起和放下。五代后梁有位得道高僧，人称“布袋和尚”，体胖眉皱而腹大，出语无定，随处寝卧，肩背布袋而终日袒胸露腹、笑口常开。他将遇到的物品都塞进布袋里，若

遇人问佛法，他便将布袋放下。若人不懂，再问，他笑笑，立刻提起布袋，头也不回地离去。放下布袋，是告诉你，佛法即“放下”，放下得失成败，放下施人之恩、受人之报，放下人生之苦之辱之欢之乐。提起布袋，意味着“既然放不下，那就提起来”。所谓佛法，亦是平凡之法、吉祥之法——提起，放下；放下，提起。

大千世界，朝花夕拾，在取舍的问题上处理得好，会得到更多朋友，得到更多快乐，甚至得到更多精神上的回报，正所谓“爱出者爱还，福来者福往”。有人说：仗义疏财，得到人心；肝胆相照，得到知心；淡泊名利，得到安心；清心寡欲，得到舒心。无所求地付出爱，也随缘地收获爱，正是这种无所求和随缘，让世间美好而可爱。

取舍是进取和宽恕。相传有一人因事事不如意，跑到释迦牟尼佛面前去哭诉：“我无论做什么事情都不快乐，这是为什么？”佛说：“这是因为你没有学会布施。”佛学所说的布施，乃施与、救济、予人以恩惠之意，这与佛法所倡导的行善如出一辙。常怀慈悲心，善行遍天下，便是佛法的至高境界。

子贡曾问孔子：“有一言而可以终身行之者乎？”子曰：“其恕乎！己所不欲，勿施于人。”恻隐之心，人皆有之。恕者如心，如自己的心一般。若能以我心待他之心，定当知他之苦之难，如此，则心生怜悯，放下怨恨，轻装上路。让自己的心越来越温厚善良，让脚下的路越走越宽畅明亮，是施善，是宽恕。

我在海珠任职时，专门请人写了一幅字：海纳百川，有容乃大。借此勉励自己、勉励他人。施善于人，是助是帮，施善于己，则是容是恕。其一是恕人。不跟人计较，每个人都不容易，更不要拿他人的错误来惩罚自己。饶恕他人的错误，就是减轻自己的负担。其二是恕世。人们常有生不逢时的感慨，其实，哪有什么生而逢时，时代是最大的命运，但人的命运始终在自己手里。以平常之心待客观之世，我强它便弱了。其三是恕事。人啊，最怕对某件事执迷不悟，对某件事的成败耿耿于怀。曲径可通幽，殊途能同归。人生百年，何必纠结于一时一事之得失，当放眼“天涯”。

进而取之谓之儒，退而求之谓之道。人的一生有进有退、有舍有得，该进则进，该退则退，该得时得，该舍时舍，这是人生法则。谁若能从浪漫中超然收尾，亦能从浪漫中超然起航。

取舍是天涯淡笑，洒脱向前。

人生于世，不过百八十年，若不能潇洒走一回，多少有些遗憾。但什么是潇洒？见仁见智，没有定论。我以为，潇洒走一回并不难，难的是初心不改、始终如一地走过一回，也不求天翻地覆，不求叱咤风云，但求把这轨迹铺平、捋顺、延展而致，继往开来。

对于我们常人，也许花甲之后不过含饴弄孙，此后无论是再活十年还是二十年，那人生的轨迹似乎都停滞不前了。然而，我却始终相信，即便只有斑驳细点，只要继续前行，哪怕是优哉游哉地慢慢行，新轨迹的线条也许会出现得慢一些，但随着时间推移、空间扩充，美丽的轨迹、线条也许也会越拉越长、越描越五彩缤纷，说不定，还会显现出夕阳西照、雨后初霁下的美丽彩虹。

闲赋

篇首语

科尔沁的风，裹着牧草粗犷的乡情，平流抖动。向海湖的水，载着鱼翔浅底的空灵，波纹平静。那个曾经的少年，用七十载的岁月，孵就了一个遥远的梦……随着这些从心底流出的文字，我一路走过来了。

从学生时代的《给台湾小朋友的一封信》《难忘的小毛驴》，到部队军旅生涯时写的一些感悟和随笔，以及后来陆陆续续有感而发创作的一百余首诗词歌赋，就如相机一样，记录了我个人的一方天地、过往岁月，又如日记一样，留下了那些装满激情的曾经和令人悸动的瞬间。

诗词短小精炼，更容易浓缩、表达人的情感，或明或暗，或露或隐，抒发胸怀，写者有意，看者会意，时而吻合，时而差之，这既是中华文化的博大精深，更是平常人茶余饭后精神生活的佐料。

我并非诗人，我的诗词全是意兴感发，不太讲究章法和格律，有可能脱仄不韵，也有可能自度成曲。用文人的诗词标准来评判我的诗词，有些真可能狗屁不通。不过，我觉得这无关紧要，也符合我的性格，有人微词时，我一笑了之，有人点赞时，我自喜一把。自娱自乐且不污染别人的耳目，这才是我的初衷。

我的诗词都是情感的表达，不管是呢喃低语的温柔缱绻，还是壮志豪情直抒胸臆，都是有感而发，绝不无病呻吟，那些字句或赞颂，或感怀，或祝福，或应景，或怀念，它们就像我的缩影，将我饱满的感情传达给读者。

也正因如此，诗词里可以找到一路成长、前世今生的我，那是真实无二的我，那是真实无二的情景，正因这真实，让我甚感欣慰。同时，《自悟方圆》能够付梓成册，也与这一路上我有意无意间写下的百余首诗词歌赋不无关联，正是这些文字让我对过往有了一个清晰的、完整的脉络，沿着这条脉络，我能轻松找回曾经的生活。

人活到一定年龄，就爱感叹，说“人生如梦”的大有人在，说“人生如酒”“人生如茶”的也为数不少，于我而言，似乎用“人生如诗”更为贴切。冷眼看事，傲骨处世。这是我的人生哲学，我的诗与我为人处世一样，严肃中带点玩味。

林语堂曾说：“从生物学的观点看，人生读起来就像一首诗。它有其自己的韵律和拍子，也有其生长和腐坏的内在周期。”我深表赞同。人生如诗，烂漫童年是“起”，青春年少是“承”，成年而立是“转”，暮年归隐是“合”。起承转合，冬去春来，周而复始，回首人生，也不过一首婉转曲折、清丽动人的格律诗。

梅兰竹菊总关情，春夏秋冬皆成诗。我以为，诗歌是人的天性，诗人不在于接受文化的多少，而在于心灵感悟的高低。爱生活的人，看世间一草一木、万事万物都蕴含着诗意。我骨子里也有浪漫情怀，有意无意中，总会为自己的生活散播点诗情画意。心中有了诗意，便有了爱、有了美、有了豁达的胸怀，面对现实生活便多了份从容、淡定、坚韧。我想，这才是诗词里的各种意象拂过心灵所留下的真正滋味吧。

人的心里大多有两个世界，一个属于生活，柴米油盐酱醋茶；一个属于自我，自由奔放和一切美好的向往。诗是困不住的，虽然思绪时常被日常琐碎牵绊，声音时常被锅碗瓢盆湮没，躯体时常在为生计而奔波的路上，但诗与灵魂同在，在你高兴的时候，在你痛苦的时候，在你看到美景的时候，在你享受到美食的时候，在你扛不住的时候，在你感到绝望的时候，诗词就像一个从未离去的好友，用极美的旋律、极好的节奏，快乐你的快乐，抚慰你的悲伤，带走你的哀愁。

我向来诗酒人生，轻歌慢行。无论是快乐的童年时期，清贫的少年时期，还是在生活越来越好的青壮年时期，在柴米油盐、锅碗瓢盆之外，我总能怡然自得地找到那份属于自己的诗情画意。这也得益于我这人胆大、脸皮不薄，经常敢于甚至乐于出丑。书画也好，诗词也好，写不好不怕，画不好也不怕，怕的是不敢写、不想画。没有天生的文才，只有后天的成才。人说曹植七步成诗，既有先天之聪慧，又有后天之博学，更有急中生智的应对。我一介凡夫，更没这个本事，只有靠晴耕雨读的苦练，外加脸皮厚不怕羞，特别是“酒后吐真言，

放话无遮拦”，有些段子小诗往往就因此应运而生，而后再几经修饰，便可或出以示人或收而藏之了。

埋在地下的可能是金子，藏在心田的肯定是真言。走过朦胧的岁月，把青春年少、蹉跎坎坷、意气风发和指点江山都留在了那里。我的诗词大部分都写自于天命年之后，在时空转换里，我乘着诗词的快马，昂首阔步地走进了崭新的纪元。

“弱冠欲风流，悬车望雨秋。半生天地路，三悟韵悠悠。”诗如人生，人生亦如诗，从“弱冠”到“悬车”，从“风流”到“雨秋”，从“一笑风雨休”到“三悟韵悠悠”，一“欲”一“望”之间，隔着五十个春秋，可谓“半生天地路”，咫尺方圆行，此韵悠长!

近体诗词

七律·从军

京广京齐贯寒暑，岭南岭北几重天。
三千将士守名岳，万里乾坤孕大川。

耒水水边栖鸟语，衡山山顶战鹰旋。
谁言气象保障难，会掐能应写续篇。

1974年10月初作《谁言气象低气难》，2017年8月修改原诗并更名为《七律·从军》。

谁言气象低气难

京齐京广贯寒暑，岭北岭南几重天。
三千战士沿途下，斗私批修捍河山。
耒水迂回飞行岛，战鹰呼啸乾坤旋。
能掐会算胆魄大，谁言气象低气难。

乌夜啼·气象员之歌

极目纵横宇宙，
胸怀万里苍穹。
力保战鹰长风啸，
其趣乐无穷。

慧眼研判气象，
看穿雨雾千重。
旌旗烈火迎风展，
红在我心中。

1976年2月，南京空军气象学校数理统计学进修班开学。当时，同学之间经常以词作桥，以诗会友，畅谈交流。这首词记在笔记本上，保留至今，内涵虽显肤浅，但时代烙印却很鲜明。更欣慰的是云厚同学的作品《气象员之歌》也完整地保存下来了：

乘着朝阳升腾，晚霞洒满归程。
驾雷驭雪制天公，其趣乐无穷。
看破千重迷雾，极目纵横九州。
红旗烈火遍环球，迎宇宙红透。

五律·明五常

先严卧寿枋，一寐昼昏香。
云绕元宵短，行觞日月长。

福荫孺子室，孝侍寿堂房。
李氏合家后，习纲明五常。

2018年春节，回乡探望母亲并为父亲扫墓。老母亲倚在床上，慈祥地看着四世同堂一家老小，非常欢喜。吾有感而发，作这首五言律诗《明五常》，既有对先父的怀念，又有对慈母的敬仰，更有对后辈的期待，拳拳之心也愿后辈知晓。

七律·凡生如梦

卯兔客居银盘月，个中滋味几人知？
坐观夜幕六根净，仰镜拂容花甲时。

秋晚不言花落去，古稀依旧咏梅诗。
夕阳西下繁星烁，旭日东升汉风驰。

2011年秋，年满退休，身上的担子卸下了，时间完全属于自己了，日子也慢慢清闲了，自由自在，六根清净，月圆之夜，露台独酌，星缀夜幕，秋凉如水，“仰镜拂容”已花甲，“个中滋味”谁人知？此情无计可差遣，佐以格律成诗意。

七律·忆恩师

恩遇明师诚向善，躬身笃行苦作甜。
诸贤造化诗书卷，夫子栽培桃李妍。

落笔伴吾追旧梦，雕章琢句忆当年。
浮尘往事终将去，唯有真情存世间。

2016年回乡探亲，特意去看望了几位中小学老师，对他们的言传身教、无私奉献心存感恩，赋诗一首。

鹧鸪天·叙莲园

夕阳无限绪难眠，蓝衍青萃茧抽绵。
桑榆唱罢谁登场，三月阳春簇少年。

从今后，作新篇，学而践习入心田。
青山两岸平湖清，一室高朋叙莲园。

【词续】

尚有余时有限，留言寄语当前。
三五大计导航，同心定达彼岸。

本词作于乙丑年春月，当时市局“三五规划”正紧锣密鼓酝酿出台，大家齐聚“莲园”（广州税务莲花山培训中心）研讨“新篇”。

七律 · 印月问茶

——读亦仁之《问茶印月》有感

印月问茶调笑令，疏星孤饮墨云情。
平湖风扫涟漪倩，花港鱼歌泛泡清。

龙井茗芽香曲院，苏堤垂柳礼南屏。
亦仁七斗埋伏笔，老朽三升效奋青。

2016年秋，亦仁赴杭州学习期间作了首七律，吾阅后回复道：上联易出，下联难对；和字岂敢，互动可陪。随后，便作此诗以和之。附亦仁之《七律 · 问茶印月》：

问茶印月复杭游，西子湖光入眼眸。
一月悬空融秀水，三潭蟾影照渔舟。

亭前翠柳拂深院，阁内茗芽香满楼。
拧厥成诗为君赋，愿谐秋韵扮童叟。

七律 · 泉村颂

向晚虹霓映彩灯，幽山曲径荡回声。
一泉热浪游溪壑，两岸琼苞醉稚蜂。

几对夜莺吟暮霭，数只灵鹊盼黎明。
泉村点缀和平域，大圣慈悲故土兴。

丁酉年中秋，和平温泉度假村，为老友小卢匠先生专赋。此诗虽欠雅，但其心彼景略表一番。卢生属猴，故予以大圣之称谓，其以德善之心帮扶家乡，口碑于民，深受赞誉，值得有识之士赞之。

七绝·月夜有感

凌风含露夜当央，几上天宫问窈娘。
缥缈人生凭造化，苍茫宇宙看阴阳。

【诗续】

高山流水沐阳光，几上天宫询娥娘。
顿悟寰宇学问博，热泉源自地波长。
滴露成溪江涛滚，蒸腾落雨万物芳。
春绿夏翠蜂蝶舞，秋金冬银五谷香。

本诗作于2012年秋月。

七律·根智玉宜婚贺

文刀断剑纪新元，盛世乾坤四百年。
君相豪杰书史迹，沛公汉裔竞达贤。

美林湖畔琢游子，华夏江川考令男。
尊上眉梢爬喜悦，良宵宜智并头莲。

【诗续】

古昔月，秋明时，古往今来多少事，俱往矣；可圈可点可参之。

联姻日，艳照时，儿女情贞杨柳依，长思矣；可喜可贺可珍之。

丁酉年秋月，为刘府、汤府联姻而作，以示恭贺。该诗前四句写自汉高祖刘邦创立汉朝有了汉族称谓至今，刘氏家族对中华民族的贡献功不可没。其中“文刀断剑”暗喻“项庄舞剑，意在沛公”的历史典故。从此，刘邦文功武卫打败项羽，大汉一统天下四百年。后四句易理解，是对双方子息特别是对刘家子弟——根智的期许和祝福。其中，“尊上”指根智玉宜双方父母。

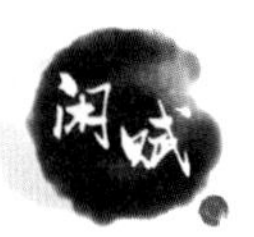

怨回纥·玉女

玉女应时令，霜寒布雪云。
悄然飘落地，浩物送瘟神。

平野清一色，辕飞辙对伸。
净空一丈土，禽雀自欢欣。

【词续】

大雪节气，漫天飞雪似梨花怒放，有感而发未尽，拟人而抒技穷；道法自然之规，利之有敝者随，雪太大了，小动物没吃没喝，扫出一片空地，撒上些许食物，故有“净空一丈土，禽雀自欢欣”之句。同情弱者，善待异类。

作于2016年12月7日（丙申年大雪）。

五律·秋月

朔峨弦凸望，暮暮衍其程。
星匿银盘后，云开翠笼明。

秋思随絮舞，寒月伴人行。
引项闻香桂，躬身斧下情。

2017年秋月，在域外过中秋，月圆之夜，有感而发，酣畅抒怀，写下这首秋月颂。

七律·异国贺春

新绿新春新福地，同庆同祝同欢愉。
庚寅异国跨年贺，甲子他乡祈画图。

四季轮回怀旧景，三元变换展新符。
临风把酒樽前醉，秋韵当歌一老夫。

2010年（农历庚寅虎年），在异国他乡过春节，应节应景创作了这首贺春七律。

水调歌头·云游塞北

忽悉春城报，
暮晚抵寒窑。
青纱秋里转悠，
一路任逍遥。
忘却舟车劳顿，
土菜粗粮老窖，
畅饮古今聊。
月满科尔沁，
依旧百般娇。

太阴沉，
东方晓，
向海蹽。
湿湖仙鹤，
风行塞北探私交。
下马乾坤共饮，
恭献哈达祈愿，
膻肉嫩酥焦。
妃帐戴王冠，
疑似度春宵！

2018年7月29日（农历六月十五），与浩仔共创于故乡吉林通榆，以纪念忘年之交二十周年。

原始贵在悠久，自然美在今朝。浩仔塞北行，通榆一游给了我作诗写文的动力和感发，仅以此跋兄弟共勉，更以此跋励志于己，打消半途而废的想法。

恋乡的萌芽，一旦滋生，便有无穷魔力。悟到“草在春时绿，月是故乡明”的深刻含义，优哉快哉！从这里再出发，从这里再开始，人生没有返老还童的魔法，人生却有生生不息的青春诗篇和华章魅力，即便灵魂出窍，也不一定是梦呓。只要有感发，有思绪，有坚持，我、你、他、她都可以再次出发……

岭南塞北，千里迢迢。
此次有幸，兑现相邀。
吾与老浩，忘年之交。
若干年前，假戏真敲。
他备浊酒，余备菜肴。
彼拟题材，予撰文草。
游者采风，陪者粗描。
故有上文，客官看好。

美丽的故乡，岂有三言五语说全写尽的道理？在家中闲居不过两日，借老友通

榆行之契机，陪游、构思、研墨、铺纸，提笔仅仅是初心开始的端倪，若能从此判定前行的方位，迈出铿锵的步伐，也许是对乡愁最好的慰藉。

七律 · 春咏

羊披俪语轻盈至，马踏青坪载誉归。
岁岁年年众星闹，家家户户彩灯辉。

喜闻故里春风起，乐见他乡柳絮飞。
落幕留连怀旧景，掀帘信步话新梅。

2015年（农历乙未羊年），观看央视春晚，即兴创作这首贺年诗作。

七律 · 贺丁酉

新岁桃花风送行，迎春祝福入门庭。
三阳始布莺儿唱，四序初开柳叶青。

铁建诗词句句妙，才翁淡笑时时听。
为兄一首贺丁酉，老骥权当座右铭。

2017年（农历丁酉正月廿三），拜读莫名作品《喜迎丁酉新春》，如甘露止渴，似香馕充饥。敬和之然不足，准和之尚有缺，充其量谓之互动尔，共赏。

喜迎丁酉新春

丽日艳阳万象新，无边光景普天庆。
烛夜守岁九州宁，司晨高歌寰宇醒。
五德立首呈祥瑞，千门为开放光明。
料得年年今如是，酌取海晏又河清。

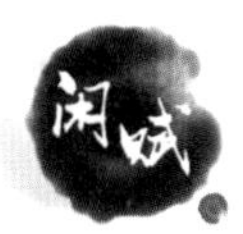

虞美人·沙随风舞迎春啸

沙随风舞迎春啸，
墨镜纱巾俏。
似闻窗外雨敲桐，
晓观柳芽初露、返青中。

及笄未冠初心凯，
难掩朱颜迈。
古稀颐养赏冬秋，
道故韶华追梦、赛风流。

【词续】

通榆县，春沙暴，妇孺都知道。

时令甘霖入涸土，柳絮杨花，香溢蜂采嗡嗡闹。

忆发小，害羞笑，皱纹爬眉梢。

活至斜阳念朝霞，回味流年，文润笋萌步步高。

2019年春月，作于由穗返乡航行途中。

七律·一叶知秋

一叶知秋风瑟瑟，乾坤十五共婵娟。
大德普照城郭闹，小惠通幽野里闲。

仰望寒宫独把盏，低眉华夏欲临凡。
沐阳棹桨三江荡，追月倾壶四海还。

作于2019年中秋。此生与秋缘深，每逢秋日，以诗抒怀。

七律·合韵

关中九月清风爽，梦里忽闻金桂香。
当户清吟眯眼望，隔帘仙友正梳妆。

君心若水同秋月，吾道琼浆贯四方。
儒子凡夫今合韵，昔时伐斧酒中藏。

2016年，与同窗军友杨玉乾先生共鸣和韵之作。

原稿一

关中九月金风爽，梦里忽闻桂花香。
晨曦掀帘幽庭望，几树仙友正芬芳。
浓可荡涤清致远，醉品琼浆醒试糖。
借问伐匠今何干？马放天山砍斧藏。

原稿二

关中旷野金秋爽，农舍院落赏桂芳。
天涯咫尺若比邻，木樨熏浴梦呓长。
有朝楚汉开盘弈，白墨点缀秦岭香。
邀君暇日游南粤，把盏咏菊采风光。

2019年，对原稿一、二做了修改，合二为一，亦称“合韵”。

七律·蓝田行

清明泪洒化残冰，祭罢悠然逗雀莺。
樱粉桃红梨雪雪，水烟山黛草青青。

金陵弱冠开新卷，峣柳悬车续故情。
若问阳关通昧谷？忽闻元二醉丰京。

【诗续】

清明泪，雨纷纷，祭拜黄陵自安慰；闲赏群莺脆。

三花魅，漫吟吟，须眉翠袖心灵美；问君啥滋味？

准少尉，目昏昏，南京蓝田缘相会；军友同窗萃。

阳关伟，绪沉沉，诗佛王维千古最；劝君莫喝醉。

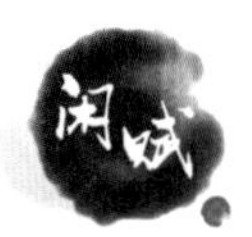

七律·望甲子

撇捺豪情霸一方，平和横竖贯中央。
况逢盛世门楣峻，更喜英才桃李芳。

笔墨当歌望甲子，笑谈依旧话麻桑。
草书小篆蘸清酒，再品梅兰秋露香。

2011年秋月，六十岁生日前夕，以横竖撇捺笔画做伏笔，赋诗《望甲子》（原创版）：

撇捺豪气霸一方，横竖盘稳居中央。
四笔妙用数十载，润泽春夏桃李芳。
乾坤复始望甲子，秋韵当歌沐西阳。
草书小篆蘸清酒，细品秋冬梅兰香。

后来考虑到平仄对仗，原创版几经修改，终诗如题。这首小诗是我六十年人生经历之浓缩，“撇捺豪气霸一方，横竖盘稳居中央。四笔妙用数十载，润泽春夏桃李芳”，能屈能伸，内柔外刚，刚直平和，随心所适所遇而处，是我一贯的人生态度。“乾坤复始望甲子，秋韵当歌沐西阳。”人老了，情还在，树枯了，根还在，乾坤复始是永恒的宇宙规律，何必望洋兴叹，杞人无事忧天倾；正所谓“欢喜甲子倒计时，沐浴西阳正当期。”“草书小篆蘸清酒，细品秋冬梅兰香。”这就是心态，也是豪迈，更是一缕小小的人生虚荣。人活世上，只要不妨碍他人，虚荣几把又何妨？起码说明心是活泼泼的嘛，心活泼，得老年痴呆的可能性总会小一点嘛。人生如梦，岁月如歌，很多看似重大的事物不过都是岁中梦、月中歌，站在六十甲子的华年，回望走过的人生历程，感慨良多……

七律·观维贤老师画作有感

贤赠老夫婀女像，画屏流彩墨含香。
两眉幽思簪花散，数笔勾描蕴韵藏。

婀娜丰腴羞百草，典雅秀丽妒浓妆。
攀龙附凤古今有，笑问谁怜弱女郎。

七绝·像语

隐形遁迹访时贤，穿越云游魏晋间。
千百年前玄有道，顶毡笑指点红颜。

当年贤兄赠吾画像两幅，2013年秋月，吾再观有感，作七律、七绝各一首。

卜算子·秋头望

村夫捆麦秸，
田鼠忙蹿跃。
谷粉人食畜嚼叶，
天道生平仄。

簇簇林草青，
秋穗金黄色。
但见牛羊缀杂彩，
各得其安也。

【词续】

秋头望，眼未歇；
一路行，未错过。
道是秋头，恰在心头悄悄掠。

2019年秋月，作于旅欧途中。

小令三首

（一）

咚，万马嘶鸣向阵冲。
车摇晃，一路看时钟。

（二）

咚，未雨绸缪策划中。
虚实探，调教小妖童。

（三）

咚，实弹真枪惩寇凶。
三十日，奏凯贺捷功。

1979年，参加对越自卫反击战，作于一线值勤闲隙。

七律 · 新轨迹与旧峥嵘

武夫煮酒论枭雄，雅仕烹茶叹柏松。
行处恰逢轱辘慢，别时巧遇表停工。

人寰苍宇词华丽，翠袖须眉趣话浓。
汗血嘶鸣新轨迹，天涯淡笑旧峥嵘。

2011年金秋时节，年满退休，在前往市局向领导们道别时，即兴作了一首小诗，取名《七律 · 新轨迹与旧峥嵘》，算是应景之作。

天净沙 · 半生戎马生涯

半生戎马生涯，
几度风雨黄沙，
驾驭天公献华。
四十春夏，
放飞一路丹霞。

【词续】

睹像忆容十军友，习书小令以问候。
楼宇梧桐蛙依旧，戎装同窗颊已秋。
驭公耗尽韶华力，四四春夏今安休。
花甲恰逢中国梦，各自天涯免乡愁。

2016年12月18日于温哥华。

七律·一路行

温润如秋夏末中，西欧首尾与君同。
寻寻觅觅无春雀，洒洒潇潇似雁鸿。

安娜湖澄山水画，少妮峰窈玉冰绒。
驰晖漫道云涯暖，结发重游一点通。

安纳西湖又称安娜西，是法国东南部小镇。小镇山水交融，胜似一幅自然形成的山水画卷。少妮峰即少女峰，是瑞士境内阿尔卑斯山脉有名的雪域之峰。

2019年8月初，提笔构思，耗时半月，止笔于巴黎。

七律·醉彩吟诗

拍栏寄语向天白，奔放角梅方盛开。
几束青藤缘木试，一枝醉彩越墙来。

填词哼曲缺方帽，作画说文盼秀才。
幸睹仁兄金手指，挥毫泼墨释君怀。

己亥年秋，暮晚难眠，依栏观镰，芳菲一角，孤芳自叹，吟诗一首。仁贵老师以诗作画，泼墨成彩。后，我重温诗画，有此续篇。

满庭芳·雨荡春秋

雨荡春秋，
别来无恙?
迄今何故空忙。
事人天定，
缘起共一堂。
自觉闲身未悴，
复本色、些许疏狂。
百年里，
夫随妇唱，
翠柳诵白杨。

云烟。
风猎猎，
梨窝填满，
丰韵徐娘，
又何须，
拼命追忆女郎。
幸对清风皓月，
齐声唤、国盛家昌。
羊城好，
花开四季，
军姐满庭芳。

2019年深秋，于岭头鸡啼山铁皮居，贺卿五十年女兵聚会。

七律·诗言志果唯实

舞聿呈虹炳者圈，珠联合璧纵横篇。
飞天追梦鲲鹏去，释祖拈花冠雁还。

入世弄潮雷雪雾，脱俗栽赏桂荷兰。
淡聊流岁酌西凤，浓叙今朝啜雨前。

【诗续】

花开闻香，赞其香。花凋食果，赞其果。香提神，果饱腹；鲲去雁还也。人生几何，孰知何。人世苦短，孰知短。何为幻，短着实。弃醉入茗轩。

2016年12月7日于温哥华。

卜算子·忆母恩

霜雪搅天飞，
往事随风雨。
谁念秋儿独自伤，
慈母萧萧去。

怀揣万种愁，
百事皆无趣。
纵使儿孙唤千遍，
寄语难相叙。

【词续】

呐喊不闻，肝肠亦断。
悲痛欲绝，有口难言。
哀泪满巾，儿孙祭奠。
黄泉可觉，显灵在天。
呜呼哀哉！伏维尚飨！

2018年12月20日（农历戊戌年十一月十四），慈母仙逝，悲痛万分，赋《卜算子·忆母恩》一首，忆母慰己。

江城子·去年今日母隔阳

去年今日母隔阳，
各一方，
黯神伤，
秋去冬来，
披雪跪身旁。
烧尽纸钱烟筑路，
迎显妣，贡肴香。

黄泉道险水难蹚，
眺天堂，
念亲娘，
闪现云端，
儿女泪汪汪。
托举育恩虔肃拜，
谁领会，孝心郎。

阴历己亥猪年冬月十四，于母亲墓旁。

七绝·和乾兄

钱塘涨落动临安，最是圆缺印月潭。
秋韵阴晴无幻影，达于尚者谓之乾。

2018年秋月，玉乾兄来穗，与其游南沙湿地公园，游罢归席，谈笑甚兴，各自索句吟味，日后略加润饰，故有此篇也。附玉乾兄诗：

七绝·赠秋韵

南沙湿地水弯弯，最是芦花缈似烟。
目睹羊城秋韵媚，重温画卷又临仙。

七绝·珠江夜游记（四首）

（一）泛舟

泛舟十刻价千银，碟有佳肴玉液淳。
两岸虹霓光闪闪，渔歌唱晚夜沉沉。

（二）初夏

诗家心绪在春晨，初夏风光也可人。
逐对鸳鸯嬉胜景，老夫睨视入瞳神。

（三）凋花

人道羊城四季华，晚春过后赞凋花。
夜莺唱到嘶声处，肘撞船舷再赏蛙。

（四）余香

玉乾夫妇自丰京，穗地乏奇美味兴。
更尽一杯国宴酒，余香粤陕润交情。

2020年初夏，军友同窗玉乾夫妇自西安来穗观光，适逢周末登船珠江夜游。触景生情，索意古人，速仿四首并当众歌之，以烘托现场气氛。

七绝·秋语

曼声缥缈贯乾坤，望月黎民晤众神。
春夏喧哗冬问雪，四时有序醉秋音。

此绝2015年于故乡中秋赏月时随笔，属“半拉子”诗句。时隔五年与众友聊天时，突发灵感收笔，名曰《秋音》，敬请荣华先生吟诵后，众人齐曰：此句似为在座的“秋语”所赋，虽属偶然，笔者略调几字后，重新命名为《秋语》更贴切，句句隐语也。

元会曲·再访西湖

西湖秋境早，
朗日不胜言。
夕阳桥畔，
印潭怀影，
瑞柳眺荷莲。
临暮问茶听曲，
皓月凌空照水，
西子宛如仙。
舱内主宾宴，
舷外水中鸳。

品龙井，
噙玉露，
望云烟。
与时舒卷，
捭阖尘世赋诗篇。
纵有风霜雪雨，
且当清风拂面，
绮韵浸心田。
挽起钱塘浪，
闲荡水天间。

2018年秋月，再游西湖感怀。

七绝·莫连

三月莫连几度红，雄枝伟干指苍穹。
英风满树叠罗汉，血火交融武圣公。

木棉花又称莫连花，为广州市市花。春天开花时，一树橙红，远观好似一团火在枝头燃烧，极有气势。因此，历来被人们视为英雄的象征。

作于2013年春月。

七绝·风铃

铃木花开粉与黄，娇怜欲滴透芬芳。
良辰美景谁家院，来去匆匆做嫁妆。

风铃木原产于墨西哥、中美洲、南美洲，是巴西的国花。风铃木花期短暂，但会随四季变换不同风貌的彩衣，稀疏枝叶搭配着密集漂亮的风铃状花瓣，色彩鲜艳夺目，花团缤纷锦簇，形成一片亮丽的花海，形态分外优美迷人。

作于2016年5月。

五绝·感怀（四首）

（一）清泉

无量一清流，如仙崖上游。
甘泉天涧酿，滴滴醉心头。

（二）心镜

花俏春风里，叶飘秋水边。
胸怀一轮月，心镜照千年。

（三）寻梅

朔风平地起，落叶满城飞。
踏雪寻梅去，闻香无意归。

（四）小芭蕉

美林新雨后，最艳小芭蕉。
今日看花客，流年叶下淘。

退休后，有了更多时间和精力体验生活，这组小诗是近几年的生活小品。

沁园春·迎丽日

己亥年冬，
庚子岁初，
霹雳惊晨。
闻新冠肆虐，
江城雾锁，
九州浪卷，
撼我昆仑。
黄鹤低鸣，
灯青孤影，
风雨潇潇瘴气熏。
猝然间，
令国人心颤，
欲抹愁痕。

中南海召天民。
尽锐出战风雷化春。
看舜尧大地，
八方人马，
擎旗赴命，
共铸民魂。
力拔山兮，
宜将剩勇，
利剑高悬斩瘟神。
魔消遁，

楚天迎丽日，
朗朗乾坤！

己亥年冬，庚子岁初，正值新春，鄂武汉突发新型冠状病毒肺炎疫情，举国上下众志成城，全民聚力抗击瘟疫，筑起了一道抗击疫情的钢铁长城，谱写了一曲感天动地的生命赞歌……对大众来说，待在家中即是对疫情防控最大的贡献，我亦是如此，宅居家中，笔战瘟神，用诗词为疫情防控工作加油鼓劲、呐喊助威！

浣溪沙·沉思

良木岿然根系粗，虚枝摇曳腹空疏。
惊雷一刻两殊途。
非典推窗蒸热浪，新冠闭户饮屠苏。
世间无巧岂成书。

伤春曲·战瘟神

劫后兴邦，
临大考、豚倦鼠哮。
毒瘴漏、败花凋草，
孟春单调。
照面免喧恭手礼，
往来心意捐纱罩。
闭城郭、宅在小楼听，
国宣召。

江城内，瘟疫闹。
煽神火，霹雷爆。
愿南山猛焰，即时杀到。
华夏逢劫英骨烈，
八方铲孽从容报。
仲春日、天地斩邪妖，
神州笑。

其间，与亦仁、亦轩等诗友互动有加，创作了几首同题词《满江红》变曲之《伤春曲·战瘟神》：

伤春曲·战瘟神

庚子新元，
春未到、蠹虫咆哮。
喜未道、瘴烟缭绕，
阴霾笼罩。
朗朗晴空风乍起。
悠悠江汉寒云绕。
骤然间、新冠卷千尧，
揪心恼。

伤春后，行大考。
消毒虐，彰宣召。
盼南山兰娟，
药灵方妙。
黎庶心凝驱魍魉，
舜尧岂让瘟神闹。
聚火雷、一曲浩歌吟，
仰天啸。

伤春曲·战瘟神

天佑神州，
战瘟疫，灵锋出鞘。
敬大医，舍身捐国，
晖旸天曜。
济世悬壶宏大德，
救人袪病寻真道。
颂三军、闻令急勤难，
攻关要。

哀民痛，离殇吊。
憎贪欲，迷心窍。
幸众志成城，
吉星高照。
合力五洲邪气葬，
同兴四海清平调。
待明朝、看宇宙多娇，
花枝俏。

西江月·独白

残月余怀星宇，
晓风眷顾人寰。
通宵达旦凑诗篇，
微信切磋如面。

浪漫烘托杂兴，
现实讪笑幽潜。
清词一阕韵虽宽，
小令难抒真愿。

庚子仲春，诗友亦轩作一首《西江月·独行》，与诗友亦仁各和一首：《独白》《独思》，促成了“三独”西江月。亦轩、亦仁作品此处一并录之：

西江月·独行

寒夜几多风啸，
晓来知是春旸。
絮云下鸟雀低翔，
石落流泉惊浪。

徐步缘溪径上，
草婴翠点秋裳。
孤峰西麓后山廊，
应道别来无恙。

西江月·独思

醉笔难书高卷，
文心未必雕龙。
清笺墨染写苍穹。
天助老夫思涌。

秋意深藏梦里，
寒波锁进杯中。
飞花坠地亦从容。
静观风云涌动。

【词续】

新冠所致，斋居闲呆。俩瓜仨枣清淡，仨饱俩倒打捱。西江残月作令，浮词一曲瞎掰。啥子独白？华夏神韵，智取未来。

偶有巧合，亦仁独思，亦轩独行，老朽独白，各有千秋，各有所爱，谓之“三独”而非“三和”也。

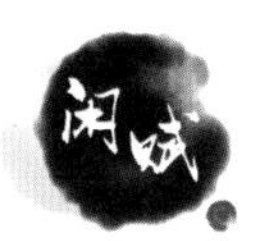

七律·清明国祭

国旗低首悼功臣，华夏哀歌忍泪吟。
天使逆行酬社稷，吾生奋励效乾坤。

垂杨半绿绒芽嫩，鹿韭全红色味纯。
从里寻她千百度，年年寒日祭英魂。

2020年4月4日，参加全国性哀悼活动有感。

五绝·正阳情（四首）

（一）

江中驭彩龙，旷野走东风。
稻麦翻金浪，农夫舞帝弓。

（二）

几阵知时雨，天公荡垢埃。
蒿香熏处处，瘴气顿衰衰。

（三）

阴晴莫测天，通体汗流干。
洗尽污浊爽，从新叹世间。

（四）

端阳纪正则，美政举贤德。
诗祖随波漾，辞章伴汨河。

2020年端午于穗。

水龙吟·从军五十年

白城风卷寒云，
新兵云涌开通站。
藏蓝草绿，
红花银絮，
彩旗漫漫。
今下江南，
笛鸣喧沸，
通榆难见。
入冰凉闷罐，
麦秸铺褥，
啥滋味？
冥冥叹。

近古稀回眸看，
五十秋，
可曾陪伴？
青藤绕柏，
孝忠悌道，
才翁自劝。
更笑流年，
半尖半傻，
慈怀无怨。
到头来幸庆，
游缰遛马，
沐阳闲慢。

【词续】

半世纪风雨，五十年参半；疾风骤雨独臂挡，风调雨顺种福田。

如若延故事，莫烦身心健；人世匆匆默默逝，心宽处处安安然。看轻看重何所谓，吃淡吃咸任挑拣。生平喜乐转头灭，一声嗳呦今未痊。噫！自悟方圆。

1969年1月24日，从白城通榆开通站应征开拔，五十年后，于故地作此《水龙吟》。

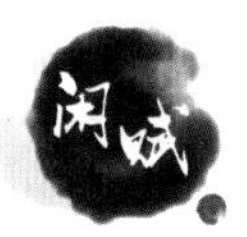

五律·云晤

醒梦观天象，白莲四五颗。
瑶台缘邂逅，沧海共言曰。

淡淡空翔舞，浓浓地咏歌。
一番肤浅论，老骥校辕辙。

【诗续】

天空漂浮着几朵淡淡的云，是你？是我？还是神？从幼看到大，从大看到今，若干年后，今天的你我，岂做仙神，但愿化作一片平凡的浮云。也许有人赞赏，也许有人不解，也许有人埋怨，可我们，还是那几棵飘忽不定的白莲，朵朵浅浅的云……

2020年夏月，于羊城随笔。

忆江南·百年颂歌

——庆祝中国共产党建党一百周年组诗

（一）启航

申浙传，
回首百年间。
钊秀二杰筹立党，
泽东一大启新篇。
纲领诞红船。

（二）求索

东方亮，
上下耀方圆。
义举南昌揭序幕，
武割湘赣建红权。
开创斩荆难。

（三）征程

长征路，
子任挽狂澜。
整肃谷螟锄稗草，
众擎镰斧斗敌顽。
麾帜竖延安。

（四）抗争

驱倭寇，
浴血战八年。
遗恨阴霾弥宝岛，
笑观霹雳镇台湾。
华夏几时圆？

（五）开元

国大典，
狂舞庆开元。
百姓欢歌抒礼赞，
伟人豪语震天寰。
龙啸彩云端。

（六）革新

羁梏破，
笃信颂前贤。
国泰潮平撑满舵，
民安河顺鼓足帆。
期待闯深蓝。

（七）追梦

兴盛赋，
浩气贯坤乾。
双百宏图行纵地，
千秋基业可横天。
终世捍江山！

建党百周年题目很大，而《忆江南》属小令体量，古人多以此调抒言花草情感为题材，填政论严肃之内容，总感有些许别扭，既然着墨开笔了，试填几首权当摸索尝试，刚好印证了李曰所言“森林木为本，人从众则盲”。

辛丑年春，于穗。

江城子·八一感怀

八一打响第一枪，
战南昌，
会井冈，
星火燎原，
宇内史无双。
剑影纵横戈戟闪，
驱寇匪，
好儿郎！

老夫余载尽忠邦，
面灰黄，
气铿锵，
莫道桑榆，
肝脑捍国防。
欲使中华千古壮，
空陆海，
速戎装！

2020年8月1日于羊城随笔。

七律·整寿自话

一岁之遥眺古稀，庆生整寿泰轩居。
韶华逐梦曾喧沸，老叟开犁再奋蹄。

炳曜千程追日月，霞辉万顷竞朝夕。
今宵把盏清平乐，乐见菁英举火旂。

2020年8月24日于羊城随笔。

临江仙·香在无心处

教谕童生识卉草，
寻梅踏雪迢迢。
寒窗卒业讲郎憔，
秋冬春夏，
笔粉染头梢。

莫解香在无心处，
只缘文海滔滔。
循规道法自然瞧，
东西南北，
桃李领风骚。

【词续】

师者必有弟子方谓师，弟子必有师焉。今时为子，明日为师，承上启下，循环往复，古往今来，概莫能外。故此，小调既颂于师，又赋于子，亦诵于己。实乃桃李不言，下自成蹊，岂不快哉。

2020年9月14日，卢校董主持广大附校教师节庆祝活动，聆听其慷慨激昂祝词之后，其特邀耄耋之年的小学师长上台致辞，博得在场教职员工热烈赞许和响应。鄙亦登台，有感而发，后经润之有此调。

七绝·双节赋

盛世横天千古最，庆生圆满度双节。
升曦煮槚瞻旗舞，落暮行壶仰月歌。

2020年国庆（庚子中秋夜）于穗中岱交易广场仙苑台。

七绝·冰镜照千家

庖屋糟味呛昏鸦，暑气初消吮桂花。
今日秋思王乐府，禀知冰镜照千家。

庚子中秋前，悦利于群里推荐朋友欣赏唐代王建诗，予有幸拜读之，勉强和一首，以作双节茶余酒后赏月调侃之佐料。“王乐府”为王建雅号。

忆秦娥·三朝到

三朝到，
丑牛晨早哞哞笑，
哞哞笑，
风调雨顺，
尽心图报。

阴霾消遁霞辉照，
晴川流采康庄道。
康庄道，
千军万马，
骋驰呼啸。

【词续】

子鼠故去，丑牛催春。一元复始，万象更新。

天时转顺，地利待人。中华兴盛，黎民躬亲。

2021年农历辛丑三朝，羊城随笔。

七绝 · 无芳美

纵情饱览无芳美，玉羽婵娟大漠追。
胡叶秋姿金不换，伴卿曼舞忘时归。

时隔三旬，良人再下东疆，传来抖音观赏后，有此调——无芳美。2020年10月24日于穗。

采桑子 · 万国归缘

赏竹轩逗溪游畔，
确是归圆。
更是因缘，
探首时君扑眼帘。

几十年万国恬淡，
确是消闲。
更是安然，
再现慈航济世间。

【词续】

慈悲喜舍四无量，航度众生脱苦烦。
无缘无信无愿者，慈航普度三不沾。
故，慈航乃菩萨。

庚子夏，应浩仔之邀，至从化鳌头西塘，目睹万国龟园赋此调，与慈商共勉。

沁园春·灵感起航

庚子冬寒，
辛丑春将，
瑞雪呈祥。
且看欢庆日，
群贤欢聚，
清歌曼舞，
笙笛飞扬。
筚路云天，
栉风沐雨，
栈道明修度陈仓。
观今昔，
灵感之科创，
步履铿锵。

任凭商海风狂。
潮头勇立，
扬帆起航。
展未来希望，
长风万里，
群星闪烁，
炫丽之光。
携手同心，
共创伟业，
聚力凝神谱华章。
争朝夕，
望飞鸿展翅，
翱翥前方。

2021年1月20日，为挚友广州灵感科技创新发展有限公司成立两周年志庆而作。

七绝·春城赋

岭南百越攀枝绿，塞北春城瑞叶白。
净月清潭听雅韵，临风浊醁唱瑶台。

庚子三冬，从羊城至长春，逗留小憩于净月潭，和煦的体感，翠绿的观感虽然消失了，而凝冻的冰雪世界，却被立中、志坚、瑞杰、国强、理野诸君一见如故的盛情所融化，赋此调以纪念性情之人耳。

七绝·法象初开

道生一瞬二生三，法象初开宇宙间。
自悟方圆心向内，然则速速入玄关。

二十世纪末得墨宝《道法自然》于王老，始潜心悟之，经二十余载断断续续琢磨，方略知一二。虽显肤浅，但终成此句，以纪念王老在天之灵，甚慰。

1996年（丙子三冬）至2020年（庚子三冬）。

七律·准和登北高峰

登北高峰瞻胜境，仁兄新岁又出征。
古稀哄逗吉祥鸟，鲐背擎托长寿鹰。

暮鼓荷塘漂月色，晨钟翠柳沁蝉清。
临安紫气东来顺，雾锁空山隐道僧。

2021年元旦，战友杨玉乾先生创作一首《登北高峰》，随后准和一首新韵七律，以贺之。

登北高峰

伟圣三登北高峰，空山歧路有哗声。
途中邂逅一雌雉，戏语此禽乃晚鹰。
吾辈登临十数次，每逢绝顶众沸腾。
本该词赋传佳话，刮肚搜肠终未成。

忆秦娥 · 古稀闲赋

黄口雀，
扶摇行役屯衡岳。
屯衡岳，
耒水观象，
雁峰司课。

泛舟税海游南粤，
古稀闲赋抒一阙。
抒一阙，
踏霜独辟，
履冰孤介。

【词续】

古风律绝，岂能撮合。长调短令，各有文则。

闷声闷气，献丑献拙。自娱自乐，吾唱吾歌。

2021年农历辛丑春，随笔此调，后诗友亦仁、亦轩分别和一首《忆秦娥 · 才翁曰》《忆秦娥 · 柳上鹊》，在此一并录之。

忆秦娥 · 才翁曰

才翁曰：
梦思秋韵从头越。
从头越。
真情闲赋，
旧事新说。

散文随笔绪章节，
方圆自悟堪称绝。
堪称绝。
道生一瞬，
终成玄阙。

忆秦娥 · 柳上鹊

柳上鹊，
痴情快语歌人舍。
歌人舍，
影入窗棱，
帘戏新叶。

碎琼嫩草晴殷切，
粉花黄蕊枝头跃。
枝头跃，
桃溪青垄，
晓风春月。

七律·鹰嘴桃花

鹰嘴桃花自幼芳，应时绽放醉君郎。
有心透镜观身段，无意回眸映俊庞。

岁月峥嵘集雅韵，流霞慷慨作辞章。
层峦翡翠连平色，眺望龙盘恋野乡。

2021年农历辛丑春，与妻连平踏青随笔。

七律·淡月浓秋

珠江暮色乘仙舟，品鉴醇香向海流。
六姓方家追淡月，同框五子话浓秋。

霓虹闪闪空中颤，幻彩漂漂水里游。
傍晚几巡难尽兴，寅时圆梦献诗愁。

2020年11月29日晨，于穗。

七绝·任解

云山雾海访孤僧，遛马脱缰笑塞翁。
柳影沉湖怀古月，蛙鸣鼓浪赏余声。

【诗续】

孤僧疏韵“独敲初夜磬，闲倚一枝藤”。塞翁雄哲，“失之东隅，收之桑榆”。理喻自身，惜时增寿。

2021年春，于野里。

五绝·圆

弱冠欲风流，悬车望雨秋。
半生天地路，三悟韵悠悠。

此诗初作于耳顺之年，后几经修琢打磨，悬车之时方定稿。种因得果，所向心知，躬省之，深思之，自悟之，渔获颇多。

其他诗词

人生悟

云若雾时雾若云，物事变幻自然成。
诚亦信时信亦诚，人事圆满心态衡。

迄今笃守信中义，偶尔也喜云中行。
大千纷繁读禅日，追寻正道渡凡生。

诗成于2009年，此诗虽然有些脱仄不韵，但含义些许。看之、听之、任之，各有所悟，各取所需吧！

海珠怀感（两首）

（一）始入海珠

珠水合围润海珠，不是珍珠胜真珠。
彩虹几道新雨后，一岛黎霞映日出。

沃土墒好育海珠，但见旧符换新符。
春风过处枯草绿，众人泼墨绘蓝图。

2001年，时值金秋，从天河调到海珠任职，这是初入海珠任职时的诗作。当时对海珠了解不深，只有个宏观的地理概念。因此，以喻比兴的形式，以岛喻人，从整体格局上赞美海珠团队，最终实现“春风过处枯草绿，众人泼墨绘蓝图”的终极目标。

（二）离别海珠

大江分流情未了，合围拥吻孕海珠。
彩虹几道冷雨后，天悬一幅秋韵图。

黄叶飘零枝干挺，梅蕾含笑待雪苏。
和风过处苞芽嫩，地吐一幅春娇图。

2011年深秋，此诗成文，但未曾公开

过，只要将“始入海珠”与“离别海珠”稍加对照，就不难理解其中隐喻的情怀和对“原来者”和“后来者”的寄语和期望。

岁月抒怀（三首）

（一）五十抒怀

蓼蓼松柏秀，匆匆五十秋。
清风净明月，浊酒洗尘流。
半生天地路，一笑风雨休。
春华馨自远，秋实情可留。

参加工作四十多年，曾在部队从事天气预报和气象教学工作，后来从事地方税务工作，故云“半生天地路”。

（二）五五抒怀

回首当年芦中贺，喜迎五五笑谈间。
日月星辰随诗走，独享人寰伴酒仙。
尚有余时收不尽，且将琐事换清闲。
问公能有几多乐，忘却尘俗当自欢。

【诗续】

遥忆当年，白云山下，麓湖之畔，小桥流水，芦荡人家，五十抒怀诗琴之声未静，弹指间“五五”寿诞降临，富丽堂皇之殿，高朋举杯之时，更有小女归来、夫人相伴，左右温情，倍感身心愉悦，思绪万千，浅赋小诗一首。

（三）六五抒怀

吾今花甲虚长五，猿啼凤鸣奔古稀。
上善若水蔽其功，道法自然宇宙知。
沧海一粟逛红域，演绎空色逗神奇。
哥翁倍惜将相和，聚者通善续贤集。

该诗作于花甲后，又虚长五岁之时。岂是感叹花甲已逝古稀将来的自闷，实乃将相和才能续贤集的寄托。水不邀功，自然成形。不过，今非昔比，蝇头小利许是肉也不足为奇。故，此诗只能是自我空叹而已。

重 阳 赋

又是一年金桂季，人间天上敬老时。
举杯摇液自愉悦，躬背笑赏孙顽皮。

触枕尽享中国梦，推窗感恩总书记。
东篱元亮创田韵，南岭老童学吟诗。

诗作于2015年重阳。退休后，既享受休闲弄孙之快乐，也时时关心国家发展之大计。

休闲潜悟

汉兰八千休闲月，潜悟四得追禅行。
提得放得身亦重，看得舍得体自轻。

香茗几道泡海侃，陈酿五巡吐真经。
夜伴三更枕书梦，游罢苍穹自然醒。

该诗作于2011年10月8日。三载闲情，修身养性，粗茶淡饮，偶有所悟。不过此言皆系胡咧咧而已，不可过于言听计从。“四得”亦称“四德”。座驾行走了八千公里，故有“八千”之说；儒家倡导“提得起”，佛家开导“放得下”，道家引导“看得开”，愚家悟导“舍得弃”。

贺玉乾先生祖屋重建

幼学睿智岂畏寒，弱冠从戎苦亦甜。
耳顺欣逢华夏梦，楚河汉界种幽兰。

荣前裕后凭自力，南宗鼻祖赞玉乾。
余杭仙境甲天下，蓝田故土又临安。

2017年，同窗战友杨玉乾重建祖屋，站在院门，回首走过的路，有感而发，给我发来了一首他的即兴小诗《重建祖屋有感》：

难忘年少家贫寒，丁壮从戎苦作甜。
不惑欣逢国兴盛，乐享天伦太平年。
重建祖屋非锦还，只羡摩诘恋辋川。
他乡风光依旧好，我喜守拙归园田。

读完同窗战友的诗后，以其乐为乐，当即互动了一首诗《贺玉乾先生祖屋重建》。

西湖游记（三首）

（一）

上有天堂登无径，下有苏杭可漫游。
三潭印月田字岛，六桥烟柳景致幽。

平湖秋月波如镜，花港观鱼济公修。
回峰夕照钱塘海，云林钟鼓响春秋。

（二）

一日游罢周身爽，明前入壶品香茗。
红枫挺拔延年岭，竹径云栖洗心亭。

弟兄观潮眺两岸，日月同辉夸新城。
岳王庙藏英烈骨，精忠报国抵力行。

（三）

闻香逆上通幽处，曲院风荷璀璨明。
玉秀文荣才横溢，品茗笑侃杯莫停。

正当腹空断笔墨，借句东坡沾名倾。
欲把西湖比西子，淡妆浓抹总宜情。

2016年10月9日，重阳，提笔是日午时，落笔是日酉时，于曲院风荷小厅1号。初稿后，经与玉乾兄再三斟酌，方收笔。从时间到空间，从表象到内涵，从叙到论，还是有心、有血、有肉、有骨、有情感哟！快哉！快哉！得友若此，老来无憾矣。

知命风云颂

昔叹阿房长中长，今赞美林行内行。
雕栏策动南北朝，玉砌通达前后唐。

播撒善缘众生悦，耕耘福田社稷强。
君子清心图正果，贤明寡欲捍忠良。

阿燕贤内助，阖家罩吉祥。子女乖睿孝，大业更辉煌。甲午冬末，恭贺远炳先生天命之春！于美林湖古朕养生堂。

歌翁寄语

两岸亲朋聚三番，恭贺刘贾联婚宴。
深闺插花通宵旦，恩爱润泽铸姻缘。

高堂企盼升级乐，夫妻圆梦金猴年。
圣音绕梁松柏翠，盖世长情天地宽。

本诗成于乙未冬月大洋东岸——贺嘉妍、令德婚庆之喜。

贺杰兄履新

佳酿随梦睡，一宵清远人。
晨醒通身爽，秋乏全无痕。

贤杰走天下，鸿雁识寒门。
铺纸勤学业，收摊续乐群。

2014年9月，杰兄清远赴任，老夫席散微醺入梦，子夜口渴进水，顺手成此俗曲，略表虚长情意。

戊戌贺春

金鸡报晓笑啼啼，天犬吞蟾又除夕。
火树银花明宵旦，戊戌丁酉闹零时。

有朋守岁翩跹舞，才把桃红抖落枝。
万户阖家逢喜庆，君摇玉液洒春曦。

退休多年后，应大科先生邀请，至其家中守岁闹除夕。几巡过后，大科提议“来”几句，可谓：“无兴想来难出来，酒后不来自然来；鼻祖斗酒诗百篇，后生饮后学诗仙；一首胡诌秋韵贺，白话写意为投缘。”

端午节赋

塞北温暾易单服，华南湿闷饮屠苏。
艾蒿熏秽春尾净，菖本扫垢夏头姝。

天问之初谁传道，离骚初衷义可图。
况世诗祖游汨水，拳拳粽情下洞湖。

本诗作于2018年6月。祖国幅员辽阔，南北温差之大，以至于端午节时，北方尚处春末，微风恬淡，脱棉穿单；南方却已是初夏姝丽芳香，饮酒消湿去浊。熏艾蒿、挂菖蒲、吃粽子的习俗一样，达到的效果也异曲同工。只是南方平均气温已在22℃，进入夏季，而北方平均气温尚未达22℃，尚属春末，故北方端午以清洁去虫为主，而南方以消暑去湿为主。

落基山脉行（外一首）

（一）

落基山宏众岭差，层林初染引凤鸠。
公羊驰骋闪云雾，溪潺湖澜飞瀑流。

休道纹鱼只堪脍，子曰百味各千秋。
川冰厚度三百丈，班芙善缘几世修。

（二）

一潭秋水碧如蓝，三面冬凌壁上悬。
悬挂吊篮摘云朵，俯观班芙阅人间。

卡尔加里风吹雪，西式佳肴解口馋。
长海两厢萄满架，波旁二世就咸干。

2017年9月，作于游落基山脉途中。“公羊”喻越野车，“波旁二世”指酒，也许是佳酿。“咸干”指咸干花生，可谓“佳酿配苦肴”，别有一番情趣。

西洋西岸行

枫叶摇动剑眉抬，瑞雪飞渡艳阳白。
丹青速绘橙蓝紫，妙手难栽松柏槐。

小鼠蹿跃头晃晃，大雁温鸣歌排排。
七横八竖成方矩，古怪稀奇皆良才。

初次到大西洋西岸沿线，在欣赏异国“枫情”时，由“枫情”演绎出联想和抒怀。赞叹西方若干年前就重视培育人文生态环境，人与自然和谐相处，相得益彰。城市楼宇依山而建，人依山而居，乍看七零八落，细瞧有规有矩，故曰“古怪稀奇皆良才”。人是第一要素，先有高素质的人，后有高质量的“才”。美在自然，奇在创造。后来居上，非我中华莫属。

立 冬 志

高纬立冬日低翔，矮屋吃话因夜长。
一三五六云洁月，二四七八雨洗阳。

诸位赞许汶哥画，吾独钟情芽蕊香。
芊晴几句咿呀语，外祖收割瑞寿康。

【诗续】

来汶数日，时差尚存；昼短夜长，头颅晕晕；夫人微信，皆言芊孙；聪颖乖巧，令吾精神；信笔涂鸦，打发时辰；勾芽画蕊，交子成文。

作于丙申年立冬。

雪夜游丝

苍松翠柏吹柳絮，秋韵哥翁眺遥乡。
平纬西望念慈母，顺经南瞄思糟糠。

芊芊闹闹果果嫩，逗逗教教咩咩腔。
徐徐玉鸾轻如羽，碌碌檐蛛游丝长。

【诗续】

片片六花软似棉，许许烟雾难抵寒。家慈荆室心中挂，怎奈俩娃晃眼帘。腰骨微酸腿脚笨，换来后生有闲暇。恰似檐蛛织游网，日复一日淡乐咸。

2016年12月9日夜，于温哥华。

归　来

天命之年赴珠岛，花甲未到闲屋猫。
归来无恙不言早，是非成败任凭描。

男侠女秀是大美，老壮少刚才英豪。
巧将落霞化晨旭，且看歇枝抽嫩苗。

此诗是“转非”后随笔而成的小段子，可有失落空寂感？没有。吃粮少出力，禅心有惭也。不优哉是不甘心，太优哉是没良心。但愿，只听走廊响，不见人进来，天天演晨曦，歇枝抽空开。

缘 无 解

马踏飞燕千里归，冰雪升华彩云追。
春播几棵开心果，秋收半打刺玫瑰。

七夕新月穿针线，十五莲池牵手随。
旧故笑曰当何解，尔询吾时鄙问谁?

故旧多年未谋面，衣锦还乡，七夕茶叙，至兴处，有此调，何年何地？只记得与故旧聊了半个通宵，写了这首段子。

海 榆 竞 鸣

海阔千帆竞，榆荫百鸟鸣。
零零幺玖伍，业界显雏鹰。

老朽偶怀旧，迄今未独宁。
领絮沧桑世，告之亦衷情。

友朋之企业上市，小诗以贺，并醒之：万世开头难，不可守株待兔，一劳永逸。

桑　菊

著述现屏幕，全神析邃远。
学成归来日，帷幄自当先。
项背赛侠女，谁知更状元。
舍得万户侯，随众天地宽。

2017年9月6日于温哥华。西半球，礼拜三，小诗一首抵寒暄。东半球，星期三，小酌几杯侃大山。

九十六字赋

人生几何？叁万陆千；
重阳自悟，笃行致远。
恰又金风，微凉云淡；
黄昏暮后，小酌遥观。
朔日遁形，峨眉弯镰；
弦时半轮，凸际弓满。
望月盈盈，对歌欢欢；
残月不残，道法自然。
芊芊晴晴，令孙乖顽；
子息仁孝，颐养天年。
浮云掠过，素描清闲；
中华圆梦，气宇盖天。

丁酉年秋月，在加拿大多伦多的圆月之夜，有感而发，酣畅抒怀。寒来暑往，春去秋回。眼前落叶飘飘，心底秋思片片，看着眼前飘飞的片片落叶，难免引发一阵秋思，一段秋怀，一番秋悟。

香根泉记

泉谷魅，
雾蒸腾，
香根沁心肺；
神爽！肤滑！醺醺醉，
享尽人生独欢，
个中滋味。

溪水潺，
浪花跳，
清流入茶轩；
仙境！幻梦！飘飘然，
侃绝世间舒坦，
忘返流连。

2019年9月20日于日本。

淑女韵

翻阅相簿定神瞧，泛黄诗注免推敲。
谁人依木赏飘叶，鸟雀傍枝歌声嘹。
水淌好似卿漫步，梢悠宛若君辫摇。
黑白原始通千古，寒暑往来度终宵。
珠江淑女韵犹在，回雁墨客仿风骚。
平妆素裹何须扮？怀揣旧照仍时髦。

二十世纪七十年代中期，中国整体上还是“黑白”世界，文化单一、谈吐单一、服式单一、恋情单一。“关关雎鸠，在河之洲。窈窕淑女，君子好逑。”一片在手，纯真娇柔。有感于此，创作此诗。

拂晓飞行

凌晨我已早早起，有条不紊策划中。
眼疾手快绘图毕，研判结论可飞行。
后勤地勤聚外场，班班开机通讯情。
塔台首长号枪响，架架银鹰周天鸣。
工闲余意平台眺，几家灯火若暗明。
缕缕炊烟农家早，腾腾瓜粥香味浓。
紫气东来疑是雾，微风洗面醒倦容。
青枝绿叶滴晨露，蛤蟆草蜢练跳功。
叽叽喳喳百灵咏，朵朵瓣瓣映阳红。
凯旋恰逢朝霞美，气象保障显神通。

1977年3月26日，提笔于耒阳气象台。拂晓前的飞行训练，属于飞行员重要的飞行科目，对气象条件要求相对严格，视程要好，云层要高，侧风要小。气象员要早早起床，绘图，分析气象要素，得出综合结论，能否进场飞行，全凭其一句话，既是指令，更是责任，压力之大，可想而知。工闲余意，顺口溜的"诗句"亦是聊以自慰。

一瓢酒

吾仅一瓢酒，本想慰风尘。
泼洒汤水里，兴奋自家人。
吾有一桶酒，真想慰风尘。
尽倾江海里，赠饮地上人。
吾酿一缸酒，更想慰风尘。
蒸发星河系，酣畅众路神。
酒力无所谓，端杯敬善民。
勿论酒多寡，洁净尚德门。

【诗续】

此处有声打哑谜，他日无信杳无期。
天人相应儒释道，各自欢悦吾自眯。

2019年1月3日夜，于凉台独酌独醉，不免呓言疯语，虽为疯言，亦为自勉。

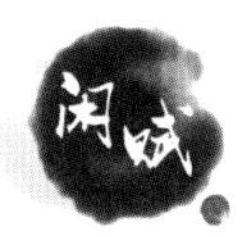

印象巴江

玉龙披雪东巴润，无云掠顶丽江渴。
古道铃脆马蹄慢，新城溪潺游客多。
情系格桑梅朵艳，根除沼暖澄清河。
香格里拉通天路，欲登巅峰跨坎坷。
玉龙威，东巴俊，莫让俊威成史说。
雪山皑，丽江美，谁将美皑更袅娜。

2017年10月于丽江游途中。每每看到挂在墙上与玉龙雪山同框的大幅照片，我便想起二十多年前多次游览丽江玉龙雪山的情景，天地人和不胜其美。前几年故地重游，远远望去，皑皑白雪消融了许多，有些地方几乎裸露出黑黝黝的山体。经打听，略知一二原委后，我不忍心再次登临玉龙雪山，只留下此感悟之句。

中秋渐悟

中秋不圆啥时圆？花甲过后古稀年。
文心雕龙作文艺，秋韵丁丁追内涵。
自度自编自成曲，己娱己欢己开颜。
从此不干出头事，顶天立地已无关。
天象好，月儿圆，兔爷执笔学画圈。
地灵动，人儿聪，泥蛙跳跃习拐弯。
今宵宫殿异常静，即刻心田泻闷泉。

2018年中秋，酒后赋曲一首，即刻亦仁和一首，两曲均未加任何修饰，只字未改。亦仁和：

曹植当年七步成诗，秋韵如今即刻咏词。
误打误撞点圈成圆，字里字外皆为历史。
独斟独酌对影众人，醉也醉矣吾辈不知。
笔墨当歌虽在甲子，浑然天成就在此时。

愚言几弄

有是身边物，意象潜形踪。
冇在胸中装，微念准为空。
抢槽充庄主，乏味闹哄哄。
孤介人小视，阿婆诉苦衷。

甩手千百贯，为甚诉曰穷。
芙蕖岑中祷，探花懵趣浓。
祈佑衰宅盛，数典忘祖宗。
贬辱本氏民，诅咒权备兄。

阴滑阅史记，狼狈逾蛹虫。
人字少一撇，搅拌龌龊中。
争相扮阿斗，苇草助稗凶。
弱智啖豕脑，愚话就雍容。

呜呼哀哉！

不曾破百卷，落笔总迟疑。
至今未放下，或许待吉时。
一枝结三粒，甲子自奋击。
丙少天真秀，壮来不足期。

江湖人称大，乙乙淡嘘唏。
免谈孝道尽，悌道许过及。
借吾钱一贯，购得寸金时。
阴盛阳衰老，山人辛奔疾。

草书未曾练，工整描人宜。
笨独飘台望，愚是星哪支。
吾欲乘风去，存在总和益。
虚火今宵断，隐隐如抽丝。

天生我才可有用？缝完嫁衣制蓑衣。
难得今夕愚智好，酒兴聿顺多耕犁。

噫！
幼儿乐，少时寒。
波浪印痕括弧圆。

悲一百，贺一千。
高堂驾鹤会神仙。

教化尽，悟导先。
尔行依素贯如前。

瞒天下，搅睦圆。
撂倒愚昧暗自欢。

功夫脚，耍绣拳。
眯眼合十听溪潺。

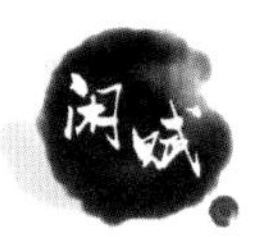

孤呆静，大自然。
赋予愚二一蛙天。

既不企，又不盼。
草身木骨乾坤间。

六六顺，七开班。
二零一九乌金年。

言未尽，
己亥一九元宵月，躬揖苍天云哆嗦。
飘忽如仙垂然雨，洒净酸涩方超脱。
……

此暝愚言弄几弄，彼夜痴梦圆中圆。
回眸往矣多少事，笑道流年只等闲。
……
噫！一如此耳矣。

涵　叙

缘到不怠运势来，举旗为号舒襟怀。
风急浪高担纲纪，成败是非天安排。
大政方针党决定，悟涵文化论输赢。
人非木石情造暖，屋后房前自然静。
纵向首选谦恭让，横伸力求礼仪先。
有理不饶非君子，无理强词是懵圈。
良辰美景可曾爱？只缘身在仕途间。
待到他年抽身去，化为青蓬当觅闲。
响雷雨短云作秀，闷雷雨长渠导流。
响矢不臭别害羞，臭矢不响才心忧。
勿求一万防万一，一万无我莫强求。
提得起时放得下，看得开时舍得丢。
道生万物和合气，繁衍百态何足奇。
众擎易举利天下，自古印证有专辑。

此乃笔者多年自律、自践、自省、自悟的部分明镜之言。

初　　阳

朝霞簇拥初阳，
福德伴随爹娘。
晨曦始于足下，
初阳指点航向。
花开花落顺应四季，
人来人往羽化八方。
生世若是梦?
故去何悲伤!
昨日追思悲大痛，
今朝感怀喜小康。
老子观溪传佳话，
上善若水忌争强。
孔子视川呼奋进，
逝者如斯始终忙。
两者兼顾有分寸，
各自掂量韵味长。

2018年冬月于穗。

读国安《同学情》有感

高堂驾鹤奔桑梓，福寿阳间入土安。
孝布沾干西去泪，首杯洒尽东直园。
面面觑，五官懒，霜缀韶华叹流年。
窈窕女，淘气男，似乎同窗旧曾谙。
百家姓，弟子规，携孙同堂学孝贤。
乾坤大，日月长，百寿无疆赏松泉。

2018年冬月，我于家乡读同学国安之《同学情》有感：

秋韵因故返乡里，倾杯洗尘东直园。
同砚间断五十载，浓情依然话校缘。
再回首，忆当年，豆蔻年华赛青莲。
今相聚，细相看，风采稍逊匆心酸。
共勉励，同祝愿，快快乐乐每一天。
齐声诵，众人盼，健健康康每一年。

闲言碎语

春晖洒洒嫩茎萌芽匆匆绿，
秋风劲劲糙枝皱叶慢慢红。
夏炎淋漓听之任之肌肤爽，
冬尝糟香你来我往心态同。

闲言碎语编外辑，阅后只当蜂鸟嗡。
流年陈糠烂谷子，听罢全当耳旁风。

远炳耀良始天聪，嘉印恒达真枭龙。
润泽侨欣绘景苑，昔助富丽听竹玲。
建民之道孔夫子，莫问稻菊弓长名。
根置岭南种金麦，雄居华夏战鳌虫。
此生有幸识阿梦，一切都在笑侃中。

大愚伍子浩，流波一塘清。
伟腾千百尺，家强六子精。
合缘小炉匠，威达穗附中。
小镇立名准，江山琶州情。
江岸冠黄绿，儒商裕长兄。
荷莲蕊易谢，亿城矗刚峰。
晶求源浆液，鹏哥与芳鸣。
二莫乃大道，七歌肝胆行。
西湖照新晋，新传勤猎红。
流年陪忠岱，明园潺淙淙。
近海江河漫，奈何奔方东。
不巧聊锦灿，大科倾空盅。

晕茶日日醒幻梦，酒兴时时醉意通。
随意涂鸦惊家雀，但求隐语入皓宫。

这首“段子诗”，意境不深，含义些许，点到为止，可猜、可想、可琢磨。段子诗寓意的尽管都是编外闲言碎语，陈糠烂谷子旧痕迹，但在脑海中有抹不去的记忆。因此，勾勒几笔也许能聊以自慰，也许能不留遗憾或少留遗憾，也许是对过往事物的一种恋旧的追忆吧。

随着时间流逝，各自年龄的比值将会无限趋近于1，天荒地老，若干年后，完全可以忽略不计，都是同样的命运，各自都将淹没在历史的长河之中。

二十世纪九十年代初，我住在天河南二路，天河城的东南侧，凉台朝北，闲时，从凉台向北下方望去，刚好能看到聪住的临时工棚和前后左右的繁忙工地。有一天，看见聪骑上了半旧不新的摩托车，看样子已升迁为工头了，因为摩托车就是那个年代身份的标志。吃完晚饭，端杯茶，坐在凉台，是我夏季乘凉的习惯，隔三岔五就能看见聪向我招手，隐约还能听到请我去工棚的声音。我就拎上一瓶或半瓶高粱酒来到工棚，经常是一股浓浓的鱼香味扑鼻而来。若是半瓶高粱酒下肚“友情”未尽，又会喝上一瓶广东老白干——九江双蒸米酒。至于席间聊了些啥，已模糊不清了。但那份质朴的融洽、直白的调侃、展望的联想促使我们在各自有成后，仍然一见如故，氛围如初，外甥打灯笼——照舅（旧）。多年后，在国外相遇，一段佳话，值得回味。弹指一挥间，三十多年过去了。现在，聪还体壮，我却略显老态，就算美酒佳肴，再也找不回“老白干就咸鱼烂虾”的味道了。

比华利山庄

门

坐东朝西两面掰，廊上冬青遮阳白。
一石成景抬望眼，八面威风驱煞开。

卉

奇花异草有沙萝，罗汉大松只两棵。
莫问何年何月种，捆绑寿龄一千多。

茶

浅尝玉液观星象，细品香茗听梆钟。
台凳悬浮涟漪弄，雅趣怀旧彩环中。

水

湖绕三方现舌岛，漫步九曲赏鱼漂。
舱载欢言一席话，舟掀浪花两舷撩。

人

冯唐通晓善帷幄，耀良开启宏略排。
跨入豪强忌耍横，越过雷池更韬怀。

春时谋大计，秋月硕果摘。
闲情车马炮，弄潮诗文猜。

噫！
滕王阁序、神童词序恐断代，
比华利赋、无人诗赋空置台。
噫！
龙舞飞蛇盼神笔，碎石引玉待豪才。

不圣不佛不膜拜，高风高采高人来。

冯唐易老，是古代典故，并载入“史记”，大可以建庙宇祭祀之。现实版却是“冯良”未老，事业大成。认识现实版的冯良二十多年了，初次见面好像是在香港或澳门的春茗会期间。大家一见如故，聊得来、做得来、玩得来，相互间没有藏着掖着的秘密。冯良对我无非是咨询一些业务信息，我也无非是希望他做大做强，增加政府的财政收入而已。也许是歪打正着吧，我将阿炳先生介绍给冯良时，他们两位同样是一见如故。此后成为事业上的伙伴，强强联手，共同发展。最可喜的是，冯良将产品发布馆“比华利山庄”设在了阿炳的后花园域内的舌岛上，山庄中西合璧，气派、实用、温馨，凸显了冯良“饰于外、精于内”的人格魅力和慧眼独具的先见之明。

段子诗，既然不成体统，也仅能简易释放至此而已。因为很多编外故事最好是意会，方显得更有忆觉和嚼味，青山依旧在，淡忘夕阳红，说开说白了，反而显得空无寂寥没滋没味了。

人生很难一马平川，沟沟坎坎，歪歪斜斜，磕磕绊绊，走过来的路更显历史烙印的痕迹。这就是轿夫与乘轿人的不同，这就是渔樵与食客们的差异，这就是履屐与脚丫子的区别。向前行，很慢，因为，路无尽头；向后看，很快，因为，路有起点。此篇是“空有倾投无缘续，看似有时有还无”便是了。

叙文言多烦琐，就用段子诗以点带面，综述“比华利山庄”吧！

寄　　语

瓜熟蒂落
是万物生长的铁律
天上人间无可抗拒

成人之美
是大爱无疆的张力
胸怀心态助人淡己

舍得割舍
是舍得的同胞兄弟
我为人人各自受益

家国情怀
初心乡恋终生德誉
忠心向党时刻铭记

一盘土炕诞生
水里　火里　泥里
摸爬滚打本无秘密

煮个荷包蛋是过生日
吃顿饺子许是年初一
苦中的乐趣再难寻觅

各立门户　儿孙绕膝
颐养天年　老有所依
忘却烦恼　珍惜现实

芳华　感叹　唏嘘
老树抽枝人生接力
理想企盼并未逾期

九泉的先人哟
脑海中的神采奕奕
祈祷苍天护佑您安息

卧床的家慈哟
静静地安详环视
百寿无疆是孝者的心意

感怀是短暂的心灵抒发
壮举是超越时空的奋起

试问后生
还在感慨犹豫
有何豪言壮语

举杯为号
干杯为始
千里之行

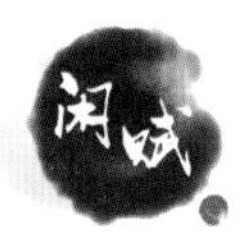

一路进取
一路凯歌
一路奇迹
是大海对潮汐的呼唤
是前浪对后浪的寄语

2018年7月24日，返乡与家人团聚，看着卧床微笑的百岁老母，想起含笑九泉的老父，不禁感慨万千，诗绪万里，写了这首段子。

悼念家尊青石大人

天高寒兮神往矣，北风烈兮魂归西。
喜丧悲兮头叩地，入土安兮阴阳居。

家尊终兮奔期颐，家慈寿兮享朝夕。
儿孙愿兮凌云志，盖棺别兮自奋楫。

2016年2月10日（农历正月三十），家尊辞世，我以赋诗的形式，代表后人为家尊念悼词。

过鲐背奔期颐，全福全德全寿，无疾而终。我急匆匆赶到家时，父老乡亲们已为家尊守夜一天多了，个个都很疲惫，既有年龄不相上下的老面孔，又有年轻不认识的新面孔。我一一拱手作揖，并没有更多寒暄，止不住的泪水已潸然滑下，上香、跪拜、磕头，有人为我掀开盖布，家尊面容慈祥如昔，只是不再回应子孙们的呼唤。家尊的头顶前方，摆放着香炉、长明灯和各式供品，身上覆盖着金丝黄被，周围簇拥着各式纸花，睡得安详。由于全福高寿，亲人们痛苦过后，也心态平和地招待守夜的客人们，端茶、倒水、递烟是免不了的，轮流吃饭喝酒一切照常，没什么清规戒律。与乡亲们闲聊着，聊到于家沟最老的坐地户时，年过七旬的马喜春说：“来无影去无踪，第一家就是于家，有了于家才有远近闻名的于家沟，再排下来就是马家、商家、刘家、郑家、徐家，第二波就是李家、修家、宋家，第三波就是王家和汪家，再往后就不好数了。”我问：“大姐夫王仁家算哪一波？”马喜春抢着回答：“他家是城市户，后搬来的，哪一波都算不上。”逗得大家哄堂一笑。大姐夫斜瞟了马喜春一眼，并不在乎他说的话，反倒小声笑着。

慈　母

隐贵芝兰香遗院，李氏族群最清流。
生儿育女传祖训，大度包容解庭愁。

屋有一宝千般好，室少一老各自忧。
秋发不孝远游外，高抬贵手免荆抽。

人瑞兮跨世纪，福祷兮离难归。
德高兮众人赞，美德兮子嗣随。

今生今日播善缘，来生来日种福田。
玄妙之音通太皓，善始福报返故园。

戊戌冬月十四故，月满星陨心绪灰。
方圆乡邻老屯落，簇拥灵柩入南陲。

春妍大地，卧泉之躯安息。
冬暖颢穹，在天之灵千古。

2018年12月22日（农历十一月十六日）悼慈母。

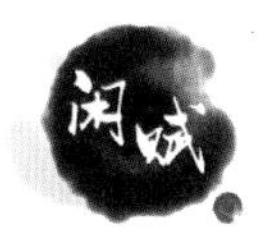

呓言悟语

那是一条浪漫之河
流淌着
古风古绝乐府之歌

那是一条雅韵之河
流淌着
律诗律绝散曲之歌

诗歌
纤夫的号子
嘿呦嘿呦嘿呦
猿窜鸟伴舟似梭

诗歌
疲劳的喘歇
呼哧呼哧呼哧
吐故纳新战山河

诗歌
战马的嘶鸣
咴儿咴儿咴儿
横刀立枪弓箭射

诗歌
凯旋的浓缩
咚咯咚咯咚咯
将困兵乏背罗锅

加温冬寒空游荡
南墙根下沐斜阳
诗至穷处鼾奏曲
酒醉梦中啖黄粱
律体欣赏芭蕾舞
古风欢喜墨飞扬
蹶然激灵裆湿漉
方晓雪融腚冰凉

看
霞飞有序
谁把彩虹编织
赤橙黄绿青蓝紫

听
雷声无章
谁把音域排比
轰鸣啼咏诵吟嘘

味
鼻感舌趣
谁把生活梳理

咸淡酸甜苦香腻

人
树猿陆居
谁把运程预示
生养习作搏逸死

人若渴，惜水滴
怎奈大江东流去
人若饥，惜米粒
万石谷仓未沾齿
人若乏，惜分眠
米方睡榻却无之
人若急，惜秒时
谁见活着离凡世

诗词曲，谁者先
语在前，文随之
非到确需莫排序
诗词曲，谁更雅
曰古时，道今日
呆笨出道愚人题

平仄对仗粘孤韵
内含表象涵唯奇
对酒作赋少封律
品茗雨读多充值
只怪儒子砚墨浅
莫道格律紧身衣
仙圣魔佛勤施教
凡夫无谱填诗词

下里巴人合者众
阳春白雪随者乏
众效乏时青云路
乏法众时赏夕霞
高山流水觅知音
子期捧杀俞伯牙
毁琴断弦不足取
雅俗共唱大中华

几度春夏几度荣
几度秋冬几度零
叶繁对对浮雏凤
皮皱双双唤巢鹰
九曲桃亭呓言咏
十里画廊梦中行
红装素裹图昭志
投琼报木待芊晴

菩提若是树，羽化众生中。
明镜心拂拭，太阴不染形。

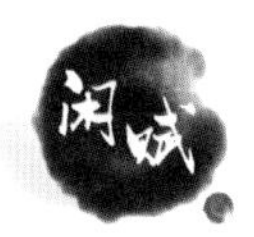

有是身边物，无念并非空。

尘埃始盘古，痴欲损凡生。

余言：菩提觉道，开悟众生。忍者心镜，月不争明。人为何物，无念非空。尘埃孰过，戒痴始终。

呜呼！

须弥介子谁阿大，

千卷百籍脑海中。

参禅时时净心性，

度世处处领坛经。

才韵不济青镫暗，

哥翁木讷夜偷明。

晨钟暮鼓三火淡，

悟语呓言五更停。

提笔于丙申大寒天，收笔于丁酉立春时。从大寒至立春翻了三本书，边读边悟边随笔，虽不雅或感念不同，但心声情至聊以自慰无可厚非。

岁　月

岁月如梭

掠过的是朦胧中的幼稚

时光流淌

消逝的是涟漪中的顽皮

舞勺志学

豆蔻年华

欢声嬉戏

是人生萌芽的初始

霹雳、狂飙、骤雨……

曾几何时

今朝的他她你我

被整整隔断了——半个世纪

青丝中点缀着霜白

脸颊上涂抹着橘黄

噫——

眼袋中却盛满了儿时的甜蜜

英姿告别了飒爽

窈窕脱离了淑女

噫——

酒窝里隐藏的水灵越发神奇

雅坐寒暄忆学谊，
膛中故事近古稀。
茧掌托盅歇语后，
薄唇诵罢诗满席。
弓长英芬秀乡域，
凤祥国安傲通榆。
哈哈相中觅史迹，
丁丁执笔书此诗。

2018年12月30日酉时，于家乡通榆东直园与老同学相聚，执笔整理合创此诗。次日，从长春启程回广州。到广州白云机场后，正准备走出机舱时，空姐问："棉衣包之?"我答："穿则衣，提则物；穿则轻，提则重。哦，还是穿吧。"噫！知人者智，智者自智；知己者明，明者自明；责人者愚，愚者自愚；长天久地，合和而兴；渐顿彻悟，皆可待之。

金 秋 颂

五山升起一轮金秋明月
登峰眺望天际辉霞
石牌桥下潺潺流水
员村喜庆乔迁新家
啊 明月 辉霞 小桥流水 新家

龙洞喷洒着金秋的瑞气
沙河荡漾着天河的浪花
高新之歌响彻沙东沃野
东圃幽兰含芳升华
啊 瑞气 浪花 一派芳香 升华

财政 国税 地税一家
研讨税收 征管 稽查
计统核实着金秋的硕果
预算筹划着明春的耕耘播撒
啊 今颂金秋 又思耕耘
喜看明朝更潇洒

本诗写作于1995年。五山、登峰、石牌、员村、龙洞、沙河、天河、高新、沙东、东圃等是当时天河区财税局设置的十个税所名称；计统、预算、征管、稽查是天河区财税局科室名称。

梦

二十年前——
曾梦想有个小姑娘，
二十年后——
已拥有翠柳骄杨，
幻想化为现实，
现实进入梦乡。
啊！
逦彤姑娘，
你似湖塘岸边的翠柳，
轻轻吟唱。
你是亭亭玉立的骄杨，
落落大方。

二十年前——
我们年轻力壮，
二十年后——
我们还算健康。
清泉化作雨露，
雨露折射阳光。
啊！
逦彤姑娘，
春天，你看到了百花芬芳，
秋季，你品尝着五谷丰香。
二十年前——
我们脑海中有无限向往，
二十年后——
我们寄托着无限的期望。
向往变成期望，
期望化作理想，
啊！
逦彤姑娘，
你就是我们无限的追求与向往，
你就是我们无限的期望与理想。

啊！姑娘，
跃上云端击长空，
飞向涛海捕激浪。
待到风和日丽时，
满园芬芳慰爹娘。

2001年于广州。

唱 过 游 过

调准琴弦
我们在这里唱过
泛舟税海
我们在这里游过……

不谈规模
铁肩道义未曾自我
不谈虚幻
脚步丈量坑洼陡坡……

太空飘挂着一条璀璨的河
那就是天河
暗淡是流星的陨落
灿烂是新星的闪烁……
啊　我们先后唱过
啊　我们先后游过……

2020年作于穗。

广州安溪厦门行（两首）

（一）

回眸前世纪
缘遇即相期

志强——三十而立
才哥——天命之时

相识迟迟见如故
恨晚速速客朝夕

聊人生
叙友谊
谈事业
侃智愚

原始积累主贸易
简陋工棚创神奇
如今建起大工厂
生态园区更生机
运筹帷幄赞孙董
团队合力泰山移
神州智能扛大旗
瑞松科技全球誉

婚姻美满
家室和宜

阿霞
相夫教子
贤母良妻
宽容大度
秀芳逸姿

圣杰
气宇盖天掌大印
承上启下待来时

钰珑
自幼乖巧聚灵气
西为中用尚校习

惊回首
俱往矣

幼小睿智担纲义
安溪立本又安居
羊城铸就大圣梦
荣前裕后家唯一

三十而立人过五
天命之年近古稀
匆匆走来忆莫逆
缓缓踱去叙胶膝

此诗里的大圣是闽南厦门人，其父孙银土，军人出身，1947年前在国民革命军服役，1947年后参加中国人民解放军，先后参加了辽沈、平津、淮海三大战役，又从海南岛折返参加抗美援朝，是一位经过长期战斗洗礼、立下战功的革命战士，鲐背之年无疾而终。此君深受家庭熏陶，自幼养成止恨深爱、止露深邃、止虚深实、止凌深礼、止夸深作的作风，可见此君是一位心怀若谷、灵聪睿智、温文尔雅、真材实料的实干家。

此君二十世纪九十年代来到广州创业，从村社简易厂房起步，到租赁开发区正式厂房，再到自购土地建造自有规模厂房——瑞松科技园，二十年内，实现了硬件的华丽转身。他的高科技智能产品，从起步到发展，从小有名气到名优品牌，从风扬大江内外到上市指日可待，又实现了软件的华丽转身。这就是广州瑞松智能科技股份有限公司董事长孙志强先生创造的奇迹。他几次邀请我到其故乡一游，但多年未成行，退休后，己亥年初一，终于实现“广州—厦门—安溪”“一带一路”行，偶遇了多年不见的老朋友，结识了许多新朋友。

（二）

岭南春风荡漾
蝶舞蜂嗡闻香

花城罕见人稀路阔
春晚撂倒四邻街坊

岁首登机开拔
随访孙宅方家

安溪城厢经都古时风
幽山壑谷碧水新韶华
清水凤城绕
安溪岂止溪
河宽现湖泊
岸窄川流急

新桥飞架
两岸城池
隧道穿越
峻岭平移
无尘工厂一片绿
铁观音茶数第一
史上名臣李光地
清水祖师亦传奇

大江潮涌安溪满
心系祖国绣红旗
神州大地复兴梦
追梦紧跟总书记

噫
下马饮君酒——紫金耀华
坐拥千百亿——平淡没啥
风韵今犹在——敬称老大
杏眼柳眉笑——金秋荷花

背山面水谁家院
紫气悠然入柯宅
借句圣人一席话
八百年前赞堂斋

半亩方塘一鉴开
天光云影共徘徊
问渠哪得清如许
为有源头活水来

柯山会盟炎黄裔
借句洛宾七岁舌
若写黑毛浮绿水
一千年前更曰绝

鹅鹅鹅
曲项向天歌
白毛浮绿水
红掌拨清波

玉兔跷足圆眼瞪
子豚随从猪婆哼
裸童绕圈果岭瞧
老朽一杆推进窿
活灵活现真高仿
忘返流连雅兴浓
隅中观卉心霞绿
日映赏枫怀阳红

噫
海峡金茂耸云天
基石盘稳矗海边
居高临下四处望
“一带一路”浮眼前

鼓浪屿诉说——沧海桑田
知暖知冷更知寒
金门岛呐喊——历史变幻
孰暖孰冷更孰寒

海龙帆悬一带览
蜃楼隐现扶舟舷
唯有涛卷真白色
辽宁号母闯深蓝

陆蛇车连一路宽
元二几度玉门关
且看中欧穿疆界
复兴号铁脱剑弦

厦大
华侨旗帜
百年学园
状元及第
报效自然
集美
民族骄傲
世纪文轩
越洋掌舵
不离不偏
……

今朝追梦寰宇千百度

它日圆梦华夏双百年

非凡是尔探索真谛
平凡如愚掌控良机

己亥年初一登机，开始“一带一路”行，所见所闻整理综上。

登少女峰随笔

阿尔卑斯瑞士东
因特拉肯少女峰
一跃九千尺
囤水成湖水清清
一落三百丈
溅飞湖水刺苍穹
处处秋潺通幽谷
龙腾则名
座座青山喷秀美
虎跃则灵

格林德瓦始发站
宜居小镇备行踪
钢轮铁齿攀崖壁
泱泱浪花势汹汹
水横疑无路
窄桥渡车龙
弯圆见头尾
窗外擦石骋
松直挺　叶无缝
牧草厚　苔原青
花伴坡　坡含情
牛反刍　马嘶鸣
银朵飘娆追飞鹤

山雀鸣哨啼不停

古云汗滴禾下土
今日自动收割忙
小屋错落顶点缀
郊甸蔓藤爬篱墙
谁在拈花弄草
罕见炊烟炉香

悬摇盘旋
咣咣当当
驶至终点
仰观　天苍苍
俯瞰　野茫茫
冰似雪
雪如霜
霜打秋叶景一筐
云似雾
雾如云
云淡雾浓美发长
羞羞涩涩
怡静仰卧
人道皇后
吾曰女皇
冬可滑雪泻千里
夏可跳伞从天降

看进眼里不懂画
写在纸上欠风光
丹青画手
备齐文房
写生圣地
愿君有生岂能废此往

2019年秋月，作于旅欧途中。

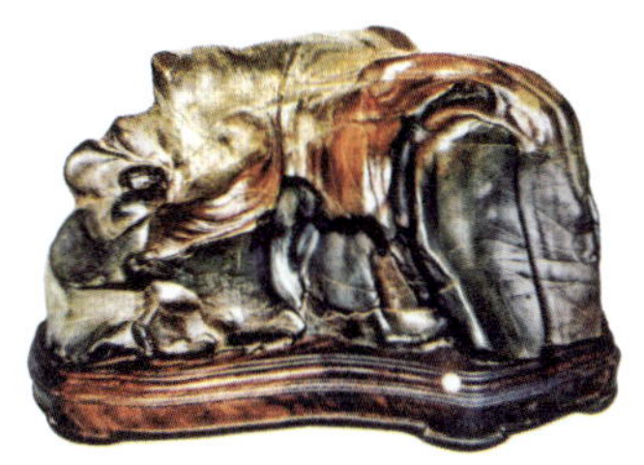

岁月如歌

塘彤彤，
身亭亭，
花饰夕阳红。
叶青青，
心融融，
一段未了情。
噫！
菊之爱，隐者；
莲之爱，君子者也。
同彼者何人？
可曾昔日老同学？
噫！
悦目抒怀拍景趣，
杂言世事索文娱。
青莲信口吟荷色，
廷秀开合赋野菊。

2017年秋月于穗。此杂言诗借老同学国安网名用之，并细观其“文革”下乡集体户老同学相聚花前新照后，有感而发。白号青莲居士，寓含莲之爱；更有微醺后所赋古风“若耶溪傍采莲女，笑隔荷花共人语”之丽句。万里字廷秀，独爱野菊，更有“也折一枝黄”；叹曰“花应冷笑东篱族，犹向陶翁觅宠光”之佳句。

暖赏芙蕖凉问菊，人生理当如此。

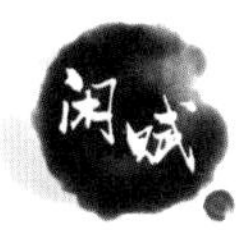

读亦仁《曲赋中华》有感

——贺新中国70华诞

岁月峥嵘，
风流人物，
东方泽东。
主义真，
宏略展，
将三山凿通；
齐声唤，
风卷金红。
开放赢，
古稀贺，
近五代升平；
喜今朝，
道隐无名。
祈未来，
创大业，
待中华复兴；
功成日，
海晏河清。

2019年10月1日于穗。“三山”即帝国主义、封建主义和官僚资本主义；“金红”指金色的五星红旗。附亦仁之《曲赋中华》：

风雨当年，
国迷民痛。
华夏精英，
红船筑梦。
凝神剑，
镇宇中。
把赤帜长擎，
力聚广众。
时今日，
七十颂。
今山河大地，
一片泛红。
招未来，
九州同。
看东方巨龙，
再展雄风。

闲 翁 赋

明月复明月，
明月何其圆。
去岁中秋，
今又中秋。
色香味，
空悠悠。
今宵，
诸仙醉消愁。

明日复明日，
明日何其祥。
去岁重阳，
今将重阳。
云雨读，
乐洋洋。
今朝，
闲翁涂鸦忙。

【诗续】

赏月是神仙，日照做子民。天也适时，月亦当期。何时阴晴？何时圆缺？常生态，可预知。道法自然律铸定，天地人和道中行。

2016年（丙申中秋）于穗。

温哥华冬之韵

望月眷顾山峦
半遮半掩
游逛在天边
寒光拱被共入梦
亦真亦幻
冬阳起于天涯
半升半旋
东南至西南
斜辉吻面共相映
亦耕亦闲
……
一三五日雪纷纷
眯眼星星点点
谁在报春
红梅当先
启蒙昭志
从始开篇
一行行脚窝
一次次填满
一道道辙痕
一时时复现
……
二四六日水涟涟
冷雨刷尽湿雪

又见芊绿
再获晴暖
雀儿
叽叽喳喳
嬉戏觅食畅言
鼠儿
踏青缘木
练平衡走栅栏
……
落基山阻朔风
高纬度滨海湾
温而不热
冻而不寒
好山好水好清凉哟
岁岁冬季
岁岁绵绵
今又冬季
今又绵绵
……
顺其自然
享乐天然
诵一曲　温哥华冬之韵
唱一首　温哥华之冬天

2018年冬月，于温哥华随笔。

古稀谕花甲

古稀谕花甲，
木子羡弓长。
才俊何在?
风平浪静恰担当。
韶华启梦，
细作勤耕忙。
嘉卉旺苑，
凤巢自然香。

流年几十载，
彼此慨而慷。
老朽欣赏，
开合收放皆文章。
成功获奖，
正襟大会堂。
耳顺天下，
漫吟福寿祥!

【诗续】

适逢莫逆杖乡寿诞，酌间自度一曲。秃笔菜言，一笑了之。

时年，凤平兄助海珠区局成为广东省学习型组织标兵单位，并获评“五一劳动奖状”。我与志平、郭文、龙元代表广东省参加在北京人民大会堂举行的全国学习型组织经验交流会，故有“正襟大会堂”之回味。

逢 韶 悟

逢伍逢拾逢大纪，
韶风韶令韶华志；
上下求索，
左右探究，
悟彻凡间事。
和天和地和仁义，
君去君返君如意；
寐前暮想，
醒后朝思，
定当铸大器。
噫！
吉人下贵州，
舞聿写春秋。
酤注珠江水，
升潮易泛舟。
噫！
愿为清风，
常驻心头；
悄然潜现周身爽，
共类同气任凭游。

庚子年初夏于华威达，送绍伍西征应约献句。

灵感之光

露华犹泫草光合，
晨气欲动清荷香。
在播种希望的季节，
灵感科创，
馨沾共和国七十华诞之喜气，
应运而生、种下梦想。

老骥掌舵，一苇以航。
一群志在千里的青年，
识洞幽明，冀通四方。
聚集在灵感科创的大旗下，
用青春描绘争创一流的畅想。
从今后，
不变的信念，
灵感的科创，
如云蒸霞蔚的红日，
在清澈的蓝天中傲然绽放。

创新来自灵感，
科技服务人类，
灵感成就未来。
那是团队的共同愿景，
也是大家的共同志向。
蓝图绘就，豪情万丈。
挥汗如雨，流火骄阳。
困惑时，我们依旧；
发达时，我们照样。
刚刚过去的时光，
灵感铸就的科创精英们，
用高昂的心曲，
把科技创新的旋律奏响。

清歌一曲梁尘起，
腰鼓百面春雷唱。
看！
美丽琶洲的灵光正在闪烁，
那是智慧的光芒。
看！
中岱交易的平台正在崛起，
那是明天的辉煌。
看！
灵感员工的激情正在涌动，
那是创新的力量。
看！
千年商都的绿枝正在生长，
那是未来的希望。

性通无昏暗，
情真显昭彰。

当历史的车轮驶入崭新的春天，
灵感科创人，
将手拉手、肩并肩，
挥洒满腔热情，
迸发前行力量，
向着新的征程，
高歌猛进，乘风破浪！

2020年1月18日，为挚友广州灵感科技创新发展有限公司志庆而作。

大地儿女的素怀

五千年华夏大地，
积蓄五千年渊浩。
萌发的是嫩苗，
茁壮的是青条。
昨天的你尚裹襁褓，
今天的你跃出战壕。
气势如虹，
不惧新冠，
初生牛犊嗷嗷啸。
一代新人，
风华正茂，
九零后生战魔枭。
昔日目送妈妈抗“非典”，
今朝妈妈盼儿翘首眺。
无论你战斗在何方，
大地始终是你驻脚。

松柏苍苍，
铁肩担道。
您理应福如东海，
脊梁释放能量。
您本该寿比南山，
脚板矗立刚强。
青丝花白与时间竞赛，

耄耋抖擞为黎民奔忙。
兰亭文墨，
涓涓流长。
古稀悬壶济世，
铿锵睿智秀朗。
弄潮劈斩无数妖孽，
泰然淳厚一缕暗香。
大地为你们点赞！
大地为你们歌唱！

望着咫尺雏燕，
闻着盒中水饺，
海燕张开翅膀，
亲情隔空拥抱。
仅仅几秒几分，
转身一路小跑，
妈妈还要战斗，
没空和你多聊。
战胜瘟疫是神圣的使命，
耳边回荡着雏燕的啼嚎：
妈妈！妈妈！妈妈!!!
凯旋时我为您捶背揉腰。
难道您不相信?
这就是平日里，
你不很待见的——
白衣“小护士”的真实写照。

你们为大地添彩，
大地为你们骄傲！

阴霾初始，
方兴未艾，
檄文嘹亮。
前仆后继，
义勇不倒。
待到山花烂漫，
放飞纸鹤扶摇。
逆行者的精神，
是时代的号角。
你们是大地的骄子，
你们是恒久的时髦。
伟大出于平凡，
平凡涌现杰豪。
英雄谱写大地千古赞歌！
大地祈祷魂灵九泉长笑！

汗气充满防护服装，
汗水浸透贴身衣裳。
不想面对镜头，
一旦哽咽，
肯定流泪，
镜片蒙蒙，
唯恐耽搁救死扶伤。

摘下护目镜，
阵阵眩晕，
踉踉跄跄，
方知是饥渴空肠。
口罩紧紧箍住脸庞，
耳绳勒出天使痕迹，
一模一样，
平行短长。
鼻梁上，
嘴角边，
凸起的水泡粒粒发光；
俊俏的脸蛋生出了暗疮。
想想人民纪念碑的名字，
我只是战斗在方舱。
大地将为你们接风美容，
大地将为你们缝制盛装！

媳妇儿：
你是我妻更是战友，
家国情怀，
岂可两全。
使命在身，
盼你凯旋。
见字落泪，
感慨万千。
军人的交流简而又短，
温柔似微微和风，
滋润心田；
刚毅如烈烈寒剑，
刺向毒顽。
这就是钢铁长城的气概！
这就是大地儿女的素怀！

农历庚子年春，于穗。

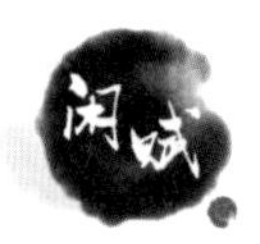

天山游录

乌市野马宾榻处，古风胡杨竖栅墙。
小驹大骥仿驴象，汗血飞骋赛龙翔。

阿维滩涂起降场，御外操演穿梭忙。
大盘鸡面会学友，粒粒葵莲沐煦旸。

独库公路八百里，肩荷首尾北南疆。
路舞天山频打卡，莫忘穹碑祭国殇。

攀延兜转蛇匍状，直道难超数丈长。
铁血侠客亦心悸，伊人一路采风光。

飞瀑纤细从天降，溪壑激流淬暗香。
赤橙黄绿白蓝紫，漫洒旷野绘霓裳。

壁立千仞钢网罩，碎石筛帘砾砂扬。
历险更闯人生趣，留方印迹史称郎。

一朝度过三六五，细雨和风雪雾霜。
鹰逐鸽恐啼不住，汪汪柴犬牧牛羊。

那拉提谷五星景，先作厨丁后拜堂。
半坡草木半山雪，层林初染菊花黄。

行云走雾翻岭岗，疑似白蟒下龙床。
高巅特产百花蜜，叶子宴朋蜂王浆。

茫茫原野如瀚海，遗失证照闷得慌。
青松府处询五号，录像导航指远方。

驱车前往流连处，果然安卧草丛旁。
立马抓拍作纪念，失而复得慨而慷。

人生多有偶然性，掌控玄机考智商。
事故演绎成故事，浩才逍遥效老庄。

九曲十八弯弯绕，天鹅之羽空中飘。
夕阳西照呈金色，长枪短炮竞聚焦。

火烧赤壁逾百里，巴音布鲁至库车。
彤幔岩崖近朱色，渗出汁液染粉河。

克孜利亚大峡谷，宽窄齐天典故多。
慧眼辨识关帝像，青龙偃月众纷说。

龟兹文化古佛教，壁画题记阅石窟。
中原西域同一脉，浴洗汤泉孽障除。

雨林花卉惊四座，班长管待斟屠苏。
奉公维稳韶华逝，憧憬闲暇赏兰竹。

贵人莅临兴风雨，偏陲果乡阿克苏。
自家田圃任摘采，顺手尝鲜口感殊。

喀什观赏开城式，管乐喧嚣锣鼓鸣。
入肆遛弯幽雅巷，户户清真小阁亭。

婚宴翩跹民族舞，雅座同窗叙故情。
古丽邀浩婆娑后，脱壳金蝉美其名。

和田白籽粒粒雪，火燎烟熏逛巴扎。
熙熙攘攘无凳坐，选个汉厨啜酤茶。

塔中产油天然气，古道驿站迎六侠。
晨早踢栏马嘶哮，惊醒巾帼脑晕麻。

旭日初升遮望眼，塔克拉玛尽流沙。
指岳奔驰爆水表，簸箕路面齿叩牙。

累月梭梭未曾倦，万古胡杨更挺拔。
野驮啃食不死草，尘卷昏鸦叫哇哇。

横向沙丘如新月，纵深埂垄一行行。
遥眺缥缈金字塔，近瞧蜂窝沁蜜糖。

放飞鸽子狂写意，滴露涂鸦大漠奇。
海市蜃楼空虚幻，珍藏墨宝自欣怡。

巴音郭楞库尔勒，打道回府歇一歇。
景致时新无惫意，完美收官莫蹉跎。

博斯腾湖诗画卷，一泓碧水乾坤间。
孕育各族几千载，塞上绿洲似仙园。

苇秆唰唰芦花漾，睡莲翠叶饰红妆。
野鹜戏水呱呱唱，情侣双双逗鸳鸯。

飞舟推浪酷而乐，戛然熄火孤岛旁。
天赐吉时览锦绣，东歪西倒笑直肠。

可口佳肴湿地宴，鱼虾裹酱教君尝。
西海良田万千顷，试比岭南鱼米乡。

黏土胚砖砌窦厦，殊途并进恰如它。
无猜发小欢言后，醉舞伴随东布拉。

民宅小院胜别墅，种出甜脆瓜果蔬。
炭炉炯炯烤馕肉，各显厨艺饪娴熟。

回首游录可追忆，大美天山赋两疆。
悦利误机西游记，罚佢再访高老庄。

【注释】

[1]“乌市野马”是指乌鲁木齐市野

马酒店。

［2］“独库公路”是指独山子到库车的公路。

［3］“那拉提”是指新疆伊犁州那拉提谷地草原。

［4］“九曲十八弯”指新疆巴音布鲁克草原上开都河蜿蜒如蟒的水流状态。

［5］“巴音布鲁”是巴音布鲁克略称。

［6］“克孜利亚大峡谷”是指位于库车市城北60公里处的天然景区，克孜利亚意为“红色的山崖”。

［7］龟兹（“龟”读“丘”音），古地名，在今新疆库车一带。又称丘慈、邱兹、丘兹，是中国古代西域大国之一。

［8］“阿克苏”是指新疆阿克苏市，号称果乡、水乡、棉乡。

［9］“喀什”是喀什市的略称，即新疆维吾尔自治区喀什地区行政公署驻地。

［10］“塔中”是塔中镇的简称，隶属于新疆且末县管辖，位于塔里木盆地中部。

［11］“塔克拉玛”是塔克拉玛干的简称，塔克拉玛干沙漠位于塔里木盆地中心。

［12］“梭梭”是梭梭树或梭梭柴的略称，是沙漠公路两旁的防风固沙卫士。

［13］“巴音郭楞”是指新疆巴音郭楞蒙古自治州，库尔勒是其首府，位于新疆中部，天山南麓，塔里木盆地东北边缘。

［14］博斯腾湖位于巴音郭楞博湖县境内，是中国最大的内陆淡水吞吐湖，国家AAAAA级景区。

［15］“黏土胚砖砌突厦”是指黏土压成胚，胚烧成砖，砖砌垒出大厦的过程，带出勇兄砖厂；暗喻悦利兄与发小同学成长的人生轨迹，其实，人人如此，各有所好、各有所成、各有所乐、各有千秋，乃至于喜极而泣。

2020年秋月，吾与良人、老浩、悦利新疆一游，其实，志在南疆。游罢，虽然略显疲惫，但大美之天山，深邃之南疆，让我久久不能忘怀。更有叶子和小马哥的陪伴，加之疆域内赵兄和叶子老同学的盛情款待，更搅起古稀老人的诗情词意，笨手提笔，愚钝深思，凑成此调。

2020年10月10日，作于穗寒舍凉台。

索句浅悟乡愁

小时候真好——
弹溜溜，
打冰嘎，
摔啪唧，
共骑竹马同游。
没有，
也不懂啥是乡愁。
离乡后，
忙学习，
忙造就，
忙事业，
忙应酬，
也顾不上乡愁。

后来啊——
闲情逸致，
偶尔琢磨起风，
起于青萍之末，
止于草莽之间。
浮想，
一枚薄薄的邮票，
牵着这头和那头；
一方小小的青冢，
连着里头和外头。
摘一朵蔚蓝的云，
随风带给那头；
敬一碗醇香的酒，
随风洒在坟头。
冥冥中，
思绪后，
噢！
这也许就是乡愁。

当这头和那头时，
对高堂的牵挂，
对妻儿的愧疚，
老吾老以及人之老，
幼吾幼以及人之幼，
一并涌上心头。
对发小的回忆，
对故园的眷顾，
屋前舍后皆春水，
但见群鸥日日啾。
真实的虚构，
愿天下无忧。
飞流直下三千尺，
疑是银河落九天。
狂野的浪漫，
收敛了物诱。

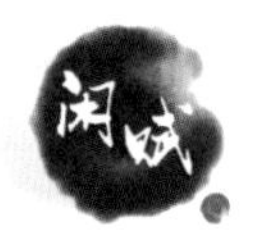

三山五岳朝朝立，
斗转星移浅浅秋。
噢！
这是最初的乡愁。

当里头和外头时，
风还是故乡的风，
只是没有以往那么顺溜；
雾还是故乡的雾，
只是没有先前那么宁攸；
云还是故乡的云，
只是没有过去那么绵厚；
雨还是故乡的雨，
只是没有先头那么温柔。
莫名所以，
驱之不走。
盛午不重来，
一日难再晨。
谈不上惜春，
却有些许眷留；
谈不上寂寥，
却有些许空幽；
谈不上圆满，
却有些许怀旧；
谈不上老去，
却有些许悲秋。

噢！
这是当下的乡愁。

自信人生二百年，
会当水击三千里。
一百年昼夜，
二百年人生。
到中流击水，
三千里畅游。
问苍茫大地，
谁主沉浮！
九百六十万平方公里，
缔造了中华神州。
博大恢宏，
挥斥方遒。
若干年后还旧国，
深入浅出滴水洞。
噢！
这或许是伟人的乡愁。

而我等，
心态的超然，
情感的慰藉，
来源于自救；
腿脚的迟缓，
思维的迟钝，

岁月不饶人哟!
我很想——
很想天真,
很想裸露,
很想白纸一张,
很想寡欲无求。
我更想——
更想活在小的时候,
没有,
也不懂啥是乡愁。
噢!
这是人生无奈之乡愁。

沉舟侧畔千帆过,
病树前头万木春。
人生似帆似舟,
人生如树如木。
前后摸索,
左右探究,
见多了,
看透了,
我之前他之后,
没有前后;
我之左他之右,
没有左右。
愿为清风,
常驻心头。
悄然来去周身爽,
同气共类任自由。
噢!
终于觅到了,
无念的乡愁。

乡愁,
茫然的乡愁!
乡愁,
奇妙的乡愁!
乡愁,
解脱的乡愁!
乡愁,
不变的还是乡愁!

2016年春月,于故乡通榆。

院落拾零

科尔沁的风，
裹着牧草粗犷的乡情，
平流抖动。
向海湖的水，
载着鱼翔浅底的空灵，
波纹平静。
那个曾经的少年，
用七十载的岁月，
孵就了一个遥远的梦。

风云变幻，
沧海桑田，
几度旧貌，
几度新颜，
从西院到东院，
从东院到新房，
从土屋到别院，
李家人在这里出出进进，
奔向天南地北，
耐人寻味的轶事漂浮眉尖。

（一）

最初的记忆不会遗忘，
“新富农”的自豪，
写在爷爷的脸上，
锄头、镐头手舞足蹈，
大鞭子一甩，
嗨哟嗨哟一通酣畅。
最初的记忆不会遗忘，
壕沟四周玉带缠，
榆杨环绕知了唱。
围墙内自成天地，
活泼里淡定遐想。
最初的记忆不会遗忘，
铺满一院的繁花和碧草。
曾经的少年，
逗着小猫、小狗撒欢游荡。

西院！
梦里千百回的西院！
爷爷勤劳智慧的结晶！
爷爷宏伟蓝图的企望！
三间正屋坐北朝南，
四间厢房坐西朝东，
磨道、仓房、驴马圈排成行。
房前种瓜豆，屋后播五谷。
五谷早晚熟，瓜豆春夏香。
爷爷品小酒，奶奶缝衣裳。

曾经的少年怎么能忘记，

矿石收音机，
吱吱嘎嘎地响，
是大哥病榻上的向往，
也是曾经少年最初的启迪。
烧苞米的糊香味，
炉锅里的醇奶皮，
馋了曾经的少年半个世纪。
爹爹服兵役，
一去无消息，
妈妈心里藏着多少委屈。
曾经的少年，
都烙进了儿时的梦里。

（二）

树大分枝，
家大分居，
那是传统的习俗。
借来的老屋，
搬进就是新居，
旧房旧炕旧锅台，
新人新碗新炕席。
两院之间，
端去的是小豆包，
捧回的是大饼子。
曾经的少年，
多么的幼稚，
苦中取乐，
迎来送往，
两院便是玩耍的天地。
难得的一餐鸡油炒饭，
助曾经的少年，
顶风冒雪牵着妹子，
一步一趋求学去。
可能？也许？
那是开枝散叶的乐趣。

燕子衔泥，
新屋落成，
东院欢天喜地，
曾经的少年如何能够忘记，
那是一九六五年的七夕。
父亲威风骑上高头大马，
母亲慈爱纳出千层鞋底，
喜庆欢愉，
三天五日，
电子管收音机唱坏了嗓子。

初涉时政，
是对墙上广播喇叭的新奇。
反帝反修反资，
听多听久了，
也是别样的学习。

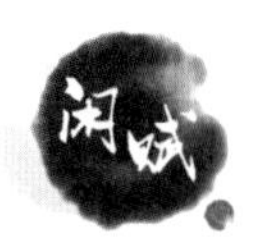

"文革"伊始，
大串联的风潮，
促成曾经的少年，
两次见到了毛主席。
艰苦清贫的年代，
把上学用的自行车，
悄然修理卖掉，
作为大哥娶亲的彩礼和婚衣。

初品苦乐，
是"文革"的无书可读，
是大青山的巡场猎奇，
是打苇捆、翻粪、铲地，
是被草钩子砸掉的半颗牙齿。
更是曾经的少年，
自强自立与豪迈的无畏勇气。

东院!
玉汝于成的东院。
曾经的少年，
戴上大红花，
穿上绿军装，
跨上战马扬鞭奋蹄，
开始了他乡即故乡的别离。
一去数十载，
一去何时返。
跋山涉水脚步稳，
落叶飘摇潜痕迹。

（三）

改革开放的春风，
吹暖于家沟的凉亭，
掀去干打垒的屋顶。
红墙环绕，琉瓦翘檐。
拱门虚掩，冠罩青藤。
夺目的五星红旗，
衬托着浩宇苍穹。
悦耳的二人转唱腔，
在广场舞中旋鸣。

别院中，
黑土地着了彩，
绿的韭，红的椒，紫的茄，粉的豆
……
高堂只顾欣赏，
却一个也不舍得摘。
步登高，马莲花，扫帚梅，大熟仙
……
薰香了空气，
高堂只顾闻香，
却一朵也不舍得采。
就连太阳也眯着眼笑，

逗得葵花儿跟着摇摆。
高堂只顾松土浇灌，
却没有丝毫懈怠。
小孩子满院子摘果儿，
红李子，黄沙果，脆京桃……
高堂只顾喋喋不休地吆喝，
少摘点！少吃点！
吃坏了肚子划不来。

曾经的少年，
如何看得腻那满藤的瓜果绕！
葡萄紫，
性平甘酸可入药，
瓜香飘，
肉甜籽润细咀嚼。
如何放得下糖槭树的待放含苞！
嫩叶清灵，
夏逝秋凉，
串串黄花貌似小飞刀，
削去岁月的沉疴寂寥。
步履匆匆，
新世纪的晨光露出树梢，
子孙绵延的老李家，
垦荒，拓地，布网，拉橇。

别院！
孝敬的别院！
念旧的别院！
高堂在这里安然余生，
高堂在这里驾鹤西骋。
多少人孝心片片，
多少人来去匆匆，
多少人无动于衷，
多少人几经折腾！
年轮岁月，
卉木生灵。
花花草草空着色，
沙果京桃坠地疼。
茶凉客走，
主去楼空。
暮闻怙恃长相倚，
朝盼临凡短暂逢。

【诗续】

仲秋月满空对视，元夕星隐孤呆瞧。重阳这般好，无须春来报。自转晨晖渐斜阳，何必长嘘唤短笑。曾经的少年，墨尽于春晓。

于家沟位于通榆县城南侧五公里开外的南山与南坨子之间。记忆中，南山东西

长2公里，南北宽不足200米，高出平地五六十米，由比较硬实的黄土组成，当地人称其为南山，其实就是一条土冈子。同样是硬实黄土组成，由于面积较大，顶部平坦，当地人称其为南坨子，其实就是一片边缘坡度斜缓的台地。南山与南坨子之间形成的狭长低洼地带，当地人称其为沟。不知何时，云游至此的于姓人指沟为家，便有了“于家沟”的称谓。其实，现今于家沟的人，并未在沟中居住，而是在靠近县城一侧繁衍生息。李家三院就坐落在于家沟，经过几十年风雨变迁，老屋演化为新房，新房演化为别院。当然，演化过程是渐进的，演化时间是漫长的，这是《院落拾零》的渊源。

自悟方圆始知北　依稀别梦有此篇

没有圆满的十足，更没有十足的圆满。噫！提笔千日，成篇一时。时而奋笔疾书，时而落笔无痕，时而从昏至晓，时而歇笔数日，总算几近尾声，终于可以开始写后记了。

自我表扬一下，老眼昏花爬格子，实属难能可贵。吾虽非文人，但也有些许文学阅历的支撑；吾虽不懂雕梁画栋，却有些许工匠艺人的底气；吾虽不能笔下生辉，多少有些许平生趣事作为铺垫辅佐。然，勤能补拙，吾笔耕数载，终开卷成章。

半世纪风雨，五十年参半；疾风骤雨独臂挡，风调雨顺种福田。如若延故事，莫烦身心健；人世匆匆默默逝，心宽处处安安然。看轻看重何所谓，吃淡吃咸任挑拣。生平喜乐转头灭，一声嗳呦今未痊。噫！自悟方圆。这是啥啊？似诗非诗，似词非词，这是我在一首词里写的“词续”。

何为“词续”？这是本人自创的一种文字表达体式，“词续”之外还有“诗续”，是在我自创的诗词后附上一段韵文，或注释或延伸，是将一些在诗词里想表达该表达，而受限于诗词格律的要求未能表达出来的内容，用一种接近诗词却比诗词更自由的形式表达出来，说得简单点，就是诗词的延续。词（诗）续的作用在此，并非画蛇添足，在这不受限的体式里，我笔我心，脱掉格律的外套，驾驶汉语的快马，释放个性，直抒胸臆，一吐为快，将诗词中的“未尽之意”完整而无拘束地和盘托出。彼时，《水龙吟·从军五十年》之词续一气呵成，落笔于不经意的一句“噫！自悟方圆”。顿时，百感交集，思绪颇多，如今定为书名，也算偶得也。

“悟”就是觉，“自悟”就是非外力作用下的自觉。有所悟则有所觉，无所悟则有所迷。迷途知返为时不晚，“自觉”之时驾驭“方圆”。

人生之冷暖，足履方有知。到了古稀之龄，在世间兜兜转转、磕磕碰碰走了几十年，吃了不少苦头，绕了不少弯路，摔了不少跟头，也长了不少见识。回首来路，曲曲折折，抑抑扬扬，阴晴圆缺，风雨潇潇。人生之方圆，经历之方寸，几多感慨，几多感悟，是为“自悟”，是为“方圆”。

儿时，不懂人生，不知世故，只知道饿了要吃，冷了要穿，家就是整个方圆。那时候穷，没钱买吃的穿的，我就背着家人去打苇捆、打草捆、铲地除草挣钱，没什么高远的梦想，就想着能赚点钱，让家人过得更好一点。在这挣钱的过程中，我赚到了让父母长辈为之欣慰的血汗钱，尝到了自力更生的甜头，学到了各类手艺，见识了许多奇观，初品了人生苦乐。这也许就是我人生最初的“方圆”——挣钱养活自己、接济家人。

青少年时期，应征入伍，由一名懵懂少年成长为一名肩担重任的军人，战友在前，家国在后，懂得了什么叫担当，什么叫天职，什么叫奉献，什么叫牺牲，让我的“方圆”一下子变大了许多。成了气象兵之后，搞报务，测天象，驭天公，明白了原来“天有不测之风云”的天象也能变成有凭有据、可测算、可预计的数字和图像，甚至发现自己这方面还有点“天赋”。那时的我，年轻气盛，方方正正，有棱有角，凭着一股子不服输的干劲和冲劲，一路向前，在敢想敢干中吃过亏、碰过壁，也懂得了“理想很丰满，现实很骨感”。“三支两军”时我支过农，与社会底层老百姓同吃、同住、同劳动，亲眼看见并切身体会过他们的酸甜苦辣，知道了生活不易，各有各的难处。在南海执行特殊任务，第一次乘巨轮出海，不仅感悟到了大自然的神奇与伟大，同时也跟老船长、老水手学到了许多做人做事的道理。成长路上，曾两次入军校学习深造，老师们系统的教育，同学间深入的交流，让自己贫瘠的脑袋慢慢充盈起来。后来，自己也成了一名老师，教书育人，答疑解惑，为人师表，不仅“自悟”能力高了，自己的“方圆”也跟着丰腴起来。

青壮年时期，转业到了地方，如同小鱼小虾从小河小溪游进了大江大河，过去的一切都“归零”了，一个打拼了二十多年的部队干部转业了再从科员干起，一个不惑之年的孩子他爸又从厨工干起，从司法到财税，从天河到海珠，一干又是二十多年，这其中有艰辛煎熬，也有欢乐盛誉，有革新阵痛，也有鲜花掌声，但更多的是我一步一步的历练、一步一步的成长。“打鸡蛋花”时，也曾迷茫过，但从未忘记本分；“人生转折”时，也曾失望过，但从未放弃追求；“诗酒茶话”时，也曾兴奋过，但从未得意忘形……历练成长中，我慢慢知道了原来自己的“方圆”就是那天天耕耘的“一亩三分地”。谁的“方圆”又能离得开这“一亩三分地”呢?

再后来，到龄退休了，卸下了肩上的担子，放缓了前进的脚步。坐下来歇一歇往回看时，才发现，人生如圆，从哪来终究还是回哪去。此刻，我像儿时的我一样，不再是军人，不再是战士，不再是领导，仅仅是一个存活于天地之间的“人”，一个经历了无穷“方圆”的“成熟”的“人”，一个与天地、与生老病死、与悲欢离合握手言欢的“人”。一路的脚印，一路的经历，不过是一个又一个或大或小，或相交或互离的“方”和“圆”。方中有圆，圆中有方，有时聚有时散，有时排排队，像列队的士兵一样，结整从容。也许这大大小小的“方”和“圆”就是我人生之“方圆”的总和。

直到此时，我才明白庄子“至大无外，至小无内”的智慧。事物之大小，犹如人生之方圆，或大或小，或有形或无形，大到无穷大，小到无穷小，妙不可言。

话到此处，不禁要自嘲一番了。我啊，半世纪风雨，五十年参半。前半辈子风风雨雨，一路向前，磕绊挫折都是成长，是非恩怨都是养分。退休了，人生越过了下半场的分水岭，“放下”了，“洒脱”了，曾经那些看不惯、忍不了的，如今也不过迎风一笑了。生活里依然有风有雨，生命里依然有聚有别，但不必再风风火火了。那些是是非非、恩恩怨怨，突然之间轻如鸿毛了。温故知新，开始回头看了，开始躬身“自悟”，天下万物本来就没有十足的圆满，此消彼长，是造物主定下的亘古不变的原则。

人生一世能够沉淀于心的，不仅仅是对美好的追求，还有对缺憾的接纳。丰收路上，没有所谓的大道通衢，也没有长久的风调雨顺，这副躯壳在昼夜更替、作业操劳里生老病死，这颗心在成败得失、悲欢离合里千锤百炼，眼界越来越宽远，心儿也越来越温厚。这也许就是自悟方圆的过程。

“凡人之道，心欲小，志欲大；智欲圆，行欲方。”《道德经》的教诲，道理似乎很浅显，也不难理解，但做起来却不是那么简单。心志之大小，要看能量之所及，智行之圆方，要看把握之力度。道法自然，人也是自然的一部分，我们每个人都是从幼稚走向成熟，不像蛇蜕皮蝉脱壳那般显而易见，却都是淬火打铁，百炼成钢。心智，必定有一个孕育、阵痛、分娩、脱胎、换骨的过程，而这一切的媒介，便是时间。经历了时间的磨炼，收敛了稚嫩的棱角，方中有圆，圆中藏方。我不是搞学术研究的，说不清到底什么时候该“方”，什么时候该

“圆”，就如儒家至宝“中庸之道”吧，只可意会，不可言说。不过君子有所为，有所不为，做人呢，坚守原则，笃守方圆，应该是底线。

疾风骤雨独臂挡，风调雨顺种福田。若你孜孜不倦、勤勤恳恳，努力把自己的“方圆”扩大延伸，将属于自己的弧线画得更长些，若能得偿所愿，换来功得圆满，若终不得愿，亦能无悔无憾。若你心之所念高远不可及，那“海阔凭鱼跃，天高任鸟飞”就是你的方圆。若你轻舟小船，将恣意生长的心念剪枝去叶、删繁就简，那“举杯邀明月，对影成三人”就是你的方圆。轻舟缓行，又岂不是人间胜境？重要的是，人生苦短，切莫惶惶终日、浑浑噩噩。

近来我常独坐思量，人啊，活在天地之间，消费了天地很多，贡献却很少，百年之后，这具躯壳化腐朽为肥泥，不也是我们对天地最后的补偿吗？然而，换句话说，山山水水都走过，是非黑白都历过，人间甘苦也尝过，这躯壳即便保养完好，哪个不是千疮百孔、满身伤痕？说到底，终究是地方天圆最后又接纳了你。此刻，我的方圆不过是“方圆隅角在凉台，空对长天自徘徊，逐梦人生上下册，合书千古亦空白”。

“自悟方圆”四字诞生于我的下半场，也是岁月的馈赠。当然，以前也有“悟”，也有“觉”，但悟得不深、不全、不透。如今，方圆再自悟，似乎大彻大悟。“自悟”有多深远，“方圆”就有多厚重。“自悟”的尺度和深度，决定了“方圆”的时间和空间体态。妄比天高，悟比寸短，就是好高骛远，十有八九将一事无成。

方圆的周长总有限度，人生在世谁都有些遗憾。若方圆之大，足以承载心之所念，或心之所念全在方圆所载，是否便无“遗憾”之虞？如此一想，豁然开朗，知足者常乐，诚不我欺也！真可谓：人世匆匆默默逝，心宽处处安安然。

噫！自悟之方圆，说也说不尽，道也道不明，还是用一首小诗来结尾吧！

人生尺度有余缺，自悟方圆向内学。
洒洒飘飘发散去，林林总总任君抉。